# Ignaz Hold

## Mordtour

AF216727

## Buch

Die Tour de France führt durch das idyllische provenzalische Städtchen Correns. Da geschieht ein Mord – mitten im Gedränge des Hauptfelds kippt ein Fahrer von seiner Rennmaschine und verursacht einen Massensturz. Mit einem Jagdgewehr erschossen, wie die polizeiliche Untersuchung später ergibt. Die Polizei vermutet einen Racheakt aus der Dopingszene.

Commissaire Papperin kämpft gegen die Doping-Mafia, muss aber zu seiner Bestürzung feststellen, dass alles nur inszeniert wurde – zur Ablenkung von einem erschütternden Kidnapping. Der kleine Dominic de Laterre, Sohn der von Papperin verehrten Schauspielerin Nicole de Laterre wurde entführt – mitten aus der Menge der Schaulustigen bei der Tour de France.

## Autor

Ignaz Hold ist ein Pseudonym. Der Autor, reiselustiger Wissenschaftler, hat seit einem Vierteljahrhundert in der Provence eine zweite Heimat gefunden und kennt diesen Fleck Europas wie seine Westentasche. Er erholt sich, wann immer sein Beruf es ihm erlaubt, vom Stress des Universitätsalltags in seinem Haus in der Haute Provence. Dorthin, in die ländliche Idylle eines provenzalischen Dorfes, zieht er sich zurück, um zu schreiben. Neben nüchternen Fachbüchern entstehen dort seine Provencekrimis, in denen er den ganzen provenzalischen Mikrokosmos mit all seinen Problemen, Charakteren, landschaftlichen und kulinarischen Reizen einfängt und in spannende Krimis einfließen lässt.

Ignaz Hold

# MORDTOUR

## Commissaire Papperins zweiter Fall

Ein Provencekrimi

**ambiente-krimis**

Verlag ambiente-krimis, Bad Aibling
www.ambiente-krimis.de
ISBN 978-3-9815613-3-3
3. Auflage 2017
Copyright © by Ignaz Hold
Alle Rechte vorbehalten
Gesamtherstellung: CPI Clausen & Bosse, Leck
Umschlagfoto: I. Hold
Kartenskizzen: I. Hold
Umschlaggestaltung: Andreas Antretter


ISBN der e-book-Ausgabe: 978-3-9815613-2-6

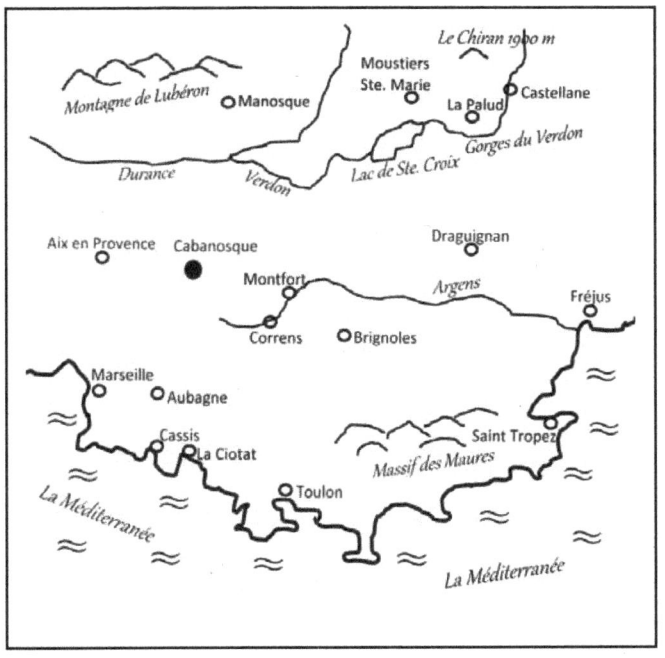

**Commissaire Jean-Luc Papperins Provence**

**„Sport ist Mord"**

*volkstümliches Sprichwort*

## Ein Verbrechen wird geplant

*Anfang Mai*

Es war schummrig im halbleeren Lokal. Nur die Mitte des Raumes wurde von einer Spotleuchte grell angestrahlt. Auf einer mit rotem Velours ausgelegten runden Empore drehte sich ein Mädchen zu Serge Gainsbourgs Chanson *Je t'aime* langsam um die Chromstange. Sie war noch keine zwanzig Jahre alt und hatte eine glatte bronzefarbene Haut. Sie hatte fast nichts an. Gelangweilt schob sie mit dem Zeigefinger ihren Minislip ein paar Zentimeter nach unten.

Die beiden Männer in der halbrunden Loge nahmen von ihr keine Notiz. Trotz des allgemeinen Rauchverbots umwaberte dichter Zigarettenrauch die beiden. Ganz offensichtlich hatte der Besitzer des Stripteaselokals keine Angst vor Kontrollen. Vielleicht hatte er auch einen Deal mit der Polizei gemacht – gegen Bares keine Kontrollen. Hier im Hafenbezirk von Marseille war das keine Seltenheit.

„Und wenn es nicht klappt?", wandte der größere und jüngere der beiden ein und zog an seiner Zigarette. „Dann erwischen die nur mich und lochen mich ein. Und du – du bist fein heraus. Das Risiko ist mir zu groß!" Ostentativ wandte er sich ab und schaute der jungen Stripperin zu.

Sein Gegenüber taxierte ihn abschätzend: Sportlich, muskulös, durchaus gut aussehend, vielleicht ein bisschen wild und ungepflegt. Der Typ, auf den bestimmte Frauen flogen. Loucas hatte er gesagt, heiße er. Doch das war sicher nicht sein richtiger Name. Aber das war egal. Nicht allzu intelligent, aber zuverlässig. Und skrupellos – so zumindest hatte man ihn beschrieben, als er sich in der Szene nach einem geeigneten Helfer umgehört hatte. Beides war für seinen Plan wichtig: Jemand, der bedenkenlos die Arbeit machte, aber dann problemlos auszubooten war.

„Ich sehe kein Risiko. Du machst das aus dem Hinterhalt, unerkannt. Ich nehme ihn, bring ihn zum Auto, und du haust mit ihm ab. Wohin sage ich dir später."

„Wann?"

„In sechs Wochen, am 7. Juli."

„Wann ich den Zaster kriege."

„Zwei Riesen sofort, ein Viertel in sechs Wochen. Und den Rest, wenn ich ihn übernehme."

„Wo?"

„Details erst, wenn du zugesagt hast."

„Um wen es geht, sagst du auch nicht?"

„Am 7."

Nach wie vor reglos stierte der Loucas Genannte auf die Stripstange mit dem Mädchen.

„Für das Geld macht dir niemand den Job. Das Doppelte!"

„Du spinnst."

„Dann eben nicht!" Er leerte sein Bierglas, stand auf, blieb aber abwartend stehen.

Es entstand eine Pause, ausgefüllt von Jane Birkins gestöhntem *Je t'aime*.

„Also gut – das Doppelte!"

*** 

Der Landcruiser ackerte mühsam über den Schotterweg. Der glich eher einem steinigen Bachbett als einem Fahrweg. Die schon tief stehende Sonne blendete Fahrer und Beifahrer. Es war einsam hier oben. Weit und breit kein Dorf, kein Haus, nur von Felsen durchsetzte Bergwiesen, zahllose Büsche und Sträucher, meist Heckenrosen mit rot leuchtenden Hagebutten. Dazwischen immer wieder Pinienhaine, die wie große grüne Igel in der Landschaft standen.

„Beschissen hier! Wenn du schnell abhauen musst – Pech gehabt. Geht das noch lange so?", fragte Loucas, der auf dem Beifahrersitz saß, und klammerte sich an die Haltegriffe im Geländewagen. Der Fahrer antwortete nicht, weil er sich darauf konzentrierte, einem größeren Felsbrocken auszuweichen.

„He! Ich hab dich was gefragt!"

„Noch etwa 500 Meter, dort in den Pinien ist es." Der Fahrer verließ den Weg, umkurvte ein riesiges Hagebuttengestrüpp und lenkte den holpernden Wagen zu einer dichten Gruppe Bergpinien. Erst ganz kurz davor sah Loucas ein halbverfallenes Haus, eine alte, aus rohen Kalksteinen errichtete *bergerie*, die sich an einen großen Felsbrocken schmiegte. Früher einmal, als hier noch Schaf- und Ziegenherden weideten, war sie ein Refugium für die Hirten. Hier wurden die Schafe geschoren und der berühmte *chèvre*, der regionale Ziegenkäse hergestellt. Aber das waren längst vergangene Zeiten. Heute mieden die Hirten die kargen *alpes de haute Provence* und weideten ihre Herden weiter im Süden, wo das Land nicht so zerklüftet und unwirtlich war. Und der Käse wurde nicht mehr in mühsamer Handarbeit in den Bergerien, sondern durchrationalisiert in fabrikähnlichen großen Bauernhöfen produziert.

„Hier bleibst du mit ihm, bis sich die Aufregung etwas gelegt hat, und die Straßensperren wieder weg sind", unterbrach der Ältere das Schweigen. „Ich weiß nicht, für wie lange. Ein paar Tage bestimmt. Dann komme ich und übernehme."

„Und bringst den Rest des Geldes mit!", forderte Loucas.

Eine aus rohen Eichenbrettern gezimmerte Tür verwehrte den Zugang zum Haus. Ein neues Sicherheitsschloss blinkte in der Abendsonne. Der Fahrer sperrte auf.

„Aber klar doch. Komm rein, jetzt besprechen wir die Einzelheiten und wenn es dunkel ist, bringe ich dich zurück nach Marseille."

\*\*\*

Es war schon fast Mitternacht, als der Landcruiser vor der Brasserie Vieux Port im Zentrum von Marseille anhielt.

Loucas stieg nach der langen Fahrt im ungemütlichen Geländewagen mit steifen Knochen aus. Er streckte sich, beugte sich dann nochmals ins Wageninnere:

„Also, dann erkunde ich in den nächsten Wochen die Lage und das Gelände."

„Aber unauffällig! Und lass die Finger von der Frau!"

## Jean-Luc Papperin lernt eine schöne Frau kennen

*Mitte Mai*

„*Mesdames et messieurs*, jetzt kommen wir zum Höhepunkt des Tages, was sage ich, der gesamten diesjährigen Landwirtschaftsmesse: Der Verleihung der Preise – Gold, Silber und Bronze – für die besten Produkte der regionalen Olivenölproduzenten."

Die Lautsprecher in der kommunalen Allzweckhalle von Brignoles dröhnten auf die dicht gedrängten Zuschauer herab. Vorne, am hell erleuchteten Rednerpult wischte sich der Präfekt des *départements Var* Schweißtropfen von der Stirne. Dann blickte er neben sich auf den langen, festlich geschmückten Tisch, an dem rund ein Dutzend ältere Männer in dunklen Anzügen saßen.

„Die für die Auswahl der Preisträger verantwortliche Jury unter dem Vorsitz des *président de la confrèrie des oléiculteurs de France* setzt sich aus den führenden Kapazitäten der Republik zusammen, und zwar: *Monsieur...*". Jetzt zählte er eine Reihe von Namen auf. Die Genannten erhoben sich und verbeugten sich hoheitsvoll unter dem überwältigenden Applaus des etwa tausendköpfigen Auditoriums.

„Für die Überreichung der Preise", fuhr der Redner fort, „darf ich etwas ganz Besonderes ankündigen: Eine weit über die Grenzen der Republik hinaus berühmte und beliebte Filmdiva ist eigens aus Paris angereist, um diesem Festakt besonderen Glanz zu verleihen. Begrüßen Sie mit mir unseren strahlenden Stern am Medienhimmel" – es

11

folgte eine rhetorische Kunstpause – „Madame Nicole de Laterre!"

Die ländlich-pompöse Inszenierung erreichte ihren Höhepunkt. Die bunt uniformierten Mädchen der Tanztruppe *Les Mousquetaires du Val* warfen ihre Beine in die Höhe und schwenkten ihre mit Federboas geschmückten Arme, begleitet vom *Can Can* der Kapelle der örtlichen Feuerwehr, der *sapeurs-pompiers* von Brignoles. Aller Augen richteten sich auf den Eingang zur Bühne, der von einem kunstvoll aus Ölbaumzweigen geflochtenen Schleier verhangen war. Jetzt teilte sich der silbriggrüne Blättervorhang und unter lautem Fanfarengeschmetter stieg eine schlanke, junge Frau in einem bodenlangen weißen Satinkleid die Stufen zur Bühne herab.

\*\*\*

Die ersten zehn Reihen waren für die Olivenbauern und die Ölmühlenbetreiber reserviert. Hier saß Jean-Luc Papperin mit seiner Mutter Odile. Gerüchten zufolge sollte die *Ancien Moulin à Huile F. Papperin* in Cabanosque dieses Jahr mit einer Medaille auf der *foire agricole*, der Landwirtschaftsmesse in Brignoles, ausgezeichnet werden. Die Ölmühle wurde von der Familie Papperin bereits in der vierten Generation betrieben und jetzt von Jean-Lucs Mutter geführt.

Die forsche Musik dröhnte in Jean-Lucs Kopf, währenddessen schweiften seine Gedanken in die Vergangenheit ab. Er schloss die Augen und sah vor sich, wie er als kleiner Junge seinem Vater beim Abfüllen des frisch gepressten Öls half. Damals hatten sie noch keine Plastikkanister verwendet. Alles war aus Blech, teilweise hatten sie auch schon große, silbern glänzende Edelstahlbehälter. In einer Ecke des einzigen Raumes, in dem sich das ganze Geschehen abspielte – Ölmühle, Presse, Öltanks und Verkaufstheke – waren noch die alten Tongefäße ausgestellt, in denen früher das Öl gelagert wurde. Damals zu Zeiten seiner Vorfahren. Aus dieser Zeit stammte auch das F. im Firmennamen. Es stand für Frédéric, den Vornamen seines Großvaters. Nach dessen Geburt im Jahr 1919 hatten Jean-Lucs Urgroßeltern ihn nach dem großen Provencedichter Frédéric Mistral genannt, der damals erst vor kurzem verstorben war. Er wurde und wird in der Provence verehrt, nicht nur, weil er die provenzalische Sprache für die Literatur wiederentdeckt hatte, sondern auch, weil er ein unermüdlicher Verfechter der kulturellen Unabhängigkeit der Provence gegenüber dem zentralistischen Frankreich war. Vor allem letzteres hatte Jean-Lucs heimatverbundenen Urgroßvater stark imponiert und war wohl der Grund für den Taufnamen – Frédéric – seines einzigen Sohnes. Jean-Luc, der seinen Großvater – *papy Frédéric* hatte er ihn genannt - noch gut in Erinnerung hatte, hörte in seinem inneren Ohr wieder die Stimme seines Opas. Ungezählte Male hatte ihm der alte Mann voller Stolz erzählt, wie sein Vater 1912 den verehrten Dichter zufällig getroffen, ihn angesprochen, und wie dieser ihm die Hand geschüttelt hatte. Sein Großvater hatte das mit so viel Inbrunst berichtet, dass man glauben konnte, er selbst, der damals ja noch gar nicht geboren war, und nicht sein Vater, habe diese Begegnung erlebt. Das große Ölbild des Dichters Mistral hing auch jetzt noch in der Mühle. Nicht mehr in der alten Scheune, sondern im neuen hochmodern eingerichteten Verkaufsraum.

Was hatte es ihn – Jean-Luc – für Mühen gekostet, seine Mutter davon zu überzeugen, das Geschäft zu vergrößern, den damals nicht genutzten Gebäudeflügel in der *bastide,* dem riesigen Landhaus, umzubauen, neue Produktionsanlagen anzuschaffen, und von der Scheune in die neuen Räume umzuziehen. Die alten Geräte erfüllten nur noch museale, dekorative Zwecke und verliehen der ansonsten rational-kühl wirkenden Ausstattung ein rustikales und nostalgisches Flair. All das hatte er – damals schon *commissaire* der *police judiciaire* in Paris – von dort aus organisiert.

Lautes Klatschen riss Jean-Luc aus seinen Erinnerungen. Er sah seine Mutter sich erheben und zögernd zum Podium gehen. Die Traumfrau im weißen Seidenkleid ging auf sie zu. In ihrer Hand glänzte und blitzte eine Goldmedaille im grellen Scheinwerferlicht. Während der Präsident der Jury anhob „Meine liebe Odile Papperin, wieder einmal haben Sie …". Die Worte drangen nicht bis in den Kopf von Jean-Luc. Er hörte nichts mehr, sah nur die Frau. Er stierte auf sie, wie sie seiner Mutter die Medaille an einem roten Band um den Hals hängte und sie küsste – auf die linke und auf die rechte Wange. Sie war unglaublich schön.

***

An einem der hohen Partytische unterhielt sich Odile Papperin mit dem Präfekten und der Schauspielerin.

„Darf ich Ihnen meinen Sohn Jean-Luc vorstellen?"

Sie zog ihren Sohn, der mit seinem leeren Glas vorbeiging und der Champagnertheke zustrebte, an ihren Tisch.

„Jean-Luc ist eine große Stütze für mich. Ohne ihn wäre unser Erfolg heute nicht möglich gewesen. Er war es, der mich überzeugt hat, unseren Maschinenpark zu modernisieren, und überhaupt hilft er mir, wo es geht, bei der Arbeit, in der Ölbaumplantage genauso wie bei der Bewältigung der Bürokratie."

Es folgten die üblichen Floskeln „ … *enchanté* … sehr erfreut…".

Papperin fühlte sich sichtlich unwohl in der für ihn ungewohnten Umgebung. Allein schon der unbequeme dunkle Anzug und die Krawatte störten ihn, die anzuziehen ihn seine Mutter überredet hatte. Er kleidete sich lieber salopp und lässig, mit Jeans, sportlichem Hemd und Pulli oder modischem Jackett. Nicht dass er schlampig aussehen wollte. Nein er legte durchaus Wert auf elegante Markenkleidung. Eine besondere Vorliebe hatte er für die Creationen eines namhaften, aus Südfrankreich stammenden Modeschöpfers.

Odile fuhr mit der Lobrede auf ihren Sohn fort.

„Er macht das alles in seiner Freizeit. Hauptberuflich ist er Kommissar der *police judiciaire*, der Kriminalpolizei in Aix."

„Wie interessant!" Die Traumfrau blickte ihm tief in die Augen.

14

„Madame de Laterre wohnt ganz in unserer Nähe", wandte sich Odile an ihren Sohn. „Sie hat sich vor kurzem bei Montfort ein kleines Schlösschen gekauft."

Der Filmstar wandte die Augen nicht von *commissaire* Papperin.

„Attraktiver Mann", dachte sie, „wie alt er wohl ist? Dreißig? Fünfunddreißig? Groß, klassisches Profil mit wolligen schwarzen Kraushaaren." Laut sagte sie:

„Das interessiert mich wirklich. Ich habe so meine Erfahrungen mit der Polizei. Kommen Sie, erzählen Sie, wie es hier auf dem Lande ..."

Papperin hatte keine Lust, sich in solch belangloses Geplauder einzulassen. Er hatte genug um die Ohren – beruflich wie privat. Da war der Streit mit Nia, seiner noch in Paris wohnenden Lebensgefährtin. Und das schwelende Verhältnis zu seiner Mitarbeiterin Jeannine – sie hatte sich in ihren Chef verliebt und er wusste nicht, wie er damit umgehen sollte. Missmutig sah er den Filmstar an. Das fehlte gerade noch, dass ihn diese Diva um den Finger wickelte, die ihn aber – wie er sich eingestehen musste - doch sehr beeindruckte.

„Hab keine Lust", wollte er gerade unwirsch antworten.

„Die Preisträger werden gebeten zum Fototermin vor die Festhalle zu kommen", dröhnte die grelle Lautsprecherstimme und verhinderte die sich anbahnende Missstimmung.

„Komm Jean-Luc, du musst auch mit auf das Foto!", zog ihn seine Mutter fort. Dann wandte sie sich an den Filmstar:

„Wissen Sie was? Kommen Sie doch einfach mal bei uns vorbei, zum Aperitif? Wir würden uns sehr freuen, nicht wahr Jean-Luc? Ja? Wie wäre es morgen um fünf Uhr? Gut! Wir sind leicht zu finden: *Ancien moulin à huile Frédéric Papperin* in Cabanosque. Nicht weit von Montfort. *Au revoir*, bis morgen!"

Mit diesen Worten zog sie Jean Luc hinter sich her zum Ausgang der Festhalle. Ganz offensichtlich hatte sie die ablehnende Miene ihres Sohnes nicht zur Kenntnis genommen.

„Danke, dass Sie mich hergebracht haben. Und fahren sie vorsichtig nach Aix. Es sind so viele Sonntagsfahrer unterwegs." Mit einer lässigen Handbewegung verabschiedete Nicole ihren Bodyguard. „Macho!", dachte sie und zog ihre Stirn missbilligend kraus, als er den Porsche mit Vollgas so beschleunigte, dass die Steine der gekiesten Auffahrt durch die Luft geschleudert wurden. Dann wandte sie sich dem Haus zu, aus dem ihr die Hausherrin mit ausgestreckten Armen schon entgegeneilte.

„Herzlich willkommen! Welch große Ehre für unsere Ölmühle, Madame de Laterre! Kommen Sie, kommen Sie bitte, im Innenhof ist schon alles vorbereitet. Welche Freude, Sie hier begrüßen zu dürfen!"

Odile Papperin überschlug sich fast vor Freundlichkeit. Sie freute sich wirklich sehr, aber ihr Verhalten war auch nicht ganz uneigennützig. Denn der Besuch dieses Filmstars war besser als jede kostspielige Werbekampagne für ihre Ölmühle. Und sie – Odile Papperin – würde schon dafür sorgen, dass der *Var Matin* und vielleicht auch *La Provence* in einer ihrer nächsten Ausgaben ausführlich von diesem Besuch berichteten.

Sie fasste die Diva vertraulich am Arm und führte sie durch den großen altmodischen Salon in den Hof. Auf einem Steintisch unter der riesigen, kühlen Schatten spendenden Platane, war alles für den Aperitif vorbereitet – im Sektkühler zwei Flaschen, ein Champagner und ein Rosé aus einem bekannten Weingut, Schalen mit verschiedenen Oliven, Croutons bestrichen mit Tapenade und Anchoiade und eine Fougasse, das für die Region typische Olivenbrot, gefüllt mit Tomaten, Zwiebeln und Chorizo, bereits in mundgerechte Häppchen geschnitten.

Alphonse, einziger Festangestellter der Ölmühle und rechte Hand von Odile Papperin, bediente die beiden ungleichen Frauen, während sich langsam ein Smalltalk entwickelte.

„Eigentlich wollte mein Sohn – Jean-Luc, sie haben ihn ja schon kennengelernt – längst hier sein. Ich vermute, es ist ihm etwas dazwischen gekommen." Sie bemerkte die enttäuschte Miene ihres Gastes und meinte tröstend: „Aber er kommt sicher noch. Er ist nämlich leitender Kommissar der *police judiciaire* in Aix und unheimlich beschäftigt. Sie glauben gar nicht, wie viel Verbrechen es hier gibt. Aber greifen Sie doch bitte zu, es muss alles aufgegessen werden."

„*Merci*, mehr darf ich nicht."

„Sie müssen auf Ihre Linie achten. Verstehe, dicker dürfen Sie nicht werden – bei Ihrem Beruf!", kam die nicht ganz taktvolle Antwort von Odile. Nach einer längeren peinlichen Pause: „Oh, da ist er ja doch!"

Sichtlich müde und erschöpft kam Jean-Luc Papperin aus dem Haus in den Hof.

„*Maman*, ich brauche etwas zu trinken." Der vom Stress des Berufsalltags gezeichnete Gesichtsausdruck verfinsterte sich noch weiter, als er Odiles Besuch erblickte. „Nicht mal zuhause hat man Ruhe", dachte er, gab sich aber dann einen Ruck. „Meiner *maman* zuliebe", sagte er sich und wandte sich freundlich an den Gast.

„Madame de Laterre, ich hatte ganz vergessen, dass Sie heute zum Aperitif bei meiner Mutter sind. Endlich ein Lichtblick an diesem sonst so düsteren Tag", überspielte er Odile zuliebe seine schlechte Laune. Er hielt dem Filmstar die Hand zur Begrüßung hin, zögerte etwas, als sie ihm stattdessen ihr Gesicht für die üblichen Begrüßungsküsschen zuwandte. Er wollte es beim Händedruck belassen, aber sie fasste ihn an beiden Schultern und küsste ihn rechts und links auf die Wange. Sie duftete verführerisch und ihre Haut war seidenzart. Trotzdem, das änderte nichts an seiner griesgrämigen Laune. Abwehrend machte er einen Schritt rückwärts.

Odile Papperin, die nichts von alledem bemerkt zu haben schien, setzte die Konversation unbekümmert fort:

„Neulich bei der Preisverleihung haben Sie eine geheimnisvolle Bemerkung fallen lassen, sie hätten so Ihre Erfahrungen mit der Polizei gemacht. Das klang irgendwie negativ. Was hat ihnen die Polizei getan und wo war das? Welche Polizei – hoffentlich nicht deine Kollegen, Jean-

Luc!" Und zu ihrem Gast gewandt, mit erklärender Miene: „Die *police judiciaire*".

„Doch schon, in Paris." Nicole de Laterre griff die Chance dankbar auf, den gut aussehenden Polizisten wieder für sich zu interessieren. Der Mann, der ihr gegenüberstand, war viel zu interessant und attraktiv, um ihn einfach links liegen zu lassen. Andererseits – er schien nichts von ihr zu wollen. Sie blickte ihn mit gespielter Zurückhaltung an:

„Ich glaube nicht, dass sie das interessiert? Es ist zu lange her. Mit der alten Geschichte sollten wir unsere Zeit nicht vergeuden. Es ist hoffentlich Vergangenheit. Reden wir von etwas Angenehmerem."

Odile unterbrach sie: „Aber nein, das interessiert uns sehr, nicht wahr? Sag doch auch was, Jean-Luc!"

„Sie sagten ‚hoffentlich'", ließ sich der Angesprochene widerwillig in das Gespräch einbinden. „Also doch nicht ganz Vergangenheit?"

Odile, begierig etwas über die Schauspielerin zu erfahren, das sie ihren Freundinnen im Dorf weiter erzählen konnte, brüstete sich: „Jean-Luc kennt seine früheren Pariser Kollegen noch gut, er ist mit ihnen ständig in Kontakt. Wenn Sie denken, dass er Ihnen irgendwie behilflich sein kann, dann erzählen Sie."

Nun erfuhren Odile und *commissaire* Papperin vom Beziehungsdrama der Schauspielerin Nicole de Laterre, mit ihrem seit gut einem Jahr von ihr geschiedenen Mann Juan Manuel Detejo, einem spanischen Formel-1-Rennfahrer, und deren gemeinsamen Sohn Dominic. Nach der Scheidung hatte ihr Ex-Mann gerichtlich versucht, ihr das Sorgerecht für ihren Sohn Domi zu nehmen. Seine Anwälte hatten als Begründung vorgebracht, die Mutter habe wegen ihrer zahlreichen Filmverpflichtungen und ihrer nicht minder zahlreichen Liebhaber keine Zeit, sich um den Sohn zu kümmern. Obwohl alle Gründe belegt und bewiesen wurden, hatte das Gericht doch der Mutter das alleinige Sorgerecht zugesprochen. Ihre Anwälte hatten das Gericht überzeugt, dass Frau de Laterre trotz dieser Anschuldigungen stets ein inniges Verhältnis zu ihrem Sohn gehabt habe und immer noch habe, und dass der Vorwurf der internationalen Verpflichtungen bei der bekannten Rastlosigkeit und Unstetigkeit des Formel-1-Zirkus in weitaus stärkerem Maße auf den Kläger, Herrn Detejo, zutreffe. Von seinen ungezählten und von der Boulevardpresse genüsslich verbreiteten Frauengeschichten ganz zu schweigen. Ausschlaggebend sei dann aber gewesen, dass der damals vierjährige Sohn Dominic bei der behutsam geführten Befragung durch gerichtlich bestellte psychologische Gutachter eindeutig erkennen ließ, dass er lieber ganz bei seiner Mutter bleiben wolle.

„Das ist doch alles bestens ausgegangen. Wieso haben Sie dann etwas gegen die Polizei?", warf Odile Papperin ein.

Die Geschichte war allerdings noch nicht zu Ende. Nachdem Juan Manuel Detejo auch beim Berufungsgericht unterlegen war, hatte er noch im Gerichtssaal einen Tobsuchtsanfall bekommen und begonnen, die Zeugen zu verprügeln und das Inventar zu demolieren, was ihm eine beträchtliche Geldstrafe eingebracht hatte. Als er von den Gerichtsdienern aus dem Saal geführt wurde, hatte er sich noch mal umgedreht und seine Exfrau hasserfüllt angeschrien: „Und ich hol mir den Domi – mit allen Mitteln. Das kannst du nicht verhindern."

„Ja und dann ging das Drama erst richtig los", fuhr Frau de Laterre fort. „Mein Ex hat ihn auf Schritt und Tritt verfolgt. Ich hatte Domi vormittags in einem an sich gut gesicherten privaten Kindergarten in Paris untergebracht. Ich konnte und wollte ihn ja nicht wegsperren. Er sollte mit Gleichaltrigen spielen können. Sein Vater hatte mehrmals versucht, in den Kindergarten einzudringen – Gott sei Dank ohne Erfolg. Dafür hat er Domi dann mehrere Tage lang vor dem Tor abgepasst und wollte ihn überreden, in sein Auto zu steigen. Das hat unser Kindermädchen verhindern können. Meine Bitte um Polizeischutz für Domi wurde aber von der Gendarmerie mehrmals abgelehnt. Schließlich hat er es doch einmal geschafft, meinen Sohn ins Auto zu zerren. Jetzt endlich hat die Polizei reagiert – aber die sind natürlich zu spät gekommen. Nur durch einen Glücksfall ist man beim Einchecken im Flughafen Charles de Gaulle auf die beiden aufmerksam geworden, weil Domi sich laut weinend geweigert hatte, mit seinem Vater durch die Passkontrolle zu gehen."

„Dann haben sie Ihren Mann doch gefasst und wegen Kindesentführung angeklagt. Und jetzt sitzt er, oder?", fragte Papperin, der der Erzählung mit wachsendem Interesse zugehört hatte.

„Was denken Sie! Nein, Juan konnte sich als Vater von Domi ausweisen. Zum Glück haben sie mich informiert. Als ich dort ankam war mein Ex verschwunden. Die beiden Passbeamten dort haben den Ernst der Lage nicht begriffen. Man hat mir Domi übergeben. Auf meinen Wunsch, Anzeige wegen Entführung zu erstatten meinten sie, solche Familiengeschichten würden sie öfters erleben. Ich solle das nicht so ernst nehmen, morgen sei wieder alles gut, mein Mann käme sicher wieder zu mir zurück. Es war nichts zu machen. Sie wollten nicht einmal Rückfrage bei der *police nationale* in Paris nehmen."

„Unfassbar!", murmelte Papperin.

„Später, in Paris haben Ihre Kollegen vom Quai des Orfèvres das doch etwas ernster genommen und den Polizeischutz verstärkt. Anklage wurde allerdings nicht erhoben. Seitdem ist nichts mehr passiert. Juan-Manuel fährt wieder Rennen überall auf der Welt und hat uns bisher in Ruhe gelassen. Zur Sicherheit habe ich unsere Wohnung in Paris aufgegeben, bin mit Domi hierher aufs Land gezogen und habe einen privaten Bodyguard engagiert. Außerdem wohnt Gian-Carlo, mein neuer Lebensgefährte bei uns. Seitdem ist der Polizeischutz für Domi aufgehoben. Und ich habe für dieses Jahr alle Termine abgesagt, weil ich mich ganz meinem Sohn widmen will."

„Recht so!", pflichtete ihr Odile bei. „Eine Mutter gehört zu ihrem Sohn. Hier bei uns sind Sie sicher. Es fällt sofort auf, wenn sich Fremde hier herumtreiben."

***

„Madame Papperin, das war eine ganz reizende Einladung, aber ich muss jetzt leider zurück zu Domi. Ich möchte ihn nicht zu lange allein lassen. Heute ist nur das Kindermädchen da, um auf ihn aufzupassen. Mein Freund ist für ein paar Tage verreist und mein Bodyguard, der mich hergebracht hat, musste nach Aix. Könnten sie mir bitte ein Taxi rufen?"

Wie sich nach einigen Telefonaten herausstellte, war das einzige in der Region verfügbare Taxi mit einem Krankentransport unterwegs nach Toulon und würde erst in zwei Stunden zurück sein.

„Machen sie sich keine Sorge, meine Liebe, mein Sohn wird sie nach Montfort bringen. Nicht wahr, Jean-Luc, dass tust du doch gerne?

Was blieb ihm da anderes übrig, als sich dem Schicksal zu beugen.

***

„Mmmh... wie bitte? Entschuldigen Sie, ich habe gerade nicht zugehört, musste mich auf den Verkehr konzentrieren".

„Es ist sicher sehr spannend als Kommissar hier", hatte sie ihn gefragt. „Aix, Marseille. Mafia, Drogen, Menschenhandel. Ich stelle mir das irre aufregend vor." Frau de Laterre versuchte Papperins Aufmerksamkeit zu erregen. Er blickte nur geradeaus auf die Straße.

„Das passt schon", war seine einsilbige Antwort.

„Hier auf dem Lande, in Montfort, da ist es ruhig ... richtig idyllisch. Aber ein bisschen mehr Abwechslung wäre schon schön. Die Männer hier – Bauern, Hobbyjäger und Kaufleute." Sie neigte sich näher zu Papperin hinüber. „Nichts Aufregendes, finden Sie nicht auch." Ihre Hand legte sich auf sein rechtes Knie. „Also ich vermisse den Jetset schon sehr."

„Ich gar nicht!"

„Warum ist er nur so zurückhaltend?", fragte sie sich. Laut sagte sie: „Kommen Sie, erzählen Sie mir, von Ihren Fällen. Marseille, Nizza, Côte d'Azur, Spielcasinos, Schießereien. Das interessiert mich wirklich." Langsam schob sich ihre Hand seinen Oberschenkel entlang.

„Merkt sie denn nicht, dass ich nichts von ihr will", fragte er sich, spürte aber gleichzeitig eine nicht unangenehme Erregung.

Er stieß ihre Hand von seinem Bein. Das fehlte gerade noch, eine Affäre mit dieser Frau, zusätzlich zum Streit mit Nia und seinen nach wie vor unklaren Gefühlen seiner Assistentin Jeannine gegenüber. Obwohl – sie war traumhaft schön.

***

„Vielleicht hätte ich doch nicht so hart mit ihm ins Gericht gehen, ihm nicht so viele Vorwürfe machen sollen", dachte Nia, Papperins Lebensgefährtin, vor ihrem Computer im 17. Stock eines Pariser Bürohochhauses. Sie haderte mit sich, ihrem Schicksal und mit der Zukunft. Wenn er sie jetzt tatsächlich ernst nahm? „Ich will dich nie mehr sehen", hatte sie ihm ins Gesicht geschleudert. Das war voreilig. Sie wusste eigentlich nicht, was da wirklich war mit seiner Kollegin, in der Felsnische, nach dem Überfall, und vor allem danach. Vielleicht sollte sie ihn bitten, sich wieder zurück nach Paris versetzen zu lassen. Aber das würde er wohl nicht machen. Er stammte schließlich aus der Provence, aus der Ölmühle in Cabanosque.

„Soll ich ihm nachlaufen und dort hinunter ziehen? Aber mein Job hier – *expert comptable* – Wirtschaftsprüferin in der Metropole. Soll ich ihn anrufen? Nein besser: ich schreibe ihm eine Mail!"

Sie begann zu tippen: „*Mon cheri!*" Nach fünf Minuten hielt sie an und las was sie geschrieben hatte. Dann löschte sie alles.

Was er jetzt wohl gerade machte? Mit Jeannine, seiner Assistentin? Oder mit einer anderen? An der nahen Côte d'Azur, da gab es jede Menge reiche und schöne Frauen.

***

Brigadier Jeannine Dalmasso starrte auf den Bericht der Spurensicherung. Sie sah die Bilder und die Buchstaben, aber sie nahm sie nicht zur Kenntnis. Ihre Gedanken waren weit weg von der ihr übertragenen Aufgabe. Wo er jetzt wohl gerade war?

„Wieso setzt er mich nur auf Fälle an, an denen er selbst nicht mitarbeitet", grübelte sie. „Er behandelt mich wie eine Fremde." Bei den täglichen Besprechungen blickte er sie nie an. Bis zu dem Überfall damals, bei Saint Isidore, waren sie doch so ein tolles Team. Jetzt siezte er sie sogar wieder. Das hielt sie nicht länger aus. Sie sollte sich versetzen lassen. Oder vielleicht doch erst versuchen, mit ihm zu reden?

***

Die Reifen von Papperins Polizeifahrzeug knirschten über den Kiesweg zum Château Merveille, dem neuen Wohnsitz der Schauspielerin. Das verwunschene Schlösschen lag nicht weit vom Ort Montfort in den Hügeln inmitten eines lichten Pinienhains, von der Außenwelt abgeschirmt und geschützt durch eine hohe Natursteinmauer. Ein massives Eisenportal hinderte Papperin am Weiterfahren. Auf den Ruf von Frau de Laterre „Pierrot, machen Sie schon das Tor auf!", erschien ein Mann – ein Muskelpaket – in der Tür des Wärterhäuschens. Als er sich überzeugt hatte, wer hier Einlass begehrte, machte er kehrt. Nahezu gleichzeitig schwangen die beiden lanzenbewehrten Flügel des Einfahrtstors lautlos zur Seite.

Ein kleines Privatsträßchen führte zu dem großen Kiesrondell vor dem Haupteingang des Château.

„Ich bedanke mich für ihren Besuch. Vor allem meiner Mutter haben Sie eine sehr große Freude damit gemacht. Ich hoffe, Sie fühlen sich wohl hier in Frankreichs Süden."

„Seien Sie doch nicht so förmlich! Wir sind doch auf dem Lande und fast Nachbarn. Also dann, *au revoir*! Wirklich, ich möchte Sie gerne Wiedersehen." Sie ignorierte seine zum Abschied hingestreckte Hand, sondern beugte sich hinüber und drückte ihm einen Kuss auf die Wange.

Die Hitze und das Geschrei der Zikaden traf sie fast wie ein Keulenschlag, als sie die Wagentür öffnete und ausstieg. Beim Wegfahren sah Papperin im Rückspiegel ein Kind aus

dem Haus rennen und sich in die Arme der Schauspielerin
werfen. Sie hob es hoch und drehte sich mit ihm ein paar
Mal im Kreise.

### Die Tour de France kommt

*Sonntag, 6. Juli*

„*Maman*, morgen kommt die Tour de France durch Correns, haben sie im Fernsehen gebracht." Dominic stürmte voll Begeisterung in das Studio, in dem seine Mutter über einem Drehbuch brütete. „Gian-Carlo hat gesagt, er geht mit mir hin – wenn du es erlaubst. Bitte, bitte: darf ich?"

„Domi, du weißt doch, dass das nicht geht. Es ist viel zu riskant."

„Aber ich will da hin. Das ist doch nicht weit von hier, und ich bin auch ganz, ganz vorsichtig."

„Nein, ich erlaube es nicht! Noch mal so einen Kummer wie damals in Paris überstehe ich nicht. Und außerdem bin ich am Montag nicht da."

„Aber wenn Gian-Carlo doch mitkommt und ganz fest auf mich aufpasst?"

„Ich habe nein gesagt. Basta!"

„Du bist gemein, *maman*!"

„Warum schreit ihr so?" Ein schlanker großer Mann kam ins Zimmer und schaute die beiden Streithähne fragend an.

„Gian-Carlo, ich darf nicht." Domi lief zu ihm und klammerte sich an sein Bein.

„Wenn es deine Mama sagt, dann geht es eben nicht." Und zu seiner Freundin gewandt: „Wovor hast du hier Angst? Was kann da schon passieren? Wir haben niemandem gesagt, dass du dieses Haus gekauft hast. Kein Mensch weiß, dass ihr hier wohnt. Ihr steht nicht im Telefonbuch. Du kannst doch den Jungen nicht wegsperren."

Der Wortwechsel ging noch einige Zeit weiter. Dabei verschoben sich die Gewichte immer mehr zu Gunsten von Dominic.

„Also gut. Aber unter einer Bedingung: Du, Gian-Carlo, nimmst ihn an der Hand und lässt ihn nicht los, die ganze Zeit über. Ich lasse Pierrot hier, er fährt euch hin und bleibt bei euch. Außerdem muss Geneviève mitkommen."

Sie ging zur Türe und rief nach dem Bodyguard und dem kanadischen Au-Pair-Mädchen.

### Montag, 7. Juli

Nicole war schon früh mit dem Taxi zu ihrem Agenten nach Nizza gefahren. Sie würde erst spät in der Nacht, wahrscheinlich sogar erst am nächsten Morgen zurückkommen.

Dominic saß mit Gian-Carlo und dem Au-Pair-Mädchen noch am Frühstückstisch. Der Junge war ganz aufgeregt. Er hielt es nicht mehr zuhause aus.

„Gian-Carlo, komm, jetzt müssen wir, sonst kommen wir zu spät."

„Immer mit der Ruhe, kleiner Mann. Du versäumst gar nichts. Die kommen noch lange nicht."

Die Tagesetappe der Tour führte durch den Grand Canyon du Verdon, über Aups, Barjols, Chateauvert durch das enge Felstal des Vallée da la Sourn nach Correns und von dort weiter Richtung Brignoles. In Correns würde das Peloton erst gegen 14 Uhr eintreffen. Gian-Carlo versuchte Dominic zu beruhigen: „Wir fahren um 12 Uhr hier ab. In 10 Minuten sind wir in Correns, parken draußen vor dem Dorf und gehen zu Fuß hinein. Dann müssen wir immer noch weit über eine Stunde warten, bis das Hauptfeld ankommt. Geneviève, pack doch einen Korb mit Picknicksachen ein. Vor allem etwas zu trinken. Es wird sehr heiß werden in der Mittagshitze."

\*\*\*

Die kleine Gruppe von vier Leuten, Dominic, Geneviève, Gian-Carlo und der Bodyguard, drängten sich durch die schon dichte Menge von erwartungsfrohen Zuschauern in den engen Straßen des mittelalterlichen Städtchens. Sie kämpften sich bis zur steinernen Brücke vor, die über den Fluss Argens führte. Die beiden Männer drückten und schoben ein bisschen, Domi zwängte sich in die entstandene Menschenlücke und konnte sich auf die aus großen alten Kalksteinquadern gemauerte Brückenbrüstung setzen. Direkt nach der Brücke machte die Straße einen scharfen Linksknick und führte aus dem Dorf hinaus in die Weinberge. Aus dieser Richtung würden die Fahrer kommen. Jetzt sah man allerdings noch keinen der Radsportler. Lautsprecher dröhnten überall im Dorf und gaben laufend – unterbrochen von Musik – die aktuelle Position des Pelotons, des Hauptfelds, und die Reihenfolge der Fahrer in der führenden Gruppe bekannt. Trotzdem war die Straße alles andere als leer. Motorräder der *brigade mobile* der Gendarmerie mit Blaulicht und Sirene kamen die Strecke entlang, zahlreiche mit bunten Werbebannern und Aufklebern zugekleisterte PKW folgten. Dazwischen gelegentlich ein Lautsprecherwagen mit Programmhinweisen, Musik oder Werbebotschaften.

Um die Wartezeit zu verkürzen, verteilte das Au-Pair-Mädchen an jeden ihrer drei Begleiter ein Sandwich und eine noch eiskalte Plastikflasche Orangina.

„Genny, hallo Genny!" Eine etwa zwanzigjährige Frau drängte sich durch die Menge zu der kleinen Gruppe.

„Genny, du bist auch hier? Komm, komm doch mit? Drüben, am anderen Ende der Brücke haben sich alle Mädchen getroffen, die unsere Au-Pair-Agentur in Montreal hierher vermittelt hat. Wir schauen uns die Tour gemeinsam an. Komm mit, da gehörst du doch auch dazu."

„Hallo! Ihr alle seid hier? Aber… leider kann ich nicht. Ich darf Domi nicht allein lassen. Sorry!"

Sie wirkte sehr enttäuscht und auch ihre Freundin schaute traurig drein. Sie fragte Gian-Carlo, den sie für den

Vater des Jungen hielt, ob Geneviève wirklich nicht mit dürfe.

„Ich glaube, Pierrot und ich schaffen es auch ohne dich, auf den Kleinen aufzupassen", wandte er sich an das Au-Pair-Mädchen. „Geh ruhig. Aber komm gleich wieder, wenn das Feld durch ist, ja?"

Die nächste halbe Stunde geschah so gut wie nichts. Warten. Endlich kam eine Gruppe von drei Radrennfahrern, angekündigt von Gendarmeriemotorrädern und begleitet von mehreren motorisierten TV-Teams, gefolgt von zwei Teamwagen mit Ersatzfahrrädern auf dem Wagendach.

Dann wieder eine lange Viertelstunde nichts. Aber dann, von weitem hörte man schon das Surren der vielen hundert Fahrradketten, noch lange bevor der erste Fahrer des Pelotons in Sicht war. Jetzt kamen sie hinter der Oleanderhecke hervor und rasten auf den Straßenknick direkt an der Brücke zu. Ein Raunen ging durch die Zuschauermenge. *„Allez! Allez!"* erklangen Anfeuerungsschreie. Die ersten sieben, acht Fahrer bremsten, legten sich tief in die Kurve und passierten die enge Brücke.

Jetzt kam der Pulk. Vierzig, fünfzig Fahrer gleichzeitig. Kurzes Anbremsen. Und hinauf auf die Brücke. Bedrängende Enge, Rad an Rad, Lenkstange an Lenkstange, ein unübersehbares Gewirr von bunten Helmen. Gellendes Geplärr der Lautsprecher. Und plötzlich, mitten im Gewühl reißt ein Fahrer beide Hände hoch, kippt langsam zur Seite, stößt seinen Nebenmann vom Rad. Kettenreaktion, Dominoeffekt. Jetzt das Peloton, das Hauptfeld – hunderte Rennmaschinen. Verzweifeltes Bremsen. Ausweichen unmöglich auf der engen Brücke. Massensturz, wildes Durcheinander von bunten Helmen, Trikots, Armen und Beinen, Rädern. Schreie von Verletzten. Ohnmächtige. Blut. Urplötzlich Ruhe, als hätte jemand den Lautstärkeregler auf Null gestellt. Für ein, zwei Augenblicke verharrte alles in Schockstarre. Nur das Stöhnen der Verletzten war zu hören. Wie nach einem Standbild im Film begannen sich auf einmal alle wieder zu bewegen. Mehrere Fahrer versuchten, sich aus dem Gewirr von Gestürzten und Rennrädern zu befreien. Zuschauer wollten helfen, drängten hinein ins Chaos oder wurden von hinten hineingeschoben. Schlagartig gellten die Lautsprecher wieder los: „Ruhe bewahren! Bitte bewahren Sie Ruhe! Machen Sie Platz für die Rettungskräfte!" Ganz langsam beruhigte sich die Szenerie. Das Gros der Neugierigen zog sich etwas zurück. Viele blieben und leisteten erste Hilfe. Man sah Menschen, die beruhigend auf verletzte Fahrer einredeten. Mitten im Gedränge Pierrot, Nicoles Bodyguard, der einen ohnmächtigen Rennfahrer auf den Armen aus dem Gewühl trug und ihn behutsam auf den Gehsteig bettete. Sirenen der Einsatzfahrzeuge von Gendarmerie und Feuerwehr näherten sich und überschrillten das Geschehen. Dann wimmelte es von Uniformierten, Gendarmen, Feuerwehr- und Zivilschutzleuten.

\*\*\*

Genüsslich schenkte sich Jean-Luc Papperin ein Bier ein. Jupiler, das Bier mit dem springenden Stier als Logo. Das beste Bier in Frankreich, fand er. Er fläzte in einem gemütlichen Sessel vor dem TV-Gerät im großen Salon der Ölmühle und schaut sich die Übertragung der Tour de France an. Vom Hubschrauber sah das Hauptfeld wie ein gigantischer Wurm aus bunten Punkten aus. Der zwängte sich gerade durch das kurvenreiche Vallée de la Sourn. Vorbei an hohen, überhängenden Kalksteinwänden, Kletterparadies für Profis und Hobbyalpinisten, entlang am tiefgrünen Flüsschen Argens, das sich vor Urzeiten dieses enge Felstal gegraben hatte. Dann erweiterte sich das Tal. Es ging durch Weingärten und Obstplantagen. Das mittelalterliche Dorf Correns kam ins Blickfeld, alles noch aus der Hubschrauberperspektive.

Jean-Luc trank von dem eiskalten Bier und darauf einen Schluck Calvados.

„Aaah! Une bière et un calva!" Seine Lieblingskombination.

Szenenwechsel auf dem Bildschirm. Jetzt waren die scharfe Kurve an der Ortseinfahrt und die enge Brücke zu sehen. Langsam zoomte der Kameramann das Bild heran.

Hunderte Schaulustige säumten den Straßenrand. Viele winkten mit großen stilisierten Schaumgummihänden, meistens in den Farben der Tricolore, blau-weiß-rot. Jetzt Großaufnahme: Die ersten Fahrer kamen zur Brücke, bremsten, schafften die Kurve und traten wieder in die Pedale. Kurze Rückblende auf das Hauptfeld aus der Helikopterperspektive. Dann wieder Großaufnahme. Gedränge auf der Brücke. „Ach du Scheiße!", entfuhr es Papperin, als er die Massenkarambolage sah. Die Stimme des Reporters überschlug sich fast, so hysterisch kommentierte er das Geschehen. *Canal+* zeigte die Szene immer wieder, wie der Fahrer mitten im Getümmel die Arme hochriss, zur Seite kippte und das Chaos auslöste. In einer heran gezoomten Zeitlupe sah man alles ganz deutlich: Einen Ruck, der durch den Fahrer ging, sein plötzlich verzerrtes Gesicht, das reflexartige Heben der Arme und dann den Sturz.

„Was hat den so aus dem Konzept gebracht", fragte sich Papperin. „Die Etappe können sie in den Wind schreiben", dachte er weiter. Der Sender zeigte jetzt Details der Rettungsaktion. Sanitäter, die Verletzte zu Krankenwagen trugen. Dazwischen immer wieder kurze Interviews. Ein Reporter, das Mikro in der Hand, blickte ernst in die Kamera:

„Ich habe den Chef der Gendarmeriebrigade vor dem Mikrofon. *Colonel* Roux, können Sie uns schon Näheres über die Unfallursache berichten?"

„Noch nicht, aber zunächst habe ich eine sehr tragische Mitteilung zu machen. Der zuerst gestürzte Fahrer – es handelt sich um José Miquelas aus dem spanischen Team – ist seinen Verletzungen erlegen." Pause.

„Aber woran ist er gestorben, hatte er so schwere Verletzungen?", fragte der Reporter.

„Über die genaue Todesursache können wir noch keine verlässlichen Angaben machen. Sein Körper weist derart viele Verletzungen auf. Knochenbrüche, Schürfungen, viele Wunden sehen wie Stichwunden aus und dürften von abgebrochenen Rennradteilen stammen. Mindestens eine davon muss tödlich gewesen sein. Genaueres können wir erst nach einer gründlichen medizinischen Untersuchung sagen.

Aber das dauert noch. Die Ärzte haben derzeit mit den anderen, lebenden Verwundeten, darunter viele Schwerverletzte, mehr als genug zu tun."

„Ich danke Ihnen für diesen kurzen, aber leider sehr tragischen Lagebericht."

Die Kamera schwenkte wieder auf die Unfallstelle.

„Aber warum hat er kurz vor dem Sturz so ein schmerzverzerrtes Gesicht gemacht?", fragte sich Papperin. „Ich glaube nicht, dass der an einer Sturzverletzung gestorben ist. Da war vorher etwas." Er überlegte, was er machen sollte. Offiziell konnte er sich nicht einmischen. Das war ein Fall für die Gendarmerie. Die werden das schon bemerken, wenn sie die TV-Bilder anschauten. Andererseits, der *colonel* hatte sich im Interview eigentlich schon fast auf die Todesursache festgelegt. Aber den kannte er doch, *colonel* Roux, Robert Roux. Das war doch der Gendarm, der ihn schon einmal verhaftet hatte. Seitdem waren sie locker befreundet. Den konnte er problemlos anrufen. Da er die Handynummer gespeichert hatte, kam das Telefonat relativ schnell zustande.

„*Salut* Robert! Hier ist Jean-Luc."

„Jean-Luc, du ich habe grad gar keine Zeit. Bei der Tour ist was Fürchterliches passiert. Ich ruf dich später zurück."

„Stopp, Stopp! Bleib dran. Deswegen rufe ich ja an. Mit dem Miquelas ist irgendetwas passiert, und zwar bevor er gestürzt ist. Schau dir die TV-Aufzeichnungen von *Canal+* ganz genau an. Den hat irgendetwas getroffen – wahrscheinlich sogar ein Schuss."

„Meinst du? Wir sind uns eigentlich ziemlich sicher dass er …"

„Robert, *ich* bin mir ganz sicher. Ich traue mich wetten. Untersucht den ganz genau nach möglichen Schussverletzungen. Wetten wir? Um einen *apéritif* in der Bar von Francis?"

„OK, wir werden dem nachgehen. Du hattest ja schon einmal Recht. *Merci et salut!*"

***

Spät am Abend, Jean-Luc Papperin saß mit Odile bei einer Flasche Château Rimauresq cru classé 2007 in der altmodischen Küche der *bastide*, vibrierte es in seiner Hosentasche. Jo Dassins Chanson ‚Aux champs Elysées' erklang.

„Entschuldige, *maman*, mein Handy."

„*Allo? Ah, c'est toi Robert.*"

„Jean-Luc, du hast die Wette gewonnen. José Miquelas wurde tatsächlich erschossen. Ein einziger Schuss."

„Ich habe es vermutet."

„Ehrlich gesagt, ohne deinen Hinweis hätten wir das wohl übersehen. Bei den vielen Verletzungen hätte unser Pathologe das nicht erkannt. Dank dir hat er aber gezielt nach einer Schusswunde gesucht. Das Geschoß ist handelsübliche Jagdmunition, wie sie hier für die Wildschweinjagd verwendet wird."

„Ein Jagdunfall war das aber sicher nicht. Dann ist das eindeutig Mord."

„Tja, Jean-Luc, deshalb habt ihr jetzt den Fall am Hals. Mein Chef sagt, ein Mord mit Auslandsbezug, bei einem internationalen Sportevent, mit einem berühmten ausländischen Sportler als Opfer, da ist die *police judiciaire* zuständig. Er hat den Fall sofort weitergegeben. Ich schätze, wenn du morgen in deine Dienststelle kommst, liegt die Akte schon auf deinem Schreibtisch."

„Als hätten wir nicht schon genug zu tun! Danke für deinen Anruf. *Bonne nuit Robert!*"

## Als ob ein Mord nicht genug wäre

*Dienstag, 8. Juli*

Auf dem Parkplatz vor der *gendarmerie nationale* in Saint Maximin hielt ein hellblauer Minicooper. Fast gleichzeitig wurden beide Türen geöffnet. Links stieg ein muskulöser Mann aus. Seine schwarzen Haare waren straff nach hinten gegelt. Auf der Beifahrerseite glitt eine elegant gekleidete Frau aus dem Wagen, strich ihr hellblaues, mit der Wagenfarbe exakt harmonierendes Seidenkleid glatt und ging auf die Pforte zu. Kurz vor dem verschlossenen Gittertor überholte sie ihr Begleiter und presste den Daumen auf den Klingelknopf.

„Ja?", knarrte eine Stimme nach einiger Zeit aus dem Lautsprecher.

„Sie müssen sofort etwas unternehmen, mein Sohn, er ist nicht nach Hause gekommen", schrie die Frau mit sich fast überschlagender Stimme in die Gegensprechanlage. Sie war unübersehbar aufgeregt.

„Hääh?"

„Bitte, bitte, helfen Sie mir! Mein Domi ist weg, entführt!" Jetzt schrie sie nicht mehr, sie flüsterte mit bebender Stimme. Sie klammerte sich mit beiden Händen an dem Mauerpfosten fest. Ihre Lippen berührten fast das Mikrofongitter.

„Jetzt mal ganz langsam, was wollen Sie?", schnarrte die Stimme aus der durchlöcherten Messingplatte.

„Ich kann nicht mehr, Gian-Carlo, mach du bitte", flehte sie ihren Begleiter an.

„Wir müssen eine Anzeige aufgeben, eine Vermisstenanzeige. Bitte öffnen Sie!" Sein Französisch war fehlerlos, trotzdem konnte man einen leichten fremdländischen Akzent heraushören – italienisch. Dann surrte der Türöffner. Die beiden gingen durch den kleinen Vorhof auf das Kasernengebäude zu. Die Eingangstüre war geschlossen. Sie mussten nochmals läuten. Ein uniformierter Gendarm ließ sie ein. Der Raum, den sie betraten, sah aus wie die Rezeption eines drittklassigen Hotels. Hinter einer fast brusthohen Theke saß ein Uniformierter und tippte etwas im Zwei-Finger-System in einen Computer. Nach einiger Zeit blickte er auf:

„Was führt Sie her?"

„Also, mein Sohn, Dominic, er war bei der Tour de France, und ist nicht zurückgekommen. Sie müssen ihn suchen. Bitte!" Sie zitterte vor Aufregung und Sorge."

„Moment, Moment! Name?"

„Ich sagte doch, mein Sohn …"

„Ihren Namen bitte!"

„Nicole de Laterre, Dominic war gestern…"

„Wohnhaft?"

Die Frau war augenscheinlich sehr aufgewühlt.

„Sie umständlicher Korinthen…", setzte sie gerade dazu an, den Beamten mit einer Schimpftirade zu überziehen, als ihr Begleiter ihr ins Wort fiel.

„Komm, Nicole, das hat doch keinen Zweck. Der hat auch seine Vorschriften, muss alles protokollieren. Also, bringen wir das Bürokratische schnell hinter uns."

Widerwillig zwang sie sich zur Ruhe und gab nochmals an, wie sie hieß und dass sie bei Montfort, Haus Nr. 1256 rue du Château wohne. Der Diensthabende tippte diese Angaben umständlich in die Bildschirmmaske, dann blickte er auf den Mann an Nicoles Seite und brummte:

„Wer ist der da?"

„Ich habe sie nur nach hier begleitet, habe sie hergefahren und werde sie dann wieder nach Hause bringen. Mit der Sache habe ich nichts zu tun."

„Trotzdem, ich brauche Ihre Personalien!"

Nachdem auch das erledigt war, schilderte Nicole de Laterre, dass sie gestern beruflich nach Nice habe fahren müssen, und ihr Sohn Dominic an diesem Tag zugesehen habe, wie die Tour de France durch Correns gekommen sei. In dem Durcheinander nach dem Massenunfall hätten ihn seine Begleiter aus den Augen verloren. Er sei gestern nicht nach Hause gekommen. Leider habe sie das erst heute früh erfahren, nachdem sie aus Nice zurückgekommen war. Sie sei dann sofort hierher zur Gendarmerie geeilt.

Sie habe schon überall herumtelefoniert, mit seinen Freunden und ihren Eltern. Niemand wisse etwas, keiner habe ihn gesehen, sie sei überzeugt, ihr Ex-Mann stecke dahinter. Ausführlich berichtete sie von dessen früheren Entführungsversuchen. Der Beamte schaute Frau de Laterre lange an, bis endlich ein Erkennen in seinen Augen aufblitzte.

„Sie sind doch der Filmstar, der kürzlich hierher gezogen ist."

Plötzlich war er sehr diensteifrig:

„Selbstverständlich werden wir Ihnen helfen. Aber hier ist der Colonel zuständig." Bedauernd griff er zum Telefon und tippte eine kurze Nummer ein.

„*Mon colonel*, Madame de Laterre, die Schauspielerin, ist hier bei mir und meldet, dass ihr Sohn seit gestern abgängig ist … Ja, ja, … sofort … ich führe sie zu Ihnen."

\*\*\*

Der dicke Chef des Gendarmeriepostens lehnte sich laut schnaufend zurück und taxierte sein Gegenüber:

„So, so, eine Vermisstenanzeige wollen Sie aufgeben!"

Nicole de Laterre nickte stumm. Stockend begann sie:

„Mein Sohn Dominic hat sich gestern in Correns angesehen, wie die Tour de France durch den Ort …"

„Was stehen Sie hier noch herum?", fuhr der Colonel seinen Untergebenen an, der Nicole hereingeführt und vorgestellt hatte. „Los, los, gehen Sie wieder raus in die Wache!"

„Aber Chef, das ist, ... es könnte ..., äh, ihr Exmann hat schon ..."

„Raus, in den Wachraum, hören Sie schlecht?", brüllte er, dann wandte er sich wieder der Schauspielerin zu:

„Ihr Sohn war also gestern in Correns um sich die Tour anzuschauen. Und dann ist er wohl nicht gleich nach Hause gekommen. Vielleicht hat er Freunde getroffen und ist mit denen gegangen. Haben Sie nachgefragt, bei den Eltern seiner Freunde?"

„Nein, nein, nein, so etwas würde er nicht machen. Aber selbstverständlich, ich habe heute früh nach meiner Rückkehr natürlich sofort mit Gott und der Welt telefoniert. Niemand hat ihn gesehen, seit dem Unfall bei der Tour. Bitte helfen Sie uns, ich mache mir solche Sorgen."

Die Schauspielerin schaute den Gendarmen flehentlich an.

Er habe auch zwei Söhne, Zwillinge. Die würden oft mehrere Nächte bei ihren Freunden schlafen. Aber selbstverständlich werde er sich um den Fall kümmern und seine Gendarmen anweisen, die Augen offen zu halten.

„So, und jetzt machen wir erst die Vermisstenanzeige." Ächzend rollte er auf seinem Bürostuhl zu einem kleinen Computertisch und begann mühsam mit zwei Fingern die Tastatur zu bearbeiten. Schließlich – Nicole de Laterre wurde immer nervöser – zog er zwei Papierbögen aus dem Drucker und legte sie ihr vor.

„Hier, unterschreiben!"

Dann nahm er das Formular und warf es in ein Ablagefach.

„Was unternehmen Sie jetzt?"

„Nun, erst einmal informieren wir alle Gendarmerieposten der Region von dem Fall. Das geht gerade per Intranet raus."

„Und weiter?"

„Wenn da nichts rauskommt, dann werden wir den Fall an die *police judiciaire* übergeben."

„Stellen Sie keine Suchtrupps auf und suchen die Gegend nach Domi ab?"

„Jetzt warten Sie doch erst mal den Rücklauf aus den Gendarmerieposten ab!"

„Das dauert doch alles viel zu lange!"

Erregt sprang Nicole de Laterre auf und starrte den Colonel an: „Sie verstehen überhaupt nichts! Sie müssen …."

Der Gendarm lehnte sich in seinem Bürostuhl zurück. „Sie glauben, weil Sie eine bekannte Schauspielerin sind, müssen wir sofort springen, wenn Sie mit dem Finger schnippen. Auch in Ihrem Fall müssen wir uns an die Dienstvorschriften halten."

„Wütend zischte sie: „Ich werde mich bei Ihren Vorgesetzten beschweren." Dann rannte sie mit zornesrotem Gesicht aus dem Raum, gefolgt von ihrem Begleiter.

***

Lange vor dem üblichen Dienstbeginn hatten sich *commissaire* Papperins Mitarbeiter im Besprechungsraum des Kommissariats versammelt. Auf dem großen ovalen Tisch lagen einige Tageszeitungen. „Mord-Tour" titelte der *Var Matin* in blutroten Lettern. Nicht minder reißerisch *La Provence*: „Chaos auf der Tour de France – Schüsse, Blutbad, Tote und Verletzte!" Deutlich zurückhaltender der Aufmacher von *Le Monde*: „Tragischer Tod bei der Tour". Keiner der Anwesenden nahm allerdings Notiz von den Blättern. Sie studierten alle die Akte der Gendarmerie, die vor kurzem per elektronischer Post eingetroffen war und die Monique Dépardieu, Papperins Sekretärin, ausgedruckt und vervielfältigt hatte.

„Viel steht nicht drin", meinte *lieutenant* Lavalle. Die Gendarmen hatten zwar eine Menge Augenzeugen befragt – Funktionäre, Zuschauer und Radsportler. Aber es war nicht viel dabei herausgekommen. Fast alle hatten den Sturz des Spaniers Miquelas und das nachfolgende Chaos mit mehr oder weniger großer Erschütterung beobachtet. Aber niemand erinnerte sich, einen Schuss gehört zu haben.

„Kein Wunder", meinte Papperin. „Bei dem Lärm, der geherrscht hat. Straßenlautsprecher, Fanfaren und Tröten der Zuschauer, darüber das Geknatter des TV-Helikopters. Da fällt ein einzelner Schuss nicht auf. Und es war doch nur einer, oder?", fragte er in die Runde.

Die noch in der Nacht durchgeführte Obduktion der Leiche hatte nur eine einzige Schusswunde ergeben, neben zahlreichen anderen Verletzungen, die offensichtlich vom Sturz herrührten.

„Schusskanal von schräg hinten links und direkt ins Herz. Der Mann war augenblicklich tot", zitierte Lavalle aus dem Bericht.

„Was wissen wir über das Opfer?" Papperins Blick schweifte über die Versammlung und blieb am kleinsten, aber sportlichsten seiner Mitarbeiter hängen, einem gedrungenem Kraftpaket mit Dreitagebart und glänzendem Kahlkopf.

„François, Sie sind doch Radsportfan." Der angesprochene *brigadier* Legrand dachte kurz nach:

„Miquelas, José. Der ist nicht mehr der Jüngste. Hat die Tour schon öfter mitgemacht. War in einen Dopingskandal verwickelt. Letztes Jahr war er deswegen gesperrt. Wundert mich eigentlich, dass der heuer schon wieder fahren darf. Aber da war …"

„Das wäre doch ein Motiv. Erschossen von einem fanatischen Dopinggegner", wurde er von Jeannine Dalmasso unterbrochen.

„Wohl etwas weit hergeholt, Jeannine, so ein Unfug!" wischte Papperin das Argument seiner Mitarbeiterin kühl vom Tisch. „Was war da, François?", wandte er sich wieder an seinen Brigadier.

Jeannine Dalmassos Herz zog sich schmerzhaft zusammen. Vor ihren Augen verschwammen ihre Kollegen zu unscharfen grauen Konturen. Sie hörte die Stimme von François Legrand nur noch undeutlich im Hintergrund. Umso lauter dröhnte eine andere Stimme in ihrem Kopf:

„Wieso ist er so harsch, so ablehnend zu mir. Was habe ich falsch gemacht?" Schließlich war nicht sie es, die sich an ihn rangemacht hatte. Das hätte sie niemals gewagt, als kleine Brigadierin ein Verhältnis mit ihrem Chef anzufangen. Nein, das war doch er, *commissaire* Jean Luc Papperin, der mit allem angefangen, sie geküsst hatte. Nach dieser Schießerei, in der Felsspalte. Nun ja, sie hatte seinen Kuss erwidert. Aber dann, als sie wieder klar denken konnte, hatte sie ihm eine schallende Ohrfeige gegeben. Nahm er ihr das übel? Aber später, als er sie im Krankenhaus besucht hatte, da war er doch wieder ganz fürsorglich, liebevoll. Und dann... Sie stöhnte innerlich vor Wehmut. Was war nur in ihn gefahren? Sie wollte ja gar nicht verlangen, dass er sie liebte. Sie wäre ja schon glücklich, wenn er wieder normal mit ihr zusammenarbeitete. Warum ging das nicht, warum schnitt er sie, verweigerte jedes persönliche Wort. Das war fast Mobbing. Sie musste ihm imponieren. Durch hervorragende Arbeit.

Sie gab sich einen Ruck, brachte die innere Stimme zum Verstummen; ihre verschwommenen grauen Kollegen nahmen wieder scharfe Konturen an. Deutlich hörte sie jetzt die Ausführungen von François Legrand:

„Er hat als Zeuge der Staatsanwaltschaft etliche seiner Fahrerkollegen, Funktionäre und Mediziner in den Skandal mit reingezogen. Viele davon sind verurteilt worden. Das war ein Riesending ..."

Jean-Luc Papperin schien sich ganz auf Legrands Worte zu konzentrieren. Nach außen wirkte das wenigstens so. In Wahrheit schweiften seine Gedanken ab, zu Jeannine Dalmasso. Warum, so dachte er, hatte er sie so brutal heruntergebügelt. Sie war doch eine hervorragende Kriminalistin ... und eine sehr attraktive Frau. Sie konnte doch nichts für seine Probleme mit Nia. „Ich muss wieder ein normales Verhältnis zu ihr finden, kollegial mit ihr zusammenarbeiten. So kann es nicht weitergehen", grübelte er.

„Chef, das haben Sie in Paris doch auch mitbekommen. Erinnern Sie sich nicht?" François Legrand, der bemerkt hatte, wie sein Chef immer abwesender wurde, führte ihn mit diesen Worten wieder auf den Boden der Tatsachen zurück.

„Das begann vor drei Jahren. Das Gericht in Marseille …" Aufmerksam hörte Papperin nun dem ausführlichen Bericht seines Mitarbeiters zu. Nachdem er fertig war, blickte *brigadier* Legrand fragend um sich. Nach einem kurzen nachdenklichen Schweigen fragte Papperin: „Und, was folgern wir daraus?"

Alle waren einer Meinung, der Ermordete war Opfer der Doping-Mafia. Motiv: Rache. *Lieutenant* Claude Lavalle, der dienstälteste Mitarbeiter von *commissaire* Papperin stand auf und ging zum Flipchart. In die Mitte des Papiers schrieb er mit rotem Filzstift „Mord-Tour" und zog einen Kreis um die Worte. Ringsum reihte er die sechs Fragen der Kriminalistik: Wer, wie, warum, wo, wann, womit und umkringelte jedes der sechs Wörter. Es sah jetzt aus wie eine stilisierte Blume. In einem nächsten Kreis schrieb er zu jeder Frage alle bislang dazu bekannten Antworten. Bis auf die Wann-Frage gab es bei allen anderen Fragen noch Klärungsbedarf. „Ich würde diese Probleme jeweils den folgenden Kollegen zuordnen, wenn sie damit einverstanden sind, Jean-Luc?", fragte er seinen Chef. Seinerzeit, bei seinem Dienstantritt als Leiter des Kommissariats in Aix en Provence, hatte Papperin die förmliche Anrede mit Dienstgraden rigoros abgeschafft. Seitdem benutzten alle die Vornamen, beim Sie war es aber geblieben. Da der Kommissar nicht auf die Frage reagierte, notierte Claude im äußersten Kreis des Schaubilds schließlich seinen Vorschlag für die Aufgabenverteilung.

Papperin betrachtete das Bild mit leisem Schmunzeln. „Das haben Sie wohl auf dem letzten Lehrgang gelernt?"

„Ja, vorigen Monat in Paris. Leider haben wir hier keinen Beamer, dann hätte ich das noch plastischer grafisch darstellen können."

„Das ist ja alles schön und gut, Claude, unsere Schulungsleiter glauben wirklich, dass sich alle Probleme mit solchen Bildchen, am besten bunt und mit viel Informatik und Elektronik, quasi von selbst lösen." Als er sah, wie sich die Miene seines *lieutenants* verdüsterte, klopfte er ihm beschwichtigend auf die Schulter:

„Claude, das geht doch nicht gegen Sie! Ich hab nur was gegen die neumodischen Coaches, die meinen, mit Mickey-Maus-Bildchen und viel Elektronik alles lösen zu können. Persönliche Erfahrung, kriminalistisches Gespür und psychologisches Einfühlungsvermögen lassen sich ganz einfach nicht durch Technik ersetzen. Ich fasse mal zusammen: Jeannine soll sich um den Tatort kümmern, einverstanden. Nochmals alle Leute befragen, die Umgebung absuchen, recherchieren, von wo der Schuss kam usw. usw. Wenn sie Glück hat, erfährt sie dabei mehr über die Tatwaffe. Sie, Claude, kennen sich als unser Jagdspezialist gut mit Waffen aus. Aber solange wir das Gewehr nicht gefunden haben, bringt uns das nicht weiter. Also, sie leiten die Ermittlungen, Jeannine geht Ihnen bei der Tatortanalyse zur Hand. François ist Radrenn- und Dopingfachmann. Er soll sich mit dem Mordopfer und den vermutlichen Tätern, der Dopingmafia, befassen. Ich selbst werde mich vorläufig heraushalten und – soweit erforderlich – die Kontakte zur Gendarmerie und anderen Dienststellen koordinieren. So, das wär's fürs erste."

\*\*\*

Auf der Rückfahrt zu ihrem Zuhause saß die Schauspielerin schweigend auf dem Beifahrersitz neben ihrem Lebensgefährten. Sie schien völlig erschüttert vom vermeintlichen Desinteresse der Gendarmerie.

„Sag mal, Gian-Carlo, glaubst du, die unternehmen jetzt genug? Kannst du dir das vorstellen?"

„Es sieht nicht so aus. Das sind eben Beamte."

„Aber das geht doch nicht. Wir können doch nicht warten, bis der schwerfällige Polizeiapparat auf Touren kommt. Gian-Carlo, dann müssen wir … Was sollen wir machen? Sag doch was!"

„Ich überlege ja schon die ganze Zeit", erwiderte der Angesprochene und fuhr schweigend weiter. Schließlich schlug er vor:

„Du solltest eine Annonce in den Lokalblättern aufgeben. Und natürlich eine Belohnung aussetzen."

„Gute Idee! Gleich wenn wir zuhause sind. Und du, du könntest dich auf die Suche nach Domi machen. Leute befragen, ob sie etwas gesehen haben."

„Du Nicole, du hast mir doch irgendwas von einem Polizisten erzählt, den du neulich kennengelernt hast. So ein höheres Tier aus Paris. Den solltest du anrufen."

„Stimmt! Papperin hieß der, *commissaire* Papperin in Aix, von der *police judiciaire*. Irgendwo habe ich seine Nummer."

Sie fing an, in ihrer Handtasche zu kramen. Schließlich fand sie das Gesuchte – eine Visitenkarte. Sie fischte ihr Handy aus der Handtasche und wählte eine der Nummern, die auf der kleinen Karte standen.

„Hallo, hier spricht Madame de Laterre. Bitte, können Sie mich mit *commissaire* Papperin verbinden – wie, das geht nicht, weil er in einer Besprechung ist? Dann holen Sie ihn eben da raus. Ich bin Nicole de Laterre, eine ... " hier stockte sie etwas „gute Freundin von ihm. Und sagen Sie ihm, es ist sehr dringend!"

Etliche Minuten später knackte es im Hörer und Papperins Stimme drang an ihr Ohr. Was es denn so Wichtiges gebe, dass sie ihn aus einer Sitzung holen lasse. Nun schilderte sie ihm, wie die Gendarmerie auf ihre Vermisstenmeldung reagiert hatte. Papperin hörte geduldig zu. Sie schloss mit einer dringenden Bitte:

„Ich flehe Sie an, *monsieur* Papperin, helfen Sie mir, bitte, und bringen Sie Ihre lahmen Gendarmeriekollegen auf Trab."

„Glauben Sie mir", beruhigte Papperin sie, „die Gendarmerie nimmt das nicht auf die leichte Schulter. Die früheren Entführungsversuche Ihres Mannes sind aktenkundig. Der Colonel hat Ihnen doch selbst gesagt, dass er etwas unternehmen wird. Die wollen das nur nicht an die große Glocke hängen, sondern lieber im Stillen agieren. Seien Sie unbesorgt, die tun etwas, da läuft schon alles auf Hochtouren. Ich bin mir sicher."

„Ich weiß nicht. Nein, ich glaube es nicht. Der war so, so phlegmatisch, so uninteressiert. Es geht doch um Dominic, ein Kind – meinen Sohn! Bitte helfen Sie mir!"

Papperin hörte sie weinen. Erst als er versprach, sich mit der örtlichen Gendarmerie in Verbindung zu setzen, beruhigte sie sich etwas und beendete das Gespräch.

\*\*\*

Der weitere Tag im Kommissariat war mit hektischen Routineermittlungen ausgefüllt. Zwar hatte die Gendarmerie bereits etliche Augenzeugen vernommen. Trotzdem wollten sich Claude und Jeannine einen eigenen Eindruck vom Tathergang verschaffen. Sie suchten deshalb alle diese Zeugen nochmals auf. Die Gefühle, die ihnen hierbei entgegengebracht wurden, reichten von tiefer Erschütterung bis hin zu erzürnten Vorwürfen. Soweit sei es schon gekommen, dass die Polizei nicht einmal mehr in der Lage sei, die Tour de France, Frankreichs Nationalheiligtum, vor Verbrechern zu schützen. Im Endeffekt kam allerdings nichts heraus, was die Ermittlungen auch nur ein Stück weitergebracht hätte. Niemand hatte den Todesschützen gesehen. Keinem war eine Person mit einem Gewehr aufgefallen. Nicht einmal die Richtung, aus der der Schuss kam, ergab sich aus den teils wirren Meinungen. Die einen glaubten, der Fahrer sei nach hinten vom Rad geschleudert worden. Andere hatten ihn mehrmals zusammenzucken, über dem Lenker zusammenbrechen und dann nach vorne stürzen sehen. Es war frustrierend.

Auch die TV-Aufzeichnung, die sie abends im Kommissariat nochmals genau betrachteten, ließ keinen sicheren Schluss zu. Es war schlichtweg nicht festzustellen, aus welcher Richtung genau der Schuss gekommen war. Selbst Zeitlupe und starke Vergrößerung halfen nicht. Die Bilder wurden zu unscharf, zu stark verpixelt. Zwar konnte man erkennen: Der Fahrer hatte sich viel bewegt. Kurz vor dem Sturz hatte er sich nach seinen Hintermännern nach rechts umgedreht, dann nach links, gleichzeitig mit einer Hand nach unten gegriffen, vielleicht die Trinkflasche aus der

Halterung genommen. Irgendetwas hatte ihn dabei aus dem Gleichgewicht gebracht, er hatte die Arme hochgerissen, war zur Seite gestürzt. Es folgte der Massenunfall.

„Laut Obduktionsbericht ist das Projektil hinten links in seinen Oberkörper eingetreten", erinnerte sich Claude. „Dann ist er also von links hinten erschossen worden!"

„So einfach ist es nicht. Wir wissen zwar, wann und in welcher Körperstellung er auf den Schuss reagiert hat. Aber wie lang war seine Schrecksekunde? Irgendwann während der Körperdrehung hat es ihn erwischt, mehr oder weniger kurz bevor er der die Arme hochgerissen hat. Der Schuss kann also von hinten, von vorne oder auch von der Seite gekommen sein."

„Da haben Sie Recht, Jeannine", lobte Papperin, um sein unwirsches Betragen von vorhin wieder gut zu machen. „Der Obduktionsbericht lässt keine Aussage darüber zu, aus welcher Richtung der Schuss gekommen ist."

\*\*\*

Obwohl Jean-Luc Papperin wirklich davon überzeugt war, dass die Gendarmerie sich vorschriftsmäßig verhielt und gründlich recherchierte, fühlte er sich doch an sein Versprechen gebunden und rief beim zuständigen Gendarmerieposten an. Er wurde auch sofort mit dem leitenden Colonel verbunden. Zu seiner großen Überraschung bestätigte dieser die Befürchtungen der Schauspielerin.

„Verehrter Kollege, ich habe alles vorschriftsmäßig in die Wege geleitet, das geht den Dienstweg."

„Aber Sie müssen doch, wenn ein kleines Kind vermisst wird, sofort Suchtrupps aufstellen und …"

„Ach kommen Sie, die Teenager, die treiben sich doch oft Nächtelang herum und kommen heim, wann es ihnen passt."

Jean-Luc Papperin fiel aus allen Wolken:

„Aber das Kind ist doch erst fünf! Sagen Sie bloß, Sie haben das nicht gewusst?"

„Um Gottes Willen, nein!"

„Und auch nicht, dass es schon zwei aktenkundige und beinahe gelungene Entführungsversuche gegeben hat."

„Nein, das ist mir neu."

Papperin wiederholte, was Nicole de Laterre ihm damals berichtet hatte.

„Das ändert natürlich alles", stöhnte der Colonel.

„Simon!" brüllte er mit ohrenbetäubender Lautstärke, so dass Papperin den Hörer weit von seinem Ohr weg hielt. Er hörte, wie fast im selben Augenblick die Türe aufgerissen wurde, der wachhabende Gendarm hereinstürzte und stramm stand.

„*Mon colonel?*"

„Haben Sie gewusst, dass das Kind erst fünf ist und dass es schon zwei fast erfolgreiche Entführungsversuche gegeben hat? Vor kurzem in Paris?"

Mit strengen Blicken schien er seinen Untergebenen zu durchbohren.

„*Mais oui, mon colonel, ...*"

„Und warum weiß ich nichts davon?" Die Miene des Vorgesetzten wurde immer finsterer.

„Ich, ich wollte Ihnen das doch sagen, aber ... da, da ha-haben Sie mich ... mir den Befehl erteilt, den Raum zu verlassen."

Im Stillen dachte er: „Angeschrien hat er mich und mich rausgeworfen!"

Der Colonel holte tief Luft und fixierte seinen Gendarmen ein paar Augenblicke lang. Dann stieß er die Luft aus und komplimentierte ihn mit einem Schlenkern der linken Hand hinaus.

„Nun gehen Sie schon, Wachhabender! Auf Ihren Posten!"

Obwohl Jean-Luc Papperin am Telefon nur die Worte des *colonel* verfolgen konnte, war ihm klar, was der Gendarm zu seinem Chef gesagt hatte. Es entstand eine längere Pause.

„Das war wohl eine kleine Informationspanne", meldete sich Papperin endlich wieder. „Was nun, Herr Kollege?"

„Was nun, was nun!", erregte sich der Colonel. „Das hätte man mir sagen müssen. Das ist ein Fall für die *police nationale*, Abteilung *police judiciaire*. Ihre Organisation, *monsieur le commissaire!*"

Und so geschah es auch. Schon am späten Nachmittag war der Fall auf Papperins Schreibtisch gelandet. Die Akte trug den Titel ‚Dominic de Laterre – mutmaßliche Entführung'.

***

„Fehlanzeige!"

Brigadier Legrand warf die Türe hinter sich zu und ließ sich frustriert auf den Stuhl im Besprechungsraum des Kommissariats fallen.

„Es hat etwas zu lange gedauert, bis die von seiner Teamleitung sagen konnten, wo der Miquelas heute Nacht schlafen sollte, und wohin man sein Gepäck gebracht hat. Als ich schließlich in sein Hotelzimmer kam, war schon jemand dagewesen und hat alle seine Sachen mitgenommen. Nichts ist mehr von ihm da, Koffer, Kleidung, Wäsche, Handy, absolut nichts. Keine Brieftasche, kein Terminkalender, kein Fotoapparat – alles haben die mitgenommen." Selbstverständlich habe er sofort das Hotelpersonal vernommen. Aber niemand habe in dem Rummel etwas bemerkt. Die Spurensicherung sei jetzt dort, aber er glaube nicht, dass dabei etwas herauskäme. Es müssen Profis gewesen sein, bestens organisiert. Anders könne er sich das schnelle und effiziente Vorgehen nicht erklären.

„Ich kann mir nicht vorstellen, dass der so ganz aus heiterem Himmel umgelegt wurde. Da muss vorher was gewesen sein. Kann sein, man hat ihn erpresst oder bedroht – das liegt in der Dopingszene doch nahe. Morgen nehme ich mir die Teamleitung noch mal vor und befrage seine Fahrerkollegen. Die waren doch in den letzten Wochen alle im Trainingscamp kaserniert, haben zusammen gewohnt und trainiert. Die müssten doch so etwas bemerkt haben. Auf alle Fälle werden die uns sagen können, mit wem er in letzter Zeit Kontakte hatte."

*Commissaire* Papperin kam in den Raum.

„Sie sind immer noch da? Es ist fast schon Mitternacht! Sie sehen erschöpft aus und enttäuscht. War nicht sehr erfolgreich, der Tag?"

Claude Lavalle und François Legrand berichteten nochmals, was sie erreicht oder besser nicht erreicht hatten.

„Leute, geht nach Hause, damit ihr wenigstens noch zu einem bisschen Schlaf kommt. Wir machen morgen Vormittag weiter, ab acht Uhr die Leute befragen. Und zwar werden wir alle bei der Befragung mitmachen."

Es wurde noch kurz vereinbart, wer mit wem sprechen sollte.

Dann schickte Papperin seine Mitarbeiter nachhause.

„Also dann, bis morgen. Mittags um 12 Uhr treffen wir uns alle wieder hier in meinem Büro."

## Eine Spur führt nach Spanien

*Mittwoch, 9. Juli*

Die nochmalige Befragung der Augenzeugen hatte wieder keine brauchbaren Resultate gebracht. Deshalb war die Stimmung bei der Lagebesprechung um zwölf Uhr im Kommissariat ziemlich niedergeschlagen. Man kam überein, dass man sich als Nächstes um das persönliche und familiäre Umfeld des Mordopfers an seinem Heimatort kümmern müsse.

„François?" Papperin blickte auffordernd zu seinem Mitarbeiter.

„Also, der Miquelas kommt aus Gerona nördlich von Barcelona. Dort leben noch seine Eltern. Er selbst hat eine Villa in Cadaqués an der Costa Brava. Dort wohnt er, wenn er nicht beruflich unterwegs ist, mit seiner Freundin und einer älteren Frau, so einer Art weiblichem Butler. Über Freunde oder sonstige ihm nahestehende Personen habe ich von hier aus nichts herausbringen können. Ich fürchte, Chef, da müssen wir die Kollegen in Spanien um Amtshilfe bitten."

Es klopfte. Monique, Papperins Sekretärin, steckte den Kopf zur Türe herein und wedelte mit einem Blatt Papier.

„Ich hab was für euch. Das wird euch umwerfen!" Damit legte sie das Schriftstück vor Papperin auf den Tisch, der es mit sichtbar wachsender Erregung las. Die anderen konnten anhand des Briefkopfes lediglich erkennen, dass es vom gerichtsmedizinischen Institut kam.

„Also, das hätte ich jetzt nicht erwartet. Der Miquelas war hochgradig gedopt. Die haben Erythropoetin nachweisen können." Er sah die fragenden Blicke seiner Mitarbeiter.

„EPO, Blutdoping zur Erhöhung der roten Blutkörperchen. Es steht seit langem auf der Liste der verbotenen Substanzen", erläuterte François, der Radprofiexperte.

Das stellte das bisher angenommene Motiv für den Mord in Frage. Rache der Doping-Mafia war jetzt eher unwahrscheinlich. Andererseits erklärte sich damit das schnelle und gut organisierte Beseitigen aller persönlichen Dinge des Radsportlers. Womöglich hätte das der Polizei Hinweise auf einen neuen Dopingfall und die darin verstrickten Personen geliefert.

„Aber der Mord ist doch dann sinnlos", meinte *lieutenant* Lavalle. „Die bringen doch nicht ihre besten Kunden um."

„Wer hat ihn dann erschossen? Konkurrenten, die ihm einen Erfolg bei der Tour nicht gönnen?"

Legrand schüttelte den Kopf. „Dazu war er nicht gut genug. Eher Mittelmaß. Bei der jetzigen Tour fuhr er meist nicht in der Spitzengruppe. Kein einziger Etappensieg, keine Bergwertung, nur eine einzige Sprintwertung. Das können wir als Motiv streichen."

*Commissaire* Papperin erhob sich und blieb, auf die Tischplatte gestützt, stehen: „Monique, machen Sie erst mal Kaffee, bitte! Ich glaube, das haben wir jetzt alle nötig." Dann begann er vor dem Fenster auf und ab zu gehen und resümierte:

„Natürlich kann es immer noch sein, dass die Doping-Mafia ihn erschossen hat. Ganz dürfen wir das nicht aus den Augen lassen, auch wenn es jetzt eher unwahrscheinlich ist. Das heißt, wir müssen unsere Ermittlungsschwerpunkte anders setzen. Meines Erachtens rücken jetzt zwei mögliche Motive in den Vordergrund. Erstens: Persönliche Rache eines von Miquelas verratenen Dopingtäters. Sie wissen schon, damals, als er wesentlich zur Zerschlagung dieses Dopingkartells beigetragen hat. Da haben doch einige alles verloren. Allerdings dürften die noch im Gefängnis sitzen. Zweitens – und das halte ich fast für wahrscheinlicher – private Gründe, die in seinem Bekannten-, Freundes- oder Geschäftsumfeld zu suchen sind, ganz unabhängig von dem Dopingskandal. Liebe, Hass, Eifersucht, Geld. Die klassischen Mordmotive also."

Papperins Monolog wurde von der Sekretärin unterbrochen, die ein Tablett brachte mit zwei Kannen Kaffee, Tassen und einem Teller mit Madeleines, dem beliebten aromatischen Sandgebäck.

„Fazit: Die Ermittlungen im privaten Umfeld von Miquelas sind vordringlich." Papperin war allerdings sehr skeptisch, ob die spanische Polizei ernsthaft recherchieren würde. Vor allem, da hier die weiße Weste eines ihrer nationalen Sportidole schwarze Flecken bekommen konnte. Besser wäre es sicher, wenn ein französischer Polizist dort die Untersuchung führen, oder zumindest begleiten könnte.

„Wir werden die Spanier einschalten und um Amtshilfe bitten. Darum werde ich mich sofort kümmern. Außerdem möchte ich, dass einer aus unserem Team nach Spanien fährt und den Kollegen dort...", auf der Suche nach dem richtigen Wort zögerte er ein wenig.

„...auf die Finger sieht, damit sie nichts vertuschen", warf François Legrand etwas vorlaut ein.

„...den Kollegen dort behilflich ist und für Auskünfte zur Verfügung steht", vollendete Papperin seinen Satz mit einem gespielt strafenden Seitenblick.

„Da Sie gut spanisch sprechen, Claude, sollten Sie das übernehmen. Ich weiß, Sie haben Familie. Ginge das trotzdem?"

„Klar! Endlich mal ein paar Nächte ohne Kindergeschrei, das wird wie Erholungsurlaub."

„Gut, dann hoffe ich, dass meine Vorgesetzten die Reise genehmigen. François und Jeannine, Sie beide bleiben am ersten Problem dran und recherchieren hier – Rache von einem, den Miquelas seinerzeit ans Messer geliefert hat."

\*\*\*

„Sie möchten also, dass einer unserer Beamten vor Ort mitarbeitet?" Der *Contrôleur Général*, Papperins Vorgesetzter, wedelte skeptisch mit dem Dienstreiseformular, das *commissaire* Papperin ihm zur Genehmigung vorgelegt hatte.

„Und Sie glauben, ich bewillige das einfach so? Urlaub – das ist es, was ihr Mitarbeiter in Wahrheit dort machen wird. Kaschiert als Dienstreise. Das kann ich nicht unterstützen. Schlagen Sie sich das aus dem Kopf."

„*Mon Président*, ich halte …".

„Ich habe nein gesagt. Ist das klar? Und jetzt: *Au revoir!*" Bei diesen Worten knallte er den Dienstreiseantrag lautstark vor Papperin auf die Tischplatte

Trotz dieser harschen Verabschiedung rührte sich *commissaire* Papperin nicht von der Stelle.

„Nun gehen Sie schon, ich habe Wichtigeres zu tun!"

„Chef", wählte Papperin die etwas weniger förmliche Anrede. „Die ganze Welt blickt auf Frankreich und die französische Polizei. Dieser Mord ist in weit über hundert Länder live übertragen worden. Die Zeitungen, nicht nur in Frankreich, sondern weltweit, berichten darüber auf ihren Titelseiten. Können wir es uns wirklich leisten, nicht in alle möglichen Richtungen zu ermitteln?"

„Aber wir tun doch alles, was möglich ist. Selbstverständlich geht noch heute ein Amtshilfeersuchen an die Guardia Civil in Barcelona raus. Die können das alleine und brauchen keine Unterstützung von uns. Haben Sie doch etwas mehr Vertrauen in unsere spanischen Kollegen!"

„Chef, es geht auch um die Ehre der französischen Polizei", wurde Papperin pathetisch.

„Wollen wir das Heft so einfach aus der Hand geben. Der Mord ist schließlich in Frankreich passiert, bei unserer Tour der France." Und nach einer kurzen Pause mit gedämpfter Stimme: „Außerdem glaube ich nicht, dass die Spanier objektiv ermitteln."

„Wie kommen Sie zu dieser Vermutung?"

Der Polizeichef war schon etwas nachdenklicher geworden. Natürlich wollten er und sein Polizeiapparat alle Lorbeeren einheimsen, sobald der Mord aufgeklärt war. Möglichst wenig von diesem Ruhm durfte für andere Polizeien abfallen.

„Gerade weil wir wissen", argumentierte Papperin, „dass dieser Miquelas gedopt war. Die Katalanen, so fürchten wir, haben kein Interesse daran, das an die große Glocke zu hängen und womöglich noch weitere Beweise zu finden, die auch die anderen Fahrer ihres Teams des Dopings überführen. Ich halte es für unverzichtbar, dass wir dort präsent sind und werde meinen besten Mann dorthin schicken. Wir suchen nach einem Mörder, und ich bin hundertprozentig sicher, wir werden dabei viele solcher Dopinghinweise finden."

„Kurzum: Sie halten es für möglich, das die spanischen Kollegen die Ermittlungen nachlässig führen?"

„Wenn nicht sogar behindern! Ja davon bin ich überzeugt."

„Wen wollen Sie dort hinschicken? *Lieutenant* Lavalle? Kann der das?"

Papperin erläuterte ausführlich, dass Claude Lavalle sein dienstältester Mitarbeiter sei und sich in zahllosen schwierigen Situationen hervorragend bewährt habe. Außerdem spreche er fließend Spanisch. Er, Papperin, wisse niemanden, der für diese Aufgabe geeigneter wäre.

„Ich will aber stets auf dem Laufenden gehalten werden. Ihr Mann muss täglich Bericht erstatten. Direkt an mich persönlich – per e-mail. Machen Sie ihm das klar, Papperin!"

Der Polizeichef zog das Dienstreiseformular wieder zu sich und zückte seinen Füllfederhalter.

„Ich werde dann das Präsidium der Guardia Civil in Barcelona entsprechend informieren und um Kooperation und Unterstützung ersuchen."

Mit einer verschnörkelten ornamentalen Unterschrift genehmigte er endlich den Reiseantrag. Es waren weniger die sachlichen Argumente Papperins, die ihn dazu bewogen hatten, als vielmehr die Befürchtung, er müsse den Erfolg teilen, noch dazu mit ausländischen Kollegen.

\*\*\*

Zufrieden, dass er die Dienstreise von *lieutenant* Lavalle beim Chef hatte durchsetzen können, widmete sich Papperin dem zweiten Fall, den sie seit Dienstag am Hals hatten. Am besten, meinte er, sollte er wohl zunächst mit dem Quai des Orfèvres in Paris, seiner früheren Dienststelle, telefonieren. Er ließ sich mit dem Beamten verbinden, der damals die Entführungsfälle Dominic de Laterre bearbeitet hatte. Bereitwillig gab dieser ihm Auskunft, erläuterte alle Maßnahmen, die man in Paris zum Schutz des kleinen Dominic unternommen hatte.

„Dann ist Frau de Laterre aus dem Zuständigkeitsbereich unserer *préfécture* weggezogen. Unser Angebot, die Angelegenheit an die *préfécture* in Aix-Marseille zu übergeben, hat sie kategorisch abgelehnt. Sie meinte, je weniger Personen wüssten, wo sie wohne, desto sicherer sei das für ihren Sohn. Das gelte auch für die Polizei! Das hat sie mir wörtlich so gesagt. Sie hat uns nicht besonders viel zugetraut. Das verstehe ich sogar – wir haben uns wohl sehr blamiert, damals am Flugplatz. Aber erzählen Sie, wie geht es da drunten im Süden? Und was haben Sie mit dem Fall zu tun?"

Es wurde ein längeres Gespräch. Schon bald kam man vom konkreten Fall ab. Papperin erkundigte sich nach seinen früheren Kollegen. Man beklagte die Finanznot und die Stellenkürzungen und dass in letzter Zeit so viele Flüchtlinge aus Nordafrika Frankreich überschwemmten und die Kriminalitätsrate in die Höhe trieben. Schließlich kamen sie wieder auf den Anlass des Telefonats zurück. Papperin bat, ihm alles zu schicken, was sie in Paris zu dem Fall hatten.

„Gut, dann lasse ich Ihnen die vollständige Akte de Laterre nach Aix zukommen. Per e-mail, wir sind inzwischen voll digitalisiert. Viel Glück und *au revoir!*"

Im Anschluss an dieses Telefonat rief Papperin sein Team zu einer kurzen Besprechung. Er teilte ihnen die neue Lage mit und fasste alle ihm bekannten Details für seine Mitarbeiter zusammen.

„Wir werden jetzt die folgende Arbeitsteilung vornehmen: Claude, Sie fahren nach Cadaqués und kümmern sich um die private Seite des Falles Miquelas. Der *Contrôleur Général* hat die Dienstreise genehmigt. Allerdings möchte er jeden Tag einen Rapport, per e-mail. Er hat auch schon die spanischen Kollegen informiert, mit denen Sie zusammenarbeiten werden. Hier ist das Dossier mit allen Kontaktadressen. Sie sollten möglichst morgen starten. Die Tickets und Hotelreservierung – zunächst für fünf Tage – besorgen bitte Sie, Monique", wandte er sich an seine Sekretärin.

„Um den Mord hier in Frankreich kümmern sich *brigadier* Legrand und *brigadier* Dalmasso. Wir brauchen Antworten auf viele Fragen, z.B. woher kam der Schuss, was ist mit der Tatwaffe, mit wem hatte das Opfer in letzter Zeit Kontakt, woher kam das EPO usw. usw. Da haben Sie viel zu tun. Ich selbst werde mich mit dem Vermissten-/Entführungsfall de Laterre befassen. Sie beide", dabei blickte er die beiden Guys an, *brigadier* Guy Malmotte und *brigadier* Guy Debordeau, „bearbeiten Ihre derzeitigen Fälle weiter und gehen mir, soweit nötig, zur Hand. Das wäre es vorläufig. Je nachdem, wie sich alles ent…"

Plötzlich schweiften seine Gedanken ab. Eigentlich – aus seinem innersten Gefühl heraus – hatte Papperin eine völlig andere Arbeitsteilung vorgeschwebt. Er und Jeannine hätten nach Spanien fahren sollen und die anderen sich um den Fall in Frankreich kümmern lassen. Feige – das war er. Jeannines Miene hatte das deutlich zum Ausdruck gebracht. Nach allem, was gewesen ist, war es unfair, so wie er sie jetzt behandelte. Und das lag ihm schwer auf der Seele. Andererseits war da Nia. Sie zu verlieren, wäre furchtbar. Aber das wäre die Konsequenz, sie hatte ihm das unmissverständlich klar gemacht. Objektiv ließ sich seine Entscheidung gut rechtfertigen. Weder Jeannine noch er konnten ausreichend spanisch. *Lieutenant* Lavalle dagegen war für diese Aufgabe prädestiniert. Jean-Luc Papperin blickte auf und sah sechs Augenpaare fragend auf sich gerichtet. Er hatte gar nicht gemerkt, dass er mitten im Satz abgebrochen und eine peinliche Pause hatte entstehen lassen. Etwas verwirrt räusperte er sich, um mit forscher Stimme anzuordnen:

„Also dann, an die Arbeit, bzw. gute Nacht. Nächste Besprechung morgen um 16 Uhr – ohne Sie, Claude! Ihnen
wünschen wir eine gute Reise und viel Erfolg."

*** 

Alle erhoben sich, Stühle scharrten über den Steinboden.
„Bis Morgen!" *„Bon courage, Claude!"* *„Au revoir!"*

Monique Dépardieu, die als letzte den Raum verließ,
schloss die Tür hinter sich. Papperin nahm an seinem
Schreibtisch Platz. Er vertiefte sich am Computer in ein Dokument, als ein zaghaftes Klopfen an der Tür ihn aufblicken
ließ.

„Herein!"

Zögernd betrat Jeannine Dalmasso sein Büro. Sie drückte
die Tür hinter sich zu.

„Was gibt es, *brigadier* Dalmasso?"

„Ich … ich kündige! Ich halte das nicht mehr aus, Chef. "

„Jetzt übertreiben Sie nicht so, Sie sind eine sehr wert-
volle Mitarbeiterin."

Die junge Frau zuckte ob der kalten Reaktion Papperins
kurz zusammen. Resignierend drehte sie sich um und wollte den Raum verlassen. Doch dann stockten ihre Schritte.
Nach einer kurzen zögerlichen Pause schien sie sich einen
innerlichen Ruck zu geben. Jetzt schaute sie Papperin direkt
in die Augen.

„Jean-Luc, warum behandelst du mich so? Bereust du es,
dass du mit mir geschlafen hast? Weil du mich jetzt so ab-
schiebst? Aber das war doch wunderbar. Ich war noch nie
in meinem Leben so glücklich."

Sie machte eine Pause, senkte den Blick zum Boden. „Oh
Gott, ich habe alles vermasselt", dachte sie. Als Papperin
nichts erwiderte, riss sie sich zusammen und fuhr fort:

„Wir haben doch früher so gut zusammengearbeitet. Ich
will doch nichts anderes als ein gleichwertiges Mitglied in
deinem Team sein. Vergessen wir einfach, was war."

Erwartungsvoll fixierte sie ihn mit den Augen.

„Jeannine, es ist … ich weiß nicht. Verdammt noch mal:
Ich kann es nicht vergessen."

„Doch, das geht. Du bist mein Chef. Ich werde dich wieder siezen" auch wenn ich innerlich immer beim du bleiben werde, dachte sie. „Und du, vielmehr Sie, *commissaire* Papperin, behandeln mich wieder so wie früher. Wir waren doch ein so tolles Team im Golf-Resort-Fall."

„Ach Jeannine, das geht nicht. Schnell alles vergessen. Ich schlafe doch nicht mit jeder Frau, die mir über den Weg läuft, dass ich das so einfach ablegen kann. Das geht tiefer. Wir haben zu viel miteinander erlebt, damals. Aber das darf nicht sein. Ich weiß, ich habe mich dann in die Rolle des Chefs zurückgezogen. Aber ich weiß auch, dass das unfair war, dir gegenüber, und dass es auch keine Lösung ist. Es ist unlösbar, glaube mir, aussichtslos!"

Und dann erzählte Papperin, von Nia, der Frau, die er liebte, und die er heiraten wollte. Davon, wie schwer es sei, hier zu arbeiten und sie in Paris zu wissen. Dass er aber auch nicht an den Quai des Orfèvres zurück wolle, weil er hier zuhause sei, in der Provence, dem Land seiner Kindheit. Umgekehrt könne und wolle Nia nicht weg aus Paris. Und hier habe er sich in sie, Jeannine, verliebt.

„Verdammt noch mal, warum kannst du nicht ein ekelhaftes, hässliches und bigottes Ekel sein? Dann wäre alles anders gelaufen."

„Dann lasse ich mich versetzen, egal wohin! So ist wenigstens dein Problem gelöst."

„Nein, Bitte nicht!"

Jeannine schaute ihn mit großen Augen an, dann ging sie um den Schreibtisch, stellte sich hinter Papperin. Ihre Arme umschlangen ihn. Sie schmiegte ihre Wange in seine wolligen schwarzen Kraushaare. So verharrten sie eine lange Weile.

Plötzlich ging die Türe auf. Monique kam herein. Sie stutzte, drehte sich um und wollte den Raum wieder verlassen. In der Türöffnung stoppte sie, kam zurück und drückte die Türe mit dem Fuß sanft ins Schloss.

„Raus!", brüllte Papperin barsch, ganz gegen seine Gewohnheit. Doch Monique blieb.

„Jetzt haben wir ein Problem. Ich habe es gefühlt, gewusst. Chef und Geliebter, und dazu Ihre Nia."

„Wieso wissen Sie von Nia?", löste sich Papperin aus Jeannines Umarmung. „Ich habe doch nie etwas erzählt."

Monique lächelte. Sie schüttelte ihren Kopf mit den grauen Locken.

„Da brauchten Sie nichts zu sagen. Außerdem habe ich Nia kennen gelernt, damals am Ende des Golf-Resort-Falles."

„Sie hat doch nicht …"

„Nein, nein!", beruhigte sie ihn. „Sie hat nichts erzählt. Aber wenn man so lange wie ich hier Sekretärin ist – schon lange vor dir, bei deinem Vorgänger – dann bekommt man einfach ein Gespür für solche atmosphärischen Dinge."

Ganz bewusst war sie zum Du übergewechselt, so wie es bei ihrem alten Chef, *commissaire* Lafontaine, war. Sie hatten sich geduzt. Mit seinen Mitarbeitern war ihr Chef aber stets beim höflichen Sie geblieben. Papperin war damals, ehe seine steile Karriere in Paris begann, ein einfacher Brigadier hier in Aix en Provence gewesen.

Jeannine schaute Monique trotzig an.

„Ich habe Jean-Luc gerade gesagt, dass ich mich versetzen lasse. Weit genug weg von hier. Das löst das Problem."

„Wie edel von Ihnen, Jeannine!", spottete die Sekretärin. „Aber glauben Sie mir: Davonlaufen löst gar nichts!"

„Und was schlagen Sie vor, Sie Besserwisserin?"

Wütend stampfte Jeannine mit dem Fuß auf. Papperin starrte die beiden entgeistert an. Jeannine, die bildschöne junge Frau, jetzt mit Zornesröte im Gesicht. Vor ihr die wesentlich ältere grauhaarige Monique, die, mitleidsvoll dreinblickend, einen Arm um die Jüngere legte.

„Wir finden eine Lösung ohne Weglaufen. Komm, setz dich."

## Zwischenfall in Cadaqués

*Donnerstag, 10. Juli*

Der TGV von Paris über Perpignan nach Barcelona fuhr langsam in den modernen Bahnhof von Figueres ein. *Lieutenant* Claude Lavalle nahm seine beiden Reisetaschen aus dem Gepäckfach. Die Fahrt war etwas umständlich gewesen. Viermal hatte er umsteigen müssen auf der an sich nicht langen Strecke von Aix en Provence nach Cadaqués. Nicht einmal 400 Kilometer. Viel lieber wäre er mit dem Auto gefahren. Es hatte sich aber als unüberwindbarer bürokratischer Hindernislauf herausgestellt, als einfacher Leutnant der Polizei einen Dienstwagen für eine Auslandsfahrt bewilligt zu bekommen. Sein eigenes Auto konnte er nicht nehmen, weil seine Frau mit den Kindern darauf angewiesen war. So musste er wohl oder übel mit der Bahn fahren. Auf den letzten rund vierzig Kilometern bis Cadaqués gab es keine Bahnverbindung. Es war vereinbart, dass ein spanischer Polizist ihn am Bahnhof in Figueres abholen und in sein Hotel nach Cadaqués bringen sollte.

Mit einem freundlichen „Buenos días, Señor Lavalle", wurde er beim Aussteigen von einem uniformierten Beamten der *Policía autonómica de Catalunya* auf dem Bahnsteig empfangen. Im regionalen Hauptquartier in Figueres musste er zunächst eine sehr pathetische Begrüßung durch den örtlichen Polizeichef über sich ergehen lassen. Anschließend fand eine erste intensive Lagebesprechung statt. Noch am selben Abend sollte die Villa des Mordopfers José Miquelas gründlich nach Beweismaterial durchsucht werden. Ein gerichtlicher Beschluss, ausgestellt vom zuständigen Untersuchungsrichter, lag bereits vor. Claude Lavalle wunderte sich über das endlose Palavern und Diskutieren. Er war die präzise und zielstrebige Sitzungsleitung durch seinen Chef, *commissaire* Papperin, gewohnt. Endlich war auch das vorbei, und drei seiner spanischen Kollegen fuhren mit ihm zum Zielort Cadaqués, dem Ort, wo die Villa von José Miquelas stand. Obwohl der Abend schon näher rückte, war die Fahrt über kleine Küstenstraßen durch die sonnenverbrannte Landschaft unerträglich heiß – der Wagen besaß keine Klimaanlage. Zum Glück dauerte es nicht allzu lange. Während seine spanischen Kollegen in der Lobby des Hotels warteten, brachte er das Gepäck auf sein Zimmer, duschte eiskalt und zog sich schnell um.

***

Die Sonne senkte sich bereits als glühende Scheibe zum Horizont herab, als sie ihr Ziel erreichten. Weit ab vom Ort, inmitten der vom Abendlicht rot angestrahlten Felsenlandschaft lag die Villa, umrahmt von einem grünen Gürtel aus gepflegtem Rasen und vielen Palmen. Dazwischen glitzerte blau das Wasser eines ovalen Swimmingpools. Mit Blaulicht, aber ohne Sirene fuhr der Polizeiwagen bis vor die Haustüre. Es herrschte eine friedvolle, geradezu idyllische Abendstimmung. Außer dem fernen Schwappen der Wellen am Strand und dem leisen Säuseln des Windes war kein Geräusch zu hören. Neben der modernistischen, aus dunklem Holz und runden Milchglasscheiben komponierten Haustüre war eine glänzende goldene Messingscheibe in die Hauswand eingelassen, in der Mitte der Klingelknopf. Sie läuteten und warteten. Nichts rührte sich im Haus. Auch nach einem erneuten Läuten tat sich nichts. Der Leiter der kleinen Gruppe schlug mit der Faust mehrmals an die Türe und rief: *„Policía autonómica de Catalunya!* Machen Sie auf!"

Jetzt sah man durch die versetzten Milchglasstücke einen verzerrten Schatten. Offensichtlich kam jemand zur Türe. Während seine beiden Begleiter etwas zur Seite traten, postierten sich der spanische Leiter der Gruppe, den Durchsuchungsbeschluss in der Hand, und sein französischer Kollege vor der Haustüre. Wieder tat sich nichts. Lieutenant Lavalle warf seinem Kollegen einen fragenden Blick zu, doch er sah kein Gesicht, nur rot spritzendes Blut. Dann erst nahm er das Stakkato einer Maschinenpistole wahr. Ein irrsinniger Schmerz stach durch seinen Körper. Im Fallen sah er die beiden anderen Polizisten in Deckung springen. Dann wurde es schwarz vor seinen Augen.

*Freitag, 11. Juli*

Odile Papperin stürmte in das Schlafzimmer ihres Sohnes.

„Jean-Luc, wach auf!"

Sie schüttelte ihn, bis er erschrocken hochfuhr.

„Spinnst du jetzt, *maman?*" Und als er ihr entsetztes Gesicht sah, deutlich sanfter, voller Sorge:

„Fehlt Dir was? Tut Dir was weh? Soll ich den Notarzt rufen?"

„Nein, es ist was Furchtbares passiert. Deine Sekretärin ist am Telefon. Komm, geh schon hin!"

Mit einem Satz war Papperin aus dem Bett gesprungen und rannte die Treppe hinunter zum Telefon im großen Wohnzimmer.

„Monique, was gibt's?"

Nun berichtete seine Sekretärin wie sie kurz vor zwei Uhr nachts von Frau Lavalle angerufen wurde, die ihr unter Tränen berichtet hatte, dass ihr Mann, Claude Lavalle, Schüsse aus einer Maschinenpistole in die Brust bekommen habe und jetzt im Krankenhaus der Provinzhauptstadt Girona liege. Er sei bereits operiert worden. Wie es ihm gehe, wisse sie, Monique, nicht. Aber sie habe sofort via Internet einen Flug für ihn, Papperin, von Marseille nach Girona gebucht.

„In knapp vier Stunden, um 6 Uhr 20 geht die Maschine. Vom Terminal mp², Marseille-Provence 2. Jean-Luc, hoffentlich kommt er durch. Du rufst mich gleich an, wenn du ihn gesehen hast – ja?"

***

Papperin stand betroffen vor dem Bett und betrachtete seinen an zahlreichen Kabeln und Schläuchen hängenden *lieutenant*. Kurz vorher hatte er sich mit dem spanischen Stationsarzt unterhalten können, der zum Glück gut Französisch sprach.

„Die Operation hat er überstanden, *comisario*. Fast drei Stunden hat sie gedauert. Er hat enormes Glück gehabt, dass die Geschoße knapp an Herz und Rückenmark vorbei gegangen sind. Sonst …", der Arzt machte eine vielsagende Pause. Dann fuhr er fort. Er sei sehr geschwächt, habe enorm viel Blut verloren. Aber sein Zustand habe sich auf niedrigem Niveau deutlich stabilisiert. Sie hätten ihn in ein künstliches Koma versetzt, um ihn völlig ruhig zu stellen. Auf Papperins Frage, wann er mit ihm sprechen könne, kam nur ein ratloses Schulterzucken.

„Vielleicht in zwei Tagen, vielleicht in einer Woche … wer kann das genau sagen?"

„Glauben Sie, dass er wieder ganz gesund … ohne … bleibende Schäden? Er hat nämlich Familie, Frau und zwei kleine Kinder", stammelte Papperin. „Und ich habe ihn überredet, den Job in Spanien zu übernehmen", dröhnte eine innere Stimme in seinem Kopf.

Akute Lebensgefahr bestand nach den Worten des Arztes wohl nicht mehr. Trotzdem fand Papperin seine Auskünfte alles andere als beruhigend.

„*Salut* Claude", sprach Papperin sanft zu dem Reglosen. „Ich hätte Sie nicht dorthin schicken dürfen. Es tut mir so leid."

Er suchte verzweifelt in dem bleichen Gesicht nach einer Regung, dem Zucken eines Augenlids oder einer Bewegung der Lippen. Nichts. Lange starrte Papperin seinen Kollegen an, von Schuldgefühlen gequält. Schließlich drehte er sich leise um und verließ die Intensivstation.

***

Der Vorfall hatte sowohl bei der spanischen als auch bei der französischen Polizei Entsetzen und hektische Betriebsamkeit ausgelöst. Ein von den beiden unverletzten katalanischen *guardias* per Handy alarmiertes Einsatzkommando war zwar relativ schnell zur Stelle. Das Ergebnis der sofortigen Erstürmung des Hauses allerdings war entmutigend, keine Spur von dem oder den Schützen, die Einrichtung chaotisch verwüstet. Offensichtlich hatten die Verbrecher das Anwesen gründlich und rücksichtslos durchsucht. Der französische Polizist war schwer verletzt durch mehrere Schüsse im Oberkörper. Der katalanische Leiter war tot. Wahrscheinlich – zum Glück – hatte er nichts gespürt, denn die überraschende MP-Salve hatte ihn mitten ins Gesicht getroffen.

Die beiden unter Schock stehenden Polizisten hatten noch am Tatort berichtet, kurze Zeit nach dem Feuerstoß habe ein Motor hinter dem Haus aufgeheult. Sie hätten das nur am Rande registriert, weil sie sich zu allererst um ihre verletzten Kollegen kümmern mussten. Und selbst wenn sie sofort losgerannt wären, um das Haus herum, sie hätten keine Chance gehabt, das Auto noch zu sehen. Dazu sei das Haus zu weitläufig. Sie seien aber sicher, dass es ein schwerer Dieselmotor gewesen sei, vermutlich ein größerer Geländewagen. Die sofort eingeleitete Großfahndung war ergebnislos verlaufen. Keine Reifenspuren, denn das Terrain hinter dem Haus war steinig und knochentrocken. Der Wagen musste sich zwischen Felsen, Macchie und Pinien durchgekämpft haben, bis er auf eine asphaltierte Regionalstraße gestoßen war. Auch die Straßensperren brachten keinen Erfolg. Sie waren wohl zu spät errichtet worden.

***

Nachmittags, am Tag nach dem Überfall, war Papperin endlich am Tatort eingetroffen. Die Kollegen der spanischen Spurensicherung waren fürs Erste mit ihrer Arbeit fertig und berichteten, dass sie nichts, rein gar nichts gefunden hätten, was auch nur einen kleinsten Lichtschimmer auf die Hintergründe der Tat werfen könnte. Die Eindringlinge waren äußerst gründlich und professionell vorgegangen und hatten alles entfernt. Nur die belanglosen Dinge des täglichen Lebens waren zurückgeblieben. Kein Hinweis auf verbotene Substanzen, auf Dopingmittel, keine Pülverchen, Medikamente oder Spritzen. Selbst Computer hatte man mitgenommen. Es fanden sich kein Handy oder i-Pad, kein Notizbuch, kein Terminkalender, keinerlei Bankunterlagen. Nichts – die Doping-Mafia hatte alles beseitigt. Selbst die Kabel des Festnetztelefons waren herausgerissen und die Apparate verschwunden.

Nachdem der Leiter des Einsatzkommandos persönlich alle Zugangstüren zum Haus versiegelt und zwei *guardias* zur Bewachung des Anwesens abgestellt hatte, machte sich die Truppe auf den Rückweg. Mit Blaulicht und Sirene raste der Polizeikonvoi zurück zum Kommissariat nach Figueres.

„Da wir keinerlei konkrete Hinweise im Haus gefunden haben, müssen wir unsere Fahndung sehr breit anlegen", meinte der spanische Einsatzleiter in fast akzentfreiem Französisch." Er saß mit *commissaire* Papperin im Fond des ersten Wagens.

„Wir werden alle Personen befragen, die uns in Verbindung mit der Dopingszene bekannt sind. Vielleicht weiß der eine oder andere etwas. Natürlich werden wir genauestens prüfen, wo jeder zur Tatzeit war. Das wird eine Sisyphusarbeit! Aber wahrscheinlich nimmt man mir die Ermittlungen aus der Hand. Da werden sich die Oberen einschalten. Der Provinzchef, wenn nicht sogar unser Alleroberster, der *Director General* der *Policía autonómica de Catalunya*. Womöglich reißt auch die *Policia Nacional* den Fall an sich."

Im Kommissariat in Figueres wurden sie bereits erwartet. Tatsächlich war der Polizeichef der Provinz Girona gekommen, um die Ermittlungen persönlich zu leiten. Bei der lange dauernden Lagebesprechung wurden eine Sonderkommission gebildet, die erforderlichen Aktionen geplant und Aufgaben verteilt. Nach drei Stunden war die Sitzung beendet. Im Grunde waren alle frustriert und ratlos, da man keinerlei konkrete Anhaltspunkte hatte. *Comisario* Gimenez, der Leiter des Einsatzkommandos, mit dem Papperin zurück nach Figueres gefahren war, fasste seinen französischen Kollegen am Arm. „Kommen Sie, gehen wir auf einen *café* in mein Büro." Er wirkte sehr nachdenklich.

„Wir suchen nach der Nadel im Heuhaufen, dabei wissen wir noch nicht einmal, ob es tatsächlich eine Nadel ist, was wir suchen, oder etwas anderes. Können wir sicher sein, dass es wirklich um Doping geht?" fragte er. Sie gingen nochmals das gesamte Geschehen durch, angefangen vom Mord am Radprofi Miquelas in der Provence, bis hin zum Mord an dem spanischen Kollegen in Cadaqués. Sie diskutierten Motive und Theorien und verwarfen sie wieder.

Es klopfte. Die Tür wurde einen Spalt geöffnet und ein junger Uniformierter schaute herein.

„*Comisario*, hier ist eine Frau, die Sie sprechen möchte. Sie sagt, sie ist die Lebensgefährtin von José Miquelas. Sie will zum Leiter der Ermittlungen. Ich habe gedacht, ich bringe sie lieber zu Ihnen und nicht zum *director*."

Er machte die Türe weiter auf und ließ eine sehr elegante junge Frau eintreten. Sie sagte, sie habe das Haus von Polizeisiegeln versperrt vorgefunden. Die beiden Guardias dort hätten sie aufgefordert, ins Kommissariat nach Figueres zu fahren. Da sei sie jetzt und wolle wissen, um was es geht.

*Comisario* Gimenez stellte ihr zunächst seinen französischen Kollegen vor: „Das ist *comisario* Papperin von der französischen Kriminalpolizei. Er leitet die Untersuchungen zum Mord an Ihrem Lebensgefährten in Frankreich." Dann berichtete er ihr ausführlich, was in ihrem Haus geschehen war. Er stellte Fragen, die sie meist langsam und stockend beantwortete. Soweit Papperin, der nicht besonders gut Spanisch konnte, verstand, ging es um Computer und Handys. Ja, natürlich habe er e-mail-accounts, einen Laptop und ein i-phone. Selbstverständlich kenne sie seine Zugangscodes und Passwörter. Gimenez wollte wissen, ob sie Miquelas in den letzten Tagen vor seiner Ermordung gesehen hatte, und worüber sie gesprochen hätten. Sie hatte ihren Freund nicht auf der Tour begleitet, sondern mit ihm regelmäßig telefoniert und in e-mail-Kontakt gestanden.

„Wenn Sie etwas Zeit haben, können wird das ja sofort überprüfen", meinte der Kommissar, und beugte sich über seinen Schreibtisch, um den PC hochzufahren. Sie diktierte ihm Benutzername und Passwort für den e-mail-account des Radprofis. Gespannt beobachteten sie, wie sich das Display aufbaute. Ein Klick auf Posteingang öffnete eine lange Liste von Absendern.

„Die hier sind von mir", sagte die junge Frau und deutete auf einige mails mit der Adresse maria-rosa@ibernet.es. *Comisario* Gimenez blätterte durch die Posteingänge der letzten Monate. Es waren hunderte. Dann klickte er auf die Gesendet-Schaltfläche. Auch hier erschien eine Liste. Er öffnete die Mails, die der Radrennfahrer in den Tagen vor seiner Ermordung versandt hatte. Viele davon gingen an seine Freundin Maria-Rosa.

„Das scheint alles nichts mit unseren Morden zu tun haben", meinte der spanische Kommissar, nachdem er ein gutes Dutzend der Mails gelesen hatte. „Aber das müssen wir natürlich gründlich auswerten. Mindestens die Sendungen des letzten Jahres. Das wird eine Heidenarbeit!"

„Interessant wäre auch, mit wem er in der letzten Zeit telefoniert hat", warf Papperin ein.

„Könnten Sie uns bitte seine Handy-Nummer und den Netzanbieter sagen?", wandte sich Gimenez an die Frau.

„Er hat ein i-phone mit einem Vodafone-Vertrag", meinte sie und diktierte ihm die Handynummer ihres toten Freundes. Ein Anruf an diese Nummer brachte keinen Erfolg. Es antwortete nur eine Computerstimme: „The number you have called is temporarily not available".

*Comisario* Gimenez seufzte: „Im Haus haben wir nichts gefunden, oder?", wandte er sich fragend an Papperin.

„Nein, kein Handy. Vermutlich haben die das mitgenommen und die Karte sofort vernichtet. Genauso wie bei uns in Frankreich. Auch da haben sie alles beseitigt."

Um ganz sicher zu gehen rief der Spanier noch bei der Spurensicherung an und erkundigte sich, ob man Telefonrechnungen, Verbindungsübersichten oder sonst etwas Verwertbares gefunden habe. Nichts – wie erwartet.

„Dass alles immer so mühsam sein muss!", seufzte der *comisario*. „Ich hoffe, Vodafone rückt die Verbindungsdaten schnell heraus. Sonst müssen wir einen Beschluss des Gerichts beantragen. Wir brauchen das auch von seinem Festnetzanschluss." Fragend blickte er die junge Frau an: „Bei Telefonica?" Sie nickte zustimmend. „Ich werde mich nachher gleich darum kümmern!"

Nachdem sie ermahnt worden war, sich unbedingt zu melden, wenn ihr noch etwas einfiele, das Licht auf die beiden Morde werfen könnte, gaben zuerst der spanische und dann der französische Kommissar ihr zum Abschied die Hand.

„Auch wenn Sie es für völlig unbedeutend halten, sagen Sie es mir bitte. Hier haben Sie meine Karte." Papperin gab ihr eine Visitenkarte.

„Ach, da fällt mir noch ein", sagte der spanische Kommissar: „Sie können jetzt nicht in das Haus. Es wird noch mindestens zwei Tage von der Kriminaltechnik untersucht werden. Ich hoffe, Sie haben Verwandte oder Freunde, bei denen Sie solange bleiben können."

Mit einem gemurmelten „Das ist nun wirklich mein geringstes Problem", verließ sie das Kommissariat.

## Polizeiroutine ist sehr ermüdend, fördert aber gelegentlich auch Überraschungen zu Tage

*Samstag, 12. Juli*

„Nein, *monsieur le directeur*, es konnte noch niemand verhaftet werden. ... Sie meinen, weil *lieutenant* Lavalle Franzose ist, ermitteln die Spanier nicht sorgfältig? ... Im Gegenteil, ich bin überzeugt, sie arbeiten fieberhaft. ... Für die geht es ja nicht nur um einen verletzten ausländischen Polizisten. Sie wollen schließlich den Mörder ihres Kollegen finden. ... Selbstverständlich war ich mehrmals im Krankenhaus. *Lieutenant* Lavalle ist inzwischen außer Lebensgefahr, sonst wäre ich doch noch nicht zurückgekommen. Sobald er transportfähig ist, soll er in unser *Centre Hospitalier* verlegt werden – per Hubschrauber. ... Aber ja, das habe ich schon alles in die Wege geleitet. ... Selbstverständlich halte ich Sie auf dem Laufenden, *monsieur le directeur.*"

Endlich konnte *commissaire* Papperin den Hörer auflegen. Es war Samstagabend und er war gerade aus Spanien zurückgekommen. Pflichtgemäß hatte er zuerst seinem Chef Bericht erstattet. Erschöpft von den Aufregungen der letzten Tage wandte er sich seinen um seinen Schreibtisch versammelten Mitarbeitern zu.

„Er kommt durch – das ist die gute Nachricht. Aber ob er je wieder völlig gesund wird, das steht in den Sternen. Die Ärzte wagen keine Prognose. Das wäre alles nicht passiert, wenn ich ihn nicht hingeschickt hätte. Fast wäre er ..."
Schuldbewusst vergrub Papperin sein Gesicht in beiden

69

Händen und saß, mit den Ellenbogen auf den Tisch gestützt, endlose Sekunden reglos da. Schließlich blickte er auf:

„Wie geht es seiner Frau?"

Monique meinte, sie sei heute früh nach Girona geflogen, nachdem sie die Kinder zu den Großeltern gebracht hatte, und fügte dann hoffnungsvoll hinzu: „Vielleicht geht ja alles noch gut aus!"

Papperin gab sich einen Ruck.

„Da müssen wir abwarten und auf die Kunst der Ärzte vertrauen. Aber was wir tun können, ist: Die Kerle fassen, die ihn fast erschossen hätten, und ihre Hintermänner. Jeannine, seit Claude weg ist, hast du die Ermittlungen im Fall Miquelas geleitet. Das bleibt so."

Ganz unbewusst hatte er sie geduzt, vor allen seinen Mitarbeitern. Er sah ihre erstaunten Blicke. Erst jetzt fiel es ihm auf, ganz öffentlich war er zum du übergegangen. Aber angesichts der Katastrophe erschien ihm ihrer beider persönliches Problem plötzlich so klein.

„Ich bin überzeugt, die beiden Fälle hängen zusammen – der Mord an Miquelas und die Schießerei in Cadaques. Beide Male sind die Täter äußerst gründlich vorgegangen und haben alles beseitigt, was uns Hinweise auf Verbindungen von Miquelas zur Dopingszene hätte geben können. Du solltest noch mal den Tathergang bei der Tour untersuchen, Jeannine. Lass dir von allen TV-Sendern die Aufzeichnungen geben. Nicht nur das, was gesendet wurde. Sieh dir vor allem das an, was weggeschnitten wurde. Hoffentlich haben die das noch irgendwo gespeichert. Francois und Guy sollen dir dabei assistieren. Einverstanden?" Dabei schaute er zuerst *brigadier* François Legrand an, den Radrennfan und wohl sportlichsten seiner Mitarbeiter, und dann *brigadier* Guy Malmotte, den einzigen seiner Leute, der stets korrekt mit Anzug und Krawatte gekleidet war. Nicken signalisierte deren Zustimmung.

„Ich selbst werde den Kontakt zu den spanischen Kollegen halten. Außerdem haben wir noch den verschwundenen Sohn der Schauspielerin." Er wandte sich an Guy Debordeau, seinen jüngsten *brigadier*, den stets schlampig gekleideten Informatik- und Technikfreak des Kommissariats: „Guy-deux, darum werden wir beide uns kümmern."

Papperin schaute in die Runde: „Also dann, bis morgen!"

Allen war bewusst, dass der morgige Sonntag für sie kein freier Tag sein würde.

### Sonntag, 13. Juli

Kleine bunte Punkte bewegten sich auf einem schmalen grauen Band durch eine grün-braune Fläche. Sie wurden größer und größer. Schließlich erkannte man Menschen mit vielfarbigen Trikots und Helmen auf Fahrrädern. Hektisches Strampeln. Winkende Zuschauer. Dann ein Schwenk über die sonnenverbrannte Landschaft.

„Muss schon toll sein, die Tour vom Heli aus anzuschauen. Da würde ich auch gerne mal drinsitzen", kommentierte Jeannine Dalmasso die TV-Aufzeichnungen. Es war Sonntag früh. Bereits seit Stunden saßen sie und ihre beiden Kollegen François und Guy vor der Projektionswand im Kommissariat. Es war langweilig und ermüdend. Immer wieder dieselben Szenen – mal Großaufnahmen von einzelnen Fahrern, meistens aus der Spitzengruppe oder vom Ende des Pelotons. Von Miquelas keine Bilder. Der Pulk im Mittelfeld war für die Fernsehleute wohl nicht interessant genug. Dann wieder Weitwinkelsequenzen vom Helikopter aus. Den sie interessierenden Fahrer Miquelas konnte man aus dieser Perspektive erst recht nicht identifizieren. Zwischendurch Interviews mit mehr oder weniger bekannten Leuten. Und immer wieder Bilder von Motorradkameras.

„Wie viele Disks haben wir noch?"

„Endlos viele!"

„Hey, geh noch mal zurück und zeig das noch mal!"

Jeannine gab etwas in ihren Computer ein. Auf der Leinwand erschien wieder das Peloton , dann schwenkte die Kamera zunächst über die Weinberge, dann über die

Felswände des Tales bis sie schließlich bei einer in der offenen Hubschraubertüre stehenden Person anhielt.

„So eine Sau! Pinkelt der einfach aus dem Heli raus!"

„Aber wenn er muss! Die können doch deswegen nicht landen. Stell dir vor, wenn gerade dann irgendwas Wichtiges passieren würde."

„Das hätten die senden sollen. Das wäre viel lustiger als immer nur diese langweiligen Radfahrer", meinte Guy Malmotte.

„Jetzt wissen wir wenigstens, warum die die Aufzeichnungen nicht rausrücken wollten!"

Es war in der Tat ein hartes Stück Arbeit gewesen, bis sie auch die nicht gesendeten Filmsequenzen von den TV-Sendern bekommen hatten. Erst die Drohung mit einem Gerichtsbeschluss hatte schließlich zum Erfolg geführt.

„Ich finde das total anstrengend. Sagt mal, reicht es nicht wenn jeweils zwei von uns das da anschauen. So kann immer einer sich erholen oder sonst was tun. Wir haben ja genug Arbeit." Jeannine blickte ihre beiden Kollegen an und sah keinen Widerspruch. „Ich mach dann mal den Anfang." Damit rückte sie ihren Stuhl zurück, stand auf und ließ die beiden im halbdunklen Projektionsraum zurück.

*** 

*Commissaire* Papperin legte den Hörer mit einem Seufzer auf. Von seinem Kollegen aus Spanien hatte er gerade erfahren, dass man dort noch keinen Schritt weiter gekommen war. Die spanischen Telefongesellschaften weigerten sich, ohne gerichtlichen Beschluss Informationen über die Gespräche herauszugeben, die Miquelas in der letzten Zeit geführt hatte. Da es Samstagnachmittag gewesen sei, müsse man bis Montag warten, hatte *comisario* Gimenez gemeint, um dann frohgemut hinzuzufügen: „Aber so habe ich heute wenigstens einen ruhigen Sonntag".

Typisch Spanien, dachte Papperin, dass am Wochenende im Gericht niemand zu erreichen war. Das konnte in Frankreich nicht passieren. Obwohl, wenn er es genau überlegte, wäre das in Aix oder Marseille wohl ähnlich gelaufen.

Das hässliche elektronische Gedudel des Telefons riss ihn aus seinen Gedanken. Die Telefonvermittlung fragte an, ob sie eine Nicole de Laterre durchstellen dürfe. Sie müsse dringend mit *commissaire* Papperin sprechen. Obwohl er jetzt ganz andere Sorgen hatte, nahm er das Gespräch widerwillig an. Wie erwartet brachte das Telefonat nicht viel Neues, nur das erneute Drängen des Filmstars, doch endlich etwas zu unternehmen. Übrigens habe sie ihr Aupairmädchen rausgeworfen. Die sei an allem schuld, weil sie nicht richtig auf ihren Domi aufgepasst habe.

„Das hilft mir zwar mit Domi nicht weiter. Aber ich will sie nicht mehr sehen. Sie packt gerade ihre Koffer und ist Gott sei Dank bald weg! Angeschrien hat sie mich. Es sei eine schreiende Ungerechtigkeit, dass ich sie beschuldige. Sie will zurück nach Kanada, hat sie gesagt, und zwar so schnell wie möglich. Dann hat sie mir noch eine Menge Beleidigungen an den Kopf geworfen. Ich sei eine schlechte Mutter, würde mich mehr um Männer als um Domi kümmern. So eine Unverschämtheit! Ich bin froh, wenn sie weg ist! Ich habe für morgen eine Maschine von Marseille über Paris nach Quebec für sie gebucht. Leider muss ich den Flug auch noch bezahlen. Der Vertrag mit der Au-Pair-Vermittlung sieht das so vor. Es war irre teuer, so kurzfristig zu buchen. Können Sie sich das vorstellen, sie macht alles falsch und ich darf dafür noch bezahlen. Aber morgen ist sie weg! Gott-sei-Dank!"

Das ging Papperin nun doch zu weit. Einer der wenigen potentiellen Zeugen der Entführung wurde ohne Rücksprache mit der Polizei weggeschickt, noch dazu nach Kanada, wo er sie, wenn überhaupt, nur unter größten Schwierigkeiten erreichen und zu einer amtlich verwertbaren Aussage bewegen konnte. Das konnte er nicht zulassen. Er musste sie schleunigst vernehmen.

„Madame de Laterre", unterbrach er den Redefluss, „ich muss vorher mit ihr sprechen. Sorgen Sie dafür, dass sie zuhause ist. In etwa einer halben Stunde sind wir bei Ihnen."

Lauter Protest drang aus dem Hörer.

„Ich weiß, es ist Sonntagabend und schon sehr spät. Aber es geht nicht anders."

Jean-Luc Papperin war sich bewusst, dass er sich schon viel früher um die Aussage des Au-Pair Mädchens hätte kümmern müssen. Aber nach dem Mordanschlag auf seinen *lieutenant* Lavalle hatte er wahrlich andere Sorgen gehabt, als ein Kindermädchen zu befragen. Trotzdem, er musste das jetzt schleunigst nachholen. Und zwar in einer amtlich korrekten Form. Dazu brauchte unbedingt einen Kollegen als Zeugen. Er wählte die Nummer seiner Sekretärin, aber niemand ging dran. Kein Wunder, dachte er, es war schließlich Sonntag und schon nach 21 Uhr. Vielleicht war aber der eine oder andere seiner *brigadiers* noch da. Er schaute in jedes Büro. Niemand. Ein Stockwerk tiefer, im Projektionsraum traf er Jeannine an. Sie war gerade dabei die TV-Aufzeichnungen der Tour de France wegzuschließen.

„Hast du noch etwas Zeit, ich brauche dich dringend!"

Ein freudiger Schimmer zuckte über ihr Gesicht. Dann sah sie ihn erstaunt an.

„Jean-Luc, du ... aber ja – sehr gerne. Aber wollten wir nicht ...?"

Er wusste, dass er sie jetzt sehr enttäuschen würde.

„Nein, Jeannine, es ist absolut dienstlich. Es tut mir sehr leid."

Dann erzählte er ihr von der Abreise des Au-Pair-Mädchens am Montag früh, dass er sie vorher aber unbedingt noch vernehmen müsse, und dass die Aussage protokolliert und von ihr unterschrieben werden müsse. Das müsse alles noch heute Abend geschehen, denn er sähe keine rechtliche Möglichkeit, sie an der morgigen Abreise zu hindern.

\*\*\*

Auf der Fahrt zum Château Merveille herrschte eine beklommene Stimmung im Auto. Da in der Fahrbereitschaft niemand mehr war, musste Papperin seinen Privatwagen nehmen, das Auto, mit dem er und Jeannine damals zu dem Einsatz an den Felsabstürzen von St. Isidore gefahren waren. Sie hatte ihm das Leben gerettet durch ihr beherztes und mutiges Eingreifen. Dann war sie selbst in Todesgefahr geraten, war angeschossen worden und in der Felswand abgestürzt. Er hatte versucht sie zu bergen. Dort, in der Felsspalte hatte es angefangen. Der Kuss, er fühlte wieder ihre weichen, salzigen Lippen. All das ging ihm durch den Kopf, als er den Wagen durch das dämmerige Licht der langsam hereinbrechenden Nacht lenkte.

„Dass du immer noch deinen alten Peugeot fährst wie damals!"

Auch sie schien in der Erinnerung zu versinken. Er wandte seinen Blick kurz von der engen kurvenreichen Straße ab und sah sie an. Sah ihren wehmütigen Gesichtsausdruck, die Augen verträumt nach vorne gerichtet. Spürte das starke Verlangen, sie in die Arme zu nehmen. Aber keiner wollte den Anfang machen. Nach längerem Schweigen rief sie ihn mit beruflich-routinemäßigem Ton in die Gegenwart zurück:

„Da vorne ist es. Wie sollen wir vorgehen? Führst du die Vernehmung und ich mach mir Notizen?"

Er überlegte kurz: „Nein, wir brauchen nicht zu protokollieren. Wir machen das mit dem Diktafon. Ich halte mich im Hintergrund und du sprichst mit ihr – von Frau zu Frau. Wahrscheinlich öffnet sie sich so schneller."

Das eiserne Portal an der Auffahrt zum Anwesen von Frau de Laterre war geschlossen. In dem kleinen gemauerten Wächterhäuschen daneben brannte schon Licht. Offensichtlich wurden sie erwartet und man hatte sie kommen hören, denn das gelbe Blinklicht auf dem linken Torpfosten begann zu flackern, und die schweren, lanzenbewehrten Flügel des Stahltors öffneten sich langsam. Zwei Ungetüme – Staffordshire Kampfhunde – kamen laut bellend herbeigesprungen und hinderten Papperin am Einfahren. Erst ein lauter Pfiff und das Erscheinen eines Mannes in der Tür des Wärterhäuschens ließen sie verstummen. Der Wärter trat ans Auto. Papperin erkannte Pierrot, den Bodyguard der Schauspielerin, der sie mit einer lässigen Geste durchwinkte.

„Sie sind *monsieur* Luciani, Gian-Carlo Luciani?", begrüßte *commissaire* Papperin den Mann, der sie auf der breiten Marmortreppe vor der Eingangstüre erwartete. Er hatte den Namen aus den Akten. Danach war Frau de Laterre von ihrem Lebensgefährten, einem Italiener namens Luciani, begleitet worden, als sie die Vermisstenanzeige im Gendarmerieposten von Saint Maximin aufgegeben hatte.

Papperin schüttelte die Hand, die ihm zur Begrüßung hingestreckt wurde. Mit freundlicher, fast unterwürfiger Gestik ließ Herr Luciani den Kommissar und seine Begleiterin eintreten.

„Zunächst müssen wir mit Frau de Laterre und dem Au-Pair-Mädchen sprechen. Führen Sie uns bitte zu ihnen. Anschließend möchte ich mit Ihnen reden. Halten Sie sich also zur Verfügung!"

Luciani musterte Papperin und seine Begleiterin und meinte dann mit freundlichem Lächeln: „Gerne. Bitte folgen Sie mir, Sie werden schon erwartet. Ich darf vorangehen?" Er führte die Beamten durch einen langen Korridor mit hohen, schmalen Fenstern auf der linken Seite, die einen berauschenden Blick auf einen kleinen gepflegten Park öffneten und mit vier üppig goldgerahmten Ölgemälden an der rechten Wand, die Porträts von altmodisch gekleideten Männern darstellten.

„Das sind sicher keine Vorfahren der Schauspielerin", dachte Papperin. „Das Anwesen hat sie wohl samt Inventar von einem verarmten Adeligen gekauft."

„Hier in der Bibliothek! Bitte treten Sie ein!" Der Italiener drückte auf die hohe Klinke einer dunklen Eichentüre, die sich leise knarrend öffnete.

Der Raum war angenehm kühl. Durch die hohen, in den Park führenden Sprossentüren sah man in der Dämmerung schattenhaft die Äste der Platanen, die sich im Mistral bogen und hin und her peitschten. Papperin fühlte sofort die geladene Atmosphäre. Die Schauspielerin, mit einem Glas Champagner in der Hand, saß ostentativ entspannt in einem Fauteuil vor dem gigantischen Marmorkamin, der fast die ganze Frontseite des Raumes einnahm, und in dem mehrere Holzprügel aufgeschichtet, aber nicht angezündet waren. Diagonal gegenüber, in der anderen Ecke des Saales, stand, vor altmodisch-rustikalen Bücherregalen aus dunklem Kastanienholz, eine junge Frau, fast noch ein Mädchen. Sie starrte vor sich hin – störrisch, wie es Papperin schien. Sie schaute niemanden an, weder die Hausherrin, noch die beiden Neuankömmlinge.

*„Bon soir, Mesdames!"*

Er erhielt keine Antwort. Keine der beiden Frauen bewegte sich. Nicht einmal ihre Blicke wandten sich den beiden Kriminalbeamten zu.

„Madame de Laterre, ich beneide Sie um Ihren großartigen Wohnsitz. Welch ein wunderschöner Raum!" Papperin ließ seine Augen durch die Bibliothek wandern. Vom Marmorkamin zu den vier hohen Fenstertüren mit den schweren, zur Seite gerafften Brokatvorhängen, über die stuckverzierte gewölbte Decke hin zu den vielen Bücherregalen, die eine ganze Wand des länglichen Raumes einnahmen.

„Ich kann sehr gut verstehen, dass Sie sich hier wohlfühlen."

In der Hoffnung, mit diesen persönlichen Worten die Spannung etwas zu lösen, ging er quer durch den Raum auf die Schauspielerin zu. Diese ignorierte seine zur Begrüßung ausgestreckte Hand. Sie wies vielmehr mit zornigem Blick auf die andere Frau:

„Das ist sie. Verhören Sie sie, am besten verhaften Sie sie. Wegen Beihilfe zur Kindesentführung. Wenn sie ihre Pflichten als Kindermädchen ernst genommen hätte, dann wäre das nicht passiert. Es war ihre einzige Aufgabe, auf Domi aufzupassen und ihn nicht aus den Augen zu lassen. Nur dafür habe ich sie angestellt und sie gut – sehr gut sogar – bezahlt. Aber nein, sie war nicht da, als sie Domi entführt haben."

Die Schauspielerin sprang erregt auf:

„Gib endlich zu, dass du mit denen unter einer Decke steckst. Sag endlich, was mein Exmann dir bezahlt hat, damit du wegschaust!"

Jetzt löste sich die Starre des Au-Pair-Mädchens. Mit vor Zorn blitzenden Augen und zitternd vor Aufregung schrie sie zurück:

„Lüge, Lüge, alles Lüge! Sie suchen doch nur eine Schuldige, um von ihrem Liebhaber abzulenken, ihrem Muskel strotzenden Fickgenossen. Dabei wissen Sie ganz genau, dass er es war, der mir freigegeben hat."

Etwas ruhiger, aber immer noch mit hochrotem Kopf wandte sie sich an die beiden Beamten.

„Es war so: Wir, Dominic, ich, Gian-Carlo, der … äh … Lebensgefährte von Madame und Pierrot, ihr Bodyguard, sind nach Correns gegangen um die Tour de France anzuschauen."

Dann begann sie in dem hart klingenden Französisch der Quebec-Kanadier zu erzählen, wie sie alles erlebt hatte. Dabei wurde sie immer wieder unterbrochen von Zwischenrufen und Beschuldigungen, die Frau de Laterre ihr an den Kopf warf. Schließlich wurde es Papperin zu bunt. Er nahm die Schauspielerin am Arm und führte sie energisch zur Türe.

„So geht das nicht. Ich kann Ihre Erregung ja verstehen, aber wir brauchen eine Aussage des Kindermädchens und kein Gekeife und Gezänke. Wir beide unterhalten uns draußen", mit einem fragenden Blick „vielleicht bei einem Kaffee? Während meine Kollegin das Mädchen vernimmt."

„Endlich Ruhe!", stöhnte *brigadier* Jeannine Dalmasso, als die beiden die Bibliothek verlassen hatten.

„Jetzt erzählen Sie noch mal ganz ausführlich, wie sich das alles abgespielt hat."

Ohne Unterbrechungen erfuhr sie nun, wie das Kindermädchen dort ihre Au-Pair-Kolleginnen aus Quebec getroffen hatte, wie Gian-Carlo, der trotz seines machomäßigen Aussehens ein sehr netter Mann sei, ihr freigegeben hatte, weil es genügte, wenn er und Pierrot auf Domi aufpassten, und wie dann im allgemeinen Chaos alles drunter und drüber gegangen sei.

„Ich weiß nicht, wann genau und wie Domi verschwunden ist. Aber ich bin überzeugt, dass es bei den herumschwirrenden Gendarmen, Ärzten und Sanitätern, in dem Gedränge und bei dem Geschrei, mit den vielen Verletzten, praktisch unmöglich war, sich nicht aus den Augen zu verlieren. Dazu kommt: Domi ist ein eigenwilliges und zappeliges Kind. Immer will er einen wohin ziehen, und wenn man nicht gleich reagiert, versucht er sich loszureißen. Man konnte das natürlich nicht voraussehen, aber trotzdem, Madame hätte ihm niemals erlauben dürfen, zur Tour zu gehen."

***

*Brigadier* Dalmasso fand den Kommissar in der Küche des Châteaux. Er saß zusammen mit Frau de Laterre, die sich wieder beruhigt zu haben schien, an der Arbeitstheke. Dahinter hantierte ihr Lebensgefährte Gian-Carlo an der Espressomaschine.

„Möchten Sie auch einen *café expresso*?", begrüßte er die Beamtin.

„Danke, nein!", lehnte sie ab, während sie das Diktafon einschaltete und auf die Theke stellte.

„Das Kindermädchen hat ausgesagt, Sie hätten ihr frei gegeben, am Dienstag, als Sie alle in Correns bei der Tour waren."

„Ich weiß, das war wohl ein großer Fehler", antwortete er sichtlich zerknirscht. „Aber es war alles sehr übersichtlich und friedlich. Deshalb sagte ich, du kannst ruhig zu deinen *copines* aus Kanada gehen. Ihr seht euch eh so selten, also schaut euch die Tour gemeinsam an. Pierrot und ich passen schon auf den Kleinen auf. Dass dann alles ganz anders gekommen ist, das konnte ja niemand wissen."

„Aber warum hast du Domi nicht fest an der Hand genommen, als das Tohuwabohu losging?", fragte Nicole de Laterre.

„Das habe ich ja. Aber dann stürzte direkt vor uns ein Fahrer von seinem Rennrad. Da habe ich ihn wohl kurz losgelassen, um den Sportler aufzufangen – er fiel mir praktisch direkt in die Arme. Und als ich mich nach Domi umsah, wer er weg."

„Der andere, Pierrot, der Bodyguard von Madame? Wo war der?", fragte Jeannine.

„Ich habe mich natürlich sofort nach Domi umgeschaut, habe ihn aber nicht gesehen. Dafür habe ich Pierrot entdeckt. Er und ein anderer haben versucht, einen blutüberströmten Sportler aus einem Haufen von wirr ineinander verkeilten Rennrädern zu bergen. Domi war nicht bei ihnen."

„Und weiter?"

„Nun, zuerst machte ich mir keine großen Sorgen. Natürlich habe ich nach ihm Ausschau gehalten, aber ich dachte, dass ich ihn schon irgendwo in dem Gewimmel finden würde. Aber die Zeit ist vergangen. Ich habe dann mit Pierrot und Geneviève den ganzen Ort durchstöbert. Schließlich sind wir heimgefahren, weil wir gehofft hatten, dass er inzwischen nach Hause gelaufen war. War er aber nicht. Ich bin dann den Weg von hier nach Correns zu Fuß gegangen. Vielleicht hatte Domi auf dem Heimweg getrödelt oder war im Argens baden. Auch nichts."

„Warum hast du dich nicht an die Gendarmerie gewandt?", fragte Nicole de Laterre mit Schärfe in der Stimme.

„Die Gendarmerie, die Gendarmerie!", baffte Gian-Carlo zurück. „Natürlich habe ich alle möglichen Leute gefragt, Gendarmen, Sanitäter, Zuschauer, ob sie Domi gesehen haben. Aussichtslos! Keiner hat was gesehen."

Er setzte sich Nicole gegenüber, legte seine Ellenbogen auf die Theke und stützte seinen Kopf in beide Hände.

„Ach Nicole! Wären wir nur nicht da hingegangen. Ich mache mir solche Vorwürfe! Ich hätte mich nicht ablenken lassen dürfen. Ich kann es verstehen, wenn du wütend auf mich bist und mir die Schuld an allem gibst."

Er hielt inne, blickte seiner Freundin ins Gesicht und schlug dann die Augen nieder:

„Wenn du willst, dann gehe ich. Für immer. Ich verschwinde aus deinem Leben. Du musst es nur sagen!"

„Gian-Carlo, Liebster – nein, das darfst du nicht!"

Dass Schauspieler immer so übertreiben müssen, dachte Papperin und gab Jeannine ein Zeichen mit den Augen, dass sie jetzt gehen sollten. Sie verstand, nahm das Diktafon und folgte ihrem Chef zum Ausgang.

## Quatorze juillet – Nationalfeiertag

*Montag, 14. Juli*

Quatorze juillet – vierzehnter Juli, Nationalfeiertag! Bereits früh morgens war die Stadt Aix ganz aus dem Häuschen. Die Innenstadt drohte in einem Meer von rot-weiß-blauen Fahnen und Plakaten zu ertrinken. Aus den meisten Fenstern hing die Tricolore. Die Alleebäume am Cours Mirabeau waren mit unzähligen rot-weiß-blauen Papierstreifen behängt, die jetzt lustig im Wind flatterten. In der Nacht hatten die Stadtverwaltung und die Feuerwehr ganz offensichtlich in einen Mammuteinsatz diese Verschönerungsaktion durchgezogen. Die Menschenmenge am Cours wuchs von Minute zu Minute. Um zehn Uhr, wenn die große Parade von Militär, Gendarmerie, Feuerwehr und den zahllosen örtlichen Vereinen beginnen sollte, würde die Prachtstraße von Aix en Provence in einem dicht gedrängten Menschenpulk aus zig-tausenden Schaulustigen ersticken. Schon jetzt, kurz nach acht Uhr, waren weit mehr Menschen auf der Straße, als an einem normalen Montag üblich. Viele trugen T-Shirts in den Farben der Tricolore, hatten dreifarbige Plastikzylinder auf dem Kopf oder schwenkten Wimpel mit diesen Farben.

*Brigadier* Jeannine Dalmasso hatte größte Probleme ihre Dienststelle mit dem Auto durch dieses enthusiastisch feiernde Gedränge zu erreichen. Endlich und viel später als gedacht, konnte sie sich der Aufgabe widmen, die sie für heute früh geplant hatte. Nach dem Gespräch am Vorabend mit

Nicole de Laterre, ihrem Au-Pair-Mädchen und ihrem Lebensgefährten Gian-Carlo, bei dem sie nochmals die Zeitspanne durchgegangen waren, in der das Kind Dominic verschwunden war, hatte sie sich vorgenommen, die TV-Aufzeichnungen nochmals genau anzusehen. Diesmal wollte sie ihr Augenmerk weniger auf den Fahrer Miquelas richten, sondern vor allem das Umfeld um Dominic de Laterre beobachten. Der Vorführraum des Kommissariats war noch dunkel. Sie fuhr den Computer hoch, startete den Beamer und legte die erste DVD ein. Es würde wohl Stunden dauern, bis sie das alles nochmals gesichtet hatte.

Eine DVD folgte der anderen. Stets dieselben Szenen, jeweils von verschiedenen Kamerateams und TV-Kanälen. Immer wieder schweiften ihre Gedanken ab. Zu ihrem Kollegen Claude, der noch im Krankenhaus in Spanien lag. Zu ihm hatte sie eigentlich ein etwas gespanntes Verhältnis, weil er als Dienstältester und Ranghöchster nach dem Kommissar gelegentlich Chef-Allüren an den Tag legte – besonders ihr als einziger Frau in Papperins Ermittlerteam gegenüber. Aber jetzt überwog das Mitleid alle früheren Gefühle. Auf der Projektionswand spielte sich gerade das Getümmel und Gewirr unmittelbar nach dem Massensturz ab. Etwas ermüdet sah sie das alles zum x-ten Mal. Sie dachte an den gestrigen Abend. An die geladene Atmosphäre im Château von Frau de Laterre, an das beschuldigte Kindermädchen, das eigentlich sehr schüchtern gewirkt hatte, aber dann doch plötzlich explodiert war. Und an Gian-Carlo, in den die Schauspielerin so ganz offensichtlich verliebt war. Was sie an dem wohl hatte? Schön, männlich, muskulös. Sehr höflich war er gestern gewesen. Aber ob er viel im Kopf hatte? Wahrscheinlich war er ein toller Liebhaber. Unwillkürlich musste sie an Papperin denken. Nicht als Liebhaber, sondern wie sie gestern wieder zusammengearbeitet hatten. So wie früher, als Team. Wie sie sich die Bälle zugespielt hatten, sich blind verstehend. Hoffentlich, dachte sie, bleibt das so. Ich will ihn ja seiner Nia nicht wegnehmen. Jetzt musste sie eine neue *disque* einlegen, von einer anderen TV-Gesellschaft. Wieder den Rennfahrer sehen, der die Arme hochriss und dann mit seinem Rad umkippte. Nochmals den Massensturz, das Chaos, die Verletzten. Die Gendarmen, die versuchten etwas Ordnung in das Chaos zu bringen. Die Sanitäter in unermüdlichem Einsatz. Nichts Neues – das hatten sie und ihre beiden Kollegen gestern schon bis zum Ermüden gesehen. Die nächste DVD musste eingelegt werden. Der Film zeigte die führende Gruppe. Die ersten Fahrer überquerten die kleine Brücke. Dann das Warten auf das Hauptfeld. Jetzt machte die Kamera einen kurzen Schwenk, zuerst zu den Zuschauern, die auf dem steinernen Brückengeländer saßen. Hier erkannte sie Dominic, der aus einer Wasserflasche trank. Geneviève, das Kindermädchen, das seine andere Hand hielt und Gian-Carlo, der etwas aus einem Picknick-Korb herausnahm. Eine friedliche Szene. Das Bild wanderte weiter, verharrte kurz auf der Wasserfläche des Flüsschens Argens. Man sah die Forellen, die im klaren grünen Wasser standen und sich nur gelegentlich blitzartig bewegten. Das Bild wanderte weiter zur malerischen Felswand am anderen Ufer, vom Wasser aufwärts über den glatten Stein. Oben wuchs dichtes Buschwerk. Hier stoppte die Kamera und zeigte die flauschigen weißen Wolken vor dem tiefblauen Himmel, am unteren Bildrand das dunkle Grün der Macchie. Dort blitzte etwas kurz auf, nur einen Wimpernschlag lang. Jeannine fuhr die MAZ etwas zurück. Wieder das kurze Blitzen. Hat sich die Sonne in einer Glasscherbe gefangen? Fragte sie sich. Aber dann müsste das länger dauern. Es bereitete ihr etwas Mühe, den Film genau an der Stelle anzuhalten, an der das Blinken begann. Man sah nur einen winzigen silbernen Punkt im Grün des Gebüschs und den Reflexstreifen, den er auf der Kameralinse auslöste. Sie zoomte es näher. Immer noch konnte man nichts Konkretes erkennen. Sie zoomte noch näher. Jetzt war der Silberpunkt aus dem Bild gewandert. Sie verschob das Bild nach rechts oben. Da war er wieder der helle Punkt, jetzt als kleine runde Scheibe. Die Vergrößerung war so stark, dass das Bild schon etwas verpixelt und damit unscharf wurde. Trotzdem glaubte sie etwas zu erkennen: Einen langen dunklen Stab, eine Wurzel, die daran hing, mit der silbern blitzenden Scheibe darauf. Jeannine starrte auf die Leinwand.

„Das ist ein Gewehrlauf! Und die Hand, die ihn hält. Das was da blitzt ist eine Armbanduhr!", flüsterte sie aufgeregt. Jetzt glaubte sie, auch die Umrisse eines Kopfes mit einer schwarzen Baseballkappe darauf zu erkennen. Sie kopierte den Bildausschnitt und speicherte ihn auf ihrem USB-Stick.

„Das muss der Heckenschütze, der Mörder sein", dachte sie.

Sie ließ den Film langsam weiter laufen. Aber es kam nur wieder das Altbekannte: Die Ankunft des Hauptfeldes, der Massensturz und das Chaos danach. Es war sinnlos, jetzt weiter die TV-Aufzeichnungen anzuschauen. Sie nahm die DVD aus dem PC, schrieb mit schwarzem Filzstift „Tatort?" drauf und steckte sie zu ihrem PC in die Computertasche. Dann rief Sie ihren Chef an. Sein Handy war ausgeschaltet.

„Verflucht!"

Sie versuchte es am Festnetz bei ihm zuhause. Seine Mutter Odile war am Apparat.

„*Bon jour* Madame Papperin, bitte geben Sie mir ganz schnell Ihren Sohn. Ich habe etwas entdeckt."

„Das ist ja toll, erzählen Sie! Was gibt es Neues?"

Jeannine wollte sich nicht in ein langes Gespräch mit Papperins Mutter einlassen.

„Das dauert jetzt zu lange. Ich brauche ihn ganz dringend!"

„Heute ist doch der 14. Juli. Er ist im Dorf, um sich das Treiben dort anzuschauen. Außerdem muss er mittags am offiziellen Festessen teilnehmen. Rufen Sie ihn doch am Handy an. … Was, das hat er ausgeschaltet, dann kann ich Ihnen auch nicht helfen. Außer Sie kommen und suchen ihn."

Frustriert hatte Jeannine schon ihren Finger auf der Beenden-Taste, als noch mal die Stimme von Odile Papperin an ihr Ohr drang:

„Versuchen Sie es in der Bar von Francis. Vielleicht ist er dort. Haben Sie die Nummer?"

Sie diktierte Jeannine die Festnetznummer der *Bar aux Chasseurs*.

Jeannine wählte sofort diese Nummer und bekam den Inhaber der bei den Einheimischen so beliebten Bar, Francis Savonari, an die Strippe. Sie machte ihm klar, dass sie dringend ihren Chef, *commissaire* Papperin, sprechen müsse, und dass seine Mutter gemeint habe, am ehesten träfe sie ihn in der Bar an.

„Jean-Luc!", dröhnte der Ruf ihres Gesprächspartners durch den Lautsprecher in ihr Ohr.

„Deine Jeannine will dich unbedingt sprechen!"

„Wie soll sich unser Verhältnis jemals normalisieren können, wenn ich im Dorf schon als seine Jeannine gelte?", dachte sie. „Da steht uns noch viel Arbeit bevor." Trotzdem durchfuhr sie ein heißer Strahl innerer Freude,

Nach einiger Zeit, während der sie den fernen Geräuschen lauschte – Geplapper, Stühlerücken, Musikfetzen – drang die vertraute Stimme an ihr Ohr: „Hallo Jeannine! Heute ist doch ..."

Sie unterbrach ihn:

„Jean-Luc, äh ... Chef ich bin im Büro und habe was entdeckt."

„Jeannine, heute ist der *quatorze juillet*. Da solltest du nicht im Büro sein. Was gibt es denn so Wichtiges?"

Dann berichtete sie ihm, was sie in den TV-Videoaufzeichnungen entdeckt hatte.

„Grandios! Wir müssen sofort hin, das Gelände noch mal genau absuchen. Fahr du gleich los, von Aix ist es weiter als von hier. Ich werde zunächst die Spurensicherung alarmieren. Die müssen kommen, auch wenn der 14. Juli ist. Wir treffen uns in Correns. Bis dann – super gemacht, Jeannine!"

\*\*\*

Papperin hatte kein Glück. Das einzige diensthabende Technikerteam der *police judiciaire* in Aix en Provence war gerade zu einer Brandstiftung gerufen worden. Alle anderen hatten wegen des Nationalfeiertags frei. So wartete er am Tatort neben der Steinbrücke in Correns nur auf Jeannine. Sie kam eine Viertelstunde nach ihm dort an. Zuerst zeigte sie ihm auf dem Display ihres PC die Filmsequenz mit dem silbernen Blitz und anschließend die stark vergrößerte Standaufnahme.

„Du hast Recht! Das ist jemand mit einem Gewehr. Schade, dass man die Person nicht erkennen kann. Aber gib das morgen unserem Guy-deux. Vielleicht kann der noch mehr aus dem Bild rausholen. Wo genau ist wohl die Stelle?"

Sie suchten den hohen Felsen am anderen Argensufer mit den Augen ab.

„Da oben, links von der kleinen Pinie könnte es sein", meinte seine Mitarbeiterin, indem sie das Bild auf dem Display mit der Realität verglich. Das war nicht ganz einfach, denn die TV-Aufnahme war aus der Luft gemacht, vom Hubschrauber aus, und zeigte deshalb eine völlige andere Perspektive.

Sie verließen den Ort auf dem Schotterweg, der hinter der Brücke von der Straße abzweigte und in die mit Pinien und Macchie bewachsenen Hügel hinauf führte. Nach einigen hundert Metern drangen sie nach rechts in das Gestrüpp ein. Sie kämpften sich durch das dichte und stachelige Buschwerk nach oben. Schließlich erreichten sie die Kante der Felswand. Von hier oben sah alles wieder ganz anders aus. Tief unter ihnen floss ruhig der dunkelgrüne Argens dahin. Mannshohe Ginsterbüsche, verkrüppelte Steineichen und Aleppo-Pinien versperrten den Blick in die andere Richtung. In der brüllenden Mittagshitze unter der gleißenden Sonne stieg ihnen ein wunderbarer würziger Duft in die Nase. Ein Gemisch aus Thymian, Rosmarin, Pinienharz und knochentrockener Erde. „Meine Provence!", dachte Papperin bei sich, atmete tief ein und beglückwünschte sich aufs Neue, seine Stelle in Paris zugunsten des Kommissariats in Aix en Provence aufgegeben zu haben.

Jeannine, die wie immer Jeans trug, hatte weniger Probleme mit der stechenden und kratzenden Macchie als Papperin. Er hatte einen hellen Sommeranzug aus dünnem

Baumwoll-Seidengewebe an. Aus Anlass des Nationalfeiertags hätte er jetzt eigentlich mit den Honoratioren von Cabanosque, dem *maire* Renardeau, seiner Frau, der örtlichen Notarin, den Gemeinderäten und einigen weiteren wichtigen Personen im Freien auf der *place de la Révolution* an einer großen weiß gedeckten Festtafel speisen sollen. Das hatte er nach Jeannines Anruf kurzfristig abgesagt. Für ihr Vorhaben völlig unpassend gekleidet, musste er sich nun die Waden zerstechen und zerkratzen lassen. Zwar versuchte er, indem er dicht hinter ihr ging, seine Füße nur auf die von ihr niedergetretenen Sträucher zu setzen. Trotzdem: es stach und piekste unbarmherzig. Jeannine hatte anscheinend die kleine verkrüppelte Pinie entdeckt, die auf dem Video den Tatort markierte, wenige Meter neben der steil abfallenden Felskante und etwa einen Steinwurf von ihnen entfernt. „Wenn das jetzt ein weicher Grasboden wäre", dachte er, während er die sich vor ihm durch das Gestrüpp kämpfende Jeannine betrachtete – enge Jeans, die ihre Traumfigur hervorhoben, ein hellblaues T-Shirt mit weißen Rändern, ein zartes Goldkettchen, das ihren schlanken, braungebrannten Hals umschmiegte – „dann würde ich sie umarmen und mit ihr ins weiche Grasbett gleiten. Nein, verdammt! Das geht doch nicht!" Keine Intimität mehr, das hatten sie sich beide doch fest vorgenommen.

„Jean-Luc, hier muss es sein! Kommst du?"

Er hatte gar nicht bemerkt, dass er, in ihren Anblick versunken, stehen geblieben war. Nun stolperte er zu ihr hin. Mit ausgestreckten Armen zeigte sie einen Umkreis von wenigen Metern an.

„Vielleicht hat er irgendwelche Spuren hinterlassen. Komm, suchen wir! Ich hier links und du dort rechts."

Er schaute mit Bedauern an seinen Hosenbeinen hinunter, die bereits einige Risse und Blutflecken aufwiesen, brach dann aber beherzt einen vertrockneten Ast von einer Pinie ab und begann das Gestrüpp in dem ihm zugewiesenen Areal mit dem Stock und den Schuhen zur Seite zu biegen, um die Erde darunter sehen zu können. Eine Viertelstunde etwa ackerten sie so in gebückter Haltung durch das niedrige Unterholz. Ein Ruf unterbrach die anstrengende Suche.

„Jean-Luc, ich hab was. Komm schnell!"

Fast unsichtbar zwischen einigen riesigen Rosmarinbüschen lag ein Gewehr. Es war ganz offensichtlich nagelneu, denn es wies keinerlei Staub- oder gar Rostspuren auf.

„Das ist die Waffe, mit der Miquelas erschossen wurde, darauf wette ich mein nächstes Monatsgehalt, Jeannine, welch ein Fund!"

„Ich wette aber nicht dagegen. Erstens würde ich die Wette hundertprozentig verlieren und zweitens: Was kannst du mit so einem kleinen Brigadiersgehalt schon anfangen."

„Auf alle Fälle dich zu einem schönen Essen einladen. Aber jetzt im Ernst: Die muss sofort ins Labor. Wo können wir sie rein tun, damit keine Fingerabdrücke zerstört werden."

„Jetzt wette ich wirklich, dass da keine Abdrücke drauf sind. Der Mörder hätte sie doch sonst nicht hier einfach liegen lassen."

Schließlich fanden sie keine andere Lösung, als sie in Papperins Anzugsakko einzuwickeln.

„Was ich nicht verstehe, ist, warum er das Gewehr nicht mitgenommen hat. Er musste doch damit rechnen, dass wir es finden", meinte Jeannine, während sie das Paket vorsichtig an einen Pinienstamm lehnte.

„Mit einer Waffe ins Dorf zurückgehen, nachdem Miquelas erschossen worden ist? Das konnte er nicht riskieren. Und ins Dorf musste er zurück. Wo hätte er sonst hingehen sollen. Nein, die hat er absichtlich hier gelassen, gut versteckt im Rosmarin. Du wirst sehen, im Labor finden die keine einzige verwertbare Spur, die uns einen Hinweis auf den Täter geben könnte. Aber suchen wir weiter. Nach dem Video scheint er doch am Boden gelegen zu sein. Die Stelle müssen wir finden!"

Wieder war ihnen das Glück hold. An einer Stelle, von der man einen sehr guten Ausblick auf die kleine Brücke hatte, fanden sie einige Pflanzen, die eindeutig vor kurzem niedergedrückt worden waren und die sich – zumindest teilweise – noch nicht wieder aufgerichtet hatten. Das lange, scharfkantige Gras und der Thymian hatte sich zwar weitestgehend wieder erholt. Ein paar Rosmarinzweige waren aber gebrochen und etliche Disteln lagen zerdrückt auf der Erde.

„Schau dir diese Distel an", Papperin zeigte mit seinem Stock auf einen Distelstrauch, der nicht am Boden zerquetscht, sondern zur Seite gedrückt war.

„An den Stacheln, das könnte getrocknetes Blut sein!"

Papperin zog ein Taschentuch als seiner Hosentasche. Nicht das große bunte Arbeitstaschentuch mit dem Provencemuster, das er zu allen möglichen Dingen benutzte, vom Nase- bis zum Schuhputzen. Er genierte sich damit vor Jeannine. Nein, er nahm sein zweites, das unbenutzte weiße Damasttuch mit seinem eingestickten Monogramm. Vorsichtig schnitt er die Distel mit dem Taschenmesser ab und schlug sie behutsam in das blütenweiße Tuch ein. Sie suchten das Gebiet noch fast eine Stunde auf weitere Spuren ab, fanden aber nichts mehr, außer ein paar Pflanzen, die der Schütze wohl bei seinem Abgang niedergetreten hatte. Trotzdem: Äußerst zufrieden mit dem Ergebnis ihrer Suchaktion kämpften sie sich durch das Buschwerk zurück zum Schotterweg und gingen zu ihren Autos bei der Brücke.

„Hast du Lust auf einen Kaffee oder einen Aperitif? Meine Mutter würde sich auch freuen."

Sie zögerte etwas, blickte ihn dann fragend an:

„Rein dienstlich?"

„Klar, absolut dienstlich!", nickte er ihr zu.

\*\*\*

Im Innenhof der Ölmühle hatte Odile auf dem runden Steintisch unter der schattenspendenden Platane einen kleinen Aperitif vorbereitet. Eine Flasche eiskalten Rosés aus der *Cave Cooperativ des Vignerons de Cabanosque* wartete in einem mit Eiswürfeln gefüllten Kühler darauf, geöffnet zu werden. Eine Schale mit selbst eingelegten schwarzen und grünen Oliven und ein Glas mit Tapenade, der provenzalischen Paste aus Oliven, Sardellen, Kapern Knoblauch und Olivenöl – natürlich von *madame* Papperin selbst nach einem alten Familienrezept zubereitet – standen neben gerösteten Baguettescheiben und einer Fougasse auf dem Tisch.

„*Maman*, toll hast du das vorbereitet. Ich hab es dir schon am Telefon gesagt: Wahrscheinlich haben wir einen Grund zu feiern. Es könnte sein, dass wir mit unserem Fall vor einem Durchbruch stehen."

Während sich die beiden Frauen setzten, nahm Papperin die Flasche aus dem Kühler und öffnete sie. Er schenkte den herbduftenden Rosé in die hingehaltenen Gläser und nahm dann auch Platz.

„Jetzt zier dich nicht so! Los, rede schon!", forderte ihn Odile auf.

„*Maman*, wenn ich dir das jetzt erzähle, dann weiß es morgen das ganze Dorf. Noch ist das ein Dienstgeheimnis. Deswegen wirst du keine Silbe von uns zu hören kriegen. Wir schwelgen lieber in den Köstlichkeiten hier."

Unter dem empörten Protest seiner Mutter nahm er sein Glas und prostete den beiden zu.

„Glückwunsch, Jeannine! Ausdauer und Beharrlichkeit zahlen sich doch immer wieder aus."

Er dachte dabei an die zähen Stunden, die seine Mitarbeiterin mit den TV-Videos verbracht hatte, bis sie endlich die erlösende Entdeckung gemacht hatte.

Auch wenn sie von ihrem hoffentlich Bahn brechenden Fund nichts sagten, so war es doch unvermeidbar, dass der Fall Miquelas und auch das Verschwinden des kleinen Dominic de Laterre zur Sprache kamen. Jeannine berichtete begeistert von dem schönen Schlösschen, das die Diva mit ihrem Sohn bewohnte. Dann wandte sich das Gespräch den Personen zu, und dass man der Schauspielerin die schweren Sorgen ansah, die sie sich um ihren Sohn machte. Ob ihr Partner für sie aber Stütze und Trost sein könne, bezweifelte Jeannine. Das sei doch nur ein muskelbepackter Schönling, der allerdings – das müsse sie uneingeschränkt zugeben – zu ihnen äußerst freundlich und höflich gewesen sei.

„Mich wundert es eigentlich, dass die es so lange hier bei uns in der Abgeschiedenheit aushält. Dabei ist es doch bekannt, dass sie laufend Liebhaber verbraucht", meinte Odile Papperin. Zumindest früher, in ihrer Pariser Zeit, sei das kein Geheimnis gewesen. Alle Klatschjournale hätten ausführlich davon berichtet – mit Fotos.

„Da waren nicht nur Schauspieler und andere Jet-Setlinge darunter, durchaus auch Honoratioren aus Politik und Kultur. Für manche von denen war das richtig peinlich, was da so ans Licht der Öffentlichkeit gekommen ist." Aber eigentlich habe sie es mit jedem attraktiven Mann versucht. Auch wenn er nicht der feinsten Gesellschaftsschicht angehörte.

„Glaubt mir, die ist mannstoll. Ich bin gespannt, wie lange sie es mit ihrem, wie heißt er gleich, Giovanni …?"

„Gian-Carlo!"

„Dann eben Gian-Carlo – aushält. Ich habe da so einiges gehört, dass sie auch hier schon ihre Fühler ausgestreckt, oder besser, den einen oder anderen ins Bett gezogen hat."

„*Maman*, Klatsch und Gerüchte, das kannst du doch nicht für bare Münze nehmen!"

„Gerüchte, Gerüchte! Wo Rauch ist, da ist auch ein Feuer. Das solltest gerade du als Polizist wissen."

Der kurze Aperitif hatte sich dann doch etwas in die Länge gezogen, und es war nicht bei der einen Flasche Rosé geblieben. Er trank sich auch wie ein erfrischendes Lebenselixier in der brennenden nachmittäglichen Hitze. Schließlich meinte Jeannine, jetzt müsse sie wohl fahren. Aber ob sie das noch dürfe, ob sie nicht zuviel von dem guten Wein getrunken habe?

„Du fährst doch in einem Polizeiauto. Kein Mitglied der *gendarmerie* wird einen Wagen der *police nationale* anhalten und kontrollieren – da mag das Verhältnis zwischen denen und uns noch so kritisch sein", beruhigte sie Papperin.

Zweifelnd ließ sich Jeannine überreden. Sie nahm gerade ihre Handtasche auf, als aus Papprins Hosentasche die Melodie von „Aux Champs Elysées", zunächst leise, dann immer lauter erklang.

„Oh, mein Handy", entschuldigte er sich mit einer bedauernden Handbewegung und nahm das Gespräch an.

„Nia, hallo! Schön dich zu hören. Wie geht es dir. Ist es in Paris auch so heiß?"

Taktvoll ging er ein paar Schritte zur Seite und lehnte sich an die Hauswand.

„Viel Arbeit, aber mir geht's gut. Ich hab Sehnsucht nach dir. Wann kommst du?"

„*Ma chérie*, nicht so bald. Wir stecken mitten in dem Tour de France-Fall. Du hast sicher in der Zeitung drüber gelesen. Das und wahrscheinlich noch eine Kindesentführung habe ich am Hals. Aber ich denke jeden Tag an dich. Komm doch du mal runter. Hier ist es herrlich."

„Unmöglich, das weißt du doch. Die Quartalsbilanzen stehen an und die Prüfungsberichte. Ich weiß gar nicht, wie ich das alles schaffen soll. Sogar am *quatorze juillet* bin ich im Büro. Umso dringender bräuchte ich dich. Abends, damit du mir etwas Gutes kochst. Und nachts!"

Papperin sah, dass sich seine Mitarbeiterin gerade von Odile verabschiedet hatte. Sie rief ihm zu:

„Also, Jean-Luc, ich fahr jetzt dann."

„Jeannine, bring gleich morgen früh die beiden Beweisstücke ins Labor. Die sollen sofort eine DNA-Analyse machen. Und fahr bitte vorsichtig!"

„War das deine Kollegin? Sie ist bei dir zuhause? Klar, dass du nicht nach Paris kommen willst."

„Aber Nia, das ist alles ganz anders. Du irrst dich! Ich kann alles erklä...."

Die Leitung war tot.

***

Zweifelnd starrte Nia das Handy an, das sie gerade wutentbrannt ausgeschaltet hatte.

„Mein Gott, warum muss ich immer gleich so aus der Haut fahren. Vielleicht war es doch dienstlich. Wenn sie wirklich nichts miteinander haben? Aber wieso duzt er sie?"

Jetzt war sie wieder überzeugt, die Affäre zwischen ihrem Jean-Luc und der Polizistin war nicht zu Ende. Dann wieder grüblerisch: „Ich bin doch auch mit meinen Kollegen per du. Und dass sie bei ihm zuhause ist, das kann doch rein dienstlich sein. Dann kann ich ihm das doch nicht vorwerfen. Am besten sprechen wir ganz offen darüber. Ich rufe ihn an! Nein, er soll nicht den Eindruck haben, dass ich ihm nachlaufe. Da muss schon er mich anrufen."

Bei diesen Gedanken legte sie das Handy auf den Schreibtisch. Wartete und hoffte. Sie hatte ganz vergessen, dass sie es ausgeschaltet hatte.

***

Gerade jetzt, wo Jeannine und er endlich wieder zu einem halbwegs normalen Arbeitsverhältnis zurückgefunden hatten, kam Nia mit diesen Beschuldigungen. Natürlich, ihr Verhältnis war kollegial und sehr freundschaftlich, aber es war keine Liebesbeziehung mehr. Es war weiß Gott schwer genug gewesen, für ihn und auch für Jeannine, auf diesen Weg zurück zu kehren. Aber jetzt war er sehr froh darüber.

Andererseits, auch wenn er sich über ihr Verhalten ärgerte, konnte er Nia schon verstehen, nach allem, was sie mit ihm durchgemacht hatte. Er wollte das sofort klarstellen und wählte ihre Handynummer. Es kam nur die Computerstimme: *„Le numéro que vous avez appelé …"*

Nia's Handy war ausgeschaltet. Nach kurzem Überlegen tippte er eine SMS in sein Handy: *„Ma chérie*, glaub mir, ich liebe wirklich nur dich!"

Dann half er Odile beim Abräumen.

„Warum seid ihr eigentlich so distanziert, so dienstlich zu einander? Das war aber schon einmal viel besser. Jean-Luc, das wäre doch eine Frau für dich. Schau, sie ist eine von uns, ich meine, sie kommt von hier. Sie ist klug und hübsch. Und sie mag dich. Und du sie auch. Das weiß ich. Jeder im Dorf weiß das. Ihr passt zusammen, habt sogar denselben Beruf."

„*Maman*, hör auf! Ich habe Nia. Und ich will keine Affäre. So was, wie du es der Schauspielerin, der de Laterre andichtest."

„Andichten tu ich gar nichts. Tatsachen sind das. Dass mit dem Apotheker was gelaufen ist, weiß ich bestimmt. Seine Frau, meine Freundin Simone, hat es mir selbst erzählt. Die hat ihm einen Riesenkrach gemacht. Und mit dem Bürgermeister soll auch was gewesen sein. Und wer weiß, mit wem sie sonst noch was gehabt hat."

„*Maman*, mit dir geht die Phantasie wieder mal durch."

„Nein, Jean-Luc. Da ist was dran. Die ist nicht wählerisch mit ihren Galanen. Vielleicht hat sie sich mal einen Ganoven geangelt. Der hat gesehen, dass sie Geld hat, und deswegen hat er ihr Kind entführt."

„Es gibt aber keine Lösegeldforderung."

„Warte ab, die kommt noch!"

Papperin war froh, dass Odile vom Thema Jeannine als Ehefrau abgelassen und ein neues Thema gefunden hatte. Auch wenn es noch keine konkreten Anhaltspunkte gab, ganz außer Acht lassen durfte er diese Möglichkeit nicht, die seine Mutter da angedeutet hatte. Bislang war er vom Exmann der Diva und Vater des Dominic als Entführer ausgegangen. Als erstes sollte er noch mal mit der Schauspielerin sprechen. Kurz entschlossen rief er Frau de Laterre an und vereinbarte mit ihr, dass er gleich am nächsten Morgen um neun Uhr zu ihr ins Château Merveille kommen werde.

## Eine Diva braucht Liebhaber und Commissaire Papperin wühlt in schmutziger Wäsche

*Dienstag, 15. Juli*

Kurz vor neun Uhr am nächsten Morgen hielt *commissaire* Papperin vor dem Einfahrtstor zum Château Merveille. Das Tor war geschlossen und kein Mensch weit und breit zu sehen. Papperin wartete eine Weile, vielleicht war der *gardien* nur mal eben kurz pinkeln. Die Sonne stand schon relativ hoch und es wurde ziemlich warm. Allerdings noch nicht heiß genug, um die Zikaden zu ihrem täglichen Kreischkonzert zu veranlassen. In den hohen Schirmpinien mussten Myriaden von Zikaden versteckt sein. Papperin wurde es langsam zu heiß im Auto. Ungeduldig hupte er dreimal.

„Weg da, weiterfahren! Können Sie nicht lesen, das ist Privatbesitz!"

Die Stimme kam von der Türe des Wärterhäuschens. Papperin erkannte Pierrot, den Bodyguard der Diva, der sich mit seinem Oberkörper aus der Tür beugte und heftige abwehrende Armbewegungen machte.

„Wenden Sie Ihre Rostlaube und hauen Sie ab, Mann!"

Er hatte wohl nicht erkannt, dass hier die Polizei Einlass begehrte, denn Papperin war nicht mit einem Polizeifahrzeug, sondern mit seinem Privatauto gekommen, dem schon etwas betagten Peugeot 405. Er kurbelte das Fenster herunter, reckte seinen Kopf heraus und rief mit gespielt strenger Miene:

„Pierrot, nun machen Sie schon auf. Sonst verhafte ich Sie wegen Widerstands gegen die Staatsgewalt!" Nach einer Weile fügte er noch hinzu: „Und wegen Folter. Es ist nämlich unerträglich heiß hier im Auto."

Er hatte keine Klimaanlage. Aber Papperin sah nicht ein, weshalb er sich ein neueres Auto zulegen sollte, wo sein zehn Jahre alter Peugeot noch so gut fuhr. Auch ein neues Auto würde über kurz oder lang zahlreiche Dellen und Beulen haben – bei den Parkgewohnheiten seiner Landsleute. Einzig *la clime* – die Klimaanlage – könnte ihn vielleicht irgendwann doch noch zu einem Neukauf bewegen.

Das Tor glitt zur Seite, nachdem Pierrot den Polizisten erkannt hatte.

„*Bonjour monsieur le commissaire,* Entschuldigung, ich habe Sie nicht gleich erkannt. Aber Sie sollten sich ein neues Auto kaufen." Dann salutierte er mit theatralischer Gestik und ließ Papperin passieren.

Wie schon beim letzten Mal, stand auch jetzt Gian-Carlo auf der Freitreppe vor dem Schlösschen und erwartete den Kommissar. Vermutlich hatte der Torwächter dessen Kommen telefonisch angekündigt. Das Szenario von vor zwei Tagen wiederholte sich. Sie gingen durch den schmalen, hohen Gang mit den Sprossenfenstern zur Linken und der kleinen Ahnengalerie zur Rechten in die Bibliothek. Aber diesmal war alles Licht durchflutet von den hellen Strahlen der Morgensonne. Madame de Laterre erwartete sie wieder in dem Fauteuil vor dem massigen Marmorkamin. Diesmal nicht mit Champagner, sondern mit Kaffee.

Ehe Papperin sich versah, war sie aus dem Sessel aufgesprungen, auf ihn zugeeilt und hatte ihm zwei Küsse auf die rechte und die linke Wange gehaucht.

„Ich darf Sie doch zu einem zweiten Frühstück einladen? Gian-Carlo", wandte sie sich an ihren Lebensgefährten „sag in der Küche, sie sollen ein paar von den Mini-Brioches aufbacken und bringen. Und nun zu Ihnen, Jean-Luc – ich darf doch Jean-Luc sagen – was genau führt Sie her. Das habe ich gestern am Telefon nicht verstanden. Gibt es Neuigkeiten?"

„Nein, von Ihrem Sohn haben wir bisher noch gar nichts gehört. Keine Hinweise aus der Bevölkerung, obwohl die Gendarmerie auf mein Drängen höchst aktiv ist. Da tappen wir noch völlig im Dunkeln. Hauptsächlich konzentrieren wir uns natürlich auf Ihren geschiedenen Mann. Aber wir ermitteln selbstverständlich in mehrere Richtungen."

Papperin übertrieb die polizeilichen Aktivitäten etwas. In den letzten Tagen hatten er und sein Team sich ausschließlich mit dem Mordanschlag auf seinen *lieutenant* Claude Lavalle befasst. Das Verschwinden von Domi war vielleicht etwas zu sehr in den Hintergrund gerückt.

„Ich muss Sie um Verständnis bitten, wenn ich jetzt etwas indiskret werden muss. Wir halten es auch für möglich, dass nicht Ihr Ex-Mann für die Entführung verantwortlich ist, sondern einer Ihrer früheren Liebhaber. Ich vermute, wir kennen nicht alle in Betracht kommenden Personen. Nur die, die öffentlich bekannt sind, aus den Medien. Bestimmte Journale und TV-Kanäle haben ja ausführlich über Ihre Liebschaften berichtet. Natürlich werden und müssen wir diese Personen alle befragen, aber ich halte es eher für unwahrscheinlich, dass der Täter unter diesen doch sehr bekannten Persönlichkeiten zu finden ist."

„Weshalb sind Sie dann hergekommen?"

„Nun ja, vielleicht gibt es noch andere Liebhaber, die nicht dem Jet-Set angehören. Man munkelt da so einiges."

Papperin war die Situation unangenehm. Doch dann gab er sich einen Ruck und fragte ganz direkt:

„Wir brauchen die Namen von allen, mit denen Sie in der letzten Zeit eine Affäre hatten."

In diesem Moment knarrte die Türe. Gian-Carlo, in der Hand ein Tablett mit duftenden *brioches aux raisins* und kleinen *croissants*, betrat die Bibliothek.

„Oh danke, Liebling, stell das bitte hier hin. Der Herr Kommissar hat gesagt, er möchte nicht, dass du dabei bist. Er will mit mir alleine sprechen. Ich weiß zwar noch nicht, um was es geht. Aber sei ein Schatz und lass uns bitte allein. Ich komme dann gleich zu dir und berichte dir alles."

Nachdem ihr aktueller Liebhaber mit beleidigter Miene den Raum verlassen hatte, begann die Schauspielerin von ihrem abwechslungsreichen Liebesleben zu berichten, zuerst stockend, dann aber immer flüssiger. Da sei der Apotheker gewesen. Sie habe ihm gar nicht zugetraut, wie ungestüm dieser eigentlich so behäbig wirkende Mann im Bett war. Aber leider sei seine Frau dahinter gekommen, und jetzt traue er sich nicht mehr. Das sei vor gut zwei Wochen zu Ende gegangen. Die Sache mit dem Bürgermeister, *monsieur* Renardeau, habe nur ganz kurz gedauert. Der sei so hektisch gewesen, habe immer nur von sich und seiner Politik geredet und sich gar nicht auf sie und ihre Bedürfnisse konzentriert. Den habe sie schnell fallen gelassen.

„Das waren alle?" fragte Papperin, als sie nicht mehr weiter sprach.

„Natürlich nicht. Da war noch mein Gynäkologe, der Chefarzt im *Centre Hospitalier* in Aix.

Auf Papperins Frage, wo sich das immer abgespielt habe, antwortete sie ganz erstaunt:

„Na hier in meinem Château. Bis auf den Gynäkologen, das ist immer in seiner Privatpraxis gewesen. Es ist doch ganz normal, dass mir die Honoratioren des Dorfes ihre Aufwartung machen."

„Und was sagt Ihr aktueller Lover dazu, dass diese Männer alle zu Ihnen hierher kommen?"

„Gian-Carlo? Aber der ist doch so oft weg, beruflich. Er hat irgendetwas mit einer Event-Agentur zu tun, an der ist er, glaube ich, beteiligt und muss immer wieder zu Kunden. Natürlich weiß er nichts von den anderen. Und Sie sagen es ihm doch auch nicht, oder?", bat sie mit treuherzigem Augenaufschlag.

„Weiter!", drängte Papperin. „Waren das schon alle?"

„Ja … nein", meinte sie. Da sei noch einer gewesen. Den habe sie im Mai in Marseille kennengelernt, beim Hafenfest. Pascal habe er geheißen. Der Bürgermeister hatte sie dazu eingeladen. Unser Bürgermeister hier, der habe da von Amts wegen hin müssen, und sie habe ihn begleitet. Aber das sei so langweilig gewesen, deswegen habe sie sich unter das Volk gemischt und da habe sie ihn getroffen.

„Ein heißer Typ", schwärmte sie. „Ich weiß seinen Familiennamen nicht und auch nicht, was er macht. Ich habe ihn später noch ein paar Mal getroffen. Erst vor kurzem war er hier."

„Wann genau?", wollte Papperin wissen.

„Sie glauben doch nicht, dass der etwas damit zu tun hat? Nein, nein, das war eine reine Zufallsbekanntschaft. Der war hier, lassen Sie mich überlegen... am Montag ist die Tour de France hier durchgekommen und seitdem ist Domi verschwunden." Sie schlug beide Hände vor ihr Gesicht und begann zu weinen.

„Wann genau war er hier?", beharrte Papperin unbeeinflusst von ihrem Schmerz.

Langsam nahm sie die Hände vom Gesicht, blickte ihn an und murmelte nachdenklich:

„Am Montag war ich in Nizza und die Tour kam hier durch ... am Sonntag, am Samstag, am Freitag war es. Am Freitag war er da. Gian-Carlo war wieder einmal beruflich unterwegs, für zwei Tage"

Zufällig habe sie ihn bei ihrem wöchentlichen Einkaufsbummel im Hypermarché in Draguignan getroffen und ihn überredet, zu ihr nach Hause zu kommen. Und das habe er auch getan.

„Und die anderen, Ihre Angestellten, Ihr Bodyguard, das Au-Pair-Mädchen und Ihr Sohn, was haben die dazu gesagt?"

„Mein Gott, es ist doch ganz normal, dass ich Besuch bekomme. Außerdem kannten sie Pascal ja schon von seinen früheren Besuchen. Jedes Mal hat er mit uns im Park den Aperitif genommen, dann hat er mit meinem Sohn auf dem Rasen Fußball gespielt. Domi hat das sehr gefallen, er hat ihn gleich in sein Herz geschlossen. Dass er hier war, das dürfen ruhig alle wissen."

„Auch dass Sie mit ihm ins Bett gegangen sind?", fragte Papperin.

„Um Gottes Willen, nein, das natürlich nicht. Das hätten sie ja sonst Gian-Carlo erzählen können. Nein. Er ist natürlich gegangen, ganz wie es sich gehört. Dann haben wir alle zu Abend gegessen und ich habe Domi ins Bett gebracht. Dass er nachts wiedergekommen ist, durch den Seiteneingang, das hat niemand mitbekommen."

Ganz ungeniert berichtete sie, was sie dann weiter so getan hätten. Sie habe sich eine Flasche Champagner bringen lassen – nein, das Dienstmädchen habe Pascal nicht zu Gesicht bekommen, der sei schon im Schlafzimmer gewesen.

„Irgendwann – es war schon sehr spät beziehungsweise früh – habe ich Ihn selbst nach Draguignan zurückgebracht, mit dem Auto."

„Und Ihr Torwächter, Pierrot, hat der Sie rausgelassen?"

„Nein, der hat sicher fest geschlafen. Ich kann das Tor mit meiner Fernbedienung öffnen und schließen. Dazu brauche ich Pierrot nicht."

„Sie wissen nicht, wie er mit Nachnamen heißt, wo er wohnt und was er für einen Beruf hat."

„Das war doch ganz unwichtig, zumindest für mich."

„Würden Sie ihn wenigstens auf einem Foto wiedererkennen?"

„Möglich. Er hat dunkle Haare, ist groß und hinreißend schön!"

Sie schloss die Augen, als ob sie damit sein Bild vor ihrem inneren Auge erscheinen lassen könnte. Dann schüttelte sie den Kopf:

„Mehr kann ich nicht sagen."

Das Gesicht hat sie nicht interessiert, dachte Papperin. Aber unterhalb der Gürtellinie, da würde sie ihn identifizieren können. Mit Sicherheit. Aber das konnte er sie wohl doch nicht fragen.

Obwohl Papperin immer noch hoffte, der vermeintliche Entführungsfall würde sich in Wohlwollen auflösen, musste er als gewissenhafter Polizeibeamter der Spur dieses mysteriösen Liebhabers nachgehen. Es war immerhin möglich, dass der Mann hier das Terrain für die spätere Entführung sondiert hatte. Nur, wie konnte man ihn identifizieren.

„Madame de Laterre, es besteht zumindest die Möglichkeit eines Zusammenhanges zwischen den Besuchen dieses Unbekannten hier im Château mit der späteren Entführung von Dominic. Er muss auf alle Fälle identifiziert werden. Denken Sie nach, hat er irgendetwas gesagt, was uns weiterhelfen könnte – vielleicht doch irgendwann seinen Nachnamen oder seinen Beruf?"

Sie schüttelte nachdenklich den Kopf.

„Nein, ich habe ihn aber auch nicht danach gefragt. Glauben Sie wirklich, dass er etwas mit Domis Verschwinden zu tun hat? Ganz bestimmt nicht. Ich wollte doch nur ein bisschen Spaß mit ihm haben – immer nur mit Gian-Carlo, ist das ein bisschen langweilig, das verstehen Sie doch?"

Naiv schaute sie Papperin an, gerade so, als ob sie Worte des Verständnisses und der Zustimmung von ihm erwartete. Papperin, der sich einerseits lebhaft und nicht ganz ohne Neid eine Nacht mit Nicole de Laterre vorstellen konnte, es andererseits aber auch abstoßend fand, wie sie ohne jegliches Scham- und Anstandsgefühl von ihren Amouren sprach, blieb regungslos.

Nachdem sie ihn eine Weile auffordernd angeblickt hatte, senkte sie langsam ihren Blick. Ihre Stirne begann sich nachdenklich zu kräuseln. Schließlich meinte sie:

„Aber es stimmt schon, seitdem hat sich Pascal nicht mehr blicken lassen."

„Hat er etwas hiergelassen, vielleicht vergessen, das wir nach Fingerabdrücken oder anderen Spuren untersuchen könnten?", fragte Papperin mit amtlichem Tonfall.

Wieder schüttelte sie den Kopf. „Nicht dass ich wüsste. Mir ist nichts aufgefallen."

„Nachdem Sie mit ihm geschlafen haben, in der Nacht von Freitag auf Samstag, was hat er dann gemacht?"

„Nun, er ist ins Bad gegangen. Dann ist er wieder gekommen, hat sich angezogen und wir haben noch eine Weile miteinander gesprochen."

„Worüber?"

„Über alles Mögliche, dass es hier sehr schön ist. Ich habe ihm von unserem Leben hier erzählt, dass wir hier sehr glücklich sind, ich und Domi. Er hat mir viele Komplimente gemacht."

„Was genau hat er im Bad gemacht?"

„Geduscht. Er hat gefragt, warum der Föhn nicht geht. Er kam mit nassen Haaren zurück."

Papperin rechnete nach: In der Nacht zum Samstag, das war vom 4. auf den 5. Juli. Jetzt war Dienstag, der 15. Juli. Unwahrscheinlich, dass das Bad seit dem nicht geputzt und die Wäsche noch ungewaschen im Hause war. Trotzdem, einen Versuch war es wert.

„Was ist mit der Bettwäsche passiert, und kann ich mir das Bad einmal anschauen?"

Während sie ihn zweifelnd und etwas widerwillig in ihr Schlaf- und das angrenzende Badezimmer führte, erläuterte sie ihm, wie das mit der Wäsche organisiert war. Jeden Montagnachmittag wurde die Wäsche von einer Wäscherei und chemischen Reinigung aus Brignoles abgeholt und zwei Tage später zurück gebracht.

„Das ist inzwischen alles gereinigt oder gewaschen und gebügelt", meinte sie.

Auch das Bad war peinlich sauber und blitzblank. Keine Haare, die in Kämmen oder Bürsten hängen geblieben waren. Trotzdem nahm sich Papperin vor, die Spurensicherung zu schicken.

Es klopfte. Eine junge Frau kam herein. Sie hatte einen eleganten grauen Hosenanzug an und sah trotz ihrer Jugend sehr energisch aus. Sie dürfte etwa so alt sein wie Jeannine, dachte Papperin – knapp 30. Er fand sie außergewöhnlich attraktiv.

„Madame, was sollen wir machen, die Leute von der Wäscherei sind gestern wieder nicht gekommen."

Papperin wurde hellhörig.

„Wer sind Sie und was ist da mit der Wäscherei los?"

Nach einem fragenden Blick zu Nicole de Laterre, den diese mit einem Kopfnicken erwiderte, antwortete die Frau:

„Roux, Clémence Roux. Ich bin hier angestellt um den Haushalt zu führen und zu organisieren. Die Wäscherei aus Brignoles kommt jeden Montag, die Wäsche abholen. Vor zwei Wochen sind sie nicht gekommen, weil sie alle frei bekommen hatten, um die Tour de France anzuschauen. Weil die an diesem Tag hier in der Gegend war. Und gestern sind sie wieder nicht gekommen, wegen des Nationalfeiertags. Ich habe angerufen und gesagt, sie sollen dann wenigstens morgen die fertige Wäsche bringen und die alte holen. Aber die wollen erst am nächsten Montag kommen. Das geht doch nicht. Madame, bitte rufen Sie dort an und machen denen Dampf. Drei Wochen lang keine frische Wäsche, das geht wirklich nicht."

„Wo ist die Wäsche jetzt?", fragte Papperin. „Ich meine die, die noch nicht abgeholt ist."

„Wo sie hingehört, Monsieur, wo sie hingehört. Meine Chefin führt ein strenges Regiment. Sie duldet keine Unordnung!"

„Dann zeigen Sie mir das bitte. Kommen Sie bitte mit, Frau de Laterre!"

Die Hausangestellte führte sie über eine Hintertreppe in die Wäschekammer im Souterrain. Papperin hatte keinen so großen Raum erwartet, nur eine kleine Kammer, in die die Schmutzwäsche wahllos hineingeworfen wurde. Zwar roch es etwas muffig, dennoch herrschte hier penible Ordnung. In weißen Drahtgestellen hingen prall gefüllte Plastiksäcke. An jedem Gestell war ein Schild befestigt das angab, was sich in dem Sack befand. Papperin las: Bettwäsche weiß, Bettwäsche bunt, Handtücher weiß, Handtücher bunt, Leibwäsche weiß usw. usw. Für jede Art von Wäsche und für die häufigsten Farben gab es einen eigenen Sack. Er erkundigte sich, ob hier wirklich alle Schmutzwäsche drin sei, die sich seit Montag, dem 30. Juni angesammelt hatte. Nachdem die Hausdame das bejaht hatte, nicht ohne nochmals heftig auf die Wäscherei zu schimpfen, wurde sie von Nicole de Laterre hinausgeschickt, mit dem Auftrag, sich nochmals in ihrem Namen bei der Wäscherei zu beschweren. Man werde künftig auf ihre Dienste verzichten, wenn sie nicht unverzüglich die frische Wäsche brächten.

„Können Sie mir sagen, in welcher Bettwäsche Sie mit Ihrem Pascal geschlafen haben?", fragte Papperin die Schauspielerin schonungslos. Es hatte sich um weiße Laken und Überzüge gehandelt. In dem entsprechenden Sack befanden sich mindestens 10 weiße Bettwäschesets. Unmöglich, herauszufinden, welches das richtige war.

„Handtücher! Er hat doch geduscht. Wissen Sie, welche Handtücher in Ihrem Bad waren?"

„Ich nehme immer weiße Duschtücher. Ihm habe ich gesagt, er soll das blaue nehmen. Blau sind meine Gästehandtücher, müssen Sie wissen."

Papperin leerte den Sack mit der Aufschrift ‚Handtücher - bunt' auf den Boden. Es waren zwei kleine blaue Handtücher darunter und ein großes blaues Duschtuch. Papperin zog es vorsichtig aus dem Haufen und breitete es auf dem weiß gestrichenen Betonboden aus. Er kniete sich davor und untersuchte es Zentimeter für Zentimeter.

„Da sind Haare, Schamhaare, kurz und gelockt und hier ein paar lange Haare", murmelte er und fragte laut: „Sie sagten, er hat sich die Haare gewaschen?"

Als sie nickte, sagte er: „Dann müssen das seine Haare sein, ungefähr 5 cm lang, glatt und schwarz? Schauen Sie!"

Sie bejahte wieder. Er rollte das Tuch vorsichtig ein.

„Damit kriegen wir seine DNA raus und können einen Abgleich mit den bei uns gespeicherten Daten machen. Wenn wir Glück haben, finden wir so heraus, wer ihr Liebhaber ist. Das Tuch muss ich auf alle Fälle mitnehmen."

Da er ein gewissenhafter Polizist war, stellte er eine Quittung über die Mitnahme des Handtuchs aus, datierte und unterschrieb sie. Jetzt hatte er es sehr eilig, damit das Gentechniklabor noch heute mit der Analyse beginnen konnte. Deshalb wollte er das Handtuch schnellstmöglich dorthin bringen.

Hastig verabschiedete er sich von der Schauspielerin. Ihr Angebot, ihn hinaus zu geleiten, schlug er aus: „Danke ich finde den Weg schon alleine."

***

„Guten Morgen Jean-Luc, was führt dich her?", begrüßte Dr. Florian Berlinotte, der Leiter der wissenschaftlichen Abteilung der *police judiciaire*, den Kommissar, als dieser gegen elf Uhr das Labor des Biochemikers betrat.

„Sag bloß, du willst kontrollieren, ob deine Mitarbeiterin die beiden Beweisstücke ordnungsgemäß abgeliefert hat – ein Gewehr und ein paar Disteln mit Blutspritzern. Ich kann dich beruhigen, sie hat! Das ist schon alles in die Weg geleitet, aber es dauert ein paar Tage."

Papperin beruhigte ihn. Nein, das habe er nicht nötig. Seine Leute arbeiteten selbständig und zuverlässig. Er bringe vielmehr ein weiteres Beweisstück, das schnellstmöglich einer DNA-Analyse unterzogen werden müsse. Der Chefchemiker entrollte das blaue Duschtuch und Papperin deutete auf die schwarzen Haare.

„Wir müssen rauskriegen, von wem die sind. So wie es aussieht, könnten sie von einem Kindesentführer stammen. Es eilt also sehr!"

„Wie immer", brummte der Wissenschaftler. „Das heißt, ihr wollt einen genetischen Fingerabdruck. Und dann hofft ihr, dass euch jemand über den Weg läuft, dessen DNA mit meinen Analysen übereinstimmt. Ich kann euch die Sequenzen schon liefern. Aber wie gesagt, ein paar Tage wird es dauern. Von einer Entführung habe ich noch nichts gehört. Hat das was mit dem Mord bei der Tour zu tun? Erzähle!"

„Nein, das ist ein neuer Fall, steht nicht in Zusammenhang mit dem spanischen Radprofi." Papperin berichtete in groben Zügen und schloss mit der Bitte:

„Wenn du was hast, dann ruf mich an, ja?"

## Drei Jungen und ein Handy

*Montag, 7. Juli*

„Pascal, ich hab so Durst, ich will eine Orangina!"

„Domi, wir haben leider nur Grenadinesaft, keine Orangina."

„Ich will aber ne Orangina. Grenadine mag ich nicht!"

Das Kind fing an lästig zu werden. Es zappelte und zeterte. Schließlich stampfte es auf den Lehmboden und schrie den vor ihm sitzenden Mann an:

„Wenn ich keine Orangina krieg, dann will ich sofort heim zu meiner Mami."

„Jetzt gib endlich Ruhe. Zum letzten Mal: Orangina gibt es nicht. Wenn du Durst hast, dann trink einen Grenadinesaft. Zu deiner Mami kannst du jetzt nicht, die kommt dich hier abholen."

„Wann?"

„Vielleicht schon morgen. Aber jetzt gib Ruhe."

Der Mann stand auf und riss die Plastikhülle eines Sechserpacks mit Mineralwasser auf. Er nahm eine der grünen Literflaschen Perrier und schraubte sie auf. Es zischte und eine perlende Wasserfontäne ergoss sich über seine Hose.

„*Merde!*", entfuhr es ihm. Das Mineralwasser war lauwarm. Er gab die offene Flasche dem Kind.

„Wenn du den Saft nicht magst, musst du eben Wasser trinken. Jetzt setz dich endlich wieder hin und spiel mit deinem Computer!"

Maulend gehorchte das Kind. Nach einiger Zeit – draußen begann es schon dunkel zu werden – fing es wieder zu quengeln an:

„Wieso müssen wir eigentlich hier in der *bergerie* sein. Daheim ist es viel lustiger. Da hab ich viel mehr Spielsachen und nicht nur diese alte Playstation."

„Aber das weißt du doch, das habe ich dir doch erklärt. Deine Mami hat erfahren, dass dein böser Vater dich von deiner Mami wegholen und mit nach Spanien nehmen will. Und das wollt ihr nicht, du und deine Mami. Deswegen hat sie gesagt, ich soll dich vor ihm verstecken. Nur solange, bis die Polizei deinen Vater verhaftet hat."

Nach einer Weile, in der der Junge gelangweilt seine Playstation traktiert hatte:

„Pascal, ich will meine Mami anrufen!"

„Das geht nicht, hier oben ist kein Netz." Er nahm sein *portable* aus dem Etui am Gürtel und zeigte dem Jungen das Display – es wurde kein Netz angezeigt.

„Vielleicht geht es mit meinem. Gib mir mein Handy!"

„Du weißt doch, das haben wir verloren."

Nach einer kurzen Pause fuhr er fort:

„Wir warten hier einfach, bis deine Mami kommt und sagt, dass wir wieder zu dir nach Hause dürfen. Jetzt geh schlafen, leg dich auf die Isomatte, es ist schon spät. Gute Nacht Domi!"

„Gute Nacht Pascal. Ich freu mich auf morgen, wenn meine Mami kommt."

Der Junge war sehr müde, deshalb dauerte es nicht lange, bis er eingeschlafen war. Pascal stand auf und holte aus seiner abgewetzten grünen Jagdtasche eine Flasche Rotwein. Dann setzte er sich wieder in den Campingstuhl. Mit einem leisen Plopp zog er den Korken aus der Flasche und nahm einen tiefen Schluck.

„Bis jetzt ist ja alles glatt gelaufen", dachte er zufrieden. Er lehnte sich zurück und ließ seinen Blick durch den Raum schweifen. Das fahle Licht einer Campinggaslampe erhellte den Raum nur schwach. Er hatte alles im Toyota mitgebracht: Die Gaslampe, zwei Campingstühle, zwei Isomatten, zwei Schlafsäcke, obwohl sie die eigentlich nicht brauchten. Hier oben in der Haute Provence war es nachts im Juli alles andere als kalt. Spielsachen für den Jungen hatte er ebenso wenig vergessen wie eine ausreichende Menge an Lebensmitteln und Getränken – nur keine Orangina eben. Er hatte relativ viel eingepackt, denn er wusste nicht, wie lange sie in diesem Versteck bleiben mussten. Alles war in der Ecke rechts neben der aus rohem Holz gezimmerten Eingangstüre gestapelt. Dominic schlief im hinteren Teil des Raumes im Halbdunkel auf einer Isomatte am Boden. Die Wände waren aus großen, unregelmäßigen Kalksteinen. Bis auf die mitgebrachten Gegenstände war der fensterlose Raum leer.

Er nahm einen weiteren Schluck aus der Flasche.

Völlig problemlos hatte er das alles hinbekommen. Selbst seine Befürchtung, das Kind könnte sich weigern, in den Landcruiser zu steigen und mit ihm wegzufahren, war völlig unbegründet gewesen. Der Hinweis, dass seine Mami ihn, Pascal, gebeten habe, Domi, abzuholen, hatte genügt. Das Kind hatte keinerlei Verdacht geschöpft und war bereitwillig mit ihm gegangen und in das Auto gestiegen. Auf der Fahrt nach Norden hatte er ihm dann die Geschichte von seinem Vater erzählt, der kommen wollte, um Domi zu entführen.

„Deswegen will deine Mami, dass du dich solange versteckt hältst, bis die Polizei deinen Vater verhaftet hat. Ich soll auf dich aufpassen und dafür sorgen, dass es dir gut geht." All das hatte das Kind gutgläubig geschluckt. Er hatte ihm dann von dem Versteck in den Bergen erzählt, der einsamen alten *bergerie,* und dass sie dort wie Robinson leben würden, Lagerfeuer machen, Pilze sammeln und Tiere beobachten können. Dominic hatte das alles toll gefunden. Jetzt waren sie schon einige Tage hier, und Domi begann langsam ungeduldig zu werden.

Pascal ließ die letzte Woche noch einmal in Gedanken vorüberziehen. Er sah das Kind vor sich, das von dem Massenunfall und dem Chaos völlig verstört war, sich von seinem Begleiter losgerissen hatte und mutterseelenallein und laut weinend mitten im Getümmel stand. Eigentlich hätten noch mehr Personen dort sein müssen, um auf den Jungen aufzupassen. Aber davon war niemand zu sehen. Vermutlich hatten sie bei der Bergung der Verletzten geholfen. Ungehindert waren er und das Kind zum Landcruiser gelangt, der abseits vom Tumult am Ortsrand am *vieux chemin de Cotignac* parkte, einer kurvenreichen Schotterpiste, die aus Brandschutzgründen quer durch die unbewohnten bewaldeten Hügel und Täler gelegt worden war. Nach einer halben Stunde auf diesem holprigen, mehr einem trockenen Bachbett als einem Fahrweg gleichenden Weg, hatten sie die Asphaltstraße erreicht. Ab da ging es schneller. Domi war bald auf dem Rücksitz eingeschlafen. Erst kurz nach La Palud war er wieder aufgewacht. Im Rückspiegel hatte Pascal beobachtet, wie das Kind mit seinem Handy spielte.

„Domi, was machst du da?"

„Ich rufe meine Mami an. Aber es funktioniert nicht. Die Balken sind weg."

„Keine Balken? Hier wird kein Netz sein, mitten in den Bergen. Gib mal her!"

Und nachdem er auf das Display gesehen hatte:

„Wie ich gesagt habe – kein Netz! Vielleicht kommt später eines."

Er schaltete das Handy aus und legte es vor sich auf das Armaturenbrett des Geländewagens – außerhalb der Reichweite des Kindes. Der Junge durfte auf keinen Fall telefonieren, und schon gar nicht mit seiner Mutter. Es war heiß im Auto. Die Klimaanlage wurde der Hitze nicht so Recht Herr, deshalb machte er die Fenster auf der Fahrer- und der Beifahrerseite ganz auf. Die beiden hinteren Fenster ließ er bei eingeschalteter Kindersicherung zu. Es musste verhindert werden, dass Domi ein Fenster oder gar die Türe öffnete, und dadurch jemand auf ihn aufmerksam werden könnte. Zum Glück hatte der Wagen abgedunkelte Scheiben, so dass man von außen nicht auf die Fondsitze sehen konnte. Die beiden offenen Fenster brachten keine Abhilfe. Draußen war es noch heißer. Aber wenigstens wehte der Fahrtwind herein, kräftig nach Lavendel duftend. Sie fuhren gerade an einem riesigen blauen Lavendelfeld vorbei. Einige hundert Meter vor dem nächsten Ort machte die Straße zwei scharfe Kurven, erst nach rechts, dann nach links – fast rechtwinklig. Durch die Fliehkraft wurde das Handy zur Seite und durch das offene Fenster geschleudert.

„Verdammt!"

Anhalten und nach dem Handy suchen war unmöglich. Sie mussten unerkannt bleiben. Er schaute in den Innenspiegel. Der Junge hatte nichts bemerkt. Also fuhr er weiter. Außerdem hatten Sie noch ein Stück Wegs vor sich. Und er wollte bei Helligkeit ankommen, denn nachts konnte man die Scheinwerfer eines Autos kilometerweit sehen. Und ohne Licht würde er den Weg zur alten *bergerie* niemals finden. Vor allem würde er die Hindernisse nicht sehen – Felsbrocken, Gräben, Baumstümpfe – die den steinigen Pfad zur Hütte schon bei Tag nicht ungefährlich erscheinen ließen. Eine Panne wäre das letzte, was er jetzt brauchen konnte.

## Dienstag, 15. Juli

Nicolas und Fabien, zwei Freunde im Alter von etwa acht Jahren, saßen unter einer Pinie und langweilten sich. Es waren Schulferien und es war unerträglich heiß. Zum Schwimmen an den Verdon durften sie nicht. Fabiens Mutter hatte das verboten.

„Ohne einen Erwachsenen, der auf euch aufpasst, lasse ich euch da nicht hin. Der Fluss ist zu reißend. Wenn ihr es nicht rechtzeitig ans Ufer schafft, spült die Strömung euch direkt unter die Felswand zu den großen Strudeln. Nein, das ist mir zu gefährlich. Ihr bleibt hier! Ihr könnt doch auch hier schön spielen, im Dorf oder draußen in den Wiesen."

Natürlich hatte sie Recht. Nicht weit vor dem Anfang der gigantischen Schlucht, des Grand Canyon du Verdon, mäanderte der Verdon durch das noch relativ weite Tal, mit breiten, flachen Kiesbänken auf der Innenseite jeder Biegung und steil in die Strömung abfallenden Felswänden auf der Außenseite. Teilweise hatte der Fluss sich weit in die Felsen gegraben, so dass dort eine Art von Unterwasserhöhlen entstanden war. Es war schon öfter passiert, dass ein Rafting-Schlauchboot, von denen im Sommer eine große Zahl den Verdon hinab trieben, an solchen Stellen gekentert war und die Besatzung – meist unerfahrene Urlauber – von den Strudeln erfasst und unter die Felsen gezogen wurden. Andererseits übten solche Stellen auf die Dorfjugend natürlich einen unwiderstehlichen Reiz aus. Vor allem die älteren Jungen schwammen auf die Felswand zu, ließen sich dicht heran treiben und versuchten sich an dem griffigen Fels festzukrallen. Gelang ihnen das, dann kletterten sie auf den Felsen und sprangen – je nach Mut – aus drei oder fünf oder mehr Metern Höhe in den schäumenden Fluss, unter dem bewundernden Gejohle ihrer auf den Kiesbänken lagernden Freunde und vor allem Freundinnen.

Aber das durften Nicolas und Fabien nicht.

„Komm, wir spielen Indianer und üben das Anschleichen, wie in dem Film, den wir neulich im Fernsehen angeschaut haben."

Das war endlich mal ein Vorschlag, der etwas Abwechslung brachte. Sie warfen sich ins Gras und begannen zu robben. Zu ihren Fahrrädern, die an einem der Plastik-Kilometersteine am Straßenrand lehnten.

„Hey, schau, was ich gefunden habe", rief Fabien und hielt ein kleines rechteckiges und silbern glänzendes Ding in die Luft. Anschleichen zu üben war plötzlich nicht mehr interessant. Sie setzten sich an den Straßenrand und begutachteten ihren Fund.

„Ein Handy, super!"

„Schau mal, ob es an ist!"

„*Non*! Es ist ausgeschaltet."

„Mein Papa hat auch ein Handy, das ist aber viel älter und nicht so flach. Da oben, der Knopf, da musst du fest draufdrücken, dann geht es an."

Fabien befolgte diese Anweisung, aber es tat sich nichts.

„Das geht immer sehr schwer, du musst fester drücken. Gib mal her!"

Aber auch Nicolas hatte keinen Erfolg.

„*Merde!* Der Akku ist sicher leer. Meinst du, es geht, wenn wir es wieder aufladen?"

„Das wäre toll, dann hätten wir ein eigenes Handy. Meine *maman* will mir keines kaufen. Da würde ich nur ihr ganzes Geld vertelefonieren, sagt sie immer."

„Vielleicht liegt es schon so lange hier, dass es gar nicht mehr geht", sorgte sich Nicolas.

„Höchstens drei Wochen. Vor drei Wochen hat es das letzte Mal geregnet. Es glänzt so, dass es ganz sicher nicht nass gewesen ist."

„Komm, wir nehmen es mit nach Hause und laden es auf. Mit dem Ladegerät vom Handy meines Papas."

Stolz fuhren sie mit ihrem Fund nach Hause. Die Jungen wohnten in La Palud, in einem alten Stadthaus mitten im Ort. Nicolas und seine Eltern bewohnten das Erdgeschoß und den ersten Stock des gut hundertjährigen Hauses. Den neueren Anbau auf der Gartenseite hatten Sie an Fabiens Mutter und ihren Sohn vermietet.

\*\*\*

„*Maman*, schau mal, was wir haben!"

„Ein Handy? Wo habt ihr das her? Bringt es sofort wieder zurück. Der, dem es gehört, wird es vermissen."

„Aber *maman*, wir wissen doch nicht, wem es gehört. Wir haben es im Straßengraben gefunden. Außerdem geht es nicht. Der Akku ist leer."

Es folgte eine längere Diskussion, in der Fabiens Mutter versuchte, den Jungen klar zu machen, dass sie das Handy keinesfalls behalten dürften. Solche Apparate seien sehr teuer, und der Besitzer brauche es sicher dringend. Wer weiß, wie viele Telefonnummern und Notizen er darin gespeichert habe. Durch den lauten Disput angelockt, kam Nicolas Mutter dazu. Lautstark und gestenreich versuchten die beiden Frauen, ihre Söhne zu überzeugen. Die Jungen sahen das nicht ein, sie wollten das Handy behalten. Schließlich einigten sie sich, auf den Papa von Nicolas zu warten und den Akku mit seinem Ladegerät aufzuladen.

Vielleicht war ja auch die Nummer des Besitzers gespeichert, den wollten sie dann anrufen.

Spät am Abend endlich kam der Vater.

„Heute musste ich eine Gruppe von 12 Touristen – Pariser – durch den Canyon führen, auf dem *sentier Martell*. Sie haben gelesen, dass man durch Höhlen kriechen und über Leitern klettern muss. Da waren sie ganz scharf drauf. Und dann furchtbar enttäuscht, dass es nur zwei Leitern und zwei kurze Stollen gibt. Fast acht Stunden habe ich mit denen gebraucht vom Chalet de la Maline bis zum Point Sublime. Und das in der Hitze, das hat die ganz schön geschlaucht. Aber ein super Trinkgeld hab ich bekommen. Hey, was ist, ihr wollt doch sonst immer alles genau erzählt bekommen, was ich erlebt habe."

Nicolas Vater war Ranger im Parc Naturel Régional du Verdon, und da gehörte es auch zu seinen Aufgaben, Wanderer durch den Canyon zu führen. Dieses Mal hatte er sich über seine Gäste sehr geärgert. Sie hatten keine Augen für die umwerfende Landschaft und das großartige Naturschauspiel gehabt: Über tausend Meter senkrecht abfallende Felswände an beiden Ufern des Verdon. Geier, die seit wenigen Jahren dort wieder heimisch geworden waren, in den glatten Steinwänden nisteten und hoch oben durch die Lüfte kreisten. Die vielen Couloirs – riesige glatt ausgefräste Felslöcher, die das reißende Wasser in Jahrmillionen in den Fels gegraben hatte.

„Nicht einmal die vielen Vipern haben auf die Eindruck gemacht."

Mit Erzählungen über Schlangen hatte er bislang die Jungen immer fesseln können. Heute aber gab es offensichtliches etwas Interessanteres.

Er hörte sich die Geschichte vom Handyfund an. Ließ sich das Fundstück zeigen. Es war ein Smartphone, ein ganz neues Gerät, das er sich niemals würde leisten können. Eigentlich würde er es selbst gerne behalten, denn es war tausendmal besser als sein altes Handy. Er würde einfach seine SIM-Karte einlegen, und schon wäre er auf dem neuesten Stand der Technik. Aber das ging jetzt nicht mehr, nachdem die Frauen so vehement die moralische Position vertreten hatten.

„Ich glaube nicht, dass mein Ladegerät dazu passt. Aber wir können es ja versuchen."

Erwartungsgemäß funktionierte es nicht. Sein altes Sagem-Handy hatte einen völlig anderen Stromanschluss als das Fundstück – ein ziemlich neues Samsung Smartphone. Trotzdem untersuchte der Vater das Gerät gründlich, das er so gerne behalten hätte.

„Seht her, Kinder, wenn ich die Rückseite nach unten schiebe, sieht man den Akku. Und da links, in dem kleinen Viereck steckt die Sim-Karte." Er legte den Deckel auf den Tisch und nahm die Chipkarte heraus.

„Papa, schau! Da steht was. In dem Deckel klebt ein Zettel."

Laut las Nicolas vor:

„Mein kleiner Sohn hat dieses Handy verloren. Bitte schicken Sie es an folgende Adresse:

Madame de Laterre, Château Merveille, 12 rue du Château, 83570 Montfort sur Argens. Danke!"

„Papa, jetzt wissen wir wem es gehört. Da kriegen wir sicher Finderlohn, oder?"

„Das glaube ich ganz sicher. Wenn die in einem Schloss wohnen, dann sind sie nicht arm und werden schon was springen lassen. Faustine!", wandte er sich an seine Frau.

„Verpacke das gut und bring es morgen zur Post, ja?"

Er setzte das Handy wieder zusammen und gab es seiner Frau. Sie legte es in die mittlere Schublade des großen Holztisches.

Sie hätte das besser nicht getan, denn nun lag es dort drin, von allen vergessen. Bis sie Tage später zufällig die Lade öffnete und das Handy wieder entdeckte.

Aber da war es fast zu spät.

**Sport im Fernsehen muss nicht langweilig sein**

*Dienstag, 15. Juli, nachmittags*

„*Salut, Jeannine*! Hast du auch Hunger, aber keine Zeit, ordentlich zu Mittag zu essen?"

Jean-Luc Papperin hatte sich in die Schlange vor der Pizzabude in der rue Fabrot , am Straßeneck gleich neben dem Café ‚Les deux Garçons' eingereiht. Drei Wartende vor ihm hatte er seine Mitarbeiterin entdeckt. Sie ließ die hinter sich Stehenden vor und gesellte sich zu ihrem Chef. Der Stand erfreute sich größter Beliebtheit, besonders zu Mittag. Nicht nur Touristen, sondern vor allem Angestellte und Arbeiter, die nicht genügend Zeit für ein ordentliches Mittagsmenu in einer der zahlreichen Brasserien hatten, holten sich hier ihr Mittagessen, das sie meist im Stehen auf dem Gehsteig verzehrten. Es war allgemein bekannt, hier gab es die besten Pizzas der Stadt. Schon von weitem roch man den Duft nach Knoblauch und Oregano. Die Pizzas wurden hinter einer langen Glastheke direkt vor den Augen der Hungrigen zubereitet. Sie wurden zwar nicht *au feu de bois* – im Holzofen – gebacken, sondern in vier übereinander angeordneten Elektrobacköfen. Aber das tat ihrem Geschmack keinen Abbruch. Papperin kaufte sich eine viertel *Pizza au diable*, mit scharfer Salami, Chili und Sardellen und dazu noch eine viertel *Pizza vegetarienne*, belegt mit gegrillten Scheiben von Auberginen, Courgettes und mit Artischockenherzen, das alles auf der Grundlage von Tomaten und saftig-dickem Mozzarellakäse. Nachdem auch Jeannine ihre Bestellung erhalten hatte, schlenderten sie langsam in Richtung Kommissariat. Zunächst gingen sie schweigend auf dem breiten Trottoir des Cours Mirabeau nebeneinander her. Jeder mit seinem käse- und fetttriefenden Pizzastück beschäftigt, das, eingeschlagen in Butterbrotpapier, wie eine übergroße Eistüte aussah. Nachdem er die Gemüsepizza verzehrt hatte, quasi als hors d'œuvre vor dem Hauptgang, der Teufelspizza, kramte Papperin sein Gebrauchstaschentuch aus der Hosentasche – das große bunte, mit dem Provencemuster – und wischte sich seinen verschmierten Mund ab.

„Wie geht es bei dir im Fall Miquelas voran? Habt ihr schon Ergebnisse von der DNA?" Als sie den Kopf schüttelte, fragte er weiter: „Gibt es Neuigkeiten aus Spanien?"

Sie berichtete ihm, dass die Kollegen in Girona eine Spur nach Perpignan im Languedoc entdeckt hätten, zu einem Sportarzt. Dem gingen gerade die Kollegen in Perpignan nach. Aber die seien erst am Anfang ihrer Recherche. Schweigend, jeder in seine Gedanken versunken, gingen sie eine Weile nebeneinander her.

„Und wie geht's mit deiner Filmdiva und ihrem entführten Sohn?", nahm Jeannine das Gespräch wieder auf. Jean-Luc Papperin, in seine Pizza vertieft, zögerte mit der Antwort.

„Ich weiß nicht", meinte er schließlich, und wandte sich seiner Begleiterin zu, die gerade mit einem widerspenstigen Stück Speck kämpfte, „eigentlich glaube ich immer noch nicht an ein Kidnapping. Was denkst du?"

„Mmh …", Jeannine hatte den Mund voll und musste erst den Bissen hinunterschlucken.

„Dann hätte doch längst eine Lösegeldforderung eingehen müssen", meinte sie.

„Das nicht, weil, wenn es der Vater ist, dieser Rennfahrer, dann will der kein Geld, davon hat er sicher selbst genügend, sondern das Kind. Ich kann mir aber nicht vorstellen, dass Dominic widerstandslos mit ihm mitgegangen ist. Nach dem, was uns seine Mutter erzählt hat, würde der ein ziemliches Trara machen und sich mit Händen und Füßen gegen seinen Vater zur Wehr setzen. Das wäre doch irgendjemandem aufgefallen und wir hätten davon erfahren."

Schweigend gingen sie weiter, während Papperin sich seiner Teufelspizza widmete.

Nach einer Weile nahm er das Gespräch wieder auf.

„Sag mal, haben wir die TV-Aufzeichnungen noch, die Magnetbänder, Kassetten, Disks oder wie auch immer diese Dinger heißen, oder hast du die schon zurückgegeben?"

Sie nickte stumm und bejahend, da sie den Mund wieder voll Pizza hatte.

„Was jetzt, haben wir sie noch?"

„Doch, die sind noch bei uns."

„Dann sieh die nochmal durch und konzentriere dich diesmal nicht auf den Miquelasmord sondern auf das Umfeld von dem Kind, auf alles, was sich drum herum so getan hat."

„Muss das sein?"

Jeannine ließ den Kopf hängen und schaute ihren Chef genervt an.

„Das habe ich alles schon zweimal Stunden über Stunden durchgemacht, erst zusammen mit François und Guy und dann noch mal alleine, als ich das Gewehr entdeckt habe. Was soll das? Es wird nichts Neues rauskommen. Außerdem ist das nicht mein Fall, ich hab genug mit dem Miquelas-Mord am Hals."

Darauf folgte ein längeres Schweigen. Auf Papperins Gesicht zeichnete sich Unmut ab, während er neben ihr einher schritt. Schließlich war er der Vorgesetzte und hatte ihr eine dienstliche Anweisung gegeben, die sie offensichtlich nicht befolgen wollte. Er setzte gerade zu einer etwas harschen Antwort an:

„So geht das aber ..." Schlagartig überkam ihm die Erinnerung, Jeannine und er, eng umschlungen, er schmeckte wieder ihre weichen Lippen, fühlte ihren wunderbaren Körper ...

Nein, dachte er, so geht das nicht. Ich bin nicht nur ihr Vorgesetzter, sondern auch – ja was eigentlich? Laut sagte er:

„Glaub mir, es muss sein. Ich weiß, das ist mein Fall, aber ich komm mit der Technik nicht zurecht. Bitte, Jeannine! Aber ich mache gerne mit, helfe dir dabei."

\*\*\*

Inzwischen war es Nachmittag geworden. Jeannine und Papperin saßen immer noch im halbdunklen Vorführraum und starrten auf die Projektionswand. Sie hatten den Ton ausgeschaltet, denn das Geplärre der Lautsprecher und die abgehackten Kommentare der Reporter waren ihnen mächtig auf die Nerven gegangen und lenkten von dem, was sie zu entdecken hofften, nur ab. Immer wieder kamen dieselben oder ähnliche Bilder: Großaufnahmen vom Sturz des Rennfahrers, Kameraschwenks über die malerische Landschaft, das Peleton in Gesamtaufnahme, dann wieder einzelne Fahrer, von Motorradkameras gefilmt.

„Mensch, ist das langweilig!", seufzte Jeannine, räkelte sich und beugte sich mit über dem Kopf gestreckten Armen nach hinten. Papperin sah ihren schlanken Körper, die festen Brüste, die sich unter dem dünnen T-Shirt verführerisch abzeichneten. Das alte, von ihm bewusst verdrängte Begehren flammte auf. Er konnte nicht anders, er nahm sie in die Arme, zog sie an sich und presste leidenschaftlich seine Lippen auf ihren Mund. Nur kurz erwiderte sie seinen Kuss, dann entzog sie sich ihm.

„Das wollten wir doch gerade vermeiden! Genau so hat es angefangen. Erinnerst du dich? Dann habe ich dir eine geknallt. Und dann …", sie stockte.

„Und ab da geriet mein Leben aus den Fugen, war himmlisch und teuflisch zugleich", dachte sie im Stillen. Laut sagte sie:

„Wir haben uns doch geeinigt: Ein gutes Arbeitsklima, Freundschaft ja, aber nicht das. Dafür hast du deine Nia. Komm, machen wir weiter!"

Damit konzentrierte sie sich wieder auf die TV-Aufzeichnungen. Frustriert und leicht beschämt folgte Papperin ihrer Aufforderung.

„Schau, da sind sie noch alle beisammen, Dominic und seine Aufpasser. Dann kommt die Szene, wo ich das Gewehr entdeckt habe", kommentierte Jeannine die Bilder.

„Wir müssen eigentlich nur die Zeit kurz nach dem Massensturz anschauen. Später, so nach 15 Minuten ungefähr, stand ja schon fest, dass das Kind nicht mehr da war. Das haben die Befragungen des Au-Pair-Mädchens und des Lovers von Frau de Laterre doch eindeutig ergeben. Geht das, kannst du das machen, dass wir nur das sehen?"

Es erwies sich als technisch problemlos machbar. So konnten sie ihre Suche deutlich verkürzen.

„Da! Da! Halt an, nein, geh noch mal zurück und lass es dann ganz langsam laufen!", rief Papperin aufgeregt.

Es war eine Sequenz, die vom Helikopter aus gefilmt worden war, kurz nach Ausbruch des Chaos. In der Gesamtaufnahme sah man eine Menge bunter Punkte – Menschen – die auf die Brücke und den Ort des Unfalls hin strömten. Man konnte aber auch zwei Punkte erkennen – oder besser: erahnen, die sich gegen den Strom bewegten, die Punktemenge hinter sich ließen und schließlich mit einem hellen Rechteck verschmolzen.

„Zoom das mal ganz nah her und lass es noch mal laufen!"

Die Punkte wurden größer, wurden zu Flecken, aber leider immer unschärfer. Man konnte sich jedoch vorstellen, dass es Menschen waren.

„Der große schwarze Fleck da, das muss einer mit einem schwarzen Hemd, schwarzen Haaren oder einem schwarzen Hut sein. Und der kleine, außen rot und innen gelb, weißt du, welche Haarfarbe Nicoles Sohn hat?"

„Weiß nicht, aber das haben wir gleich!" Jeannine ließ den Film zurücklaufen bis zur Szene auf der Brücke mit der Nahperspektive und den deutlich sichtbaren Personen.

„Blond, eindeutig, und ein rotes T-Shirt!", stellte Jeannine aufgeregt fest.

„Das Au-Pair-Mädchen ist auch blond, hat aber nichts Rotes an. Und der Lover von Nicole dort, Gian-Carlo, hat eine grüne Baseballkappe auf. Das ist wohl nicht die Person, die später gegen den Strom schwimmt", resümierte Papperin.

„Jetzt mach wieder die andere Szene, wo sich die Punkte auf das helle Rechteck zu bewegen", forderte Papperin seine Mitarbeiterin auf.

In der Vergrößerung konnte man zwar unscharf, aber doch eindeutig ein Auto erkennen, von silbrig-heller Farbe.

„Da, sie steigen ein. Der kleine Blonde zuerst, links hinten. Und dann der große Schwarze links vorne. Jetzt fährt er los."

Das Rechteck bewegte sich ortsauswärts, exakt nach Norden. Sie sahen noch wie es, schon außerhalb des Dorfes, eine scharfe Rechts- und dann eine Linkskurve nahm. Dann kam ein Bildschnitt und die Kamera zoomte wieder den gestürzten Radprofi heran.

„Der ist nicht alleine weggelaufen, sondern ist mit jemandem mitgegangen. Vielleicht wurde er auch mitgezerrt. Das kann man nicht erkennen. Jeannine, das ist der Beweis. Die Schauspielerin hat Recht, Dominic ist entführt worden. Mach noch mal das Bild her, wo sie ins Auto einsteigen!"

Jeannine hielt die Aufzeichnung an der Stelle an, wo die beiden Punkte im Auto verschwanden.

„Größer, bitte!"

Sie zoomte das Fahrzeug noch näher heran. Das Auto musste ziemlich senkrecht unter dem Hubschrauber mit der TV-Kamera gestanden haben. Die beiden starrten angestrengt das verschwommene Bild an. Man erkannte die Windschutzscheibe, die sich dunkler von der hellsilbernen Autofarbe abhob.

„Das muss ein Van oder ein SUV sein, Jeannine, was meinst du? Lange Motorhaube, dann die Windschutzscheibe, dann das lange Dach und dann kommt gleich die Straße. Die Heckscheibe ist nicht zu sehen. Was ist das vorne links, neben der Windschutzscheibe? Ein dicker schwarzer Punkt?"

„Weiß ich auch nicht. Aber es stimmt, das ist keine normale Limousine mit Stufenheck. Es ist ein Kombi oder ein Geländewagen. Für eine Fahndung ist das allerdings zu wenig, wir sollten wenigstens die Marke wissen. Vielleicht kommen noch bessere Aufnahmen. Schauen wir weiter!"

So kam es, dass sie die nächsten Stunden erwartungsvoll, angespannt und dennoch gelangweilt, die TV-Aufzeichnungen von Anfang an noch einmal anschauen mussten, in der Hoffnung, dass irgendwo ein deutlicheres Bild von dem Auto auftauchte. Aber das war reine Zeitverschwendung. Es kam nichts Besseres.

„Jeannine, jetzt ist es neun Uhr. Machen wir Schluss. Nimm dir morgen einen deiner Kollegen und befrage die Anwohner. Vielleicht ist jemandem der Wagen aufgefallen und er kann uns Näheres dazu zu sagen. Und dann ..."

Papperin stockte, er konnte sie doch nicht einfach so in seinen Fall hineinziehen. Er hatte ihr die Leitung der Mordermittlung im Fall Miquelas übertragen, und da hatte sie genug am Hals.

„Nein, das geht nicht. Du hast genug mit dem Mord an dem Radrennfahrer zu tun. Aber vielleicht zeigst du die Filmausschnitte morgen früh kurz den beiden Guys. Die sollen dann die Befragung machen."

„Jean-Luc, das mach ich doch gerne", sagte sie. „Für dich", dachte sie im Stillen, „weil ich will, dass du endlich weiterkommst in dem Entführungsfall ... und weil ich dich liebe." Laut sagte sie forsch:

„Also dann, bis Morgen, um elf! Zum jour fixe im Büro bin ich wieder mit Ergebnissen zurück."

„Danke, Jeannine, *Bonne nuit!* Und ... er war trotzdem schön!"

„Wer denn?"

„Der Kuss!"

„Jetzt hau schon ab, sonst ..."

„Sonst werde ich schwach und ...", träumte sie nicht ohne Sehnsucht. „Nein, das darf nicht wieder passieren", ermahnte sie sich, wandte sich ab und ging.

Immer wenn sie rational darüber nachdachte, kam sie zu dem Ergebnis, dass ihr Beruf ihr zu gut gefiel, als dass sie ihn durch eine letztlich aussichtslose Beziehung mit ihrem Chef aufs Spiel setzen wollte. Aber gefühlsmäßig ...

## Ein domestizierter Bauer erzählt

*Mittwoch, 16. Juli, früh*

„*Merde*! Was soll das, wer läutet da so früh? Es ist ja fast noch Nacht. Ich mache nicht auf!", kam es aus dem Interphone, der Türsprechanlage des alten Mietshauses. Es war kurz vor sieben Uhr und schon lange hell. Im Ort Correns herrschte längst reger Betrieb. Die Bar am Hauptplatz hatte schon geöffnet und die ersten Gäste, Angestellte und Arbeiter, standen am Tresen und tranken, je nach Gewohnheit, einen *petit café*, oder eine *noisette* oder einen *grand crème*, ehe sie sich auf den Weg ins Büro machten. Der Obst- und Gemüsehändler – *fruits et légumes* stand in bunten, handgemalten Lettern auf dem Holzschild über dem Ladeneingang – ordnete gerade die frisch eingetroffene Ware in die Stellage auf dem Gehsteig vor seinem Geschäft. Eine Straßenkehrmaschine fuhr lärmend und Wasser spritzend durch die Hauptstraße.

„*Police judiciaire*, wir hätten ein paar Fragen an Sie. Machen Sie bitte auf."

Jeannine Dalmasso und ihr Kollege Guy Malmotte warteten auf das Summen des Türöffners. Es war die erste Station der Befragungsaktion, bei der sie Näheres über das Auto erfahren wollten, das in die Entführung des kleinen Dominic de Laterre verwickelt war. Noch am späten Abend hatte Jeannine gestern ihren Kollegen überredet, sie heute bei der Umfrage zu unterstützen. Endlich schnarrte der

Öffner. Ein enger, langer und modrig riechender Hausflur empfing sie. An der mit sich ablösender grauer Ölfarbe gestrichenen Wand hingen drei Gas- und drei Stromzähler. Offensichtlich wohnten nur drei Parteien im Haus. Ein Moped lehnte an der Wand unter den Zählern. Der Boden war mit den für die Region typischen *tommettes* belegt, achteckigen rotbraunen Kacheln aus *terre cuite*, gebranntem Lehm. Mehrere davon waren zerbrochen. Gleich rechts neben der Haustüre wand sich eine schmale Treppe hinauf in die erste Etage. Das gemauerte, ursprünglich weiß getünchte Geländer folgte der Windung der Treppe nach oben. An der oberen Kante, dem steinernen Handlauf, war das Mauerwerk von den vielen Händen, die sich im Laufe der Jahre daran festgehalten oder darauf gestützt hatten, schmutzig-grau und speckig glänzend. Wie in vielen älteren provenzalischen Häusern waren die Stufen mit denselben *tommettes* gefliest, eine dunkle Holzleiste aus Eiche schloss die Stufe zur Trittkante hin ab. Am Ende des langen Flurs öffnete sich eine Tür. Eine Frau undefinierbaren Alters in grellen grünen Leggins und einem langen grauen Männerhemd, das ihr fast bis zu den Knien reichte, schaute heraus. Sie mochte dreißig, vierzig oder sogar fünfzig Jahre alt sein. Sie war mager, fast knochendürr. Strähniges aschblondes Haar hing ihr ins Gesicht. Ein dünner Rauchfaden von der Zigarette in ihrem Mundwinkel verfing sich darin.

„Mit den *flics* will ich nichts zu tun haben. Ich hab nichts zu sagen. Was wollen Sie eigentlich?"

„Typisch", dachte Jeannine, „wir Polizisten werden von der Bevölkerung mehr als Feinde und nicht als Helfer angesehen." Laut sagte sie:

„In Zusammenhang mit den Geschehnissen am Montag, dem 7. Juli, suchen wir Augenzeugen. Es geht nicht um den Mord an dem Radrennfahrer. Wir müssen vielmehr wissen, was genau sich hier am Ortsrand auf der Straße abgespielt hat. Können Sie dazu Angaben machen?"

„*Non! Absolument pas!*", schleuderte sie ihnen unfreundlich entgegen. „Da war ich nicht hier. Ich bin Aushilfskellnerin in einer Bar in Brignoles. Übertragung der Tour im

TV. Es war eine Schweinearbeit. Lauter besoffene Fans, die ich bedienen musste. Und jetzt will ich meine Ruhe haben, *Au revoir!*" Damit knallte sie die Tür vor Jeannines Nase zu.

In diesem Moment kam Jeannines Kollege, Guy Malmotte, die Treppe herabgestiegen. Er zuckte mit den Achseln:

„Niemand da, weder in der Wohnung im ersten, noch in der im zweiten Stock."

Die Befragungen in weiteren Häusern brachten ebenfalls keine brauchbaren Ergebnisse. Die meisten Bewohner waren zu der fraglichen Zeit nicht zuhause gewesen, entweder in der Arbeit, oder selbst als Zuschauer im Gedränge auf der Straße, und hatten nur Augen für die Rennfahrer gehabt. Die Vorgänge am Ortsrand, abseits vom Chaos der Massenkarambolage, hatten sie nicht interessiert. Die Anrainer, die zuhause geblieben waren, hatten das Radrennen entweder im Fernsehen angesehen, oder sie waren Sportmuffel und hatten weder aus dem Fenster geschaut, noch auf die TV-Übertragung geachtet. Die beiden Polizeibeamten wurden langsam nervös. Schließlich wollten sie um elf Uhr zur Lagebesprechung nicht mit leeren Händen ins Kommissariat kommen. Frustriert wandten sie sich dem nächsten Haus zu. Es stand etwas abseits von der Stelle, an dem das gesuchte Auto nach Jeannines Erinnerung gestanden haben musste, aber immer noch in Sichtweite. Auf der goldglänzenden und blitzblank polierten Messingplatte neben der Haustüre befanden sich nur zwei Namensschilder und Klingelknöpfe. Ungeduldig drückte Jeannine viermal auf den unteren Knopf, der vermutlich zu der Wohnung im Erdgeschoß gehörte. Nichts rührte sich. Nochmals presste sie ihren Finger auf die Klingel und ließ ihn darauf liegen. Lange geschah nichts.

„Da ist niemand zuhause. Die sind alle in der Arbeit."

Die brüchige Stimme kam von oben. Die beiden Beamten schauten an der Hauswand empor. Schräg rechts über sich erblickten sie einen Kopf, eigentlich sahen sie vor allem einen dichten, wirr gekräuselten grauen Bart. Darüber, aus einem verwitterten und von unglaublich vielen Falten durchzogenen Gesicht, ragte eine dicke runde, fast dunkelrote Nase hervor. Sie erzählte beredt von den ungezählten *petits verres de vin rouge* und von den sicher nicht minder zahlreichen Gläschen Pastis oder Ricard, die ihren Weg im Laufe eines langen Lebens unter dieser Nase vorbei durch die Kehle des Greises gefunden hatten.

„Waren Sie am Montag, dem 7. Juli hier in diesem Haus und haben aus dem Fenster geschaut – so wie jetzt gerade?"

„Das muss ich Ihnen nicht sagen. Wieso wollen Sie das wissen?"

Jeannine kramte aus ihrer Handtasche ihren Polizeiausweis und hielt ihn über ihren Kopf.

„*Police judiciaire*! Wir führen eine Anwohnerbefragung durch. Es hat mit den Ereignissen bei der Tour de France zu tun. Also noch mal: Haben Sie zur fraglichen Zeit aus dem Fenster geschaut?"

Nach einer längeren Pause, während der sie von oben kritisch beäugt wurden:

„Dann kommen Sie mal rauf!"

Der Alte lächelte, irgendwie glücklich. „Vielleicht freut er sich, endlich einmal mit jemandem reden zu können. So alte Leute sind ja oft furchtbar einsam", überlegte Jeannine. Sie drückte gegen die Haustür als der Summer ertönte. Wieder traten sie in einen modrig riechenden und schäbig wirkenden Hausflur. „Die schauen alle ähnlich aus, die Hauseingänge in den alten Stadthäusern", dachte Jeannine, während sie hinter ihrem Kollegen die schmale Treppe emporstieg. An ein nebeneinander Gehen war nicht zu denken. Die Wohnungstüre im ersten Stock war zu. Guy klopfte mehrmals.

„*Entrez! Entrez*! Die Tür ist nicht abgeschlossen."

Der Raum, den sie betraten, war relativ groß, sicher dreißig Quadratmeter, schätzte Jeannine. Die Decke wurde von sechs knorrigen Eichenbalken getragen, die sich quer durch den Raum spannten. Es war eine Art Wohnküche. Die Wand links neben der Türe wurde ganz von der Kücheneinrichtung eingenommen. Neben der langen Spüle aus dunkelbrauner Keramik stand ein Gasherd. Seine ursprünglich wohl weißen Emaileflächen waren vergilbt. Eingebrannte Speisereste klebten daran, und an seiner Frontseite zeugten braune Schlieren davon, dass öfters etwas übergekocht und die Herdvorderseite hinunter geflossen war. Anscheinend war der Herd seit langem nicht mehr sauber gemacht worden. Der Alte hatte wohl keine Haushaltshilfe. Direkt neben dem Herd stand eine dicke 100-Liter Stahlflasche, die den Herd mit Butangas versorgte. Es folgte ein Ungetüm von Kühlschrank, der sicher noch aus den 1960-er Jahren stammte – mannshoch mit abgerundeten Ecken und Kanten und einer mächtigen gewölbten Türe von vergilbter, ursprünglich weißer Farbe. Den Abschluss dieser Wand machte eine Tür. Sie war – neben dem großen Flachbildfernsehgerät – das einzig Moderne in dem altmodisch wirkenden Zimmer. Vermutlich hatte man sie erst vor kurzem erneuert. Die nächste Wand wurde von einer rustikalen provenzalischen Anrichte eingenommen. Sie war das einzige Stück, das man als Antiquität bezeichnen konnte – von ausladenden Formen, aus rötlich-dunklem Kastanienholz. An der gegenüberliegenden Wand stand ein dick gepolstertes Sofa. Vom ursprünglichen Bezug konnte man nichts sehen, denn es waren mehrere Wolldecken darüber geworfen. Ein betagter Jagdhund hatte es sich darauf bequem gemacht und blinzelte den beiden Eindringlingen müde zu. Sein braunes Fell und die grau-braune Farbe der Decken unterstrichen den dunklen und trüben Charakter des Raumes. Auf dem Boden aus breiten Holzdielen lagen zwei Teppichbrücken. Ihr buntes Muster brachte etwas Farbe in den ansonsten düsteren Raum. Im einzigen Fenster lehnte der Alte, seinen Kopf auf die auf der Fensterbrüstung verschränkten Arme gelegt. Er schaute aus dem Fenster und ließ sich von den Eintretenden nicht ablenken. Nach einiger Zeit – er hatte wohl irgendetwas Interessantes beobachtet – drehte er sich langsam in seinem Sessel um und betrachtete die beiden Polizisten neugierig.

„Kommen Sie, setzen Sie sich", lud er sie mit einem Blick zum Sofa ein.

„*Viens ici, Chirac*! Mach den *flics* Platz!" Mit einem Wedeln der Hand rief er den Hund zu sich. Als er die fragenden Blicke der beiden Polizisten sah, erklärte er:

„Ich nenne meine Hunde immer nach dem Präsidenten der Republik – dem, der das gerade ist. Meinen Chirac habe ich schon so lange, länger als der echte Chirac Präsident war. Aber ich kann ihn doch jetzt nicht plötzlich umbenennen, nur weil wir inzwischen einen neuen Präsidenten haben. Das würde ihn verwirren. Also, was wollen Sie von mir wissen?"

Brigadier Jeannine Dalmasso leierte zum x-ten Mal ihr Anliegen herunter, dass sie nach einem silberfarbenen Auto suchten, keinem normalen PKW, sondern einem *break*, einem Kombi oder SUV.

„Was iss'n ein SUV?"

„Na, so ein *Quatre-Quatre*, ein Geländewagen."

Am Montag, dem 7. Juli habe so ein Auto weiter vorne, zur Brücke hin, gestanden, das dann durch das Getümmel ortsauswärts gefahren sei. Sie hätten das in den TV-Aufzeichnungen gesehen. Aber sie hätten nichts Näheres erkennen können. Marke und Typ des Fahrzeugs, Nummernschild, Fahrer usw., all das interessiere sie. Es sei wichtig, die Informationen bräuchten sie, um ein Verbrechen aufzuklären.

„So, so, dann ist der Junge doch entführt worden. Hab mir schon so was gedacht", murmelte der Alte.

Wie elektrisiert starrten die beiden Polizeibeamten den Alten an.

„Wie kommen Sie darauf? Erzählen Sie, was haben Sie gesehen?"

„Ja das ist so, wissen Sie, ich bin ein alter Mann, zu nichts mehr nütze, sagt meine Tochter. Was kann ich da schon anderes tun, als aus dem Fenster schauen oder in den Fernseher. Ich schau lieber aus dem Fenster, da sehe ich wenigstens echtes Leben und nicht so nen neumodischen Quatsch wie im Fernsehen, den ich nicht verstehe. Also früher, da war ich …"

Nun begann er zu erzählen. Damals, als seine Joséfine noch gelebt hatte, da hätten sie in ihrer *bastide* oben in den *collines* gewohnt. Mit drei Ziegen, vielen Hühnern, einem Olivenhain und einem kleinen Weinberg hätten sie ihr Auskommen gehabt. Durch Jagd und Trüffelsuchen habe er gelegentlich noch etwas dazu verdient. Aber dann war seine Frau gestorben und seine Tochter hatte gemeint, er sei zu alt, und die Arbeit auf dem Hof sei zuviel für ihn.

„Das ist zwar völliger Blödsinn. Leicht hätte ich das geschafft. Aber setzen Sie sich mal gegen meine Tochter durch. Wenn Sie die kennen würden, dann würden Sie mich verstehen. Keine Chance hatte ich."

„Jetzt sagen Sie uns endlich, was sie am 7. Juli gesehen haben", unterbrach ihn Guy Malmotte unbeherrscht.

„Aber das tue ich gerade. Seien Sie nicht so ungeduldig. Sie müssen doch verstehen, wie das alles gekommen ist."

Und dann erzählte er weiter, dass seine Tochter ihm in ihrem Haus in Correns diese Wohnung im 1. Stock eingerichtet habe. Aber das sei schon lange her – 10 oder 20 Jahre. Sie und ihr Mann wohnten im Erdgeschoß. Die Kinder seien schon längst aus dem Haus. Tagsüber sei er sehr einsam, weil die beiden in der Arbeit seien. Er habe so starke Arthrose, dass er so gut wie überhaupt nicht mehr gehen könne.

„Und da schaue ich eben aus dem Fenster. Weil, da sehe ich wenigstens, was draußen alles los ist."

„Jetzt sagen Sie endlich, was haben Sie am Montag, dem 7. Juli alles gesehen?"

„Hab ich doch schon gesagt, der Junge ist mit dem Mann ins Auto gestiegen, diesen SUV, oder wie Sie so ein Auto heute nennen."

„Und – ist er freiwillig eingestiegen, oder hat ihn der Mann gezwungen?"

„Er hat ihn halt so reingeschoben, aber gezwungen? Kann schon sein, glaube ich aber eigentlich nicht."

„Können Sie den Mann beschreiben, war er groß, klein, welche Haarfarbe hatte er, was hatte er an?"

„Groß? Vielleicht. Das sieht man von hier oben nicht so genau. Aber doch, schon ziemlich groß und schwarz."

„Ein Schwarzer? Ein Afrikaner?"

„*Non, non*, kein Neger. Aber alles andre an ihm war schwarz, Hose, Hemd, Haare."

„Weiter, was noch? Was ist Ihnen an ihm sonst noch aufgefallen? Bart? *Moustache*? Brille? Hatte er kurze oder lange Haare? Wie alt schätzen Sie, war er? Denken Sie nach, das ist sehr wichtig!"

Der Alte fuhr sich mit der linken Hand durch den Bart.

„Was Sie nicht alles wissen wollen." Dann deutete er mit dem Kopf zur alten Anrichte:

„Ich habe so selten Gäste, da müssen wir drauf anstoßen. Bringen Sie doch mal drei Gläser. Und im Kühlschrank ist noch eine Flasche Rosé."

Brigadier Malmotte drängte: „Dazu haben wir keine Zeit. Los weiter, wie sah der Mann aus?"

„Erst den Wein, dann …", verschmitzt blitzen seine Augen aus dem bärtigen Gesicht. Vermutlich genoss er es, endlich einmal in Gesellschaft trinken zu können. Nachdem sie ihm seinen Wunsch erfüllt hatten und jeder ein – nicht allzu sauberes – Glas Rosé in der Hand hielt, fing er wieder an:

„Bart und Schnurrbart nein. Brille ja, eine große schwarze Sonnenbrille. Und jung war er."

„Wie jung? 20, 30, 40 Jahre?"

Der Alte nickte bedächtig.

„Ja"

„Was jetzt?"

„Na jung, viel jünger als ich. Ich habe 85 Jahre auf dem Buckel. Das ist alles junges Gemüse, was ich da so unter meinem Fenster vorbeilaufen sehe, da mach ich keinen Unterschied."

Die Beamten sahen, dass sie hier nicht weiterkamen, deshalb wandte sie sich dem Auto zu. Erstaunlicherweise konnte der Greis sich daran noch sehr genau erinnern. Es war tatsächlich ein Geländewagen, hellgrau-silbern. Auf die Frage nach dem Nummernschild wusste er allerdings keine befriedigende Antwort.

„*La plaque d'immatriculation*? Ja, gesehen hab ich die schon. Aber auf diesen neumodischen Schildern steht ja nicht mehr, wo das Auto herkommt."

„Und die Autonummer?" fragte *brigadier* Malmotte ungeduldig.

„Die hat mich nicht interessiert. Ja gelesen habe ich die schon, aber ich habe sie vergessen. Wissen Sie, ich werde immer vergesslicher. Aber Cloé – meine Tochter – meint, das ist in meinem Alter normal. Ich bin nämlich 85, müssen Sie wissen. Nee, die Nummer war mir auch egal, ich wollte nur wissen, wo das Auto herkommt, und da war nur dieses blaue Viereck mit nichts drin."

Mehr Glück hatten die beiden Beamten mit der Automarke. Auf die Frage hiernach meinte der Alte, es sei schon so ein Zeichen hinten drauf gewesen.

„Sah aus wie ein Kopf mit Hörnern – *un taureau, peut être un taureau.*

„Kennst du eine Automarke mit einem Stierkopf, Jeannine?"

„*Non*, ich weiß nur, dass Peugeot einen Löwen hat, Jaguar einen Jaguar, aber sonst? Aber das musst du doch wissen, du bist doch ein Mann."

*Brigadier* Malmotte kannte auch kein Auto mit Stierkopf im Logo, wusste sich aber trotzdem zu helfen. Er zog sein i-phone aus der Tasche und googelte: „*marques de voiture, logo*".

In Sekundenschnelle erschienen auf dem Display die Markenzeichen aller nur denkbaren Autos. Er blätterte die Anzeigen durch und zeigte es jedes Mal dem Alten, wenn ein Bild auch nur annähernd an einen Stier erinnerte. Dodge hatte einen Widder mit Hörnern im Logo, Ferrari ein Pferd, Lamborghini einen ganzen Stier, aber der Alte schüttelte jedes Mal den Kopf. Er interessierte sich auch viel mehr für das i-phone als für die Automarken, und wie die Bilder mit einem Wischen des Fingers wechselten.

„Gib mal her, dein Spielzeug, lass mich auch mal!"

Mit inbrünstigem Eifer führte er seinen knorrigen Zeigefinger über den Bildschirm und freute sich jedes Mal kindlich, wenn ein neues Bild erschien. Beim Rolls Royce verweilte er länger und schmatzte mit den Lippen, dann blätterte er weiter.

„Da, da, das ist er!" Ganz aufgeregt reichte er das Bildtelefon den beiden Polizisten. Es war das Logo von Toyota, zwei sich überschneidende Ovale in einem Kreis. Es sieht tatsächlich aus wie der stilisierte Kopf eines Tieres mit langen geschwungenen Hörnern, dachte Jeannine.

„Sind Sie ganz sicher?", vergewisserte sie sich.

*„Mais oui, oui, absolument sûr!"*

Nur half ihnen das nicht viel weiter. Silberfarbige Toyota-Geländeautos gab es zigtausende in der Provence, Landcruiser, RAV4, Urban Cruiser. Sie bedrängten den greisen Mann weiter mit Fragen. Ob das Auto eher groß war, oder klein, wie viele Türen hatte es, ob es eine Dachreling hatte, einen Gepäckträger auf dem Dach, eine Antenne, eine Anhängerkupplung usw. usw. Der Alte winkte mit beiden Händen ab:

„Woher soll ich das wissen. Das hat mich doch gar nicht interessiert. Vielleicht habe ich sowas gesehen, aber ich erinnere mich nicht mehr dran, …erinnere mich nicht mehr. Sie müssen wissen, ich bin 85 und Cloè sagt immer, dass ich in dem Alter viel vergessen darf. Das ist normal sagt sie. Mit 85…"

Er hielt ihnen sein leeres Glas hin und Jeannine schenkte ihm nach. Genussvoll trank er ein paar Schlucke.

Intensives Nachhaken brachte dann doch noch ein paar Details zu Tage. Das Auto war groß, sehr groß sogar und hatte vier Türen.

„Und hinten, da war ein Reserverad draufgeschraubt, das ist das Auto von Robert, habe ich erst geglaubt, aber …"

„Wer ist Robert?", unterbrachen ihn beide Polizisten unisono. Endlich ein Name, vielleicht führte das weiter. Aber es war ein Irrweg, wie sie dem Alten mit viel Geduld entlocken konnten. Robert war sein Schwiegersohn und sein Auto, ein Mitsubishi, hatte nur zwei Türen, und die Farbe stimmte auch nicht ganz. Jetzt schilderte der alte Mann, dass dieser Robert in der Cave coopérative, der Winzergenossenschaft, arbeite, als Önologieberater („so ein dämlicher Beruf. Wir Bauern wissen doch am besten, wie man das macht!') und einen Geländewagen brauche, weil er die Weinbauern besuchen müsse. Und deren Höfe seien teilweise ganz weit draußen, in den *collines*, der bergigen Gegend rund um Correns. Trotz vieler geduldiger Versuche war es nicht möglich, den Alten wieder zu dem zurück zu führen, was sie interessierte, zum Landcruiser und der Entführung des Kindes. Schließlich verabschiedeten sie sich.

„Jetzt müssen wir ins Kommissariat nach Aix. Vielen Dank für den Wein", mit diesen Worten wandte sich Jeannine zur Türe.

„Halt, Halt!" Sie können doch noch nicht gehen. Es ist noch viel Rosé da, der will getrunken sein." Als er sah, dass die beiden Beamten trotzdem die Wohnung verlassen wollten, fügte er listig hinzu: „Außerdem habe ich noch gar nicht alles erzählt, was ich an dem Tag gesehen habe. Ich weiß noch ganz viel!"

Jeannine Dalmasso und Guy Malmotte winkten ab. Als sie sich verabschiedeten, wollte der Alte ihre Hände gar nicht mehr loslassen. Erst als sie im versprachen, wieder zu kommen und *un petit verre de rosé* mit ihm zu trinken, ließ er sie gehen.

Auf der Rückfahrt ins Kommissariat resümierte Jeannines Begleiter:

„Also: Es muss ein Landcruiser gewesen sein, der RAV4 ist wohl zu klein. Und es ist ein älteres Modell, denn die neuen haben das Reserverad nicht mehr hinten drauf. Aber ob uns das weiterhilft? Ich denke, das ist noch zu wenig für eine Fahndung."

„Noch etwas", ergänzte seine Kollegin.

„Er muss erst vor kurzem neu zugelassen worden sein, weil die Euro-Kennzeichen gibt es noch nicht sehr lange, vielleicht hilft uns das."

„Aber er kann irgendwo in Frankreich gemeldet worden sein. Wir kennen das Département nicht", dämpfte *brigadier* Malmotte ihre Zuversicht. „Mal sehen, was der Chef dazu sagt."

„Ihr könnt jetzt nicht rein, der Chef telefoniert gerade mit Australien."

Monique Dépardieu hielt die beiden *brigadiers* zurück, die direkt in *commissaire* Papperins Büro stürmen wollten, um ihrem Chef zu berichten, was sie über das Auto herausgefunden hatten.

„Er hat den Rennfahrer, den Vater von dem Kind, an der Strippe. Da könnt ihr ihn nicht stören." Also warteten sie.

***

Ungeduldig mit dem Kugelschreiber auf die Tischplatte klopfend, hörte Jean-Luc Papperin dem Wortschwall zu, der aus dem Hörer kam.

„Und sie verdächtigen mich, dass ich mein Kind entführt habe. Das ist Unsinn, absoluter Unsinn! Und eine Unverschämtheit. Hat Nicole sie um den Finger gewickelt? Das kann sie perfekt! Und Sie haben sich einwickeln lassen. Ich liebe Domi, niemals würde ich ihm etwas antun, ihn entführen. So ein Blödsinn! Wann soll das überhaupt gewesen sein?"

„Am 7. Juli, wo waren Sie an diesem Tag?"

„Ich bin seit über drei Wochen in Australien, Albert Park – Melbourne. Testfahrten mit dem neuen Motor. Jeden Tag bin ich auf der Strecke, drei Wochen lang. Los, prüfen Sie das nach, fragen Sie unseren Rennleiter, jeder aus dem Team kann das bestätigen. Schauen Sie sich die Videos an, die wir von den Tests gemacht haben – lückenlos! Da sitzen Sie aber Tage dran. Ich soll Domi entführt haben, Schwachsinn! Suchen Sie den Richtigen, anstatt mich grundlos zu verdächtigen."

„Monsieur Detejo, wir wissen, dass Sie schon Entführungsversuche unternommen haben. Das ist hier aktenkundig. Auch wenn Sie für den Tag der Entführung ein Alibi haben sollten – wir werden Ihre Angaben natürlich nachprüfen – könnten Sie trotzdem alles organisiert haben. Ich benötige eine detaillierte Aufstellung mit allen Zeiten und Orten, wo Sie sich in der Zeit vor der Entführung aufgehalten haben. Sagen wir, ab Ende Februar. Natürlich mit Angabe von Personen, die das bestätigen können. Sie sollten …"

Hier wurde Papperin von einem Wutgebrüll unterbrochen:

„*Culo! Hijo de puta!* Sie Arschloch! Einen Dreck kriegen Sie. Ich zeig Sie an, wegen Verleumdung, übler Nachrede. Was glauben Sie, mit wem Sie es zu tun haben? Sie werden noch von mir hören! Scheißbulle!"

Dann war die Leitung tot.

„Unverschämt, dem müssen wir gründlich auf den Zahn fühlen", murmelte Papperin zornig und ging in das Vorzimmer zu seiner Sekretärin. Als er seine Mitarbeiter sah, die sich zum vereinbarten jour fixe um elf im Sekretariat versammelt hatten, jeder mit einer Tasse Kaffee in der Hand, bellte er:

„Mir auch einen *café*! … Bitte", fügte er hinzu, als er Monique's erstaunten Blick sah. Er lehnte sich an einen grauen Aktenschrank und meinte:

„Entschuldigt, aber der Vater von dem Kind, Manuel Detejo, hat mich so wütend gemacht. Er sagt, er hat ein Alibi – Motortestfahrten in Australien. Der ist mir über den Mund gefahren und hat mich beschimpft – Arschloch, Scheißbulle und Hurensohn hat er mich genannt. Entweder tue ich ihm Unrecht, und er ist unschuldig, aber ein aufbrausender, cholerischer Typ. Oder, was ich für durchaus möglich halte, er hat die Entführung organisiert und will jetzt mit seinen Liebesbezeugungen für seinen Sohn, seinem Alibi und seinen Ausfällen gegen die Polizei den Verdacht von sich ablenken. Wir müssen jeden seiner Schritte genau überprüfen. Guy und Guy-deux, ihr kümmert euch darum. Rekonstruiert, was er, sagen wir seit Jahresbeginn, alles gemacht hat. Wann war er in Frankreich, in der Provence, fragt bei allen Fluggesellschaften nach, Hotels usw. usw. Ihr wisst schon was ich meine."

Papperin überlegte eine kurze Weile.

„Und verpflichtet alle Fluglinien, sie sollen uns umgehend benachrichtigen, wenn der Detejo ein Ticket nach Frankreich bucht. Alles klar?"

Er wandte sich Jeannine zu:

„Was kam bei der Befragung der Anwohner heute früh raus?"

Abwechselnd schilderten Jeannine Dalmasso und Guy Malmotte, was sie alles in Correns erlebt hatten.

„Also, ich denke, das bringt uns nicht viel weiter", fasste Jeannine zusammen. „Silbergraue Toyota-Landcruiser älteren Baujahrs gibt es viel zu viele, als dass wir uns die alle einzeln vornehmen könnten. Das einzige Konkrete, das wir wissen, ist: Der Wagen wurde erst vor maximal zwei Jahren zugelassen – wegen des neuen Euro-Nummernschilds. Aber für eine Fahndung ist das eindeutig zu wenig. Wenn wir wenigstens wüssten, wohin der gefahren ist! Aber so..."

„Trotzdem Danke, Jeannine und Guy."

Nach einer kurzen Pause:

„Jeannine, du machst jetzt weiter mit dem Fall Miquelas. Mach dem Labor Beine wegen der DNA von dem Blut an den Disteln. Vielleicht solltest du nach Perpignan fahren und dem Hinweis aus Spanien nachgehen. Hast du genug Leute? Falls nein, sag es mir, dann eise ich beim Chef noch ein paar los. Und im Fall Dominic de Laterre sollten wir nachprüfen, ob auf eine der uns bekannten Personen so ein Landcruiser zugelassen ist. Machen Sie das bitte, Guy? Gut, dann morgen um elf: Nächster Jour fixe – hoffentlich schon mit Ergebnissen."

## Zwei Telefonate und ein vermeintlicher wissenschaftlicher Fehler bringen Papperin auf eine neue Spur

*Donnerstag, 17. Juli*

Erschöpft von der schlaflosen Nacht blickte Claude Lavalle auf die Uhr über der Tür seines Krankenzimmers. Es war erst fünf. Seine Brust unter dem dicken Verband schmerzte immer noch, auch wenn die Ärzte ihm versichert hatten, dass die Wunden planmäßig verheilten. Trotzdem, an ein ruhiges Schlafen war nicht zu denken, seit sie die starken Schmerzmittel abgesetzt hatten. Und wenn er endlich eingeschlafen war, weckte ihn einer seiner beiden Zimmergenossen unweigerlich auf. Dem alten Mann im Bett rechts von ihm hatte man ein Bein amputiert. Der andere, links von ihm – er war noch keine dreißig – hustete nahezu unentwegt. Er war an der Lunge operiert worden.

*Lieutenant* Lavalle hing seinen Gedanken nach, die Schießerei vor dem Haus an der Küste ließ ihn nicht los. Wenn er die Augen schloss, erschien das Gesicht seines spanischen Kollegen, die blutige Masse, die nach der MP-Salve davon übrig geblieben war. Er versuchte sich abzulenken, dachte an seine Frau, seine beiden Kinder. Immer wenn er gerade am Wegdämmern war, wurde er vom Stöhnen seines rechten oder vom Husten seines linken Nachbarn in die Wirklichkeit zurückgerissen. Die Zeit floss zäh dahin – halb sechs Uhr – sechs Uhr. Endlich, kurz nach sechs regte sich etwas auf dem Korridor vor seinem Krankenzimmer. Laut wurde die Türe aufgestoßen.

*„Buenos dias, señores!"* Eine Pflegeschwester arretierte die Türe, ging wieder hinaus und kam mit einem Tablett wieder. Sie schob das Beistellkästchen so ans Bett von *lieutenant* Lavalle, dass die Ablageplatte direkt vor seinem Gesicht war und knallte das Tablett darauf. Auf dieselbe Art bekamen seine beiden Zimmergenossen ihr Frühstück vorgesetzt. Lustlos machte sich Claude Lavalle über das dürftige Mahl her: Lauwarmer Malventee, zwei Scheiben schwammiges Toastbrot, drei Portionspackungen, eine mit Butter und zwei mit Marmelade. Das war alles. Anschließend begann die übliche morgendliche Betriebsamkeit. Pfleger kamen, um die Patienten auf die Toilette zu führen und sie zu waschen, Fieber zu messen. Krankenschwestern wechselten die Verbände. Die Betten wurden gemacht. Nach der Visite durch den Stationsarzt um acht begann wieder die Öde eines Krankenhaustages.

„Hoffentlich entlassen sie mich bald, ich will heim zu meiner Familie", dachte er. „Will wieder arbeiten. Ob die wohl schon rausbekommen haben, wer hinter dem Miquelasmord steckt?", fragte er sich, während seine Zimmernachbarn sich im laut dröhnenden Fernseher eine Quizsendung ansahen.

*** 

*Commissaire* Papperin arbeitete sich durch die Akten, die ihm seine Sekretärin auf den Schreibtisch gelegt hatte. Mit etwas Wehmut dachte er an die Zeit, als er noch einfacher *brigadier* war, nahezu völlig unbehelligt von dem Papierkram und der überbordenden Bürokratie. Nun ja, die Berichte mussten sie schon selber schreiben. Aber alles andere, vor allem die überflüssigen Angaben und Formulare für die Statistik, das musste alles sein Chef machen. Das hier ödete ihn an. Er sehnte sich nach Abwechslung.

„Monique, wissen Sie, wie es Claude geht? Kann er bald nach Aix überstellt werden?", rief Papperin durch die stets offen stehende Verbindungstür zu seinem Vorzimmer. Er sei auf dem Weg der Besserung, aber Näheres wisse sie nicht, war ihre Antwort, und sie fuhr fort:

„Du solltest ihn mal anrufen, Jean-Luc, das würde ihn sicher freuen."

Das Verhältnis zwischen ihm und seiner Sekretärin war merkwürdig gespalten. Sie duzte ihn – seit damals, als sie die Krise so verständnisvoll und diplomatisch gelöst hatte, die zwischen ihm und Jeannine geherrscht hatte. Seitdem konnten sie wieder relativ normal zusammenarbeiten – Jeannine und er. Er selbst aber siezte seine Sekretärin nach wie vor. Nicht weil sie älter war als er, auch nicht weil er sie nicht mochte, im Gegenteil. Eher aus Respekt, aus einer Art innerer Hochachtung, ja sogar Bewunderung für die Art, wie sie das Arbeitsklima im Kommissariat so geschickt auf einer freundschaftlich-geschäftigen Ebene hielt – bei all den Gegensätzen der Charaktere seiner Teammitglieder. Sie war strenge Bürochefin und Organisatorin der Abteilung und gleichzeitig einfühlsame Psychologin, Freundin, fast wie eine Mutter. Papperin war sich sicher, ihm wäre es nicht so perfekt gelungen, dass in seinem Kommissariat Harmonie, Teamgeist und Freundschaft herrschten, statt der in staatlichen Organisationen üblichen gespannten Atmosphäre – Obrigkeitsdenken, Konkurrenzeifer, Neid auf die Erfolge der Kollegen, Mobbing und Streit.

„Monique, wissen Sie wie ich ihn erreichen kann? Kennen Sie seine Telefonnummer?"

Als sie bejahend nickte, bat er sie, ihn mit seinem verletzten Kollegen im Krankenhaus in Spanien zu verbinden, froh über die Abwechslung von seiner tristen Schreibtischarbeit. Das Telefonat trug allerdings auch nicht dazu bei, seine Stimmung zu verbessern. Claude Lavalle berichtete zwar von den Heilungsfortschritten, davon, dass die Schmerzen langsam erträglicher wurden. Er beklagte sich nicht, aber Papperin fühlte hinter den Worten seines *lieutenant* die öde Langeweile, die an seinem Gemüt nagte. Er hörte von der lieblosen Routine, mit der die Patienten behandelt wurden. Von den schlaflosen Nächten wegen seiner, Claudes, eigenen Schmerzen und wegen der Geräusche – Stöhnen und Husten – die von seinen beiden Zimmergenossen kamen und von dem lauten TV-Gedröhne tagsüber.

Papperin bemühte sich, seinem Mitarbeiter Mut zu machen. Er werde sich selbst darum kümmern, dass man ihn so bald wie möglich in das Centre Hospitalier von Aix verlegte, sobald die Ärzte einem Helikoptertransport zustimmten.

*„Bon courage et à très bientôt!"*, verabschiedete sich Papperin mit mehr Zuversicht in der Stimme als ihm innerlich zumute war. Dann wandte er sich wieder seiner ungeliebten Schreibtischarbeit zu. Nach einer guten halben Stunde lustlosen Ausfüllens von Formularen quengelte das Telefon vor ihm. Wie er diesen penetranten Computerton hasste.

„Guy-deux, was gibt es?" Das Display seines Apparates hatte ihm den Namen des Anrufers verraten.

„Chef, wir haben was rausbekommen. Also, das Alibi von Dominics Vater ist wasserdicht. Er war tatsächlich in der Zeit, wo die Entführung stattgefunden hat, in Australien. Aber etwas anderes: Der Detejo war im Mai zwei Wochen in Südfrankreich, er ist beim Grand Prix von Monte Carlo mitgefahren, hat zwar nicht viel erreicht, aber danach war er eine Zeit lang in Cassis, bei Marseille, Urlaub, Erholung vom Rennen. Da dürfte er ausreichend Zeit gehabt haben, die Entführung zu organisieren, Helfer anzuwerben und alles zu planen. Sollen wir uns da dranhängen, Guy und ich?"

Ein kleiner Lichtblick. „Ja, macht das, überprüft alle seine Schritte, die er hier unternommen hat, Kontakte, die er aufgenommen hat und so weiter. Vielleicht kriegen wir ihn doch noch!"

Das war zwar nicht viel, aber immerhin eine Spur. Papperin ärgerte sich immer noch über die Art, wie der arrogante Schnösel ihn am Telefon abgekanzelt hatte. Hoffentlich wird da was draus, dachte er. Denn er war nicht nur überzeugt, dass dieser Detejo für die Entführung verantwortlich war, in seinem Innersten wünschte er das heftig, gerade so, als gäbe es eine persönliche Fehde zwischen ihnen beiden.

Als er sich wieder dem Bürokram zuwenden wollte, gellte das Telefon aufs Neue.

***

Dr. Florian Berlinotte kratzte sich nachdenklich an seinem kahlen Schädel. Das war also das DNA-Muster, das die Analyse der Blutspuren ergeben hatte. Diese Distelzweige mit dem getrockneten Blut an den stacheligen Blättern. Er erinnerte sich noch genau, wie *brigadier* Dalmasso, Jean-Lucs attraktive Assistentin, ihm die Dinger gebracht hatte und das Ergebnis möglichst sofort wissen wollte. Kurz darauf war sein Freund Jean-Luc gekommen, mit Schamhaaren an einem Handtuch und hatte es genauso eilig gehabt, die Ergebnisse zu bekommen. Ob die sich gedacht hatten, er könne zaubern. Solche Analysen brauchten eben ihre Zeit. Aber selbstverständlich hatte er sich sofort an die Arbeit gemacht, alle anderen Aufträge beiseitegeschoben und die PCR-Reaktionsgefäße für die beiden Proben vorbereitet, den Thermocycler hochgefahren und mit der Expressbearbeitung begonnen. Das war schon einige Zeit her. Jetzt lagen ihm die Ergebnisse vor. Lange und kritisch betrachtete er das Streifenmuster und den Zahlencode zur Identifizierung der genetischen Eigenschaften der Person, von der diese Blutstropfen stammten. Mit diesem Ergebnis konnten die Ermittler die im System gespeicherten DNA-Daten aller amtsbekannten Kriminellen vergleichen. Wenn die Person irgendwann einmal erfasst worden war, dann wussten sie, von wem die Blutstropfen stammten. Er war mächtig stolz auf die Methode der Fragmentlängenanalyse, mit der er selbst von kleinsten organischen Proben einen genetischen Fingerabdruck erstellen konnte. Was ihn als Patriot aber wurmte: Es war kein Franzose, sondern schon wieder ein Amerikaner, der das in den 90er Jahren erfunden und dafür sogar den Nobelpreis bekommen hatte.

Er sah sich den bunten Strichcode genau an, stutzte. Irgendwie kam ihm das Muster bekannt vor. Seine langjährige Praxis mit diesem Verfahren hatte ihn sensibel gemacht, so dass ihm Besonderheiten sofort auffielen.

„Aber genau das hatte ich doch schon einmal!", räsonierte er halblaut. „Das ist doch dasselbe Identifizierungsmuster wie bei den Schamhaaren von Jean-Luc." Natürlich waren das nicht die Schamhaare seines Freundes. Trotzdem amüsierte es ihn, sich den nackten *commissaire* mit strubbeligen Haaren um sein Geschlecht vorzustellen. „Das gibt es doch nicht! Ich muss die Proben falsch beschriftet haben", murmelte er bestürzt vor sich hin. Die Wahrscheinlichkeit, dass die genetischen Fingerabdrücke zweier Personen identisch sind, betrug nach allem, was er gelernt hatte, eins zu einigen Millionen. Es war praktisch ausgeschlossen, dass zwei Menschen identische genetische Spuren aufwiesen. Er setzte seine Lesebrille auf, beugte sich noch näher an den Bildschirm seines Laptops und studierte die betroffene Sequenz der Doppelhelix aufs Neue.

„Wenn mich nicht alles täuscht, ist das das Muster der Schamhaaranalyse und nicht das der Blutstropfen", grummelte er fassungslos.

Nun lud er auch die Ergebnisse der Schamhaar-Analyse hoch und ordnete sie nebeneinander auf dem Bildschirm an.

„Völlig identisch! Aber das ist doch nicht möglich. Ich muss da etwas verwechselt haben."

Er dachte an das rauschende Fest am Abend bevor er die Analyse begonnen hatte. So schlimm war doch sein Kater gar nicht gewesen, nach der Party, die er anlässlich seines 25-jährigen Dienstjubiläums gegeben hatte, und nach der durchzechten Nacht. Vermutlich aber doch. Sonst wäre ihm das niemals passiert, eine Probe zwei verschiedenen Vorgängen zuzuordnen.

„*Merde*! Jetzt muss ich den ganzen Scheiß noch mal machen!" rief er zornig.

\*\*\*

Jean-Luc Papperin hatte keine Lust an den Apparat zu gehen. Nicht nur die öde Büroarbeit war Schuld an seiner schlechten Laune. Vor allem das Telefonat mit dem verletzten Claude in dem spanischen Krankenhaus. Die trostlose Schilderung seines Kollegen und Mitarbeiters hatte sich wie ein grauer Schleier auf sein Gemüt gelegt. Selbst der Lichtblick, den das kurze Gespräch mit Guy-deux eröffnet hatte, die Tatsache dass der Formel-Eins-Rabenvater doch als

Drahtzieher der Entführung in Frage kam, konnte nicht zur Verbesserung seiner Laune beitragen. Und jetzt setzte dieses digitale Telefongellen noch eins oben drauf. Griesgrämig klopfte er mit dem Kugelschreiber auf die Schreibtischplatte, war versucht, den Hörer zu nehmen und hinein zu brüllen: „Verdammt noch mal! Lasst mich endlich in Ruhe mit eurem Scheissgeläute!" Dann beschloss er, den Anruf zu ignorieren. Schließlich hob er doch ab, als der penetrante Signalton nicht verstummen wollte und fuhr den Anrufer mit nicht gerade freundlicher Stimme an:

„Was ist denn jetzt schon wieder?"

„He, Jean-Luc, spricht man so mit seinen Freunden? Ist dir was über die Leber gelaufen?"

„Mhm", grummelte der Kommissar.

„Jean-Luc, ich sag dir, mir ist da was passiert, das hat mich an meinem Verstand zweifeln lassen. Ich habe doch tatsächlich geglaubt, dass ich die Ergebnisse meiner DNA-Analysen durcheinandergebracht habe. Verwechselt, verstehst du? Unglaublich! Ich!"

„Warum soll dir so etwas nicht passieren. Ich weiß, du hältst dich für die DNA-Koryphäe Frankreichs schlechthin, aber in Wahrheit machst du doch nichts anderes, als eine Rezeptur abzuarbeiten, die die Amerikaner entwickelt haben. So wie eine Hausfrau, die ein Rezept von Bocuse oder Ducasse nachkocht und glaubt, sie sei selbst die berühmte Meisterköchin."

Papperin sah seinen Gesprächspartner bildlich vor sich, wie er schockiert mit den Augen rollte. Dann fuhr er fort:

„Alles wissenschaftlich Wichtige kommt doch aus den USA. Wir wenden es nur an und halten uns dann für die Größten." In seiner schlechten Laune hatte Papperin geradezu Lust, seinen Freund zu provozieren und zu verletzen. Er wusste um den Nationalstolz des Dr. Berlinotte, und dass der sich jedes Mal fürchterlich aufregte, wenn den Yankees ein wissenschaftlicher Erfolg gelang.

„Du arbeitest eigentlich nur stinklangweilige und unkreative Routinen ab, die ein Ausländer entwickelt hat. Da darfst du schon mal was verwechseln, das ist verständlich." Es machte ihm immer mehr Spaß, seinen Freund zu ärgern.

„Jetzt sag schon, was hast du mir zu berichten, du biochemischer Meisterkoch!"

„Aber das meinst du nicht im Ernst, dass wir gar nichts zuwege bringen und alles nur von den Amerikanern übernehmen. Sag, dass du das nicht Ernst meinst!"

„Doch, todernst!", antwortete Papperin, der seinen Freund vor sich sah, wie dieser zu einem Generalangriff gegen die Vorherrschaft der US-amerikanischen Wissenschaft ausholte.

„Jetzt mach die französische Wissenschaft nicht so runter. Wir sind den Yankees durchaus ebenbürtig wenn nicht sogar ..."

Hier wurde er von seinem Freund unterbrochen:

„Gerade die DNA-Analyse, gib es doch zu, das war ein Amerikaner. Ihr Forscher aus Frankreich habt rein gar nichts dazu beigetragen!"

Papperin sah das Gesicht seines Freundes vor sich, wie es vor Ärger rot anlief und er für eine harsche Erwiderung tief Luft holte.

„Und was ist mit Luc Montagnier, hat er den Erreger von Aids entdeckt oder nicht."

„Na so klar ist das noch nicht, schließlich streitet er sich mit einem Amerikaner um diesen Ruhm", konterte Papperin.

„Ach der Gallo – hör mir doch mit dem auf, dem Scharlatan. Und was ist mit Madame Curie, mit Louis Pasteur, ohne die gäbe es keine Kernenergie, keine Impfungen, keine Haltbarmachung von Lebensmitteln. Ich könnte dir einen endlosen Vortrag halten über die glorreichen Leistungen der französischen Wissenschaft. Selbst so was Alltägliches wie den Stahlbeton haben wir erfunden, Joseph-Louis Lambot war das. Der wurde ganz in der Nähe von dir geboren, in Montfort sur Argens."

„Blah, blah blah. Du hast nur Glück, du Patriot, dass ich kein Naturwissenschaftler oder Techniker bin, denn dann könnte ich dir mit Namen und Nobelpreisen belegen, dass wir Franzosen weit im Hintertreffen sind. Aber jetzt sag schon: Hast du wirklich was verwechselt, und falls ja, warum sollte das mich interessieren?"

„Nein, ich habe nichts verwechselt. Es ist nur so, dass die DNA von den beiden Proben tatsächlich identisch ist."

"Welche Proben?"

„Na, die Schamhaare von dir und die Blutspritzer von deiner Jeannine!"

„Das gibt es nicht, da musst du wirklich einen Fehler gemacht haben!"

„Nein, ich mache keine Fehler. Außerdem habe ich die Analysen noch ein zweites Mal gemacht. Die Schamhaare und die Blutspuren stammen von derselben Person!"

„Hundertprozentig?"

„Hundertprozentig!"

„*Mon dieux!*" Papperin musste tief durchatmen, als ihm langsam bewusst wurde, was das bedeuten konnte.

„Es könnte demnach sein", überlegte er laut, „dass der Miquelas nur deshalb erschossen wurde, damit man in dem Tohuwabohu das Kind unauffällig entführen konnte". Jetzt kannte er den Namen des Mörders – Pascal. Dann erinnerte er sich an die Aussage der Schauspielerin, dass dieser Pascal sich so intensiv mit dem Kind beschäftigt, mit ihm Fußball gespielt und das Kind Zutrauen zu ihm gewonnen hatte. Papperin hielt es für sehr wahrscheinlich – nein, innerlich war er davon überzeugt, dass dieser Pascal sowohl in den Mord am Radrennfahrer als auch in die Entführung des Kindes verstrickt war.

„Das ändert alles, unsere gesamten Ermittlungen. Florian, du bist der Größte. Wenn es ihn gäbe, hättest du den Nobelpreis für Kriminallabortechnik verdient! Großartig! Danke, *merci infiniment!*"

Schlagartig hatte sich die Laune des Kommissars gebessert.

„Jeannine!", brüllte er durch die nur angelehnte Verbindungstüre zu seinem Vorzimmer.

„Monique, wo ist Jeannine? Sie soll kommen, sofort! Ich habe umwerfende Neuigkeiten."

Er bebte innerlich vor Aufregung. Jetzt ging es vorwärts in dem Fall. Und – das beflügelte ihn noch zusätzlich – jetzt, wo aus den beiden Fällen ein einziger geworden war, arbeiteten sie wieder zusammen, als Team, wie früher – Jeannine und er.

Wenige Minuten später betrat die Gerufene sein Büro und sah ihren Chef völlig aufgeregt und mit strahlenden Augen vor dem Fenster auf und ab gehen.

„Was ist los mit dir, Jean-Luc, warum bist du so nervös?"

„Jeannine, es gibt Neuigkeiten, unfassbare Neuigkeiten, positive Neuigkeiten! Du errätst es nicht!"

„Hat man das Kind gefunden? Ist es wieder da?"

„Nein, das nicht. Leider nicht!"

Nach kurzem Innehalten und Nachdenken schaute er seine Mitarbeiterin wieder voller Sorgen an. „Du hast Recht, das wäre die einzige wirklich positive Neuigkeit. Nein, das Kind haben wir nicht, bloß einen kleinen Ermittlungsfortschritt. Die DNA von dem Mann, der den Miquelas erschossen hat und die von dem nächtlichen Liebhaber der de Laterre, diesem Pascal, sind identisch."

„Und was schließt du daraus?"

„Nun, das ist eine Verbindung zwischen dem Mord an Miquelas und der Entführung von Dominic."

Jeannine Dalmasso überlegte kurz und konterte dann nüchtern:

„Bloß weil eine mannstolle Schauspielerin, von der bekannt ist, dass sie sich jeden Mann angelt, der ihr über den Weg läuft, weil die sich wieder einmal einen Mann ins Bett geholt hat, heißt das noch lange nicht, dass der auch das Kind entführt hat. Ok, das ist der Mörder von dem Miquelas. Aber deswegen ist er nicht automatisch der Kidnapper."

„Erinnerst du dich, Jeannine, dass die de Laterre erzählt hat, wie sich dieser Pascal bei dem Kind eingeschmeichelt hat, mit ihm Fußball gespielt hat usw."

Eine Weile diskutierten sie heftig über die Konsequenzen aus diesem gentechnischen Befund. Papperin ließ sich nicht von der These der Identität von Entführer und Mörder abbringen. Er hörte die vernünftigen Argumente, die Jeannine gegen diese These vorbrachte. Aber er ließ sie nicht gelten, wollte sich nicht überzeugen lassen. Sein Gefühl, sein kriminalistisches Gespür sagten ihm, dass er Recht hatte.

„Gut, ich gebe ja zu, dass es möglich ist", lenkte Jeannine ein. „Aber mindestens mit derselben Wahrscheinlichkeit hat dieser Pascal nichts mit der Entführung zu tun und sich nur die Wartezeit bis zu seinem Killereinsatz mit einer schönen und willigen Frau verkürzt."

„Also gestehst du zu, dass wir in beide Richtungen ermitteln müssen!"

„Natürlich müssen wir das."

Und nach einer kurzen Pause, in der sie überlegte, ob es wirklich klug wäre, das zu sagen, was sie jetzt dachte, gab sie sich innerlich einen Ruck und gestand mit leiser Stimme und zu Boden gesenktem Blick:

„Ich freue mich drauf, ich freue mich wahnsinnig drauf, diesen Fall mit dir zu bearbeiten, eng zusammenzuarbeiten, so wie früher … aber", jetzt blickte sie ihm offen ins Gesicht, „ich habe auch Angst davor, Angst, dass wir wieder alles kaputt machen."

Jean-Luc Papperin war berührt von dieser Ehrlichkeit. „Das sind genau die Gefühle, die ich auch habe", dachte er. Laut sagte er:

„Jeannine, das schaffen wir! Als erstes müssen wir jetzt mit Frau de Laterre sprechen. Wir brauchen mehr Informationen über ihren nächtlichen Lover, diesen Pascal."

Auf der Schreibunterlage seines Bürotisches hatte er die Telefonnummer notiert, die er jetzt wählte.

„*Police Judiciaire, commissaire* Papperin am Apparat. Können Sie mir bitte Frau de Laterre an den Apparat holen, ich muss dringend mit ihr sprechen … ja, es gibt einige neue Indizien und Hinweise … nein, darüber möchte ich mit ihnen nicht sprechen. …Bitte holen Sie jetzt Madame an den Apparat. … Wann kommt sie zurück? … Sagen Sie ihr, sie soll mich sofort anrufen, sobald sie zurück ist. … ja, sie hat meine Privatnummer ... nein, auch wenn es sehr spät ist. ... Morgen früh werden wir vorbeikommen. Sagen Sie ihr, sie soll auf uns warten und nicht weggehen – bitte ... Gut, auf Wiederhören."

„Nicht zuhause?", fragte Jeannine, nachdem Papperin aufgelegt hatte.

„Nein, sie ist nicht da, Madame Roux war dran, die Hausdame. Sie weiß nicht wohin sie gefahren ist und wann sie zurückkommt. Außerdem hat sie ihr Handy vergessen – sagt wenigstens die Hausdame. Morgen früh, hast du da schon irgendwelche Termine, oder können wir zusammen hinfahren?"

Da Jeannine verneinend abwinkte, meinte Papperin:

„Gut, dann machen wir jetzt unseren Routinekram weiter und sehen uns morgen früh."

Er schaute seine Mitarbeiterin nachdenklich an und überlegte laut:

„Château Merveille bei Montfort, das ist bei mir in der Nähe. Sag mal, kannst du dir einen Dienstwagen holen und mich in der Ölmühle abholen. Das wäre am einfachsten. Dann fahren wir nach dem Gespräch mit der Schauspielerin zusammen ins Kommissariat nach Aix zurück und können während der Fahrt schon die Ergebnisse des Verhörs besprechen. Okay?"

„D'accord!"

„Um halb neun? Meine *maman* wird sich freuen, dich mal wieder zu sehen."

Nach dieser Verabredung, die bei beiden angenehme Erinnerungen an ihren letzten gemeinsamen Fall auslöste, verließ Jeannine das Zimmer ihres Chefs, und Papperin widmete sich wieder der ungeliebten Büroarbeit.

## Papperin verhängt eine familiäre Nachrichtensperre während die Liebhaber der Diva unsichtbar bleiben

*Freitag, 18. Juli*

„Jean-Luc, wach auf!" Odile Papperin hämmerte mit den Fäusten an Papperins Schlafzimmertüre. Als sich drinnen nichts rührte, riss sie die Türe auf und stürmte ins Zimmer.

„Komm, du Schlafmütze, wach auf!"

„Mhm", gähnte er. „Warum weckst du mich so früh auf?"

„Was heißt früh? Es ist gleich neun. Deine Assistentin ist da, sie soll dich abholen, sagt sie."

Mit einem Ruck setzte sich Papperin auf.

„Was? Jeannine?" Er griff zu seinem Handy, das auf dem Boden neben dem Bett lag.

„Verdammt! Warum hat der Wecker nicht geläutet?"

Ein Blick auf das Display genügte, um ihm klar zu machen, dass er den Wecker zwar gestellt, aber vergessen hatte, die Einstellung zu speichern.

„Um halb neun wollten wir doch schon im Château Merveille sein. *Maman*, mach Platz, ich hab es eilig, muss mich schnell fertig machen."

„Lass dir nur Zeit, ich hab deiner Jeannine einen *café* und ein *pain au chocolat* vorgesetzt. Sie hat heute noch gar nichts gegessen, hat sie gesagt. Jetzt soll sie erst mal frühstücken."

Während Madame Papperin wieder hinunter in den Salon ging, stürmte Jean-Luc ins Bad. Verschlafen! Das passierte ihm nur ganz selten. Aber kein Wunder, dachte er, nach der durchwachten Nacht. Ein entsetzlicher Alptraum hatte ihn gequält, Dominic, mit vor Grauen verzerrtem Gesicht, stand am äußerste Rand einer Felsklippe, hinter ihm ein Abgrund – unendlich tief, während ein riesiger Radlader, die Schaufel mit bluttriefenden Zähnen vor sich her schiebend, langsam auf das Kind zurollte. „Lauf weg, schnell, lauf weg!", hatte er, Papperin, im Traum geschrien, aber das Kind hatte sich nicht vom Fleck gerührt. Dann wurde es von den Schaufelzähnen aufgespießt – in diesem Moment war Papperin schweißgebadet aufgewacht. Der Traum wiederholte sich, immer wieder. Kaum war Papperin eingeschlafen, ging es von neuem los, das vor Entsetzen erstarrte Kind, der Bagger mit den entsetzlichen blutroten Zähnen, Papperins Schrei.

***

„Dass Sie so früh morgens zum Château müssen, alle beide, heißt das, Sie haben eine neue Spur? Mein Sohn erzählt mit gar nichts. Dienstgeheimnis, sagt er immer. Gibt es was Neues? Jeannine – ich darf Sie doch Jeannine nennen – erzählen Sie!"

Odile Papperin hatte sich zu *brigadier* Dalmasso an den großen Esstisch aus altem Kastanienholz gesetzt und schaute sie auffordernd an. Es kränkte sie schon etwas, dass Jean-Luc ihr überhaupt nichts von den Ermittlungsergebnissen mitteilte. Wo sie von ihren Freundinnen in Cabanosque ständig bedrängt wurde. Der Mord bei der Tour de France, in unmittelbarer Nähe, im Nachbardorf. Und dass ihr Sohn, Jean-Luc, die Ermittlungen leitete, das war seit Tagen der einzige Gesprächsstoff. Auf dem Wochenmarkt, in jedem Laden, in den sie zum Einkaufen ging, versuchten die Leute sie auszuquetschen. Aber sie konnte nichts sagen, sie wusste nichts. Was für eine Blamage!

„Nein, es gibt nichts Neues", wiegelte Jeannine ab. Sie hätte ihr gerne von der überraschenden Entwicklung in ihrem Fall berichtet, denn sie mochte die Mutter ihres Chefs sehr und fragte sich, warum er ihr so rein gar nichts über die Ermittlungen erzählte, wenigstens ein kleines bisschen mehr als das, was man aus der Zeitung oder dem Fernsehen ohnehin wusste. „Aber er wird schon einen Grund für diese familiäre Nachrichtensperre haben, auch wenn ich ihn nicht kenne", dachte sie bei sich und verfolgte deshalb strikt seine Linie. Sie konnte sich allerdings die Bemerkung nicht verkneifen:

„Selbst wenn es etwas gäbe, ich dürfte es Ihnen nicht sagen. Ihr Sohn hat uns allen einen Maulkorb verpasst. Das gilt für alle, auch für unsere Freunde und Familien, hat er gesagt."

„Aber doch nicht für mich! Ich bin schließlich seine Mutter. Glauben Sie mir, ich sage nichts weiter, rein gar nichts sage ich ..."

„Nur unter dem Siegel der absoluten Verschwiegenheit", spottete Jean-Luc, der in diesem Moment in den Salon kam. „Du erzählst es deinen Bridge-Freundinnen – natürlich müssen die schwören, dass sie es für sich behalten. Die machen es dann genau so, und am nächsten Tag weiß es das ganze Dorf. Nein, nein, so würden wir nie einen Verbrecher fangen."

Als er die enttäuschte, ja beleidigte Miene seiner Mutter sah, legte er tröstend den Arm um sie.

„Aber wenn wir alles in trockenen Tüchern haben, dann bist du die Erste, die alles erfährt."

„Oh ja, dann koche ich was Gutes und ihr – du und Jeannine – kommt, und beim *dîner* diskutieren wir alles durch. Das wird schön – sag mal, wie lange braucht ihr eigentlich noch?"

„Wer weiß - vielleicht nicht mehr lange. Aber jetzt komm, Jeannine, wir sind spät dran."

***

Da sie ihr Kommen angekündigt hatten, wurden sie im Château schon erwartet. Die Filmdiva saß in einem hellblauen seidenen Hausanzug beim Frühstück. Es waren zwei weitere Gedecke aufgetragen.

„Nehmen Sie bitte Platz und leisten Sie mir beim Frühstück Gesellschaft", begrüßte sie die beiden Polizeibeamten.

„Bedienen Sie sich", dabei deutete sie mit der linken Hand auf eine Kaffeekanne, eine Glaskaraffe mit Orangensaft und ein Körbchen voller Croissants.

„Ich hoffe, Sie bringen gute Nachrichten."

Papperin musste sie enttäuschen. Nein, sie seien, was das Kind betreffe, noch keinen Schritt weitergekommen. Sicher sei lediglich, dass ihr Exmann sich zum Zeitpunkt des Verschwindens des Kindes nachweislich am anderen Ende der Welt, in Australien, aufgehalten habe.

„Das heißt doch gar nichts. Er hat genug Geld, um so etwas aus der Ferne zu organisieren. Verhaften Sie ihn endlich – das geht doch mit internationalem Haftbefehl – und quetschen Sie ihn solange aus, bis er sagt, wo Domi ist. Ach, ich mache mir solche Sorgen. Hoffentlich behandelt er Domi gut." Flehend schaute Sie Papperin an.

„Mit den vorhandenen Beweisen bekommen wir einen Haftbefehl nicht durch. Für die Staatsanwälte ist das zu wenig. Wir verfolgen derzeit eine andere vielversprechende Spur. Es geht um diesen Pascal, mit dem Sie … der …", irgendwie war es Papperin unangenehm, machte ihn verlegen, die Schauspielerin auf ihre sexuellen Eskapaden anzusprechen.

„Mit dem Sie geschlafen haben – Ihren one-night-lover", sprang ihm Jeannine bei.

„Ach das, das war nichts Besonderes. Ich habe ihn seitdem auch nicht mehr gesehen. Den können Sie vergessen, das war eine Zufallsgeschichte."

Sie hätten aber belastbare Beweise, dass eben dieser Pascal in den Mord bei der Tour de France verstrickt sei, und es gebe durchaus Hinweise, dass er auch bei der Entführung von Dominic seine Hände im Spiel gehabt haben könnte.

„Das glaube ich nicht. Lassen Sie sich doch nicht von meinem Ex ablenken. Das mit dem Pascal, das war eine reine Zufallsgeschichte, das habe ich Ihnen doch schon einmal gesagt. Ich habe ihn nur zweimal vorher getroffen. Einmal in Marseille beim Hafenfest und später noch mal im Supermarkt in Draguignan. Da waren wir beide überrascht, das war wirklich nur Zufall."

„Trotzdem, wir brauchen alles, was Sie über ihn wissen. Jeder Hinweis, auch wenn Sie ihn für noch so unwichtig halten, kann uns weiter helfen."

So gründlich sie auch nachbohrten, sie erfuhren so gut wie nichts Neues, keinen Familiennamen, keinen Wohnort, keine Handynummer, nichts. Sie wusste nicht einmal, was für ein Auto er fuhr. Lediglich über seinen Körper konnte sie berichten. Er war groß, sicher einsachtzig, vielleicht sogar ein paar Zentimeter mehr, hatte schwarze kurze glatte Haare, war sehr muskulös, hatte keine Tattoos und war nicht beschnitten. Aber er hatte eine Narbe, die wohl von einer Blindarmoperation herrührte.

Jean-Luc und Jeannine hatten sich deutlich mehr erhofft, als diese dürftigen Hinweise. Für eine Fahndung war das eindeutig zu wenig, vor allem, weil sich Frau de Laterre so gut wie gar nicht an Besonderheiten seines Gesichts erinnerte. Trotzdem sagte sie zu, am nächsten Morgen auf das Kommissariat zu kommen. Es sollte wenigstens versucht werden, aus ihren spärlichen Erinnerungsstücken ein Phantombild zustande zu bringen.

„Außerdem würde ich gerne noch mal mit den übrigen Hausbewohnern sprechen." Papperin hegte noch ein bisschen Hoffnung, dem einen oder anderen könnte noch etwas eingefallen sein, zusätzlich zu dem, an das er oder sie sich bei der ersten Vernehmung vor einer Woche erinnert hatte.

„Wie ist das mit Ihrem Lebensgefährten? Gian-Carlo, wie heißt er noch?"

„Luciani", ergänzte sie. „Was soll mit ihm sein?"

„Seit wann kennen Sie ihn, kennt er Ihren Exmann? Seit wann wohnt er hier? Hat er einen Beruf, wenn ja welchen? Alles Informationen die wir benötigen", übernahm Jeannine die Rolle des Verhörenden.

„Wozu? Sie glauben doch nicht, dass er etwas mit der Entführung zu tun hat." Nein, das sei ein alter Freund, der ihr – jetzt, da sie von ihrem Mann geschieden sei – treu zur Seite stehe.

*Brigadier* Dalmasso und *commissaire* Papperin bemühten sich vergeblich, ihr die Möglichkeit nahe zu bringen, ihr Exmann könne diesen Gian-Carlo als Helfer engagiert haben.

„Nein, das können Sie sich aus dem Kopf schlagen", wehrte sie ab. „Die beiden sind sich nie begegnet. Mein Ex weiß nicht einmal, dass es ihn gibt – und schon überhaupt nicht, dass er mit mir … äh …bei mir wohnt." Außerdem könne er gar nicht der Entführer sein, er sei ja vor, während und nach der Entführung immer da gewesen, und nie allein. Hier im Château, dann in Correns auf der Brücke und auch hinterher, immer sei jemand bei ihm gewesen – das Kindermädchen und Pierrot der Bodyguard.

Das überzeugte Papperin nicht. Vielleicht war es nur seine Aufgabe, das Kind ohne Aufsehen zu erregen aus dem Menschengewimmel herauszulösen und es unauffällig dem eigentlichen Entführer zu übergeben.

„Das halte ich für absolut ausgeschlossen", war die entschiedene Antwort von Nicole de Laterre. Wie Papperin an ihrer Miene erkennen konnte, war ihre Überzeugung nicht zu erschüttern.

„Gian-Carlo ist heute nicht da", erfuhr er auf seine Bitte, mit ihm sprechen zu wollen.

Nach einem kurzen völlig ergebnislosen Verhör der Hausdame verließen die beiden Kriminalbeamten etwas enttäuscht das Anwesen der Schauspielerin.

\*\*\*

„Was meinst du, hat dieser Gian-Carlo etwas mit der Entführung zu tun oder nicht?", fragte Papperin seine Kollegin auf dem Weg zurück nach Aix.

„Ich weiß nicht. Könnte schon sein, aber Beweise haben wir nicht."

Während der ganzen Fahrt auf der für diese Tageszeit erstaunlich belebten Autobahn diskutierten und berieten sie über das weitere Vorgehen. Jeannine sollte sich in den nächsten Tagen intensiv um Gian-Carlo kümmern, während Papperin sich auf den Exmann konzentrierte. Möglicherweise konnten sie ihn abfangen, wenn er mit Dominic Frankreich verließ. Deshalb wollte sich Papperin mit den Fluggesellschaften und den Flughäfen in Verbindung setzen. Sie sollten es sofort melden, wenn auf einer Passagierliste die Namen Juan-Manuel Detejo und Dominic de Laterre auftauchten.

„Was machen wir mit Bahnhöfen und Häfen?", fragte Jeannine. „Er könnte den Domi doch viel einfacher mit einer der Fähren oder mit dem Zug außer Landes bringen." Eine Weile saßen sie schweigend nebeneinander. Jeder hing seinen Gedanken nach.

„Nein, so läuft es nicht", beendete Jeannine das Schweigen. „Wenn seine Mutter Recht hat, dann mag der Kleine seinen Vater nicht und dürfte einen Mordsterror machen, wenn er mit ihm im Zug, Flugzeug oder auf einer öffentlichen Fähre mitkommen muss."

„Du hast Recht, das ist eher unwahrscheinlich. Aber was ist mit einem privaten Boot. Der Detejo hat doch genügend Geld, um sich eine Motoryacht zu mieten um damit bei Nacht und Nebel zu verschwinden – mit dem Kind. Oder mit einem Leihwagen. He, du Schwachkopf!" Papperin musste scharf bremsen und hupte heftig, als ein Lastwagen plötzlich ausscherte und die Spur wechselte.

„Aber dazu muss er erst einmal nach Frankreich einreisen", meinte Jeannine.

„Aus Australien geht das praktisch nur mit dem Flugzeug. Also werden wir doch von allen Airlines, die Frankreich anfliegen, die Passagierlisten verlangen. Selbst wenn er über London, Frankfurt oder sonst wie fliegt, erfahren wir dadurch, wenn er kommt."

„Es sei denn, er nimmt von dort aus den Zug, z.B. aus Frankfurt. Im TGV gibt es keine Passagierlisten", dämpfte Jeannine den Optimismus ihres Chefs.

Trotzdem – besser als gar nichts zu tun, war es allemal, wenn sie wenigstens die Ein- und Ausreisewege überwachten, wo dies möglich war. Als Papperin in der Tiefgarage der Polizeistation einparkte, waren sie sich über das weitere Vorgehen einig. Jeannine kümmerte sich um Gian-Carlo und Papperin verständigte die Fluggesellschaften, die Flughäfen, die Häfen und Reedereien und die Autovermieter. Sie sollten unverzüglich Meldung erstatten, wenn der Name Detejo in ihren Unterlagen auftauchte, sei es auf einer Passagierliste oder bei Ausleihe oder Rückgabe eines Mietwagens.

***

„*Salut*, Gian-Carlo. Wo warst du so lange? Die Polizei war hier und hat nach dir gefragt."

Nicole de Laterre versuchte sich aus der Umarmung zu lösen, mit der ihr Liebhaber sie zur Begrüßung umfangen hatte. Doch er hielt sie fest, drückte sie an sich. Erst nach einer Weile ließ er etwas locker.

„Und was wollen die von mir?"

Die Hausdame kam mit einem Tablett in den Raum. Sie schaltete das Licht an, da die Nacht langsam hereinbrach. Dann stellte sie die übliche Flasche Champagner, zwei Flöten und einige Schälchen mit Knabberzeug auf den Couchtisch.

„Der Aperitif, Madame!", sagte sie und wollte wieder hinausgehen.

„Danke, Clémence! Öffnen Sie bitte die Flasche und dann machen Sie die Vorhänge zu." Zu Gian-Carlo gewandt fuhr sie fort.

„Sie haben mich ausgequetscht, wollten wissen, ob du irgendwas mit der Entführung zu tun haben könntest. Aber ich hab ihnen gesagt, dass das Quatsch ist."

„Natürlich ist das Quatsch. Wie kommen die da drauf?"

„Die glauben nicht, dass es Juan-Manuel ist. Und jetzt suchen sie krampfhaft nach einem anderen Täter."

„Und das soll ich sein? Aber *chérie*, Liebling, du weißt doch, dass das Unsinn ist. Domi ist wie ein Sohn für mich, nie, niemals würde ich auch nur daran denken, irgendetwas zu tun, was ihn verletzen oder ihm wehtun könnte. Zweifelst du an mir?"

„Nein, Schatz, ich glaube dir doch. Es ist nur die Polizei, die auf solche Gedanken kommt. Sie wollen einfach nicht wahrhaben, dass Juan-Manuel hinter allem steckt." Als sie die Hausdame bemerkte, die neugierig lauschend an der Türe stand, rief sie ungehalten:

„Clémence, was stehen Sie hier noch herum. Gehen Sie an die Arbeit!"

Nach einem langen Kuss nahm sie ihn an der Hand. „Komm, nehmen wir einen Drink und besprechen, was wir in den nächsten Tagen tun können, um unseren Domi von Juan-Manuel zurück zu bekommen."

„Chérie, die nächsten Tage geht nicht. Ich muss dringend nach Nizza und Cannes. Da habe ich zwei Projekte laufen und es droht etwas schief zu gehen. Ich muss da hin, sonst gibt es eine Katastrophe. Liebling, ich weiß, dass du mich jetzt brauchst. Aber ich verspreche dir – höchstens zwei Tage, dann bin ich wieder hier. Bitte versteh das! Liebst du mich?"

Sie nickte: „ Ich lieb dich, wahnsinnig sogar!"

Mit einem lauten Knall schlug die Türe zu. Die Hausdame hatte den Raum verlassen.

„Endlich ist sie weg. Manchmal glaube ich, sie spioniert hinter mir her, da würde ich sie am liebsten entlassen. Aber sie ist sehr tüchtig."

„Dann solltest du sie behalten, Nicole. Hausarbeit ist nichts für dich."

## Schulden, Schulden und eine Spur aus der spanischen Dopingszene

*Samstag, 19. Juli*

Nachdem er am Freitagabend alles Erforderliche routinemäßig in die Wege geleitet hatte, freute sich Papperin auf ein ruhiges Wochenende zuhause. Am Samstag hatte er erst einmal lange ausgeschlafen und dann mit seiner Mutter und Alphonse, dem einzigen Angestellten der Ölmühle und – wie Papperin vermutete – Hausfreund seiner Mutter, im sonnendurchglühten Innenhof des Anwesens ausführlich gefrühstückt. Es war drückend heiß, obwohl es noch nicht einmal Mittag war. Der von *météo France* vorhergesagte Mistral war ausgeblieben, so dass die südliche Sonne Erde und Steine gnadenlos aufheizte. In der Windstille war die Hitze doppelt stark zu spüren. Gäbe es nicht den Schatten der riesigen alten Platane, sie hätten das verspätete Frühstück ins Haus verlegen müssen. Der runde steinerne Tisch und die Bank aus Granit wären zu aufgeheizt, an ein Sitzen wäre nicht zu denken gewesen. Das dichte Laubwerk des Baumes sorgte aber für eine angenehme Temperatur, nicht erfrischend kühl, aber auch nicht unerträglich heiß. Papperin nippte an seinem Glas mit eiskaltem Rosé, während er überlegte, ob er sich als nächstes eine Scheibe *Spianata* – die beliebte italienische Salami – mit einem in Kräutern eingelegten Artischockenherz zu Gemüte führen sollte, oder ob nicht ein Stück *chèvre* mit ein paar *olives de Nice*, den kleinen, besonders aromatischen schwarzen Oliven, besser wäre. Er entschied sich für den frischen Ziegenkäse von einem befreundeten Bauernhof. Odile, seine Mutter, begann den Tisch abzuräumen und Alphonse versuchte – vergeblich – Jean-Luc in ein Gespräch über die Vor- und Nachteile der neuen elektronischen Kasse im Ausstellungs- und Verkaufsraum der Ölmühle zu verwickeln. Jean-Luc Papperin hörte nicht zu. Mit geschlossenen Augen genoss er den herbfrischen Geschmack des *chèvre*. Später, am Nachmittag, wollte er mit seiner Mutter einen Spaziergang ins Dorf zu Francis Savonari machen, dem Besitzer der *Bar aux chasseurs*, und dort den Aperitif nehmen, ehe sie abends zu dritt in das Sternerestaurant „La table du gourmet" im Nachbarort zum *dîner* fahren würden. Inmitten dieser von angenehmen Gedanken begleiteten Idylle klingelte auf einmal sein Telefon. Zuerst ganz zart und leise, dann wurde es lauter und lauter. Papperin saß entspannt zurückgelehnt auf der Steinbank, die Augen zu, als schlafe er und genoss die Stimmung.

„He! Jean-Luc, dein Handy", schreckte ihn die Stimme von Alphonse aus seiner wohligen Ruhe.

„Unbekannter Anrufer", stand auf dem Display. Papperin zögerte. Sollte er das Gespräch annehmen. Er war drauf und dran, den Anruf weg zu drücken. Wer weiß, wer ihn in seinem Wochenende stören würde. Als das Handy gar nicht aufhören wollte und Joe Dassins Stimme inzwischen entstellend laut schepperte, drückte Papperin resignierend die Annahmetaste.

„Papperin?" meldete er sich.

„*Comisario* Papperin? Hier ist *comisario* Gimenez aus Figueres. Erinnern Sie sich, ich leite die Sonderkommission Miquelas hier."

„*Comisario* Gimenez, *oui, oui, je me souviens très bien. Cómo está*?", versuchte sich Papperin auf Spanisch.

„Gut, sehr gut sogar! Wir kommen voran mit unseren Ermittlungen", antwortete sein spanisches Gegenüber in etwas hart klingendem aber nahezu fließendem Französisch. „Was sagen Sie zu unseren Ergebnissen?"

„Was für Ergebnisse?"

„Ja, haben Sie denn nicht unseren Bericht mit den ganzen Beweisdokumenten gelesen?"

„Welchen Bericht?"

„Ich habe Ihren Kollegen in Perpignan gesagt, sie sollen Kopien von allem sofort an Sie weiterleiten. Haben Sie das nicht bekommen?"

Als Papperin verneinte, berichtete Kommissar Gimenez. Anhand der Verbindungslisten, die ihnen Vodafone und Telefonica zu den Handy- und Festnetznummern von José Miquelas nach langem Hin und Her endlich gegeben hätten, seien sie auf eine Privatklinik in Perpignan und auf den dortigen Chefarzt, einen Dr. Fargeux, gestoßen. Die französische Gendarmerie habe bei der Durchsuchung des Büros dieses Herrn Unterlagen gefunden, die ihn eindeutig als Lieferant von Dopingmitteln und Betreuer von gedopten Sportlern überführten. Zu den beschlagnahmten Dingen gehörte auch ein Laptop mit umfangreichen Listen. Listen mit Namen von Sportlern – unter vielen anderen ist auch José Miquelas darunter – mit Behandlungsterminen und mit den jeweils verabreichten Präparaten sowie Aufzeichnungen über Helfershelfer. Bei den Vernehmungen, bei denen er, *comisario* Gimenez, auch anwesend war, habe sich eindeutig ergeben, dass der Anschlag, dem der spanische Kollege zum Opfer gefallen, und bei dem sein, Papperins, Mitarbeiter so schwer verletzt worden sei, dass dieser Anschlag zweifelsfrei auf das Konto der spanischen Dopingmafia gehe. Man stünde jetzt unmittelbar vor Verhaftungen.

„Haben Sie auch etwas über den Mörder von Miquelas bei der Tour de France in Erfahrung gebracht?", fragte Papperin.

„Nein, direkt ist uns nichts aufgefallen, dazu hatten wir auch noch gar keine Zeit. Wir haben uns vor allem auf den Mord an unserem Kollegen in Cadaquès konzentriert. Womöglich finden sich auch dazu Hinweise in dem Material. Das sollte Ihnen die Gendarmerie in Perpignan längst geschickt haben."

„Ich werde das sofort anfordern", antwortete Papperin. Er bedankte sich vielmals für den Anruf und beendete das

Gespräch. Es regte ihn wahnsinnig auf. Diese Schlamperei! Auch wenn sie nur den spanischen Kollegen Amtshilfe im Fall des Massakers von Cadaquès leisteten, die Gendarmen in Perpignan mussten doch wissen, dass er mit seinem Team an allem interessiert war, was Licht in den Tour-de-France-Mord bringen konnte. Er beschloss, sofort dort anzurufen. Dieses Vorhaben erwies sich allerdings als nicht ganz einfach – es war schließlich Wochenende. Endlich, nach vielen Fehlverbindungen, war er mit dem zuständigen Offizier der *brigade de recherche* der *gendarmerie départementale* verbunden. Auf seine vorwurfsvolle Frage, warum man ihn als Leiter der Sonderkommission der *police judiciaire*, die die Ermittlungen im Mordfall Miquelas führte, nicht von den Ergebnissen der Durchsuchung in Kenntnis gesetzt habe, erhielt er die schroffe, etwas beleidigt klingende Antwort.

„Aber wir haben das doch weitergeleitet. Ordnungsgemäß an die Zentrale der *police judiciaire* in Paris."

„Dann ist mir alles klar", seufzte Papperin.

„Der Dienstweg. Das dauert, bis es endlich bei uns angelangt ist. Jetzt ist Weekend. Wir kriegen das frühestens am Montag. Scheiß Zentralisation!"

Der Offizier sagte ihm allerdings zu, eine digitale Kopie aller Unterlagen zu mailen. Er werde das sofort in Auftrag geben. Das gehe aber nur an seine, *commissaire* Papperins offizielle Adresse des Kommissariats in Aix im polizeiinternen Netz. Ganz normal über das öffentliche Internet an die e-mail-Adresse der Ölmühle dürfe er das nicht schicken, das sei zu unsicher.

„In spätestens einer Stunde sollte das alles bei Ihnen sein – na ja, sagen wir lieber in zwei Stunden."

Papperin bedankte sich, ärgerte sich aber gleichzeitig, dass er jetzt doch nach Aix fahren musste. Er sah viel Arbeit auf sich zukommen. Wochenende ade! Eine Weile spielte er mit dem Gedanken, in Aix anzurufen. Einer seiner Mitarbeiter würde sicher im Büro sein. Den könnte er bitten, die Dokumente für ihn zu sichten und ihm das Wesentliche telefonisch durchzugeben. Nach kurzem Überlegen ließ er dieses

Vorhaben jedoch wieder fallen. Wer weiß, vielleicht übersah der etwas Wichtiges oder erkannte Zusammenhänge nicht. Nein, da musste er schon selbst hin. Der zweite, entscheidende Grund war aber, dass keiner seiner Leute das Passwort zu seinem Dienstcomputer kannte und deswegen gar nicht in der Lage war, die Mitteilung zu lesen.

„*Maman*, es wird nichts mit unserem *dîner* und dem Aperitif vorher bei Francis. Ich muss nach Aix."

„Das kannst du nicht machen! Es ist doch alles geplant, und bei Jasmine ist der Tisch reserviert. Und Francis, er wird traurig sein. Er hat dich schon so lange nicht mehr gesehen", jammerte Odile.

„Ach was, du wirst dich sicher sehr gut mit ihm amüsieren", entgegnete Jean-Luc mit einem verschmitzten Grinsen. Er dachte dabei an die öffentliche Liebeserklärung, die seine Mutter bei der Feier zum erfolgreichen Abschluss des Golf-Resort-Falles abgegeben hatte.

***

Eine knappe Stunde später betrat er sein Kommissariat. Im Vergleich mit Werktagen war es relativ ruhig. Wer nicht direkt mit Ermittlungen befasst war, nutzte das Wochenende und kümmerte sich um seine Familie und Freunde.

Für Polizeibeamte musste das Privatleben meist hintan stehen, es kam viel zu kurz. Deshalb führte *commissaire* Papperin seine Abteilung sehr unautoritär. Anwesenheitspflichten gab es bei ihm grundsätzlich nicht. Seine Devise lautete: Anstehende oder zugeteilte Aufgaben mussten sorgfältig und termingerecht erledigt werden und zu den vereinbarten Lagebesprechungen sollten seine Leute wenn irgend möglich kommen. Ansonsten ließ er ihnen völlig freie Hand, wann und wie sie arbeiteten. Er kehrte fast nie den Dienstvorgesetzten heraus, der – selbst nicht aktiv an den Ermittlungen beteiligt – seine Mitarbeiter diktatorisch vom Schreibtisch aus führte. Er hatte das zur Genüge an seiner früheren Dienststelle in Paris erlebt. Sein damaliger Chef – Dr. Malleraux – behinderte mit seinen Dienstanweisungen die Ermittlungen mehr als er sie förderte. Nur die

Lorbeeren, wenn sie einen Fall gelöst hatten, nahm er voll für sich in Anspruch. Bei den von ihm so geschätzten Presseterminen und anderen öffentlichen Auftritten wusste er sich perfekt als alleiniger Problemlöser zu inszenieren. Seine Untergebenen – dazu hatte auch Jean-Luc Papperin gehört – wurden, wenn überhaupt, nur ganz am Rande erwähnt. Damals hatte Papperin sich vorgenommen, wenn er einmal Chef einer Abteilung werden sollte, würde er es grundsätzlich anders machen: Teamarbeit mit ihm, Papperin, als nahezu gleichberechtigtem Primus inter Pares. Auch würde er sich nicht hinter seinem Schreibtisch verschanzen. Im Gegenteil, er liebte es, selbst zu ermitteln und mit seinen Leuten kollegial zusammen zu arbeiten. Das hatte viele Vorteile. Seine Mitarbeiter achteten ihn. Es hatte aber auch dazu geführt, dass bei Jeannine, *brigadier* Jeannine Dalmasso, diese Achtung und Wertschätzung in Liebe umgeschlagen war und er, wider alle Vernunft, seinen Gefühlen gefolgt war und diese Liebe erwidert hatte.

Das hatte ihn in schwerste innere Probleme gestürzt. Einerseits liebte er Jeannine wirklich. Das allein schon reichte aus, seinen Seelenfrieden vor eine Zerreißprobe zu stellen. Vorgesetzter und Liebhaber. Niemals hätte er sich träumen lassen, dass ihm so etwas je passieren konnte. Dafür hatte er sich stets für zu rational und innerlich gefestigt gehalten. Aber es war geschehen. Und er genoss das Zusammensein mit Jeannine. Nicht nur die eine – einzige – traumhafte Nacht mit ihr. Ach, wie lange war das schon wieder her! Nein, im ganz normalen Polizeialltag. Jedesmal durchströmte eine Wärme sein Herz, wenn sie beide einen Fall diskutierten, wenn er mit ihr über einem Beweisdokument brütete, oder wenn sie gemeinsam Vernehmungen durchführten. Es war ein merkwürdiges, gespanntes Verhältnis von Zuneigung, bewusst unterdrückter Sexualität, gelebter Distanz und dem gleichzeitigen Bewusstsein, nicht voneinander lassen zu können und zu wollen. Und dann Nia! Seine Traumfrau, die er liebte und heiraten wollte. Seine Gefühle zu ihr wurden durch Jeannine nicht verdrängt. Im Gegenteil. Wenn sie nur hier wäre, bei ihm in seiner Provence. Aber ihr Job, den sie liebte, der sie an Paris fesselte, den müsste sie opfern, wenn sie zu ihm zog. Oder sollte er zurück nach Paris gehen, den Posten als stellvertretender Leiter der *police judiciaire* in Paris annehmen – einen enormen Karrieresprung machen, den man ihm schon angeboten, den er aber abgelehnt hatte?

All diese Gedanken gingen ihm durch den Kopf, während er durch seine halb verwaiste Abteilung in sein Dienstzimmer ging und wartete bis der Computer auf seinem Schreibtisch hochgefahren war. Endlich hatte er die Nachricht von der Gendarmerie aus Perpignan gefunden. Wie zugesagt, hatte ihm der Offizier nicht nur den Bericht, sondern Kopien von Dateien aus dem PC des Dopingarztes und digitale Versionen einer Vielzahl von weiteren Dokumenten geschickt. Mit Befriedigung las Papperin, dass nicht nur ein vernichtender Schlag gegen die spanisch-französische Dopingmafia gelungen war, sondern auch, dass der Mordanschlag auf den katalanische Kollegen und seinen *lieutenant* Claude Lavalle kurz vor der Aufklärung stand. Auch Rauschgift spielte offensichtlich eine Rolle. Allerdings gaben die Akten keinerlei Hinweise auf den Täter von Correns bei der Tour de France. Enttäuscht blätterte er mehr oder weniger wahllos durch die vielen Akten, die dem Gendarmeriebericht beigefügt waren. Es waren vor allem Vernehmungsprotokolle von Mitarbeitern des verhafteten Dopingdoktors Fargeux, Abschriften von überwachten Telefongesprächen, Verbindungslisten von Festnetz- und Mobilfunkanbietern. Papperin konnte gar nicht alles lesen, das Material war zu umfangreich. Gerade öffnete er eine Datei mit dem Namen *régistre des personnes.pdf* – Personenregister. Plötzlich war sein Interesse wieder da: Hier waren Namen aufgelistet und vermerkt, in welchen Dokumenten der betreffende Personenname auftauchte. Papperin überflog die Liste. Mehrere Prominente aus Politik, Kultur, Sport und Unterhaltungsbranche befanden sich darunter. Vermutlich waren das Doping- oder Drogenkonsumenten. Wenn diese Liste der Boulevardpresse in die Hände fiele, dürfte sich so manch einer unruhigen Zeiten gegenüber sehen. Die meisten Namen sagten ihm aber nichts. Er überflog die Aufstellung. Bei einem Namen stockte er.

„Luciani, Luciani, da war doch was", murmelte er und starrte die Buchstaben an, bis sie vor seinen Augen verschwammen. Luciani – sein Unterbewusstsein sendete ein Signal, das er allerdings nicht entschlüsseln konnte.

„Ach was", dachte er, „wird schon nichts sein". Damit schloss er die Datei und holte sich ein Perrier aus dem Kühlschrank. Zurück an seinem Schreibtisch öffnete er die Datei trotzdem nochmals – ein undefinierbares Gefühl veranlasste ihn dazu. Er notierte sich alle Querverweise zu Dokumenten, in denen der Name Luciani auftauchte. Eines nach dem anderen nahm er sich diese vor. Die *orange*-Verbindungslisten vom Handy des Sportarztes wiesen Luciani mehrmals als dessen Gesprächspartner aus. Die Gespräche waren von unterschiedlich langer Dauer. Das letzte Gespräch hatte im Mai vor drei Jahren stattgefunden. Nach einer weiteren knappen Stunde gründlichen Aktenstudiums resümierte Papperin: Dieser Luciani hatte in regem Telefon- und Emailkontakt mit dem Dopingarzt gestanden. Er ging nicht nur um Doping sondern auch – und das überraschte *commissaire* Papperin eigentlich nicht mehr sonderlich – um Rauschgift. Ganz eindeutig war dieser Luciani Verbindungsglied vom Sportarzt zu den entsprechenden Quellen für die verbotenen Substanzen. Nach den vorliegenden Beweismitteln schienen die Kollegen in Perpignan einer ganz großen Sache auf die Spur gekommen zu sein. Aber wo war eine Verbindung zum Mord an dem Radsportler Miquelas bei der Tour de France? Der war ja auch gedopt gewesen.

„Schade, dass das pdf-Dateien sind", murmelte Papperin. Dann hätte er einzelnen Stichwörtern mit der Suchfunktion nachspüren können. So blieb ihm nichts anderes übrig, als die Dokumente nochmals zu lesen. Eigentlich überflog er die Texte nur, in der Hoffnung dass ihm bekannte Namen ins Auge sprangen, etwa der Name Miquelas oder der des Teams, für das dieser gefahren war. Er las nicht wirklich, vielmehr sah er einen mehr oder weniger verschwommenen Textbrei vor sich. Gelegentlich stach das eine oder andere Wort scharf aus dieser Buchstabensuppe heraus: z.B. EPO, LSD oder andere Rausch- oder Aufputschmittel. Und plötzlich stand M I Q U E L A S dort. Papperin schaltete vom Scan- auf den Lesemodus um und studierte diese Textpassage sorgfältig. Was er hier las, elektrisierte ihn. In dem Dopingskandal vor drei Jahren hatte der Rennfahrer Miquelas einen Maurizio Luciani als seinen Lieferanten diverser Medikamente zum Muskelaufbau und zur Leistungssteigerung genannt. Papperin erinnerte sich, was sein radsportbegeisterter *brigadier* Legrand gesagt hatte. Um selbst straffrei zu bleiben, hatte sich Miquelas damals der Polizei als Kronzeuge zur Verfügung gestellt.

„Und dabei hat er den Luciani ans Messer geliefert. Der ist dann wohl in den Knast gekommen", schlussfolgerte Papperin.

„Und jetzt ist er wieder frei und hat sich an Miquelas gerächt. Könnte doch so gewesen sein. Wir müssen uns nur den Luciani schnappen und schon ist der Tour-de-France-Mord aufgeklärt!" Diesen Hoffnungsschimmer vor Augen fragte sich Papperin, ob Jeannine und Legrand hier etwas übersehen hatten. Sie hatten doch den Auftrag, sich um Miquelas und sein Umfeld zu kümmern.

*Brigadier* Legrand hatte das Pech, in diesem Augenblick laut pfeifend in das Kommissariat zu kommen und von seinem Chef gehört zu werden.

„François", rief Papperin etwas unwirsch. „Kommen Sie mal, ich glaube, Sie haben etwas Wichtiges übersehen!"

Er bedeutete ihm mit einer Handbewegung sich zu setzen und schaute ihm fragend in die Augen.

„Luciani – sagt Ihnen der Name etwas?"

„Klar, Chef. Luciani Maurizio, eine zwielichtige Gestalt, Drogendealer und ins Dopinggeschäft verwickelt. Unser Miquelas hat damals mit seiner Aussage dafür gesorgt, dass er ins Gefängnis gekommen ist, nach Draguignan."

„Und? Warum erfahre ich erst jetzt davon, auf dem Umweg über die spanischen Kollegen und die Gendarmerie aus Perpignan? Den hätten wir doch längst vernehmen und verhaften müssen!"

„Chef, der sitzt. Immer noch. Im Knast von Draguignan. Das haben wir alles bedacht. Er hat das beste Alibi, das es gibt."

„*Merde!* Und ich habe gehofft, das bringt uns weiter. Entschuldigung!"

Trotzdem spukte der Name Luciani weiter in Papperins Kopf herum. Irgendwie war er ihm schon einmal untergekommen. Er wusste das, aber er konnte sich an nichts Genaues erinnern. Er war sich sogar sicher, dass es irgendwie mit ihrem Fall zusammenhing. Sein Hirn kam ihm vor wie mit Watte gefüllt, dicke Nebelschwaden bremsten seine Gedanken. Er hoffte, der Nebel würde einmal aufreißen, wenigstens kurz. Dann würde es ihm einfallen. Er schilderte seinem *brigadier* dieses Gefühl:

„Es ist zum Verzweifeln, François, ich weiß, dass mit dem Namen irgendetwas ist, in Zusammenhang mit unserem Fall, aber ich habe keine Ahnung, was es ist. Sagen Sie, ist das alles, was Sie von diesem Maurizio Luciani wissen. Oder gibt es noch mehr?"

„Nun, ich habe dort angerufen, dann haben die mir gesagt, dass er immer noch einsitzt. Vorsichtshalber habe ich mir noch die Akte aus Draguignan schicken lassen. Wollen Sie die haben?" Als Papperin bejahend nickte: „Das haben wir sofort. Ich schicke sie Ihnen per mail."

Kurze Zeit später saß Papperin wieder vor seinem Computer und blätterte in der Akte: Vernehmungsprotokolle, das Protokoll des Gerichtsverfahrens und das Urteil des Strafgerichtshofes in Draguignan sowie ein Bericht der Gefängnisleitung über die Führung des Strafgefangenen Maurizio Luciani. Drei Jahre war das her. Wieso dachte er, darin etwas zu dem Mord an Miquelas zu finden? Der war doch erst Jahre danach. Trotzdem fing er zu lesen an. Aus dem Protokoll der Gerichtsverhandlung erfuhr er, dass Maurizio Luciani 35 Jahre alt und ledig war, dass seine Eltern in Sizilien lebten. Es folgte Näheres zu den Luciani zur Last gelegten Delikten. Das interessierte Papperin, deshalb las er aufmerksam weiter. Der Staatsanwalt hatte die Aussage eines Zeugen vorgelegt, der angab, gesehen zu haben, wie Luciani an einem bestimmten Abend mit seinem BMW vor der Villa des Dopingarztes Dr. Fargeux vorgefahren und dann von diesem begrüßt und ins Haus geführt worden sei. Diese Aussage wurde von Lucianis Anwalt widerlegt, da dieser nachweisen konnte, dass sein Mandant an diesem Tag bis spät in die Nacht bei seinem Bruder in Nizza gewesen ist. Eine eidesstattliche und notariell beglaubigte Aussage des Bruders, Gian-Carlo Luciani, 32 Jahre alt, wohnhaft in Nizza, 22 rue Cathérine Ségurane, bestätigte dies.

Klick! Machte es in Papperins Kopf. Der Nebel und die Watte waren schlagartig verschwunden.

„Das ist es, Nicoles Freund und Liebhaber hat was mit unserem Fall zu tun! Ich hab's gespürt, ich hab's gewusst!" Er sprang auf und riss die Türe auf.

„François! Kommen Sie, schnell! Verdammt noch mal, wo bleiben Sie denn?", brüllte Papperin durch den Korridor. Als dieser gerannt kam – erschreckt von dem ungewohnt lauten Schreien seines Chefs – deutete der Kommissar wortlos auf den Bildschirm.

„Der Bruder von Maurizio Luciani, der Luciani, den unser Miquelas in den Knast gebracht hat – dieser Bruder heißt Gian-Carlo Luciani und ist der Lover unserer Diva Nicole de Laterre. Der hat seinen Bruder Maurizio gerächt."

„Und er war zum Zeitpunkt des Mordes an Miquelas mit dem Kleinen in Correns, direkt am Ort des Geschehens", setzte *brigadier* François Legrand den Gedankengang des Kommissars fort.

„Aber er kann den Mord nicht selbst begangen haben", dämpfte Papperins selbst seine eigene Begeisterung.

„Er war nachweislich unten auf der Brücke und nicht oben auf der Felswand, wo Jeannine die Mordwaffe gefunden hat."

Deshalb kam eine Verhaftung von Gian-Carlo Luciani wegen Mordverdachts nicht in Betracht, waren sich beide Kriminalbeamten einig.

„Aber vernehmen müssen wir ihn auf alle Fälle. Haben Sie Zeit, François, können Sie mitkommen?"

Auf dem Weg zum Château Merveille besprachen sie das weitere Vorgehen.

„Das ist eine völlig neue Spur im Miquelasmord. Den Gian-Carlo hatten wir bisher nicht auf dem Radar. Er stand in keinerlei Beziehung dazu. Langsam, langsam! Wir wollen schließlich heil dort ankommen", ermahnte Papperin seinen *brigadier*, der mit Sirene und Blaulicht den ohnehin nicht dichten Verkehr zur Seite scheuchte und mit einem Affentempo über die gewundene Landstraße raste.

Auf dem mit weißem Kies bestreuten Auffahrtsrondell vor dem Schlösschen parkte ein schwarzer BWM aus dem Département Var, wie Papperin anhand des Kennzeichens bemerkte. Das vergoldete Wappenschild des *Huissier de Justice* zierte die Windschutzscheibe.

„Der Gerichtsvollzieher, was der hier wohl will?", fragte sich *brigadier* Legrand halblaut.

Sie stiegen aus und gingen, da die Haustüre offen stand, und niemand auf das Klingeln und auf Papperins Rufen antwortete, ins Haus.

Die düstere Empfangshalle war leer. Bis auf eine waren alle abgehenden Türen geschlossen. Von dort kamen Stimmen, eine laute, fast hysterisch klingende weibliche und eine leisere, irgendwie amtlich-nüchtern wirkende männliche. *Commissaire* Papperin und *brigadier* Legrand folgten dem Klang der Stimmen. Da Papperin schon mehrmals hier war, kannte er sich aus. Sie gingen durch den Korridor mit der Ahnengalerie bis zur Bibliothek. Durch die schwere zweiflügelige Bibliothekstür drangen die Stimmen jetzt viel lauter und deutlich vernehmbar.

„Ich habe es Ihnen doch schon zweimal gesagt, dass ich das jetzt nicht bezahle. Ich bin in einer fürchterlichen Lage, mein Kind ist entführt worden! Und die Polizei glaubt mir nicht, dass mein geschiedener Mann dahinter steckt. Ich stehe ganz allein da, mit meinem Kummer, keiner hilft mir! Ich will meinen Domi wiederhaben", schluchzte sie. „Ich weiß nicht, wo er ist, wie es ihm geht, ob man ihm etwas angetan hat. Und jetzt kommen Sie mit diesem unwichtigen Geldsachen. Gehen Sie, los, gehen Sie. Meinetwegen kommen Sie, wenn Domi wieder da ist. Aber jetzt habe ich keine Nerven und keine Zeit für so etwas."

„Das mit Ihrem Sohn, Madame, tut mir außerordentlich leid. Aber das ist völlig unabhängig von dem, was mich herführt. Die Schuld ist rechtlich unbestritten, die mehrfach prolongierten Zahlungsfristen sind abgelaufen. Die Gläubiger sind zu einer weiteren Stundung nicht mehr bereit. Deshalb bin ich gesetzlich gezwungen, das formelle Beitreibungsverfahren einzuleiten. Zunächst benötige ich eine vollständige Übersicht über Ihre Vermögenspositionen. Diese Liste sollte mir bis spätestens Anfang nächster Woche vorliegen. Außerdem muss ich Sie darauf aufmerksam machen, dass Sie sich strafbar machen, wenn Sie Vermögensgegenstände, deren rechtliche Eigentümerin Sie sind, nicht angeben oder sie aus dem Geltungsbereich des französischen Rechts ins Ausland verbringen. Den Gerichtsbeschluss lasse ich hier. *Au revoir, Madame*! Ich finde alleine hinaus."

Papperin, der vermeiden wollte, als Lauscher an der Türe ertappt zu werden, klopfte laut an, stieß die Türe auf und betrat die Bibliothek. Wortlos, ohne den Kommissar eines Blickes zu würdigen, schob sich der *huissier* an ihm vorbei und verließ den Raum.

„Jean-Luc!" Mit von Tränen verschmierten Lidschatten eilte Nicole de Laterre auf den Eintretenden zu. Dann sah sie den ihn begleitenden Polizisten.

„*Commissaire* Papperin, haben Sie Neuigkeiten? Bringen Sie gute Nachrichten? Haben Sie Domi gefunden?"

„Nein, leider noch nicht", musste Papperin sie enttäuschen. Sie ließ sich in einen Sessel gleiten und schlug die Hände vors Gesicht. „So tun Sie doch etwas, verhaften Sie Juan-Manuel, bitte, ich flehe Sie an. Er weiß wo mein Sohn ist. Er hat ihn ja entführt."

„Sie wissen doch, dass er ihn nicht entführt haben kann. Er hat ein bombenfestes Alibi. Und dass er die Entführung organisiert und in Auftrag gegeben hat, wie Sie behaupten, dafür gibt es bislang leider keinen einzigen Beweis."

„Ich bin verzweifelt. Niemand glaubt mir, niemand hilft mir."

Papperin bedauerte die Frau aufrichtig in ihrer ausweglosen Lage. Dazu kamen offensichtlich auch noch Geldprobleme. Er sah sie mitleidsvoll an, wie sie hoffnungslos im Fauteuil kauerte und weinte. Das was sie jetzt von ihr wollten, würde sie noch mehr enttäuschen, denn es hatte nichts mit der Entführung des kleinen Domi zu tun.

„Madame de Laterre, wir müssen ganz dringend mit Gian-Carlo Luciani, ihrem Lebensgefährten, sprechen. Würden Sie ihn bitte rufen!"

„Gian-Carlo ist nicht hier", antwortete Sie mit weinerlicher Stimme.

„Er musste für ein paar Tage verreisen, weil irgendetwas schief gelaufen ist bei einer Veranstaltung, die er organisiert hat."

„Können Sie mir sagen wo und wie wir ihn erreichen können? Es ist wichtig."

„Er ist Eventmanager und dauernd unterwegs. Ich habe keine Ahnung, wo genau er jetzt ist. Sein Unternehmen interessiert mich nicht besonders. Aber sie können ihn anrufen."

Sie stand langsam aus dem tiefen Sessel auf und ging mit schleppenden Schritten zu einem kleinen Empireschreibtisch, immer noch mit Tränen in den Augen. Auf ein winziges gelbes post-it-Zettelchen notierte sie die Handynummer ihres Lebensgefährten und reichte es dem Kommissar.

***

Bereits auf der Rückfahrt nach Aix hatten sie mehrfach versucht, Herrn Luciani auf seinem Handy zu erreichen – jedes Mal ohne Erfolg. Auch jetzt wieder, zurück im Kommissariat, antwortete auf ihre Anrufe immer nur die sonore Computerstimme: *„Le numéro que vous avez composé n'est pas attribué."*

„Also entweder ist er seit Stunden in einem Funkloch, oder er hat sein Handy nicht an." Papperin legte entnervt den Hörer auf. Er beauftragte seinen *brigadier*, dran zu bleiben und es immer wieder zu versuchen. Er entließ ihn mit einem freundlichen Nicken. Im Augenblick konnte er nichts tun, als warten, bis François diesen Gian-Carlo erreicht hatte. Also machte er sich wieder über die digitalen Dokumente aus Perpignan her, in der Hoffnung, noch mehr Brauchbares zu entdecken. Er überflog sie diesmal nicht nur, sondern las sie langsam und aufmerksam durch. Die Zeit tröpfelte dahin, ohne dass er auch nur die geringste Spur fand, die auf seinen Fall hinführte. Selbstverständlich interessierten ihn die mafiösen Verflechtungen der Drogen- und Dopingszene im französisch-spanischen Grenzgebiet. Er fand es auch mehr als befriedigend, dass jetzt ein vernichtender Schlag gegen dieses Netzwerk des organisierten Verbrechens gelungen war. Aber außer dem Hinweis auf die Lucianibrüder gab das Material nichts her, das ihn auch nur annähernd weiter brachte. Durch die geöffnete Tür hörte er das Faxgerät im Vorzimmer anspringen.

Mehr um die Zeit tot zu schlagen, denn aus wirklichem Interesse ging er ins Nebenzimmer. Er nahm das einzige Blatt, das der Drucker ausgespuckt hatte. In blauen Blockbuchstaben prangte der Schriftzug AIR FRANCE am Kopf des Blattes, daneben das neue Logo, ein dicker, aufwärts zeigender roter Balken.

Darunter stand in Courierschrift:

```
Wir informieren Sie höflichst von folgender Buchung:
Detejo, Juan-Manuel, Mr.

AF 8075   19.7. Sydney - Hong Kong 14:25 - 22:00
          (operated by Quantas Airways)
AF 183    20.7. Hong Kong - Paris CDG 10:20 - 17:05
          (operated by Air France)
AF 7708   20.7. CDG - Nice Cote d'Azur 18:40 - 20:10
          (operated by Air France)
```

Das Fax in der Hand kehrte *commissaire* Papperin in sein Büro zurück.

„Morgen Abend in Nizza", murmelte er. „Den hole ich am Flughafen ab. Wir müssen nur aufpassen, dass er auch wirklich nach Nizza umsteigt und nicht in Paris verschwindet."

Doch das stellte kein Problem dar, wie ein kurzes Telefonat mit seiner früheren Dienststelle am Quai des Orfèvres ergab.

„Ich muss ihn unbedingt selbst verhören, kann aber unmöglich von hier weg", sagte er zu seinem Pariser Kollegen. „Wir werden ihn in Nizza in Empfang nehmen. Könnt ihr ihn überwachen und sicherstellen, dass er in die Nizza-Maschine einsteigt?"

„Besser, wir verhaften ihn schon in Charles de Gaulle. Und schicken ihn euch auf dem Dienstweg. Dann habt ihr ihn ganz sicher."

„*Non, non, non*, das geht nicht. Wir haben noch nicht genug gegen ihn in der Hand."

Mit einem guten Anwalt – Papperin war sicher, dass er im Falle einer Verhaftung sofort von einer Armada von Staranwälten umgeben sein würde – wäre jede Festnahme binnen Stunden hinfällig, und er, Papperin, hätte eine saftige Dienstaufsichtsbeschwerde am Hals. Also kam er mit seinem Pariser Kollegen überein, dass man ihn beobachtete und – falls er wirklich nicht den Jet nach Nizza nehmen sollte – unauffällig aber lückenlos überwachte, um wenigstens seinen Aufenthaltsort in Paris zu kennen. In diesem Falle wollte Papperin schnellstmöglich in die Metropole kommen und sich selbst an Detejos Fersen heften.

„Jetzt klappt es doch noch", freute er sich, „ich komme noch rechtzeitig zum *dîner* mit Odile und Francis!" Er rief sie kurz an und fuhr dann seinen PC herunter.

Mit einem letzten Telefonat endete sein Dienst an diesem Samstag. Er vereinbarte mit Jeannine am morgigen Nachmittag gemeinsam zum Aéroport Nice-Côte d'Azur zu fahren und sich den Rennfahrer vorzunehmen.

## Rennfahrer sind keine höflichen Menschen

*Sonntag, 20. Juli*

„Hallo? *Police judiciaire, commissaire* Papperin am Apparat".

„Jean-Luc, bist du das?"

Nachdem Papperin ein „*oui*" in den Hörer gemurmelt hatte, fuhr sein Gesprächspartner fort:

„Also dein Juan-Manuel Detejo ist planmäßig in Charles de Gaulle angekommen, umgestiegen und sitzt jetzt in der Maschine nach Nice. Sie hat etwas Verspätung und landet um cirka 20:30 Uhr. Wann kommst du mal wieder nach Paris?"

„Weiß ich noch nicht. Vielleicht bald. Du, ich muss mich jetzt beeilen. Ich brauche eine gute Stunde bis Nice. Und ich will nicht, dass er mir durch die Lappen geht. Danke für die Überwachung und grüß mir die Kollegen. *Salut* Pierre!"

Wenige Minuten später saß er neben Jeannine im Polizeiwagen. Mit Blaulicht und Sirene fuhren sie durch den relativ dichten Sonntagabendverkehr auf der A 8 nach Nizza. Jeannine saß am Steuer, während Papperin die Flughafenpolizei telefonisch von ihrem Kommen unterrichtete und um Unterstützung beim Herausfischen des Rennfahrers aus der Menge der Passagiere bat. Die Beamten aus Nice wollten den Gesuchten an der Maschine im Empfang nehmen und ihn in den Vernehmungsraum bringen. Papperin und seine Kollegin sollten sich direkt dorthin begeben und auf sie warten.

\*\*\*

Vom Gang war lautes Gepolter und Geschimpfe zu vernehmen. Dann wurde die Türe aufgestoßen. Zwei Uniformierte schoben einen großen, schwarzhaarigen Mann in den Raum, der ungestüm mit den Armen fuchtelte und sich lautstark gegen diese Behandlung wehrte.

„Was fällt Ihnen ein, mich so zu behandeln. Mich zu verhaften. Mir den Pass abzunehmen. Ich werde mich beschweren! Sie wissen wohl nicht, mit wem Sie es zu tun haben. Ich bin Juan-Manuel Detejo, freier Bürger des Königreichs Spanien. Sie haben kein Recht, mich hier festzuhalten. Schließlich sind wir hier in der Europäischen Union. Aber Sie benehmen sich wie in einer südamerikanischen Diktatur. Ich verlange, sofort freigelassen zu werden."

Mit einem Knall fiel die Türe ins Schloss. Die beiden Gendarmen lehnten sich demonstrativ dagegen und machten damit unmissverständlich klar, dass es kein Entkommen gab.

Papperin erhob sich und ging mit ausgestreckter Hand auf den Mann zu:

„*Señor* Detejo, wir halten Sie hier nicht fest, schon gar nicht sind Sie verhaftet. Mein Name ist Papperin, *commissaire* Jean-Luc Papperin von der *police judiciaire* in Aix-Marseille und das hier ist *brigadier* Dalmasso. Wir bitten Sie lediglich um Ihre Mithilfe bei der Aufklärung eines Falles mutmaßlicher Kindesentführung."

„Aber sicher bin ich verhaftet. Fragen Sie doch die beiden Muskelpakete da, die Staatsroboter mit einem Feingefühl wie zwei Panzer. Kommen die in die Maschine, rufen meinen Namen und als ich mich gemeldet habe, zerren die mich aus dem Flugzeug. Wie einen Schwerstkriminellen, vor den Augen aller Passagiere. Wenn das keine Verhaftung ist. Ich werde mich beschweren. Was wollen Sie von mir? Ich habe ihnen doch schon in Sydney am Telefon gesagt, dass ich nichts mit der Entführung von Domi zu tun habe. Haben Sie mein Alibi nicht überprüft?"

„Nun, es sind weitere, schwerwiegende Verdachtsmomente hinzugekommen. Aber bitte, setzen Sie sich. Wollen Sie einen Kaffee? Allerdings schmeckt die Automatenbrühe im Pappbecher alles andere als gut ... Nein? Gut, dann fangen wir an: Sie haben schon zwei Entführungsversuche gemacht – das ist aktenkundig. Seit zwei Wochen ist Ihr und Ihrer Exfrau Nicole de Laterres Sohn Dominic verschwunden. Er wurde entführt, das können wir beweisen."

„Aber da war ich in Australien, das wissen Sie doch."

„Dass Sie die Entführung nicht selbst durchgeführt haben, wissen wir. Aber Sie waren kurze Zeit vor der Entführung hier – in Nizza, Monaco und Marseille. Warum haben Sie uns das verschwiegen?"

„Warum, warum! Weil Sie das absolut nichts angeht. Ich war beruflich hier. Es ging um den Grand Prix von Monte Carlo nächstes Jahr, um juristische Details. Fragen Sie meinen Manager, er hat mich begleitet. Ich soll Domi entführt haben, so ein Schwachsinn! Eine unverschämte Unterstellung ist das!"

„*Señor* Detejo, wenn Sie nichts mit der Entführung zu tun haben, wie Sie behaupten, dann sollte es in Ihrem eigenen Interesse liegen, uns bei der Aufklärung des Falles zu unterstützen. Was wir von Ihnen wollen, ist eine detaillierte Auflistung von allem, was Sie anlässlich Ihres Aufenthaltes an der Cote d'Azur und in der Provence gemacht haben. Wo sie gewesen sind, mit wem Sie gesprochen haben usw. Minutiös, möglichst taggenau – was sage ich, stundengenau. Ist das klar? Nach dem derzeitigen Stand der Ermittlungen sind Sie nämlich der Einzige, der ein Motiv für die Entführung hat."

Papperins Gegenüber sprang auf. Er stützte sich mit beiden Händen auf der Tischplatte ab und beugte sich weit über den Tisch zu Papperin hin. Mit kalten Augen fixierte er den Kommissar und zischte hasserfüllt:

„Einen Scheiß werde ich tun. Nichts bekommen Sie von mir. Gar nichts! Wenn Sie mir was anhängen wollen, dann müssen Sie das beweisen. Ist das klar? Und jetzt fangen Sie endlich zu arbeiten an. Ich soll der Einzige sein, der ein Motiv hat. Haben Sie schon mal daran gedacht, dass meine Ex das alles inszeniert hat, um es mir anzuhängen, damit sie mich endgültig los ist. Ich liebe meinen Sohn, aber das geht in ihren sturen Beamtenschädel wohl nicht hinein. Ich liebe ihn so, dass ich ihn aus den Klauen dieser mannstollen Nutte befreien will."

Die beiden Männer starrten sich lange an. Dann wandte sich der Rennfahrer ab, ging zur Türe und versuchte die beiden Gendarmen zur Seite zu schieben. Auf einen stummen Wink Papperins machten diese den Ausgang frei. Die Türklinke in der Hand, drehte er sich noch einmal um.

„Glauben Sie mir, *monsieur le commissaire*, ich liebe ihn so, dass ich mich selbst auf die Suche nach meinem Sohn machen werde. In die Polizei habe ich kein Vertrauen. Und ich werde ihn finden und befreien. Und wenn ich den Entführer in die Finger bekomme, dann Gnade ihm Gott! Ich bringe ihn um!"

Mit zornesrotem Kopf riss er die Türe auf.

„Stopp!"

„Was denn noch?"

„Ihr Wutausbruch ändert nichts daran, dass Sie der Hauptverdächtige sind." Mit sanfter Stimme, aber dennoch unüberhörbar im Befehlston, hielt Papperin ihn zurück. Er war sich absolut nicht sicher, ob diese Entrüstung echt war, oder ob der Mann ihnen nur etwas vorspielte. So überzogen, wie der Auftritt war – wie in einem schlechten Theaterstück – hielt Papperin eher das letztere für wahrscheinlich. Mit nachdenklich hochgezogenen Augenbrauen starrte er den Spanier an, das Kinn in die linke Hand gestützt. Mit der Rechten winkte er ihn wieder herbei und deutete auf den Stuhl, den der andere vorhin in seinen Zorn umgestoßen hatte.

„Bitte, nehmen Sie nochmals kurz Platz!" In seinem Kopf bohrte unablässig ein Gedanke:

„Wenn der wirklich hinter der Entführung steckt, dann kann ich ihn doch nicht einfach so gehen lassen, ihm quasi die Erlaubnis geben, unterzutauchen und mit seinem Sohn zu verschwinden. Dann kriegen wir den nie wieder." Die Möglichkeiten, die ihm zu Gebote standen, hatten sie ja im Kommissariat schon durchgespielt. Ihm standen zu viele Wege offen und zu viel Geld zur Verfügung. Aber andererseits: Festnehmen konnte er ihn auch nicht. Dazu hatten sie zu wenig in der Hand. Kein Untersuchungsrichter würde aufgrund eines bloßen Verdachts einen Haftbefehl ausstellen.

„Was soll das jetzt wieder? Wollen Sie mich doch verhaften?"

Widerstrebend hob er den Stuhl auf und setzte sich.

Jeannine hatte schweigend neben ihrem Chef gesessen und den Dialog mit Staunen verfolgt, Staunen, nicht weil sie sich über das Verhalten des Rennfahrers wunderte, sondern über das unschlüssige Vorgehen des Kommissars. So kannte sie ihn nicht. „Er sucht eine Möglichkeit, ihn nicht weg zu lassen, weiß aber genau, dass dafür keine rechtliche Handhabe besteht", ahnte sie.

„Jean-Luc, ich bin gleich wieder zurück". Sie stand auf und ging zum Ausgang.

„Können Sie mir zeigen, wo die ... Sie wissen schon ... sind?" Mit diesen Worten bat sie einen der beiden Gendarmen, ihr auf den Gang zu folgen.

„Wenn Ihr Hilfssheriff gehen darf, dann darf ich das wohl auch".

„Nein, Sie bleiben. Bitte!" Papperin zwang sich, höflich zu bleiben. Es entstand eine längere Pause, während der Papperin im Pass des Spaniers blätterte.

„Was ist jetzt. Ich habe nicht endlos Zeit. Geben Sie mir meinen Pass und dann verschwinde ich. Und Sie, tun Sie endlich, wofür Sie bezahlt werden, anstatt hier herum zu sitzen und anständige Bürger zu belästigen. Her mit dem Pass, verdammt noch mal!" Er beugte sich plötzlich über den Tisch und versuchte Papperin das Dokument zu entreißen, was ihm erst nach einem kurzen Gerangel gelang. Der Gendarm an der Türe stürzte herbei. Er packte den Spanier von hinten, zog ihn vom Tisch weg und rammte ihn auf den Stuhl. Dann ließ er ihn los, blieb aber hinter ihm stehen, bereit, jederzeit wieder zuzupacken.

„Das hat ein Nachspiel! Das wird morgen groß in der Zeitung stehen. ,Polizei vergreift sich an unbescholtenem Flugpassagier'. Oder: ,Tätlicher Angriff der französischen Polizei auf beliebten Formel-Eins-Piloten'. Auf die Dienstaufsichtsbeschwerde bei Ihrer vorgesetzten Behörde können Sie sich zusätzlich freuen."

Papperin fragte sich, weshalb das so eskalieren musste. Gut, negative Schlagzeilen und ungerechtfertigte Beschwerden, daran waren sie bei der Polizei gewöhnt, das tangierte ihn nicht. Aber wieso war der plötzlich so impulsiv und handgreiflich geworden. Das passte eigentlich gar nicht zu dem kalt und rational geplanten Verbrechen. Leise Zweifel begannen an Papperins Überzeugung zu nagen.

*** 

Der Spanier war gegangen. Papperin hatte ihn nochmals aufgefordert, eine Liste seiner Aufenthaltsorte und Kontakte anzufertigen. Das und auch seine Bitte, ihn von seinen nächsten Plänen und Aufenthaltsorten in Kenntnis zu setzen, wurden rundum und harsch abgelehnt. Und sie tappten weiter im Dunkeln. Es war klar, wenn Juan Manuel Detejo der Täter war, dann konnte er jetzt unbeobachtet seine Flucht organisieren.

„Aber ich konnte ihn doch nicht verhaften, einfach so, vorsorglich", sagte er zu Jeanine, die in diesem Augenblick zurück ins Vernehmungszimmer kam.

„Jeannine, wir haben das falsch gemacht. Ich hätte mich nicht einfach so unorganisiert in dieses Verhör stürzen dürfen. Und wenn wir Pech haben, und er tatsächlich der Täter ist, dann sehen wir ihn wohl nie wieder. Wir hätten vorher eine Rund-um-die-Uhr-Überwachung organisieren müssen. Jetzt ist er weg."

„Die steht schon, Jean-Luc! Ich habe doch gemerkt, wie das aus dem Ruder zu laufen begann. Das habe ich …"

„Dann warst du gar nicht pi …", Papperin stockte, weil er den Gendarmen sah, der immer noch neben der Türe lehnte und interessiert zuhörte.

„Nein! Ihr Kollege", Jeannine bezog den Gendarmen ins Gespräch mit ein, „hat mich zur Airport-Kommandantur geführt. Und von dort haben wir per Telefonkonferenz mit den in Frage kommenden Gendarmerie- und Polizeidienststellen alles organisiert. Wenn nichts dazwischen kommt, dann kriegen wir laufend Meldungen, wo er ist und was er gerade macht."

### Die Post, ein Päckchen und die Diva

*Montag, 21. Juli*

„Clémence, ziehen Sie die Gardinen vor! Ich kann diese Helligkeit nicht ertragen. Ich habe solche Kopfschmerzen. Und bringen Sie mir endlich meinen Espresso und das Aspirin!"

„Sehr wohl, *madame*! Hier ist alles, was Sie mir aufgetragen haben." Clémence Roux stellte das Tablett mit den gewünschten Dingen auf den kleinen Louis-Quinze-Tisch und ging langsam zu den beiden hohen Fenstern.

„Das könntest du ja wirklich selber machen", dachte sie bei sich. Stinkfaul, hochnäsig und herrschsüchtig war sie, ihre Chefin. Eine Sklaventreiberin. Ohne Mitgefühl für ihre Mitmenschen. Nur das mit Domi schien ihr wirklich an die Nieren zu gehen. „Endlich fühlst du mal, wie das ist, wenn man machtlos ist, wenn nicht alles nach deiner Pfeife tanzt", triumphierte sie innerlich. Die Hausdame konnte ihre Genugtuung nur mit Mühe verbergen.

„Wenn sie wüsste, dass ihr Gian-Carlo und ich ...dabei ist sie gar nicht gut im Bett. Langweilig, sagt Gian-Carlo, fantasielos! Bald kommt er wieder, hat er gesagt, mit viel Geld und dann will er weg von hier, weit weg – mit mir!"

„Nun machen Sie schon, Sie sehen doch, dass mir die Sonne direkt ins Gesicht scheint!", wurde sie von ihrer Chefin aus ihren Träumereien gerissen. Missmutig, aber mit gespieltem Diensteifer zog sie die schweren hellblauen Brokatvorhänge zu.

„Ist es jetzt besser, *madame?*", erkundigte sie sich.

Nicole de Laterre nickte geistesabwesend, während sie zwei Aspirintabletten mit einem Schluck Kaffee hinunterspülte.

„Jetzt gehen Sie schon und kümmern Sie sich um die Sachen von Herrn Luciani. Dass alles in Ordnung ist, wenn er morgen kommt. Sie wissen doch, er hat jetzt ständig wichtige geschäftliche Termine. Sind seine Anzüge von der Reinigung schon zurück? Wenn nicht, dann …"

Ihr Befehl wurde vom schrillen Wimmern des Haustelefons unterbrochen.

„Nun los, gehen Sie schon dran. Ich bin für niemanden zu sprechen, es sei denn, es ist Herr Luciani."

„Es ist Pierrot vom Pförtnerhäuschen. Die Post hat ein eingeschriebenes Päckchen abgegeben."

„Er soll es sofort bringen, es ist sicher ein Geschenk von Gian-Carlo, Herrn Luciani."

Es war nur ein kleines Päckchen in einem wattierten Couvert. Nach der handschriftlichen Absenderangabe kam es von einer Madame Faustine Niorte, 12 vieux chemin du Canyon in 04120 La Palud sur Verdon. Etwas enttäuscht befahl die Schauspielerin ihrer Angestellten das Päckchen zu öffnen.

Im Couvert befand sich ein kleineres, kaum handtellergroßes und dick in Luftkissenfolie eingewickeltes und mit Paketband verklebtes Päckchen. Außerdem enthielt es einen Brief.

„Nun lesen Sie schon vor!", befahl Frau de Laterre.

„*Madame*, mein Sohn und sein Freund Nicolas haben das Handy am Straßenrand in der Nähe unseres Dorfes gefunden. Leider hat es etwas länger gedauert, bis wir den Aufkleber innen mit Ihrer Anschrift gefunden haben. Ich hoffe, dass es gut bei Ihnen angekommen ist. Fabien hat es sehr sorgfältig behandelt. Er sagt, dass er dafür einen Finderlohn kriegt und freut sich schon so drauf. Mit freundlichen Grüßen, Faustine Niorte.

PS: den Finderlohn können Sie bitte an meinen Sohn schicken: Fabien Niorte, 12 vieux chemin du Canyon in 04120 La Palud sur Verdon."

„Es ist von Domi! Von Domi, Gott sei Dank!", freute sich die Diva.

„Nein, Madame, nichts ist von Domi. Er hat das Handy verloren und die haben es gefunden."

„Aber dann muss Domi doch in der Nähe sein." Doch langsam verflog der freudige Ausdruck und ein sorgenvoller Zug machte sich in ihrem Gesicht breit.

„Nein, Sie haben Recht, das sagt gar nichts darüber aus, wo Domi jetzt ist." Und nach einer kurzen Pause:

„Die Polizei, das muss die Polizei sofort erfahren. Geben Sie mir die Nummer von diesem Kommissar, Papperin, Jean-Luc. Auf dem Notizblock auf meinem Schreibtisch, da steht sie. Los machen Sie schnell!"

\*\*\*

Mit dem anschließenden Telefongespräch brachte Nicole de Laterre den Polizeiapparat auf Hochtouren. Nicht einmal eine Stunde war vergangen, bis der Dorfpolizist aus Montfort, den *commissaire* Papperin sofort telefonisch in Bewegung gesetzt hatte, das Couvert samt Inhalt im Kommissariat in Aix abgeliefert hatte. Jetzt wurde es von den Technikern im Labor untersucht. Der Netzprovider hatte ihnen völlig problemlos die einzelnen Ortungen durchgegeben, die Sendemasten und Verstärkerrelais, mit denen das Gerät in der letzten Zeit Kontakt aufgenommen hatten. Dadurch wussten sie jetzt den Weg, den das Handy – und mit hoher Wahrscheinlichkeit auch der Geländewagen mit dem Kind – genommen hatten: Correns – Cotignac – Sillans la Cascade – Aups – Les Salles und zuletzt La Palud. Etwa zwei Kilometer hinter La Palud hatten es die beiden Kinder gefunden. Dort allerdings verlor sich die elektronische Spur. Der Entführer konnte die Route départementale 592 nach Castellane weitergefahren sein. Oder er hatte die Abzweigung über die *route des crêtes* genommen, die kurvenreiche Panoramastraße, die sich hoch über den Grand Canyon du Verdon schraubte und atemberaubende Einblicke in die Tiefe der Schlucht gewährte. Oder er hatte die kleine Kommunalstraße in Richtung des Felsnestes Rougon genommen. Von dort führte eine zunächst noch asphaltierte, später nur noch geschotterte, aber für den allgemeinen Verkehr geöffnete Forststraße weiter in die Berge der *haute Provence*.

Papperin und seine Mitarbeiter waren sich einig, dass die *route des crêtes* nicht als Fluchtweg in Frage kam. Die Gegend dort war überflutet von Touristen aus aller Welt, die das großartige Naturwunder bestaunen wollten. Zudem gab es auf der ganzen Strecke außer ein paar Tagesparkplätzen keine Möglichkeit, ein Auto längerfristig zu verstecken. Wegen der Steilheit des Geländes konnte man die Straße nicht verlassen und es gab keinerlei Unterschlupf, keine *cabanons*, in denen die Schäfer früher Zuflucht gefunden hatten, keine Schafställe. Anders sah das bei der zweiten Variante aus, der D 592 Richtung Castellane. Dort, entlang des Verdonflusses, gab es Campingplätze in Hülle und Fülle. Hier konnte man problemlos in der Anonymität der Urlauber untertauchen und wochenlang unerkannt in der Menge leben. Ob es aber gelang, das Kind so ruhig und immer im Zelt oder Wohnwagen zu halten, dass es niemandem auffiel, war eher zu bezweifeln. Trotzdem, sie würden die Zeltplätze abklappern müssen, denn Papperin wollte keine Chance ungenutzt lassen – und war sie auch noch so klein. Völlig aussichtslos war es, wenn der Entführer die Straße weiter nach Castellane und in die *Alpes de haute Savoie* genommen hatte. Womöglich wäre er dann schon längst in Italien. Auch eine Befragung von Anwohnern und Urlaubern entlang der Strecke musste erfolglos bleiben, weil sie keine genaueren Details zu dem Fluchtauto hatten. Ein silberfarbener Geländewagen – das reichte bei weitem nicht. Blieb noch die dritte Variante, die Forststraße in den *Alpes de haute Provence*. Dort, zwischen den bewaldeten Bergen gab es jede Menge Möglichkeiten, sich längere Zeit unerkannt aufzuhalten. Es gab alte, leerstehende *bergeries* – frühere Unterkünfte für Schäfer, und *boris*, die kreisförmigen Steinhütten, – immer vorausgesetzt, der oder die Entführer wollten sich zunächst verstecken, solange, bis der große Rummel vorüber und die polizeilichen Aktivitäten abgeflaut waren, um dann das Kind relativ problemlos ins Ausland zu seinem Vater zu schaffen.

Aus Papperins Büro drang das Läuten seines Telefons in den Besprechungsraum. Der Kommissar erhob sich mit einer entschuldigenden Geste und ging hinüber.

Es war Papperins Freund Dr. Florian Berlinotte, der Leiter der Technik und des Labors.

„*Salut* Jean-Luc! Das Handy, das ihr uns geschickt habt, da haben wir gentechnisch verwertbare Spuren dran entdeckt. Hautpartikel, minimal wenige, aber für einen DNA-Test reicht es. Bis wir endgültige Ergebnisse haben, dauert es natürlich noch. Aber es scheint, da sind Spuren drauf, die euch interessieren sollten. Also du kennst ja das Verfahren. Es ist sehr aufwendig. Zuerst mussten wir …"

„Jetzt rede nicht so lange drum herum! Was für Spuren, sag schon!"

„Ihr habt uns doch vor ein paar Tagen Material gegeben, das wir analysiert haben, du erinnerst dich sicher – zwei Proben. Damit haben wir eine Fragmentlängenanalyse durchgeführt. Du weiß schon, PCR-Technik."

Es machte dem Wissenschaftler sichtlich Spaß, seinen Freund hinzuhalten und auf die Folter zu spannen.

„Florian, wir haben hier einen Kindesentführungsfall. Da kommt es auf jede Minute an. Kurzum: Ich habe keine Zeit für deine pseudowissenschaftlichen Ergüsse. Jetzt komm schon zum Punkt."

„Spiel doch nicht den Beleidigten. Ich will dir doch nur sagen, dass wir noch etwas länger brauchen, bis wir gerichtsfeste Ergebnisse liefern können. Also: Die beiden Proben von damals, die stammen von demselben Mann."

„Das weiß ich schon. Weiter!"

„Die neue Probe", er machte eine kurze Pause.

„Ja?"

„Die kommt von demselben Mann."

„Florian, das wirft mich um. Wie sicher ist das?"

„Jetzt erst etwa 70%. In ein oder zwei Tagen kann ich es dir mit 99,9% Sicherheit sagen."

„*Merci*, Florian. Das ist unbezahlbar. Du bist ein Genie."

„Bezahlen sollst du auch gar nicht. Aber du könntest ja mal wieder so ein Menu kochen und mich und meine Frau zum Essen einladen."

„Versprochen, Florian, das mach ich. Sofort, wenn wir den Fall hier abgeschlossen haben. *Salut* – und grüß mir Émilie!"

Zurück im Besprechungsraum wurde Papperin von fünf gespannten Augenpaaren erwartet.

„Das war Dr. Berlinotte", kam Papperin direkt zur Sache.

„Er hat DNA-Spuren auf dem Handy gefunden und ausgewertet. Die sind identisch mit der DNA auf dem Gewehr, mit dem Miquelas erschossen wurde und mit den Schamhaaren auf dem Handtuch. Das heißt, der Mörder, der unbekannte Lover, dieser Pascal, und der Entführer von Domi sind ein und dieselbe Person."

Das verblüffte Schweigen wurde von einem zögerlich vorgebrachten Einwand von Guy-deux, dem Wissenschaftler und Informatikfreak unter Papperins Mitarbeitern beendet:

„Stimmt nicht ganz. Wir können nur sagen, dass dieser Pascal das Handy in der Hand gehabt hat. Das heißt aber noch nicht, dass er auch der Kidnapper ist."

Man einigte sich aber darauf, dass man vorläufig die Identität von Mörder, Entführer und Pascal als Arbeitshypothese gelten lasse und beriet über das weitere Vorgehen.

Guy-deux und Jeannine sollten sofort zum Château der Schauspielerin fahren und klären, ob ihr Liebhaber irgendwann einmal das Handy des Kindes in der Hand gehabt habe. Außerdem sollten sie versuchen, mehr Details zu diesem Pascal zu erfahren.

„Nehmt euch nicht nur die Schauspielerin vor, sondern auch alle Hausangestellten. Vor allem die Hausdame, diese Madame Roux. Die sah mir so aus, als habe sie ihre Augen überall. Der entgeht glaube ich nichts, was in diesem Haus passiert."

*Brigadier* François Legrand wurde beauftragt, die Befragung auf den Campingplätzen am Oberlauf des Verdon zu organisieren. Dazu sollte er von der *gendarmerie nationale* Verstärkung anfordern.

„Monique, wir beide", fuhr *commissaire* Papperin mit der Aufgabenverteilung fort, „wir organisieren eine Großfahndung nach dem silbernen Landcruiser. Begrenzt auf die nähere und weitere Umgebung von La Palud, also dort, wo das Handy gefunden wurde. Jetzt haben wir genügend Material, um das in der Presse zu lancieren. Machen Sie die Journalisten scharf, auch die von den Internetzeitungen, die sollen möglichst auf der ersten Seite von der Entführung berichten und die Bevölkerung um Mithilfe bei der Suche nach dem Geländewagen bitten. Vielleicht kommt dabei was raus. *Var Matin, Nice Matin, La Provence, Dauphine libéré, Messager haute Savoie, Tribune Républiqaine* etc."

„Und die lokalen Radio- und TV-Sender?"

„Klar, die auch!"

„Da musst du aber ran. Ein Interview mit dir, dem leitenden Kommissar, ohne das werden die es nicht machen."

„Wenn es sein muss", seufzte Papperin, dem nichts unangenehmer war, als solche öffentlichen Auftritte. In Paris, an seiner früheren Dienststelle, hatte er es einfacher. Sein publicitygeiler Chef hatte solche Termine stets an sich gerissen. Aber hier war er selbst der Chef. Das war einer der ganz seltenen Momente, wo er sich Dr. Malleraux, seinen alten Pariser Vorgesetzten, herbeiwünschte.

## Ein Brief setzt Papperin in Bewegung

*Mittwoch, 23. Juli, vormittags*

„Sehr gut warst du Jean-Luc, gestern im Fernsehen." Odile Papperin schaute ihren Sohn stolz an, als er den gemütlichen Wohnraum in der Ölmühle betrat und erstaunt zu dem heute besonders üppig gedeckten Frühstückstisch blickte.

„Das müssen wir feiern. Ich habe extra deswegen eine kleine Flasche Veuve-Cliquot aufgemacht."

Sie schenkte den perlenden Champagner in zwei hohe Sektflöten ein.

„Und was du gesagt hast, das klang so wichtig und so ernst. Das haben viele gesehen und es ist ihnen ans Herz gegangen. Du wirst sehen, es dauert nicht lange, und Ihr findet den Wagen und das Kind. Meine Freundinnen im Dorf, heute früh beim Einkaufen, die meinen das auch. Aber du hättest eine Uniform anziehen sollen. Das hätte viel besser ausgesehen und du hättest noch mehr Eindruck auf die Zuseher gemacht."

„*Maman*, ich bin nicht bei der Gendarmerie, sondern bei der Kriminalpolizei. Da tragen wir keine Uniformen. Das habe ich dir doch schon oft erklärt."

„Aber wenigstens eine Krawatte hättest du anziehen sollen. Das wäre viel …"

„Lass gut sein, *Maman*. Aber lieb von dir, das mit dem Champagnerfrühstück. *Tchin-Tchin!*"

Er prostete seiner Mutter zu, nahm sich die beiden bereit liegenden Zeitungen – *Var Matin* und *Figaro* – und setzte sich. Im Lokalblatt stand sein Aufruf gleich auf der ersten Seite. Unter der fetten Überschrift „Wer hat dieses Kind oder diesen Geländewagen gesehen?", war ein großes Foto von Dominic de Laterre abgedruckt und ein weiteres Bild des nicht näher identifizierbaren silberfarbigen Geländewagens, das ihnen die Fernsehgesellschaft zur Verfügung gestellt hatte. Die sehr phantasievolle Schilderung des Kidnapping, in die der Journalist erheblich mehr angebliche Fakten hineingepackt als die Polizei mitgeteilt hatte, schloss mit dem Aufruf an die Leserschaft zur Mithilfe. Hinweise sollten an *commissaire* Papperin, den Leiter der Sonderkommission oder an jeden Polizei- oder Gendarmerieposten gegeben werden. Es folgten Telefonnummern, eine e-mail-Adresse sowie ein kleines Farbfoto des Kommissars.

Lesend nahmen die beiden ihr Frühstück ein. Während sich Papperin mit den Nachrichten und Kommentaren aus Politik und Wirtschaft im *Figaro* beschäftigte, konnte sich seine Mutter nicht von dem Artikel im Var-Matin losreißen. Sie las ihn ein zweites und ein drittes Mal und murmelte dabei vor sich hin: „Warum hat er nur keine Krawatte angezogen. Damit hätte er doch viel besser ausgesehen."

Die Melodie von „Aux Champs Elysées" mischte sich erst leise, dann immer lauter werdend in die morgendliche Familienidylle.

„Mein Handy, entschuldige *Maman*! ... Ja? Jean-Luc Papperin am Apparat."

Es war Madame de Laterre.

„*Commissaire* Papperin, Jean-Luc, Sie müssen sofort kommen. Jetzt, jetzt will er auch noch Geld von mir. Eine Million Eu... Euro. Er hat doch selber genug. Mein Kind, er soll mir mein Kind wiedergeben, dieser Ver... Verbrecher! Um... um ...umbringen könnte ich ihn. Aber erst will ich Do... Do... Domi zurück haben! Ich, ich ... ich – ich weiß nicht, was ich tun soll. Kommen Sie! Schnell, bitte, bitte! Ganz schnell!"

Sie schien völlig außer sich zu sein, stotterte und konnte kaum einen klaren Satz sprechen. Durch geduldiges Nachfragen bekam Papperin schließlich heraus, dass mit der Morgenpost ein Brief gekommen war, zwar ohne Absender, aber nach ihrer Meinung zweifelsfrei von ihrem Ex-Mann, in dem dieser für die Rückgabe des Kindes Lösegeld forderte, eine Million Euro.

„Legen Sie Brief und Couvert beiseite, fassen Sie sie nicht weiter an, damit nicht noch mehr Spuren verwischt werden. Ich bin sofort da – in zehn Minuten maximal. Bis gleich. Und bitte den Brief nicht mehr berühren – weder Sie noch sonst jemand. Ist übrigens Herr Luciani bei Ihnen?"

„Nein, der ist doch auf Geschäftsreise, das hatte ich Ihnen doch vor ein paar Tagen schon gesagt."

***

Papperin jagte seinen alten Peugeot 405 ohne Rücksicht auf die vorgeschriebene Höchstgeschwindigkeit über die Autobahn. Neben ihm auf dem Beifahrersitz lagen in einer Klarsichthülle der Brief mit der Lösegeldforderung und das zugehörige Couvert. Seinem Freund Dr. Berlinotte hatte er sein Kommen bereits telefonisch angekündigt. Der Brief sollte so schnell wie möglich kriminaltechnisch untersucht werden. Papperins Besuch im Château Merveille hatte keine wesentlichen Erkenntnisse gebracht. Er hatte alle Bewohner des Anwesens kurz vernommen. Hiernach hatte der Postzusteller den Brief um 10 Uhr dem Wächter am Einfahrtstor gegeben. Der hatte ihn ins Schloss hinaufgebracht und an die Haushälterin, Frau Roux, weitergegeben. Da ihre Chefin noch nicht aufgestanden und der Brief nicht ausdrücklich als persönlich oder vertraulich gekennzeichnet war, hatte sie ihn geöffnet und ihn, als sie den brisanten Inhalt erkannt hatte, sofort der Schauspielerin gebracht. Zuerst hatte ihre Chefin sie derb beschimpft, weil sie so früh geweckt wurde. Aber als auch sie den Inhalt und die Tragweite der Nachricht erfasst hatte, war sie zuerst in eine kurze – nach Meinung der Hausdame gespielte – Ohnmacht gefallen, um dann hysterisch kreischend nach der Polizei zu rufen. Der

Inhalt des Briefes war nach Papperins Meinung durchaus geeignet, einen Ohnmachtsanfall bei der sehr sensiblen Diva auszulösen.

WIR HABEN IHR KIND
LÖSEGELD 1 MILLION
NÄHERES PER TELEFON
KEINE POLIZEI

Der Text war auf einfachem weißem Papier gedruckt, A-4 Hochformat. Die Schrift dürfte Times sein, ca. 15 pt, schätzte Papperin. Nach dem Poststempel war der Brief vor zwei Tagen in Marseille aufgegeben worden. Weitere Spuren sollte das Labor herausfinden. Fingerabdrücke würden wohl nicht drauf sein. Der Kidnapper dürfte Handschuhe angehabt haben. Bei den vielen Krimis im Fernsehen wusste so etwas inzwischen jedes Kind. Aber womöglich gab es andere Hinweise, z.B. auf die Herkunft des Papiers, auf den Drucker, vielleicht ließen sich Rückschlüsse auf das verwendete Textverarbeitungsprogramm ziehen. Auf alle Fälle musste es schnellstmöglich in die Hand von Spurensicherungsfachleuten gelangen. Papperin überlegte, ob er das mobile Blaulicht aus dem Handschuhfach auf das Wagendach stellen und mit Sirene fahren sollte. Er ließ es bleiben, es waren nicht viele Autos unterwegs. Sie stellten keine große Behinderung dar. Trotzdem musste er sich auf den Verkehr konzentrieren. Mit weit mehr als der erlaubten Geschwindigkeit spurte er auf der äußersten linken Fahrbahn an den anderen Fahrzeugen vorbei. Gleichzeitig vereinbarte er, das Handy am Ohr, eine Lagebesprechung in einer halben Stunde im Kommissariat. Er hatte keinen Blick für die Schönheit der Landschaft, nahm keine Notiz von den herrschaftlichen Weingütern rechts und links von der Autobahn. Sah nicht das in der Mittagssonne weiß gleißende Felsmassiv der *Montagne de Sainte Victoire*, das rechts von ihm vorbei zog. So schnell wie irgend möglich sollte der Brief ins Labor kommen.

\*\*\*

„Ich fasse noch einmal kurz zusammen", resümierte *commissaire* Papperin vor seiner im Besprechungsraum versammelten Mannschaft.

„Das Kind wurde am Montag, dem 7. Juli in Correns von dem Zufallsbekannten und one-night-lover der Schauspielerin entführt. Von ihm kennen wir nur den Vornamen – Pascal. Höchstwahrscheinlich ist das nicht einmal sein richtiger Name. Er ist mit Domi in einem silbergrauen Geländewagen, einem Toyota Landcruiser, nach Norden gefahren, durch den Grand Canyon du Verdon bis kurz hinter La Palud. Das wissen wir vom Fundort des Handys. Ab da verliert sich seine Spur. Heute kam dieser anonyme Brief mit der Lösegeldforderung über eine Million Euro zu Frau de Laterre. Nach dem Poststempel wurde er am Montagvormittag im 13. Arrondissement von Marseille abgeschickt. Zu diesem Zeitpunkt hatten wir uns noch nicht mit unserem Aufruf an die Bevölkerung gewandt. Der oder die Entführer wussten also noch nichts von unserer Sonderkommission – deshalb die Forderung: ‚Keine Polizei!'. Wie reagiert der Entführer, jetzt, wo er weiß, dass die Diva die Polizei doch eingeschaltet hat? Eine noch ungeklärte Rolle spielt dieser Gian-Carlo Luciani, der derzeitige Lebensgefährte der Schauspielerin. Hierzu gibt es eine schwache Spur über seinen in Draguignan einsitzenden Bruder zur Dopingszene und der Tour de France. Ihn müssen wir im Auge behalten, allerdings ist er zur Zeit nicht erreichbar. Die Schauspielerin wehrt sich vehement gegen unsere Vermutung, er sei an der Entführung beteiligt. Sie ist hundertprozentig davon überzeugt, dass ihr Ex-Mann dahintersteckt. Können wir das als vorläufige Arbeitshypothese nehmen?"

Papperin blickte fragend in die Runde. Eine rege Diskussion setzte ein mit dem Ergebnis: Man müsse sich mehr um den Formel-1-Rennfahrer kümmern, recherchieren, ob es Verbindungen von ihm zu diesem Pascal oder zu Gian-Carlo Luciani gebe. Dasselbe galt für mögliche Kontakte zwischen Pascal und Gian-Carlo. Man kannte zwar den vermeintlichen Vornamen des Entführers – Pascal – und seine DNA. Aber das brachte sie keinen Schritt weiter. In der nationalen Datenbank FNAEG - *Fichier National Automatisé des Empreintes Génétiques,* in der die DNA aller Personen gespeichert waren, die jemals als mutmaßliche oder überführte Kriminelle mit den Polizeibehörden Frankreichs in Berührung gekommen waren, fand sich kein übereinstimmender Datensatz.

„Jeannine, was gibt es von der Überwachung des Detejo? Habt Ihr ihn fest unter Kontrolle?"

„Ja. Wir bekommen laufend Berichte, den letzten vor zwei Stunden. Er wohnt zur Zeit im Radisson-Blu-Hotel in Marseille. Gestern war er in Montfort, wollte zu seiner Exfrau. Aber die hat ihn rausgeschmissen. Nein, sie hat ihn gar nicht erst reingelassen. Dann ist er zurück nach Marseille und macht seitdem die Kneipen im Hafenviertel unsicher. Nach dem Kollegen, der an ihm dran ist, versucht er Leute auszufragen, Kellner, Bardamen und so. Es sieht ganz so aus, als sei er auf der Suche nach jemandem, meint unser Kollege."

„Also, wenn der Detejo hinter der Entführung steckt, warum fordert der dann soviel Geld? Der hat doch selber mehr als genug", Guy-deux kratzte sich nachdenklich unter seiner knallroten Baseballkappe am Kopf.

„Das wissen wir nicht, er kann doch endlos Schulden haben und nur auf Pump leben. Man weiß doch, wie diese Jet-Set-Sportler mit dem Geld um sich schmeißen", widersprach *brigadier* Malmotte seinem schlaksigen Kollegen.

„Glaub mir, der hat mehr als er jemals ausgeben kann!" Auf den fragenden Blick von Papperin fügte er zögernd hinzu:

„Ich habe mir vor ein paar Tagen schon seine Konten und Depots angesehen. Weltweit hat der sein Vermögen gestreut: Spanien, USA, Kayman-Islands, Bahamas. Die Million, das ist ein Trinkgeld für ihn, nicht mehr."

„Du Informatikspinner! Hast du wieder Geheimcodes geknackt? Zugangsdaten, PIN's, Passwords? Alles ohne richterliche Genehmigung? Haben Sie das gehört, Chef?", fragte sein Kollege Guy Malmotte mit gespielter Entrüstung.

„Du bist ja bloß neidisch, weil du das nicht kannst. Hättest du etwas Vernünftiges gelernt, dann ..."

„Das will ich jetzt gar nicht gehört haben", unterbrach Papperin das Scharmützel seiner beiden Brigadiers. Selbstverständlich war ihm bekannt, dass Guy Debordeau ein begnadeter IT-Spezialist war. Ihm war auch klar, dass sein Mitarbeiter privat, außerhalb seiner Arbeitszeit, lukrative Aufträge bekam. Auch im Kommissariat hatten sie schon mehrmals von seiner Fähigkeit profitiert, Kryptogramme zu entschlüsseln und Codes zu knacken. Das fand aber meistens in einer rechtlichen Grauzone statt. Deshalb wusste Papperin offiziell lieber nicht, was Guy-deux hier alles konnte und tat.

„Selbst wenn er es nicht nötig hat, er könnte das mit dem Lösegeld ja auch gemacht haben, um von sich abzulenken. Führt uns an der Nase rum, während seine Komplizen Pascal und vielleicht auch Gian-Carlo mit dem Kind unterwegs sind."

„Oder er hat tatsächlich nichts mit der Entführung zu tun", unterbrach Papperin die Überlegungen von Guy-deux, „und macht sich selber auf die Suche nach seinem Sohn. So wie er es uns gesagt hat". Dabei blickte er Jeannine an, die zustimmend nickte. „Gesagt ist zu milde ausgedrückt. Geschrien hat er, ins Gesicht gebrüllt hat er es uns, weil wir faul und unfähig seien."

Es entstand eine Pause, die nach einiger Zeit vom Läuten des Telefons unterbrochen wurde.

„Oui?"

„Jean- Luc, bist du selbst dran?"

Es war Dr. Berlinotte, der die ersten Ergebnisse der kriminaltechnischen Untersuchung des Lösegeldbriefes mitteilen wollte. Papperin schaltete den Lautsprecher ein.

„Meine Mitarbeiter haben das Zeug gründlich untersucht. Also am Brief ist absolut nichts dran. Handelsübliches Papier, das bekommst du in jedem Supermarkt. Bedruckt mit einem Laserdrucker. Angaben zum Fabrikat oder Alter sind nicht möglich. Keine Fingerabdrücke, keinerlei DNA-Spuren auf dem Papier. Aber ..."

Der Wissenschaftler machte wie immer eine Pause, um die Spannung zu erhöhen vor allem aber, um seinen alten Freund ein bisschen zu ärgern.

„Jetzt komm schon! Sag, was noch?"

„Auf dem Couvert, die Briefmarke, die hat jemand abgeleckt. Vermutlich eine unbewusste Routinehandlung. Sobald wir die DNA entziffert haben, rufe ich wieder an. Vielleicht schon morgen. *Salut* Jean-Luc!"

Ohne eine Reaktion seines Gesprächspartners abzuwarten, beendete Dr. Berlinotte das Gespräch.

„Das bringt uns gar nichts, solange wir nicht wissen, zu wem die DNA gehört", meinte Jeannine Dalmasso mit einer resignierenden Geste. „Was machen wir jetzt?"

Papperin überlegte kurz und deutete mit dem Zeigefinger auf *brigadier* Legrand: „Sie bleiben an diesem Pascal dran. Irgendetwas Brauchbares muss über ihn doch herauszubringen sein. Und Sie", er schaute zu *brigadier* Malmotte, „machen mit Gian-Carlo Luciani weiter. Versuchen Sie raus zu bekommen, mit wem alles er Kontakte hatte. Wir haben doch seine Handynummer. Klemmen Sie sich hinter seine Telefongesellschaft und lassen Sie sich die Liste mit den Einzelverbindungen geben."

Und du, Jeannine, sieh bitte zu, dass wir schnellstmöglich die Genehmigung vom Untersuchungsrichter bekommen, die Telefonanschlüsse von diesem Detejo und vom Lover der Diva, diesem Gian-Carlo zu überwachen. Haben wir die Handynummern? Ja? Gut. Ich rufe den Untersuchungsrichter gleich an. Dann musst du das nur abholen. Wenn du das hast, dann soll Guy-deux sich um die technischen Details kümmern."

„Was ist mit dem Festnetzanschluss in seinem Zimmer im Hotel? Den müssen wir doch auch anzapfen? Da werden die aber was dagegen haben beim Radisson", meinte *brigadier* Legrand

„Hilft nichts, die müssen eben in den sauren Apfel beißen", entschied Papperin, um dann, nach kurzem Nachdenken, zurück zu rudern: „Obwohl, wenn er der Drahtzieher ist, dann wird er von dort keine belastenden Gespräche führen. Erstens wird das alles registriert – allein schon wegen der Hotelrechnung. Und zweitens kann er sich nicht sicher sein, ob nicht jemand in der Telefonzentrale oder der Rezeption die Gespräche mithört. Auf alle Fälle brauchen wir von seinem Mobilnetzbetreiber und von seinem Festnetzanbieter in Spanien die Verbindungsnachweise, wann, wie lange und mit wem er telefoniert hat – sagen wir: während der letzten acht Wochen. Um das Spanische kümmere ich mich, mein Kollege Gimenez in Figueres kann mir hoffentlich schnell weiterhelfen. War es das, oder gibt es noch was zu bedenken?", fragte Papperin in die Runde.

„Ja doch! Bis jetzt haben wir uns nur auf den Vater, den Detejo konzentriert. Der weiß ja, dass wir an dem Fall dran sind. Wenn es der Rennfahrer aber nicht ist, dann weiß der Entführer jetzt, dass wir mit im Boot sind. Darauf muss er reagieren. Wie gehen wir dann vor?"

„Stimmt, François! Das hätten wir fast übersehen. Wie reagiert er?"

Fragende Blicke.

„Wieder mit einem anonymen Schreiben? Oder er ruft an. Das heißt, wir brauchen so schnell wie möglich eine Überwachung der Telefonanschlüsse von der de Laterre. Sie wird sicher zustimmen, davon gehe ich aus. Trotzdem sollten wir uns eine amtliche Anordnung des Untersuchungsrichters beschaffen. Das regle ich sofort telefonisch. Das Technische machen dann Sie, Guy-deux. Müssen Sie vor Ort was installieren oder geht das von hier aus?"

„Gehen tut alles! Wenn Sie die richterliche Erlaubnis besorgen, dann mach ich das von meinem Schreibtisch aus."

„Ok, das wäre es fürs Erste. Monique, bitte verbinden Sie mich mit dem zuständigen Untersuchungsrichter. Moment mal, der ist, glaube ich, erkrankt? Wissen Sie, wer sein Vertreter ist?"

Es war ein glücklicher Zufall, dass Papperins Studienfreund Paul Vergier den erkrankten Richter in dieser Woche vertrat.

Das folgende Telefonat dauerte nicht lange, denn der Richter schlug vor, man solle das nicht am Telefon besprechen. Ob Papperin Zeit habe, sich mit ihm zu treffen?

„Heute ist es hier so hektisch, da brauche ich eine kurze Auszeit. Außerdem habe ich Hunger. Hast du Lust, treffen wir uns zu einem verspäteten Lunch in der Brasserie ‚Les Deux Garçons'? Um diese Uhrzeit sollte nicht mehr allzu viel Betrieb sein. Dann können wir alles beim Essen besprechen. Ich lass gleich einen ruhigen Tisch reservieren."

# Ein Erpresserbrief kommt selten allein

*Mittwoch, 23. Juli, nachmittags*

Als der Kommissar um viertel nach drei in der Brasserie eintraf, war der Richter schon da und studierte die Speisekarte. Er saß an einem weiß gedeckten Tisch im Inneren des Restaurants. Eigentlich hatte Papperin gar keine Zeit für ein längeres Mittagessen. Ihm wäre es viel lieber gewesen, wenn sie sich nur zu einem kurzen Kaffee draußen auf der Terrasse getroffen hätten unter der grünen Markise und den Schatten spendenden Platanen des Cours Mirabeau.

Aber dort hätten sie sowieso keinen Platz bekommen. Alle Tische waren von laut schnatternden Touristen belegt, die sich bei einem kalten Getränk oder einem Kaffee von den Strapazen des Sightseeings erholten. So trafen sie sich eben drinnen. Dort war es sehr ruhig. Sie waren die einzigen und hatten den ganzen Speisesaal für sich. Es war angenehm kühl und von gedämpfter Helligkeit. Das gleißende Licht, das über der nachmittäglichen Stadt lag, konnte nicht durch die hohen schmalen Fenster bis ins Restaurant dringen. Man hatte die Beleuchtung eingeschaltet. In diesem merkwürdigen Zwielicht sorgten der überbordende goldene Stuck mit den dunkelgrünen Tapeten und den zahlreichen hohen und leicht blinden Spiegeln für eine dezentvornehme und antiquierte Atmosphäre. Zwei Kellner in weißen Sakkos und schwarzen Hosen lehnten rauchend an der geöffneten, auf die Seitenstraße führenden Hintertüre und unterhielten sich. Das Deux Garçons zählte zu den besseren Restaurants von Aix. Trotzdem führte es die bescheidene Bezeichnung Brasserie.

„Jean-Luc, schön, dich wieder einmal zu sehen!" Der hagere Richter schraubte seinen Körper hoch. Leicht vornüber gebeugt und mit den Beinen zwischen Bank und Tischkante festgeklemmt reichte er Papperin zur Begrüßung beide Hände.

„Komm, setz dich. Heute gibt es *Blanquette de Veau à l'ancienne* als *plat du jour*. Nimmst du das auch?"

Papperin nickte nachdenklich und Richter Vergier hob die Hand und deutete den Kellnern mit zwei ausgestreckten Fingern an, dass sie zweimal den *plat du jour* nähmen.

Kalbsfrikassee nach Großmutters Art – eigentlich hätte Papperin lieber etwas Fischiges gegessen. *Marmite du pêcheur*, das hatte es gestern als Tagesgericht gegeben, wie ihm ein Blick auf die Karte verriet. Aber gut, wahrscheinlich ging es auch schneller, wenn sie beide dasselbe nahmen.

„Ich hab schon einen Château La Calisse bestellt, einen Rosé aus biologischem Anbau hier aus der Gegend. Ok?"

Papperin war etwas zwiegespalten. Er stand so viel zu tun an, und er hatte wenig Zeit. Eigentlich wollte er seinem Freund nur schnell den Fall schildern und dann sofort mit den ausgefertigten richterlichen Beschlüssen zurück ins Kommissariat gehen. Andererseits liebte er es, an schönen Orten mit guten Freunden in gemütlicher Atmosphäre lukullisch zu speisen. Nicht zuletzt wegen dieser identischen Vorlieben, traf er sich besonders gerne mit Paul, seinem alten Studienfreund. Dieser schien Papperins Gedanken erraten zu haben.

„Jean-Luc, jetzt komm langsam runter. Dein Job läuft dir nicht weg. Und wenn du ihn schlecht machst, weil du dir keine Zeit nimmst, vernünftig, zu essen, dann ist das mehr als kontraproduktiv. Also reg dich ab, trinken wir einen, und wir besprechen in aller Ruhe beim Essen, was zu tun ist."

„Du hast ja Recht, aber ..."

In diesem Moment brachte einer der beiden Kellner zwei winzige Schüsselchen mit einer grünlichen cremigen Brühe und stellte sie vor die beiden Freunde.

„Ein Gruß aus der Küche! Geeiste Gaspacho aus Tomate, Gurke, Paprika und Ingwer mit einem Knoblauch-Sahne Hütchen."

Während sie sich dieser unerwarteten Vorspeise widmeten, berichtete Papperin von dem Erpresserbrief mit der Lösegeldforderung, und dass sie schnellstens eine Telefonüberwachung einrichten müssten.

Der *plat du jour* wurde serviert. Ganz gegen seine Gewohnheit konzentrierte sich der Richter mehr auf den vor ihm ausgebreiteten Fall als auf das hervorragend zubereitete Essen.

„Du hältst es für möglich, dass der Vater dahintersteckt. Obwohl er das Geld …"

„Die Sache mit dem Lösegeld könnte er nur zur Ablenkung inszeniert haben. Natürlich braucht er es nicht. Andererseits: Warum sollte er ein Ablenkungsmanöver starten, wo er doch weiß, dass wir nichts gegen ihn in der Hand haben. Für die Entführung selbst hat er ein bombensicheres Alibi. Und dass er Kontakte zu den eigentlichen Kidnappern hat, können wir nur vermuten. Belege dafür gibt es nicht. Noch nicht. Das einzige was ihn verdächtig macht ist, dass er schon zweimal versucht hat, das Kind zu entführen. Aber das ist das einzige Konkrete, was wir in der Hand haben. Falls er nichts mit dem allen zu tun hat, dann stehen wir völlig ohne Anhaltpunkte da."

„Hat der Aufruf in den Medien nichts ergeben?"

„Bislang nur Anrufe von Leuten, die sich wichtig machen wollen. Hunderte! Allen musste nachgegangen werden, aber: Nichts! Die armen Gendarmen, die das machen müssen, sind schon ganz sauer auf uns. Jetzt hoffe ich, dass uns das Anzapfen der Telefone was Neues bringt – von der Schauspielerin, von ihrem Lover und vom Rennfahrer."

„Das ist kein Problem, das bekommst Du. Ich unterschreibe es sofort, wenn ich wieder im Gericht bin."

Papperin zog sein Handy aus der Tasche. „Du entschuldigst bitte kurz!" Er wählte.

„Monique, hier ist Papperin. Sagen Sie Guy-deux, er kann loslegen, bei allen dreien. Ich komme, sobald wir hier fertig sind. *À tout a l'heure!*" Und zum Richter gewandt: „Danke!"

Endlich widmeten sie sich dem Essen, das aber über den langen Diskussionen inzwischen fast kalt geworden war. Trotzdem schmeckte es Papperin, der, in der Gewissheit, dass Guy-deux jetzt schon am Arbeiten war, Zugangscodes knackte und Informationen umlenkte, froh über das Wiederanlaufen der Ermittlungen war.

Als Nachspeise bestellten sie *Crèpes aux pommes flambées avec Calvados*. Der Kellner hatte gerade den erwärmten Apfelschnaps in einem Stieltöpfchen aus blitzendem Kupfer angezündet und begonnen, die bläulich lodernde Flüssigkeit über die Pfannkuchen zu gießen, als die Terrassentür aufflog, mit einem Knall an die Wand krachte und eine Wolke in Weiß herein schwallte. Nicole de Laterre, mit weißem breitrandigem Sonnenhut, weißem flatterndem Hutband, und einem wehenden weißem Strandkleid, gehalten von zwei Mini-Spaghettiträgern, stürmte auf die beiden Freunde zu. Abrupt stoppte sie, stützte sich schwer atmend mit beiden Händen auf die Tischplatte und keuchte:

„Jetzt will er zwei Millionen. Dieses Schwein, dieser Verbrecher. Aber nichts kriegt er. Gar nichts zahle ich. Glauben Sie bloß nicht, dass der dann meinen Domi hergibt. Niemals wird er das. Und wenn ich ihm hundert Millionen zahle." Sie holte tief Luft und fixierte den Kommissar mit zornesglänzenden Augen: „Los, finden Sie Domi. Für was zahle ich Steuern. Ich bin aus allen Wolken gefallen, wie ihre Sekretärin mir gesagt hat, sie seien beim Lunch mit Richter Weiß-Nicht-Wer im Deux Garçons."

Sie sprach den Namen des Edelrestaurants verächtlich mit gespielt vornehm gespitzten Lippen und affektiert nasalem Klang aus, um sofort wieder in den vorwurfsvoll-aggressiven Ton zurück zu fallen.

„Suchen Sie Domi, anstatt hier rumzusitzen und zu schlemmen. Nehmen Sie sich endlich Juan vor. Meinetwegen foltern Sie ihn, damit er es endlich zugibt. Erschießen Sie ihn! Aber bringen Sie mir meinen Domi wieder!"

Mit geballten Fäusten und voller Wut stierte sie Papperin an. Einen langen Augenblick fiel kein Wort. Es schien, als wollte sie den Kommissar mit ihren Blicken aufspießen. Dann, langsam, zerfiel ihr harter Gesichtsausdruck. Ihre vorher zu einem schmalen Strich zusammengepressten Lippen begannen zu zittern. Sie öffnete ihren Mund und flehte bebend:

„Bitte, tun Sie was. Helfen Sie meinem Kind. Glauben Sie, die behandeln es gut? Aber wenn sie ihm wehtun? Mein armer Domi, mein Liebling!" Tränen glitzerten in ihren Augenwinkeln, wurden größer und immer mehr. Sie rollten wie silberne Kugeln über ihre Wangen, wurden von den Mundwinkeln kurz aufgehalten und tropften schließlich von ihrem Kinn auf das makellos weiße Seidenkleid.

Mit einem hoffnungslosen Schluchzen schlug sie beide Hände vor ihr Gesicht und sank auf die Bank, direkt in die Arme des Richters, der sie, von der Situation völlig überrumpelt, hilflos an sich drückte. Wäre die Lage nicht so dramatisch ernst gewesen, Papperin hätte über diese Szene herzhaft lachen müssen. Wie in einem schlecht gespielten Theaterstück wirkte das. So aber war er tief berührt, niedergeschmettert von der neuen Lösegeldforderung und voller Mitleid mit Nicole de Laterre. Was stürzte da alles über sie herein. Er nahm ihr die zornigen Vorwürfe nicht übel. Im Gegenteil, für ihn zeigte das nur, wie tief sie getroffen war und für wie hoffnungslos sie die Lage sah.

„Beruhigen Sie sich, Madame, bitte beruhigen Sie sich!", versuchte der Richter die in seinem Armen von heftigen Weinkrämpfen geschüttelte Frau zu besänftigen. Er reichte ihr ein blütenweißes Taschentuch. Sie presste es an ihre Augen und wischte die Tränen von ihren Wangen. Dann hob sie ihren Blick, schaute zuerst den Kommissar und dann den Richter an.

„Entschuldigen Sie, aber ich bin so in Sorge."

Mehr zufällig fing sich ihr Blick in dem großen Wandspiegel hinter dem Richter.

„Mein Gott, wie sehe ich aus! Das ist ja furchtbar!" Sie sprang auf und eilte zu einem der Kellner: „Wo sind die Waschräume?"

„Frauen! Ihr Aussehen verdrängt alles andere. Verstehst du das, Paul?"

Der Richter schüttelte verneinend den Kopf und winkte den Kellner herbei.

„Bertrand, setzen Sie das auf meine Monatsrechnung", dabei wedelte er mit der Hand über den Tisch. „Und das hier", er grub mit der Linken in seiner Sakkotasche, „das ist für Sie."

„Paul, das geht nicht. Ich wollte doch dich einladen."

„Zu spät! Das nächste Mal bist du dran."

Nach einer Weile kam die Schauspielerin an den Tisch zurück. Sie war wieder makellos geschminkt und wirkte deutlich gefasster. Papperin überlegte, wie er jetzt vorgehen solle. Mit einfühlsamem Ton fragte er sie, ob sie jetzt lieber mit ihm ins Kommissariat gehen und ihre Aussage dort machen wolle, oder ob sie erst zu sich nach Hause fahren und sich etwas beruhigen möchte. Er würde dann mit einem Mitarbeiter zu ihr ins Château kommen. Nein, es sei schon gut so, meinte sie. Am liebsten wäre es ihr, wenn sie das jetzt sofort hinter sich bringen könne. Danach könne sie heimfahren, sich eine Weile hinlegen und ausruhen.

„Bitte fragen Sie!" ermunterte sie den Kommissar.

„Kaffee?" Fragte der Richter, und als die beiden nickten, bestellte er beim Kellner:

*Bertrand, trois cafés, s'il te plaît.*

Dann begann Papperin mit seinen Fragen.

„Wie hat sich der Entführer bei Ihnen gemeldet?"

„Telefonisch. Meine Haushälterin hat das Gespräch angenommen. Ich stand neben ihr. Sie hat mir den Hörer sofort weitergegeben."

„War es ein Mann oder eine Frau? Was hat er oder sie genau gesagt?"

„Die Stimme war relativ hoch und dünn. Ich glaube aber trotzdem, dass es ein Mann war – mit verstellter Stimme."

„Kam Ihnen die Stimme bekannt vor? Was hat er gesagt?"

„Nein, noch nie gehört. Gesagt hat er nur ein paar Sätze: ‚Sie sollten doch die Polizei weg lassen. Jetzt wird es teurer. Zwei Millionen.' Das war alles. Ich habe ihn angefleht, mir zu sagen wo Domi ist, wie es ihm geht. Aber er hat einfach aufgelegt."

Sie fing wieder zu weinen an.

„Bitte sagen sie uns, wann der Anruf kam", versuchte Papperin durch ihr Schluchzen zu ihr vor zu dringen.

„Vorhin. Ich habe bei Ihnen angerufen. Ihre Sekretärin sagte, sie sind im Deux Garçons. Dann bin ich gleich los gefahren."

„Also vor ein bis eineinhalb Stunden? Kurz vor zwei Uhr?" rechnete Papperin zurück.

„Mmmh"

„Madame de Laterre, ich muss jetzt ins Kommissariat. Möchte dann aber mit ihrer Haushälterin sprechen, die den Anruf entgegen genommen hat. Wenn Sie warten wollen, kann ich Sie mitnehmen. Dann brauchen Sie jetzt nicht Auto zu fahren. Aber das wird erst in ein oder zwei Stunden sein."

„Danke. Aber nein, das geht schon. Ich fahre lieber jetzt gleich zurück. Ich sage Clémence, dass sie sich zu Ihrer Verfügung halten soll."

Sie holte ein Schminkset aus ihrer Handtasche und betrachtete ihr Gesicht in einem kleinen silbernen Taschenspiegel. Mit geübter Hand zog sie ihre vollen Lippen mit einem dunkelroten Stift nach, erhob sich, nickte den beiden Männern zu und rauschte wie eine weiße Wolke aus dem Restaurant.

„Die hat sich aber schnell wieder eingekriegt. Hoffnungslos am Boden zerstört und gleich drauf wieder vornehme *grande dame*."

„Sie ist Schauspielerin, Paul. Die sind wohl so. Aber sie tut mir unendlich leid. Wir können uns das gar nicht richtig vorstellen, wir haben keine Kinder."

Noch, dachte er. Noch keine Kinder. Er hoffte und wünschte sich so, mit Nia eine Familie zu gründen. Aber es schien aussichtslos. Nia war beruflich an Paris gefesselt, und er, ihn hielt die Provence gefangen, auch wenn er beruflich jederzeit wieder nach Paris wechseln könnte. Oder sollte er doch über seinen Schatten springen?

„Jean-Luc, dein Handy!" riss ihn der Richter aus seinen Gedanken.

„*Oui*? Monique, was gibt es?"

„Jean-Luc, der Formel-1-Typ macht Telefonterror. Er ruft andauernd an und will dich sprechen. Ich habe ihm mehrfach gesagt, dass du nicht im Büro bist. Aber mit jemand anderem will er nicht reden. Ob du kein Handy hast, hat er gefragt. Aber deine Privatnummer wollte ich ihm nicht geben und mir will er nicht sagen, worum es geht. Dann hat er zu Toben angefangen und mich wüst beschimpft. Ich hab ihm gesagt, du rufst zurück. Ist das okay so?"

„Aber klar doch. Bitte gib mir seine Nummer."

Papperin notierte sich die Nummer, wandte sich dann seinem Richterfreund zu und entschuldigte sich. Er müsse jetzt leider telefonieren.

„Kein Problem. Ich muss sowieso zurück ins Gericht."

„Danke für die Einladung. Ich schick dir Jeannine vorbei, die Abhörbeschlüsse abholen. *Merci, à bientôt et salut!*"

\*\*\*

Auf dem Rückweg zum Kommissariat rief Papperin beim Rennfahrer an. Dieser schien darauf gewartet zu haben. Der erste Rufton war noch nicht verstummt, da hatte er das Gespräch schon angenommen.

„Na endlich! Ich versuche schon seit Stunden, Sie zu erreichen."

Dem Kommissar ging das vorwurfsvolle und aufdringliche Gehabe des Spaniers mächtig auf die Nerven.

„Übertreiben Sie nicht so. Vor einer Stunde war ich noch im Kommissariat. Was gibt es denn so Wichtiges?"

Er habe einen Brief mit einer Lösegeldforderung bekommen, dröhnte es aus Papperins Handy.

Ein Bote hatte einen Brief an der Rezeption des Hotels abgegeben. Als er gegen Mittag ins Hotel gekommen war, wurde ihm der Brief vom Empfangschef ausgehändigt. Oben in seinem Zimmer hatte er ihn geöffnet.

„Eine Million Euro wollen die von mir, damit sie Domi freilassen. Ich soll die Polizei aus dem Spiel lassen, schreiben die. Aber nach der Monsterkampagne, die ihr gestern in den Medien abgezogen habt, seid ihr eh schon mit dabei. Da könnt ihr auch wissen, dass die mich erpressen wollen."

„Herr Detejo, wo sind Sie jetzt?"

„Wo wohl? In meinem Hotel – Radisson Blu in Marseille!"

„Bitte bleiben Sie dort. Ich komme sofort vorbei, in maximal einer halben Stunde. Brief und Couvert müssen von der Spurensicherung untersucht werden. Fassen Sie nichts mehr an."

In einem weiteren Telefonat beauftragte Papperin seine Sekretärin:

„Monique, bitte lassen Sie einen Streifenwagen mit Fahrer bereitstellen und sagen Sie Jeannine, dass sie mit nach Marseille kommen muss. Der Detejo hat auch einen Erpresserbrief erhalten. In fünf Minuten bin ich im Kommissariat. Dann starten wir."

\*\*\*

In der mondänen Lounge des Hotels Radisson Blu direkt am Vieux Port von Marseille fanden sie den Formel-1-Fahrer in einem der ausladenden Lederfauteuils mit einem Cocktailglas in der Hand. Er blieb sitzen, als die beiden Polizeibeamten an seinen Tisch traten und deutete nur mit seiner freien Hand auf ein Couvert, das auf dem Tisch vor ihm lag.

Papperin zog sich dünne Latexhandschuhe an, nahm den weißen Briefumschlag und schaute ihn von beiden Seiten genau an. Monsieur Juan Manuel Detejo stand in Arialschrift auf der Vorderseite. Vorsichtig zog er das weiße Papier im A-4-Format aus der Hülle und entfaltete es. Inmitten auf dem ansonsten leeren Blatt war zu lesen:

WIR HABEN IHR KIND
LÖSEGELD 1 MILLION
NÄHERES PER TELEFON
KEINE POLIZEI

Es war genau derselbe Text in exakt derselben Schrift wie auf dem Schreiben an die Schauspielerin.

„Wann haben Sie den bekommen?"

„Heute Mittag hat ihn mir der Concièrge gegeben, als ich ins Hotel gekommen bin." Er deutete quer durch die Halle auf die Empfangstheke. „Der da mit der Halbglatze."

Papperin und seine Kollegin wunderten sich über die Höhe des Lösegeldes. Bei Madame de Laterre hatten die Entführer es doch kürzlich auf zwei Millionen verdoppelt. Wieso waren sie bei Herrn Detejo preiswerter?

Der Kommissar bedeutete Jeannine, beim Spanier zu bleiben. Selber ging er zum Empfangspult, um den Hotelangestellten zu befragen.

„Monsieur Rendieux", der Name stand auf einer goldfarbenen Plakette am Anzugrevers des Mannes. „Wann haben Sie Monsieur Detejo diesen Umschlag ausgehändigt?"

Der Concièrge musterte den Mann geringschätzig, der in zerknitterten Jeans und mit Schweißflecken unter den Achseln seines hellblauen Hemdes vor ihm stand.

„Ich gebe grundsätzlich keine Auskünfte über unsere Gäste", erwiderte er. „Fragen Sie ihn doch selbst."

„Das habe ich schon, ich möchte es aber von Ihnen hören! Kriminalpolizei." Er hielt ihm seinen Dienstausweis hin.

Der Mann erschrak etwas, dann meinte er, das sei vor zwei bis drei Stunden gewesen. Als er heute früh seinen Dienst angetreten habe, sei der Brief schon im Fach des Gastes gelegen. Er habe in seiner Suite angerufen, aber dort sei niemand ans Telefon gegangen. Erst jetzt habe er den Brief überreichen können, vorher sei *monsieur* Detejo nicht zu erreichen gewesen.

„Und wann und von wem wurde der Brief abgegeben? Er trägt keine Marke und keinen Poststempel. Das heißt, ein Bote muss ihn gebracht haben."

Das konnte der Angestellte nicht sagen. Er sei erst seit heute wieder im Dienst. Die letzten Tage sei er krank geschrieben gewesen. Aber er könne seinen Kollegen fragen, der ihn vertreten habe. Da Papperin nickte, griff er zum Hörer und wählte.

„Pierre, Jaques hier. Du, die Polizei ist hier und will wissen wann und von wem der Brief abgegeben wurde, der im Fach Nr. 376, der Suite von dem Spanier, lag. Hast du den angenommen?"

Mit einem gemurmelten „geben Sie her" nahm Papperin ihm den Hörer aus der Hand.

„*Police judiciaire, commissaire* Papperin am Apparat"

Der Brief war schon vorgestern abgegeben worden, spät am Abend. Da Herr Detejo nicht zu erreichen war, weder in seiner Suite noch in der Lounge, und auch nicht im Restaurant, war der Brief in seinem Fach gelandet. Auch am Folgetag hatte man den Hotelgast nicht gesehen.

Auf die Frage, weshalb man sich nicht mehr Mühe gegeben habe, Herrn Detejo zu erreichen, meinte der Hotelangestellte geringschätzig:

„Ich habe geglaubt, das ist nicht so wichtig. Schließlich war es einer von den heruntergekommenen Straßenjungen, der den Brief abgegeben hat. Warum wollen Sie das alles so genau wissen? Ist was mit dem Brief?"

Papperin ging nicht auf die gestellte Frage ein, sondern wollte Näheres über den Briefboten wissen.

„Ach, das ist einer von den jungen Arbeitslosen. Die gibt es hier wie Sand am Meer. Generation ohne Hoffnung. Kleinkriminelle, drogensüchtig. Die kommen immer wieder zum Betteln, bis in die Hotellounge. Die tun mir ja leid, aber ich muss sie rauswerfen. Es geht ja nicht, dass sie den Ruf unseres Hauses zerstören."

„Das heißt, Sie kennen den Jungen?", fragte der Kommissar.

„Ne, ne, die sehen ja alle gleich aus. Aber einer von denen war es."

Papperin bedankte sich und ging zu Jeannine und Detejo zurück. Er ermahnte den Rennfahrer, sich sofort zu melden, wenn die Entführer sich wieder melden sollten. Dann schob er den Erpresserbrief und das Couvert in eine Klarsichthülle. Gemeinsam verließen er und Jeannine das noble Hotel.

Während ihr Fahrer die knapp 30 km von Marseille nach Aix mit Blaulicht und Sirene zurückraste, ließen Jeannine und Jean-Luc das Gespräch mit dem Vater des entführten Kindes nochmals Revue passieren. Es hatte nichts gebracht. Vielleicht ließen sich am Erpresserbrief Spuren finden.

„Lass ihn sofort nach Fingerabdrücken untersuchen, Jeannine, sobald wir zurück sind. Vor allem den Umschlag. Vielleicht kommen wir über den Junkie an den Briefschreiber."

***

Papperin lehnte am Rahmen der offenen Tür zwischen seinem Büro und seinem Vorzimmer. In der Linken hielt er eine kleine Espressotasse. Schwarz mit viel Zucker. Monique, seine Sekretärin machte ihn hervorragend. Sie brauchte dafür keine teure Maschine. Sie bereitete ihn zu, wie das jede gute Hausfrau in Italien macht; verwendete nur original italienischen Kaffee und kochte ihn in der typischen Schraubkanne aus Aluminium. Das hatte sie aus ihrer ersten Ehe mit einem Italiener mitgebracht. Fünf Jahre war sie in Siena verheiratet gewesen. Nach der Scheidung war sie nach Aix zurückgekommen und jetzt seit gut dreißig Jahren mit einem Provenzalen glücklich verheiratet. Genauso lang war sie Sekretärin im Kommissariat. Zuerst bei Papperins Vorgänger – *commissaire* Lafontaine. Papperin schätzte sie sehr, nicht nur wegen des Espressos. Sie unterhielten sich über die Qualität der Restaurants von Aix.

„Sie finden das ‚Deux Garçons' nicht so gut?", fragte Papperin. „Wo gehen Sie dann hin, wenn Sie mit Ihrem Mann richtig gut essen wollen?"

„Also, richtig gut schmeckt es nur zuhause. Pierre und ich, wir kochen beide leidenschaftlich. Essen gehen wir eigentlich nur, wenn wir zu faul zum Kochen sind oder keine Zeit haben."

„So ähnlich geht es mir auch. Aber meistens fehlt mir die Zeit selber zu kochen. Vor allem seit ich hier in Aix das Kommissariat leite. Früher in Paris, da war das ganz anders. Aber meine *maman* hat mehr Zeit. Und sie kocht gerne und so gut, dass wir auch fast nie Essen gehen. Außerdem gibt es bei uns in Cabanosque und den umliegenden Dörfern nicht so viele gute Restaurants."

Papperin trank einen Schluck Espresso und zog an seiner Gitanes.

„Aber noch mal, hier in Aix, wo kann man da hingehen, wenn man gut essen möchte? Wo gehen Sie mit Ihrem Mann hin?"

„Eigentlich nie ins Zentrum. Da gibt es nur zwei Typen von Restaurants, edle Nobelschuppen mit Michelin-Sternen und so oder Touristennepp. Wir bleiben am Stadtrand, z.B. in der Unigegend. Da sind viele kleine Bistros, Familienbetriebe. Die kochen nicht so hochgestochen. Da kriegt man zum Teil noch echte provenzalische Gerichte. Oder im Araberviertel die Couscous-Lokale. Magst du Couscous?"

Papperin nickte begeistert.

„Ich kenn einen *couscousier*! Bei unserem nächsten Arbeitsessen sollten wir dort hingehen. Wenn wir alle anrücken, dann wird es zwar eng – es gibt nur drei Tische. Aber Ibrahims *couscous royal* ist ein Traum!"

„Abgemacht! Sobald wir unseren Fall abgeschlossen haben."

„Jean-Luc, es tut sich was!" Jeannine stürmte ins Sekretariat und schwenkte ein Fax.

„Die Spurensicherung hat auf dem Umschlag Fingerabdrücke gefunden und sie auch gleich identifiziert. Sie stammen von" … sie schaute auf das Fax: „Joël Abdullah

Mercier. 16 Jahre, eingebürgerter Maghrebiner. Arbeitslos, mehrfach vorbestraft wegen kleinerer Diebstahl- und Drogendelikte. Wohnt in Marseille bei seinen Eltern im 3. Arrondissement. Die Gendarmen holen ihn gerade und wir können ihn in der Gendarmeriezentrale vernehmen. Komm, fahren wir!"

Froh, dass es endlich eine heiße Spur gab, ließ sich Papperin von Jeannine aus dem Zimmer ziehen.

***

Eine knappe Stunde später fuhr *brigadier* Jeannine Dalmasso in Papperins altem Peugeot 405 bei der Gendarmerie in der Avenue de Toulon in Marseille vor. Weit und breit war keine Parklücke zu sehen. Sie blieb im Halteverbot hinter einem Gendarmeriefahrzeug und zwei etwas klapperig aussehenden Autos mit Marseiller Kennzeichen direkt vor der Wache stehen. Papperin schälte sich aus dem Beifahrersitz. Jeannine stand schon an der Eingangstüre und wartete ungeduldig auf ihren Chef. Wie bei der militärisch organisierten Gendarmerie üblich, konnten sie nicht direkt hineingehen. Sie mussten läuten und warten, bis geöffnet wurde. Schließlich kam ein mürrisch dreinblickender Uniformierter und fragte nach ihrem Begehr. Papperin wies sich als Kommissar der *police judiciaire* von Aix en Provence aus und erklärte dem Soldaten, dass sie hier einen Jugendlichen vernehmen sollten.

*„Ah oui, colonel* Debreux erwartet sie schon", murmelte der Gendarm.

Auf Papperins Frage, ob sie das Auto dort stehen lassen könnten, erwiderte er nur:

„Aber sicher. Hier parkt doch jeder, wie er gerade will. Früher, da haben wir alle abschleppen lassen, die da geparkt haben. Aber die meisten haben die Abschleppgebühr nicht bezahlen können und wir sind darauf sitzen geblieben. Da haben wir das mit dem Abschleppen sein lassen. Wenn alles voll ist, dann parken wir einfach in zweiter Reihe – auch wenn das den Verkehr etwas behindert. Bleiben Sie ruhig so stehen."

Bei diesen Worten führte er die beiden Beamten aus Aix hinein. In einem schäbig aussehenden Raum, der dringend einen Neuanstrich nötig hatte, saß ein Uniformierter hinter dem brusthohen Tresen und tippte die Angaben von zwei Zivilisten in seinen Computer. Aus den Gesprächsfetzen schloss Papperin, dass sie einen Einbruch meldeten. Ihr Führer klappte ein ca. 70 cm langes Stück der Pultplatte hoch und winkte sie mit einer lässigen Handbewegung in die Amtsstube hinter dem Tresen. Durch eine Türe mit trüber Milchglasfüllung kamen sie schließlich in einen langen engen Gang.

„Die dritte Tür rechts. Dort wartet *colonel* Debreux mit dem Junkie."

Jean-Luc und Jeannine traten ein. Im schmucklosen Raum mit schmutzig-beigem Ölfarbenanstrich saßen sich ein Uniformierter und ein Jugendlicher an einem großen Tisch mit schwarzen Stahlbeinen und schwarzer Resopaltischplatte gegenüber. Außer zwei weiteren Stühlen, Stahlrohgestänge mit schwarzer Plastiksitzfläche und -lehne befand sich nichts im Raum. Das vergitterte und schmutzverklebte Fenster ließ nur ungenügend Licht in den Raum. Zwei grelle Neonröhren an der Decke sorgten für zusätzliche harte und kalte Beleuchtung. Sie ließ das ohnehin blasse Gesicht des Jungen noch fahler aussehen. Er lümmelte sich lässig in den Plastikstuhl. Beide Hände hatte er in den Taschen seiner schmuddeligen und viel zu weiten Bluejeans vergraben.

„Typische No-Future-Generation", dachte Papperin, als er den jungen Mann musterte. Unterlippe, linker Nasenflügel und rechte Augenbraue mit je einem großen Silberring gepierced und Rastazöpfe, die von einem roten Band zusammengehalten wurden. Er war hager, richtig dürr und hatte diesen gehetzten, unsteten Blick, den Papperin aus zahllosen Verhören rauschgiftsüchtiger Kleinkrimineller nur zu gut kannte.

Der uniformierte *colonel* forderte sie ohne Worte mit einer Handbewegung auf, sich die beiden Stühle zu nehmen und sich zu ihm ans andere Ende des Tisches zu setzen.

„Jetzt mach endlich dein Maul auf und sag, woher du den Brief hast!", herrschte er den Jugendlichen an.

„Scheißbullen! Euch sag ich gar nichts. Kriegt es doch selber raus!"

Langes Schweigen.

„Aber die hundert Euro hast du genommen", gab Jeannine einen Schuss ins Blaue ab.

„Waren doch bloß verfickte Fünfzig!"

Der Junge merkte nicht einmal, was er damit zugegeben hatte.

„Und dafür riskierst du, wegen Beihilfe zu einem Mord in den Knast zu gehen?", fragte Papperin.

„Und Beihilfe zu Kidnapping", setzte Jeannine nach.

„Von Mord und Kidnapping weiß ich nichts!"

„Aber das ist bewiesen. Wir haben deine Fingerabdrücke und das Schreiben, mit dem du die Lösegeldforderung übergeben hast."

Längere Pause, in dem sich der Junkie völlig unberührt von den Vorwürfen zeigte.

„Früher hätte das für die Guillotine gereicht. Aber auch jetzt wanderst du damit lebenslänglich in den Knast", setzte Jeannine nach.

Jetzt rutschte er doch etwas beunruhigt auf dem Stuhl hin und her.

„Ich hab doch nur den Scheißbrief in dem Hotel abgegeben. Sonst weiß ich nichts!"

„Das nimmt dir kein Richter ab. Los komm schon. Wir brauchen mehr. Von wem hast du den Brief?"

„Weiß nicht."

„Also hör mal zu: Entweder hast du den Mord und das Kidnapping selber gemacht. Dann kannst du die Welt für den Rest deines Lebens aus einem Knastfenster anschauen. Oder jemand anderes hat das gemacht, und du hast nur den Brief überbracht – für läppische 50 Euro. Weißt du eigentlich, wie viel der verlangt? Eine Million! Euro, nicht Francs! Und für den willst du in den Knast? Deine Eltern, deine Freunde, die siehst du dann nur noch, wenn Besuchszeiten sind, getrennt von dir durch ein vergittertes Fenster."

Papperin übertrieb absichtlich. Natürlich wusste er, dass der Strafvollzug inzwischen wesentlich humaner gehandhabt wurde.

„Wenn sie dich überhaupt noch sehen wollen. Mit Kindesentführern will niemand etwas zu tun haben. Nicht einmal die anderen Knastinsassen", übernahm Jeannine.

„Aber ich weiß es doch wirklich nicht!" Jetzt bekam es der Junge doch mit der Angst zu tun. Mit weinerlicher Stimme führ er fort:

„Der hat mir den Brief gegeben und die Fünfzig und gesagt, ich soll ihn im Radisson für jemand abgeben. Der Name stand auf dem Briefumschlag – irgendwas Ausländisches."

„Und wie ist er gerade auf dich gekommen? Wo war das, wie hat er ausgesehen?"

Der Junge begann herum zu drucksen. „Ich … Ich …, im Stripteaseclub von Damien. Vorgestern Abend. Girls-Girls-Girls heißt der Laden im 7. Arrondissement."

„Und da ist er einfach so zu dir hingegangen, hat dir den Fünfziger gegeben und dich höflich gebeten, den Brief zuzustellen? Das glauben wir dir nicht."

„Er … er hat was gesehen …"

„Was, los sag schon!"

„Wie … wie… ich", wieder stockte er, dann aber gab er sich einen Ruck.

„Ich hab jemandem Ecstasy verkauft. Dabei hat er mich beobachtet. Und dann hat er gesagt, wenn ich das mit dem Brief nicht mache, dann geht er sofort mit mir zu den Bullen. Außerdem hat er mit dem Fünfziger gewedelt. Da musste ich es doch machen. Oder?"

„Wie hat er ausgesehen?"

„Weiß nicht genau. War ziemlich wenig Licht. Schwarzer Bart und schwarzer dichter Schnauzer. Große Sonnenbrille. Schwarze Baseballkappe, lange Haare bis über die Ohren."

„Wie groß war er?"

„Kann ich nicht sagen. Ich bin doch gesessen und er ist gestanden."

„Und was hatte er an?"

„Irgendwas Schwarzes"

„Würdest du ihn wiedererkennen?"

„Vielleicht, wenn er sich den Bart und den Schnurrbart nicht weggemacht hat."

Jean-Luc und Jeannine schauten sich an. Wahrscheinlich war der Bart längst abrasiert, wenn er nicht überhaupt nur angeklebt war. Die Personenbeschreibung war wertlos. Man fühlte, was beide dachten: Für ein Phantombild war das zu wenig. Sollten Sie deswegen den Aufwand betreiben, den Junkie nach Aix mitnehmen, ihn dort ihrem Phantomspezialisten übergeben. Nur um ein unbrauchbares Bild zu bekommen. Und dann müssten sie ihn wieder nach Marseille zurückbefördern, zu seinen Eltern. Schließlich war er noch minderjährig. Andererseits wäre es ein glatter Verstoß gegen die Dienstvorschriften, wenn sie auf ein Phantombild verzichteten. Papperin versuchte, den Ball der Gendarmerie zuzuspielen.

„*Colonel* Debreux, Sie haben doch hier die Möglichkeit, ein Phantombild nach seinen", dabei deutete er auf den Junkie, „Aussagen anzufertigen. Könnten Sie das bitte veranlassen. Und uns das Ergebnis nach Aix schicken?". Der Gendarm zögerte, aber Papperin ließ ihm keine Wahl.

„Danke, dann wäre das geregelt."

„Was sollen wir mit dem Burschen anschließend machen?" fragte der überrumpelte *colonel*.

„Wir haben doch alle seine Personalien. Lassen Sie ihn laufen, er ist ja noch minderjährig. Bringen Sie ihn zu seinen Eltern."

*Commissaire* Papperin und *brigadier* Dalmasso bedankten sich vielmals für die Amtshilfe und verließen enttäuscht den Gendarmerieposten. Die hoffnungsvolle Spur hatte sich wohl als unbrauchbar entpuppt.

***

Auf dem Rückweg nach Aix nahmen sie nicht die Autobahn, sondern fuhren auf der gebührenfreien Route nationale Nr. 8, die sich malerisch durch die hügelige Landschaft zwischen Marseille und Aix schlängelte. Sie waren erst eine knappe Viertelstunde unterwegs, als es in Papperins Hosentasche zu kribbeln begann und sich sein Handy meldete. Mühsam versuchte er, das Telefon aus seiner engen Jeanstasche zu fummeln. Inzwischen war das Telefon verstummt. Womöglich hatte er beim Graben in der Hosentasche auf einige Tasten gedrückt und so das ankommende Gespräch abgeblockt. Die Nummer des Anrufers auf dem Display sagte ihm nichts. Er drückte auf die Wählen-Taste, schaltete den Lautsprecher ein und wartete, wer sich wohl melden würde.

„*Commissaire* Papperin, wenn man Sie erreichen will, dann funktioniert das nie. Immer muss ich warten, bis der Herr Kommissar gnädig geruht, zurück zu rufen."

„Der Rennfahrer", murmelte Papperin in Richtung Jeannine. Da er absolut keine Lust auf eine Diskussion über seine Erreichbarkeit hatte, fragte er barsch:

„Was wollen Sie?"

„Der Entführer hat sich gemeldet. Auf meinem Handy. Jetzt fordert er zwei Millionen, weil ich die Polente nicht draußen gelassen habe. Ab sofort ziehen Sie sich aus dem Fall zurück. Ist das klar?"

Den letzten Satz ignorierte Papperin.

„Was hat er genau gesagt?"

„Sehr wenig. Nur, dass es jetzt teurer geworden ist. Und das es nichts bringt, mein Telefon anzuzapfen. Weil er ruft mit einer anonymen Prepaidkarte an, die er gleich nach dem Gespräch vernichtet. Das war alles."

„Sind Sie noch im Hotel?"

Offensichtlich war das der Fall, denn Papperin sagte weiter:

„Bleiben Sie dort, wir sind in etwa zehn Minuten da." Dann lauschte er den Beschimpfungen, die durch den Hörer kamen, dass der Spanier einen Dreck tun und auf die Polizei warten werde.

„Sie bleiben! Sonst lösen wir eine Großfahndung nach Ihnen aus und sperren Sie wegen Verdacht der Kindesentführung, Fluchtgefahr und Behinderung der Ermittlungen vorläufig ein. Ist das klar?" Papperin konnte sich nicht verkneifen, seinen Befehl mit denselben Worten zu bekräftigen, die vorhin auch der Rennfahrer verwendet hatte

Jeannine, die das Gespräch mitgehört hatte, war inzwischen umgekehrt. Papperin holte das Blaulicht aus dem Handschuhfach und stellte es auf das Autodach. Mit schriller Sirene rasten sie zurück zum Hotel Radisson am Vieux Port.

Das anschließende Gespräch mit Herrn Detejo verlief nicht sehr erfreulich und brachte kaum neue Erkenntnisse. Erst nach mehrfachen Ermahnungen ließ sich der Spanier zu einer dürren Aussage herab. Wie schon die Schauspielerin, so hielt auch er den Anrufer für einen Mann, der seine Stimme verstellt und bewusst in sehr hoher Tonlage gesprochen hatte.

Der Kommissar sagte, sie müssten sein Telefon überwachen. Möglicherweise könne man durch Vergleich des Stimmprofils mit Stimmen aus dem Polizeiarchiv den Anrufer identifizieren. Der Formel-1-Fahrer wehrte sich vehement gegen dieses Vorhaben.

„Das lassen Sie gefälligst bleiben. Ich will keine Polizei. Ich werde genau das tun, was der Kidnapper fordert: Sie sind ab sofort nicht mehr dabei. Keine Telefonüberwachung! Und jetzt: *Au revoir!*"

„Ihr Telefon wird überwacht. Der richterliche Beschluss liegt bereits vor."

„Von einem spanischen Richter?"

Als er Papperins verunsicherten Blickwechsel mit seiner Begleiterin sah, fuhr er triumphierend fort:

„Das ist ein spanischer Mobilfunkvertrag mit einem Spanischen Provider. Den Beschluss Ihres französischen Richters können Sie sich sonst wohin stecken."

Bei diesen Worten drängte er die beiden Polizeibeamten immer weiter zur Tür seiner Hotelsuite.

„Ab sofort möchte ich Sie nicht mehr sehen und von Ihnen nichts mehr hören! Haben Sie das kapiert? Ich will nichts mehr mit Ihnen zu tun haben! Ich regle das mit den Kidnappern alleine."

Resolut schlug er die Türe zu, nach dem er Jeannine und Jean-Luc mit einer verächtlichen Handbewegung aus dem Raum gescheucht hatte.

Mehr war aus ihm nicht heraus zu bekommen.

Wieder auf dem Rückweg nach Aix resümierte Papperin:

„Da hat er Recht. Der spanische Provider wird den Beschluss unseres Richters nicht anerkennen. Und bis wir das zuständige spanische Gericht überzeugt haben, vergeht viel zu viel Zeit. Die spanischen Kollegen in Figueres hatten schon größte Probleme, nur die Verbindungsnachweise von Miquelas, dem Radprofi zu bekommen."

„Unser Guy-deux kriegt das schon hin." Auf den fragenden Blick von Papperin präzisierte sie:

„Nicht ganz legal. Aber Hauptsache wir haben die Infos!"

Nach einer längeren Pause voller Schweigen:

„Jean-Luc, woher hat eigentlich der Erpresser die Handynummer von dem Detejo?"

„Auf seiner Homepage hat er die sicher nicht stehen. Ich weiß nicht, ob es dafür Telefonbücher oder sonstige Verzeichnisse gibt. Wahrscheinlich kriegt man das aber raus, wenn man sich im Internet ein bisschen auskennt. Wir fragen Guy-deux. Der muss das wissen."

## Viel Geld los zu werden kann sich als
## höchst schmerzhaft herausstellen

*Donnerstag, 24. Juli*

„Clémence, das Telefon läutet. Gehen Sie schon hin!"
Nicole de Laterre saß mit einem Espresso am Fenster ihres Arbeitszimmers und las Zeitung. Ganz offensichtlich wollte sie sich nicht durch ein Telefonat in ihrer vormittäglichen Kaffeepause stören lassen. Die Hausdame, die ihr gerade den Kaffee und die Zeitung gebracht hatte, ging zum Telefon und nahm den Hörer aus der Ladestation.

„Château Merveille, Clémence Roux am Apparat."
Eine hörbar verstellte, hohe aber zweifellos männliche Stimme sagte im Befehlston:

„Geben Sie mir Frau de Laterre!"

„Wer spricht?"

„Das geht Sie nichts an. Frau de Laterre, aber schnell, ich habe nicht soviel Zeit."

Die Hausdame presste ihre Hand auf den Hörer und blickte fragend zu ihrer Chefin: „Es ist ein sehr unhöflicher Mann mit einer komischen Stimme. Er will Sie unbedingt sprechen. Soll ich ihn abwimmeln?"

„Ja ... oder nein. Geben Sie her!"

Clémence Roux überreichte ihr das Schnurlostelefon, ging zur Türe und wartete auf weitere Befehle. Erst desinteressiert, dann aber immer erstaunter hörte sie dem einseitigen Gespräch zu. Sie konnte nicht hören, was der Anrufer sagte. Sie sah nur, wie ihre Chefin, die ihm schweigend zuhörte, immer blasser wurde.

„Wer sind Sie? Sie sind nicht Juan-Manuel, aber Sie handeln in seinem Auftrag!", stammelte sie. Dann hörte sie wieder stumm zu. Gelegentlich nickte sie mit dem Kopf und murmelte ein ,Ja' in den Hörer. Dann schien er aufgelegt zu haben, denn die Schauspielerin steckte den Hörer mit bleichem Gesicht in die Ladestation zurück. Eine Weile blieb sie bewegungslos stehen und starrte das Telefon an, schließlich ließ sie sich in den Sessel neben dem Telefontischchen fallen.

„Was stehen Sie hier noch herum? Haben Sie nichts zu tun? Gehen Sie endlich!", raunzte sie ihre Haushälterin an.

„Sehr wohl, Madame!"

Die Hauswirtschafterin verließ das Studio. Nachdem sie die Türe hinter sich zu gemacht hatte, zog sie eine boshafte Grimasse. Sie konnte sich denken, wer der Mann am anderen Ende der Leitung war, und was er gesagt hatte. Es musste der Entführer von Domi gewesen sein. Wahrscheinlich hatte er ihr mitgeteilt, wann und wo die Übergabe des Lösegelds stattfinden sollte.

Sie staunte über sich selbst. Eigentlich sollten ihr das Kind und die Mutter leidtun. Es gab vermutlich nichts Schlimmeres, als das, was die beiden gerade durchmachen mussten. Aber so richtig nachempfinden konnte sie es doch nicht. Sie hatte ja selbst keine Kinder. Dazu kam, dass sie die Diva hasste, weil sie von ihr immer so von oben herab behandelt wurde. Da geschah es ihr nur recht, wenn sie auch einmal spüren musste, wie hart das Schicksal mit einem umspringen konnte. Und Domi, dieses verzogene, freche Gör. Dem tat es auch einmal ganz gut, so richtig Angst zu haben. Clémence Roux war sich sicher, dass das alles gut ausgehen würde. Die Mutter würde zahlen, dann würde sie das Kind zurückbekommen und das Leben würde so weitergehen wie bisher.

„Das nennst du Fensterputzen?", fuhr sie das Dienstmädchen an, das sich bemühte, die hohen Sprossenfenster mit ihren zahllosen kleinen quadratischen Glasscheiben sauber zu bekommen.

„Da in den Ecken ist noch jede Menge Schmutz. Nochmal das Ganze, aber gründlich bitte!"

„Clémence!", schallte der Ruf ihrer Chefin durch die Gänge. „Zum Kuckuck, wo sind Sie?"

Die Hausdame eilte in die Richtung, aus der der Ruf kam. Im langen Korridor der Ahnengalerie trafen sie aufeinander.

„Clémence, ich brauche alte Zeitungen. Mindestens zwanzig. Sehen Sie zu, dass Sie die herbekommen. Ich muss kurz nach Aix zur Bank. Wenn ich wiederkomme, möchte ich die Zeitungen in meinem Studio vorfinden."

Bei diesen Worten verließ sie die Galerie, eilte durch die große Empfangshalle, hastete die fünf Marmorstufen zur Auffahrt hinab und stieg in ihr Auto. Mit durchdrehenden Rädern und hoch aufspritzendem Kies schoss der Wagen hinunter zum weit offen stehenden Einfahrtstor.

Nach etwa zwei Stunden kam die Schauspielerin zurück. Ohne mit der Hausdame ein Wort zu wechseln ging sie nach oben in ihr Studio. Frau Roux hörte verwundert, dass sie sich, ganz gegen ihre sonstige Gewohnheit, in ihrem Arbeitszimmer einschloss.

Neugierig, zu erfahren was ihre Chefin vorhatte, machte sich Frau Roux an dem Blumenbukett zu schaffen, oben am Absatz der Treppe, die von der Eingangshalle in das Obergeschoß zu den Räumen der Schauspielerin führte. Herr Luciani – ihr Gian-Carlo – schickte der Schauspielerin jede Woche einen Strauß mit fünfzig roten Rosen. Es drang kein Laut aus dem Studio. Sie nahm die langstieligen Rosen aus der zylinderförmigen Kristallvase und entfernte einige Blätter, die schon leicht welk waren. Dann füllte sie das Wasser nach und begann die Stiele schräg anzuschneiden. Sie war noch nicht ganz mit dieser Arbeit fertig, als sie hörte, wie sich der Schlüssel im Schloss der Studiotüre drehte.

„Clémence!", drang der Ruf durch die geöffnete Türe, dann erschien der Kopf der Diva.

„Ach, da sind Sie ja. Clémence, ich hatte doch so einen alten Bordcase aus Krokoimitat. Bitte suchen Sie ihn und bringen Sie ihn mir!"

Die Hausdame tat, wie ihr geheißen wurde. Sie wusste genau, wo die alten Koffer und Reisetaschen aufbewahrt wurden. Deshalb war sie schnell mit dem Gewünschten zurück. Wortlos nahm ihr die Schauspielerin das Köfferchen ab und verschwand in ihrem Zimmer. Die Türe schloss sie wieder hinter sich ab.

\*\*\*

Längere Zeit später verließ Nicole de Laterre ihr Anwesen. Clémence Roux verfolgte sie mit den Augen, wie sie zu ihrem hellblauen Mini ging. Sie trug Jeans und eine dunkelblaue Bluse. Über ihrer linken Schulter hing schwer ihre große blaue Umhängetasche von Gucci. In der Rechten trug sie den Kroko-Bordcase, den Clémence heute für siehatte suchen müssen. Die Hausdame ahnte, was ihre Chefin vorhatte. Der Weg zur Bank, die alten Zeitungen, das Bordcase. Das sprach eine eindeutige Sprache. Sie wollte den Entführer mit Zeitungspapier abspeisen. Vermutlich war das unten in dem Köfferchen verborgen, und obenauf lagen echte Geldscheine – deswegen die Fahrt zur Bank. Aber der Erpresser würde den Betrug sicher merken und sich rächen. Womöglich brachte er die Diva oder Domi oder beide um. Sollte sie die Polizei informieren? Einerseits gönnte sie der Schauspielerin den Schicksalsschlag, der ihr bevorstand. Warum konnte sie ihre Hausdame nicht normal behandeln, gleichberechtigt, statt sie immer wie einen subalternen Dienstboten herum zu kommandieren. Vor allem aber hasste sie sie, weil sie mit Gian-Carlo schlafen konnte – wann immer sie wollte. Da konnte es ihr eigentlich egal sein. Sollte sie doch in ihr Verderben laufen! Andererseits hatte sie hier einen hervorragend bezahlten Job. Und solange Gian-Carlos und ihr Plan nicht hundertprozentig umgesetzt war, wollte sie ihren Job hier behalten. Sie würde erst kündigen, wenn das Geschäft geklappt hatte, das Gian-Carlo gerade am Laufen hatte und das ihm so viel Geld bringen sollte, dass er mit ihr nach Amerika auswandern konnte. Sollte sie die Polizei anrufen, damit die das Unheil abwendete. Der nette Kommissar würde sicher wissen, was zu tun ist. Andererseits: Was konnte der schon unternehmen. Sie war sich zwar sicher, dass ihre Chefin mit einer Menge Papierschnitzel zur Übergabe des Lösegelds gefahren war. Aber sie wusste nicht, wann genau und wo das stattfinden sollte. Es würde ihrer Chefin nicht helfen, wenn sie jetzt die Polizei informierte.

***

„Chef, können Sie mal rüberkommen?"

Papperins Informatikfreak war am Telefon.

„Mir ist gerade ein merkwürdiges Telefonat untergekommen."

*Commissaire* Papperin erhob sich, froh, von seinem Schreibtisch weg zu kommen.

„Was gibt es, Guy-deux? Machen Sie heute Überstunden?"

„Da ist heute früh ein Anruf an den Festnetzanschluss des Château Merveille gekommen. Um 11 Uhr 13. Das habe ich gerade eben erst festgestellt. Leider war ich da noch nicht soweit, die Gespräche dort vollständig aufzuzeichnen. Das geht erst seit kurzem. Der Anruf wurde von einer Handynummer aus geführt, die von einer spanischen Mobiltelefongesellschaft verwaltet wird. Das Gespräch hat nur zwei Minuten und 27 Sekunden gedauert, davon hat der Anrufer gut 2 Minuten gesprochen und der oder die Angerufene nicht einmal eine halbe Minute."

„War es die Handynummer von unserem Autorennfahrer?", fragte Papperin.

„Nein, das habe ich sofort überprüft. Es dürfte sich um eine prepaid-Karte handeln, ich konnte den Anruf nicht weiter zurückverfolgen."

„Sie meinen, das könnte der Entführer gewesen sein, mit Details zur Lösegeldübergabe?"

„Könnte sein. Kann natürlich auch ein harmloses Gespräch gewesen sein, mit einer spanischen Freundin oder Kollegin von der de Laterre."

„Dafür war es etwas zu kurz. Und für ein verwählt war es wiederum zu lang. Ich ruf da mal an."

Papperin wählte. Bereits nach nur zweimaligem Läuten meldete sich die Hausdame:

„Château Merveille, Clémence Roux am Apparat."

„*Bon jour*, Madame Roux. Hier spricht *commissaire* Papperin. Kann ich bitte Frau de Laterre sprechen?"

„Tut mir leid, sie hat vor kurzem das Haus verlassen und ist weggefahren."

„Wissen Sie wohin?"

„Nein!"

„Madame Roux, heute Vormittag um 11 Uhr 13 ist im Château angerufen worden. Haben Sie das Gespräch angenommen bzw. wissen Sie, wer telefoniert hat?"

„Ich habe es angenommen, aber den Hörer sofort an Frau de Laterre weitergeben, die neben mir stand."

„Wissen Sie, wer dran war, und wovon gesprochen wurde?"

„Nein, ich habe nur gemerkt, dass sie sehr einsilbig war. Sie hat nichts gesagt, nur ein paar Mal ja."

„Wann kommt Ihre Chefin wieder?"

„Ich weiß es nicht. Sie hat mir weder gesagt, dass sie wegfährt, noch wann sie wiederkommt. Sie ist völlig unerwartet aufgebrochen. Ich hatte den Eindruck, dass sie unter starkem Stress stand."

„War sie heute den ganzen Tag zuhause?"

„Ja. Bis auf heute Mittag, da ist sie nach Aix zur Bank gefahren."

„Merkwürdig! Ich werde heute Abend kurz vorbeikommen. Nicht vor halb neun. Bitte richten Sie das Frau de Laterre aus, wenn sie zurück ist. *Au revoir madame Roux*!"

***

Für Guy-deux war es nur ein Kinderspiel herauszufinden, mit welcher Bank in Aix die Schauspielerin arbeitete. Papperin rief sofort dort an und verlangte den Bankdirektor zu sprechen. Der weigerte sich jedoch, Auskünfte über Kunden seiner Bank zu geben – schon überhaupt nicht bei

Kunden „…von solchem Renommee und öffentlichem Bekanntheitsgrad!"

„Sie wissen sicher, dass es sich um einen Fall von Kindesentführung handelt. Und wir vermuten, dass Frau de Laterre heute bei Ihrer Bank das Lösegeld abgehoben hat. Wenn Sie Auskünfte verweigern, dann werden ich Sie mit gerichtlichem Beschluss zwingen, eine Aussage zu machen und Ihre Bücher offen zu legen." Nach kurzem Zögern fuhr er fort: „Ich werde Sie von der Gendarmerie in Ihrer Bank abholen und hier vorführen lassen."

„Das kann nicht Ihr Ernst sein!"

„Doch! Es sei denn, Sie geben uns die gewünschte Auskunft."

„Am Telefon geht das aber wirklich nicht. Wäre es Ihnen möglich, hier vorbei zu kommen? Ich werde dann selbstverständlich …"

„Gut, in fünf Minuten bin ich bei Ihnen." Papperin zwinkerte seinem Mitarbeiter zu und machte das Victory-Zeichen.

***

In der Aixer Filiale von Frau de Laterres Hausbank wurde der Kommissar in ein kleines mit Chrom- und Acrylmöbeln ausgestattetes Besprechungszimmer geführt. Sofort nach ihm betrat der Bankdirektor den Raum.

Nach der sehr förmlichen Begrüßung sagte der Bankchef:

„Um Ihren Fragen zuvor zu kommen: Frau de Laterre war heute hier und hat zehntausend Euro abgehoben – in Scheinen zu einhundert Euro. Mit Verlaub – ich habe mich etwas darüber gewundert."

„Nur zehntausend Euro?", fragte Papperin ungläubig.

Der Banker ging zu einem Computer, der auf einer Acrylkonsole an der Wand neben dem Fenster stand und rief ihr Konto auf.

„Genau zehntausend. Sie hat damit ihren Dispo deutlich überschritten. Ich konnte ihr entgegenkommen und habe statt der üblichen 17,5% nur 15% Zinsen zugesagt."

„Hatte sie ursprünglich einen höheren Betrag gefordert, den Sie ihr wegen des überzogenen Dispos aber verweigert haben?"

„Nein, sie hat von Anfang an nur zehntausend gewollt."

„Sehr merkwürdig!" wunderte sich Papperin.

„Das wäre es! Danke für die Auskunft. Aber das hätten Sie mir auch am Telefon sage können."

„Auch wir haben unsere Vorschriften. Es könnten ja Hinz und Kunz anrufen, sich für was weiß ich ausgeben und fremde Konten ausspionieren. Auf Wiedersehen."

Im Hinausgehen murmelte Papperin: „Hinz und Kunz. Das war seine Retourkutsche für die Gendarmerie, die ich ihm ins Haus hetzen wollte."

***

„Jeannine, hast du Zeit? Kannst du mit nach Montfort kommen. Ich glaube, da ist was im Busch. Wir müssen dringend hin."

Sie nahmen einen als Polizeifahrzeug gekennzeichneten Dienstwagen. Unterwegs unterrichtete Papperin Jeannine vom Stand der Dinge. Schließlich resümierte er:

„Zuerst der ominöse Anruf, dann der Besuch bei der Bank, wo sie zehntausend Euro abgehoben hat. Nicht zwei Millionen, wie der Kidnapper gefordert hat. Das sind nicht einmal ein Prozent des Lösegeldes. Dann ist sie Hals über Kopf weggefahren. Mit unbekanntem Ziel. Ich schätze mal zum Rendez-vous mit dem Entführer."

„Vielleicht bringt sie ihm das als Anzahlung", mutmaßte Jeannine. „So ganz einfach kriegt wohl auch ein Filmstar keine zwei Millionen zusammen."

Papperin nickte zustimmend. Dann meinte er aber:

„Eines wundert mich: Sie ist doch überzeugt, dass ihr Ex hinter der Entführung steckt und sie hat doch mehrfach gesagt, dass sie ihm keinen Cent zahlen wird. Wieso jetzt auf einmal diese Sinneswandlung?"

Sie stellten noch eine Reihe von Mutmaßungen an, bis sie schließlich das Anwesen der Schauspielerin erreichten. Das Einfahrtstor stand offen. Pierrot, der Wärter lehnte lässig in der Türe seines Pförtnerhäuschens und rauchte. Er salutierte kurz und militärisch, dann verschwand er im Haus. Sie konnten ohne Anhalten hinauf fahren bis zum Rondell vor dem Hauptportal des Schlösschens. Dort wurden sie schon erwartet, die Hausdame stand in der offen stehenden Türe.

„Pierrot hat sie telefonisch angekündigt. Madame de Laterre ist noch nicht zurück", antwortete sie auf Papperins unausgesprochene Fragen.

In der Empfangshalle setzte sich Papperin in einen der weißen Lederfauteuils und deutete den beiden Frauen mit einer Handbewegung an, auch Platz zu nehmen.

„Wie war das mit dem Anruf. Wiederholen Sie genau, was Sie gehört haben – Wort für Wort", forderte er die Hausdame auf.

Sie berichtete vom Verlauf des Gesprächs und vom anschließenden merkwürdigen Verhalten ihrer Chefin.

„Sie hat wörtlich gesagt: Wer sind Sie? Sie sind nicht Juan-Manuel, aber Sie handeln in seinem Auftrag?"

Frau Roux bestätigte das mit einem heftigen Nicken.

„Sie hat verlangt, dass Sie ihr alte Zeitungen heraussuchen, ist dann zur Bank gefahren, hat sich hinterher in ihrem Studio eingesperrt und sich schließlich einen kleinen Koffer – ein altes Bordcase – von Ihnen bringen lassen. In dieser Reihenfolge?"

Wieder nickte die Haushälterin.

„Bitte führen Sie uns in das Studio von Frau de Laterre."

Die Türe zum Studio war nicht abgeschlossen. Das Zimmer war tadellos aufgeräumt. Nur auf dem Schreibtisch herrschte eine gewisse Unordnung. Eine Schere lag dort zwischen einer zerschnittenen Zeitung. Papperin und Jeannine schauten sich an. Sie ahnten beide, was das zu bedeuten hatte. In diesem Moment hörten Sie, wie der Kies der Auffahrt unter den Rädern eines ankommenden Autos knirschte. Papperin ging zum Fenster. Die Schauspielerin stieg langsam aus dem Auto und ging auf das Haus zu. Er hatte den Eindruck, sie hinkte ein wenig. Der Motor brummte weiter. Sie hatte vergessen ihn abzustellen.

Papperin und die beiden Frauen eilten die Treppe hinunter in die Empfangshalle. Die Diva kauerte in einem Sessel. Sie hatte beide Hände vors Gesicht geschlagen, ihr Körper wurde von heftigem Schluchzen erschüttert. Als sie die Schritte auf der Treppe hörte, blickte sie auf.

„*Commissaire* Papperin, Jean-Luc, gut dass Sie hier sind. Ich habe einen großen Fehler gemacht, habe alles vermasselt." Sie wischte sich die Tränen aus dem Gesicht. Ihr ohnehin schon zerstörtes Make-Up wurde dadurch noch mehr verschmiert. Dann fing sie zu erzählen an. Zuerst leise, immer wieder von Weinanfällen unterbrochen. Aber langsam fand sie ihre Fassung zurück. Ihr Bericht wurde flüssiger.

Der Anruf heute Vormittag hatte ihre Überzeugung erschüttert, dass hinter allem ihr Exmann steckte. Auf ihre Frage, wer er sei und ob er im Auftrag von Juan-Manuel handle, hatte er geantwortet, da täusche Sie sich aber gewaltig. Der müsse genauso bluten wie sie. Auch er werde zwei Millionen bezahlen.

„Da ist mir klar geworden, dass mein Ex nichts damit zu tun hat, und es sich um einen ganz normalen Verbrecher handelt, der auf Geld aus ist. Und dann habe ich einen Fehler gemacht, weil", wieder schlug sie die Hände vor ihr Gesicht und weinte. „...weil, ich habe gedacht, den kann ich überlisten."

Sie hatte ihr altes Bordcase unten mit Schnipseln aus Zeitungspapier angefüllt und darüber die zehntausend Euro gelegt, die sie in der Bank abgehoben hatte. Dann war sie zu dem aufgelassenen Steinbruch gefahren, den er ihr genannt hatte. Als sie angekommen war, war dort niemand. Die weite Fläche war menschenleer.

„Ich hatte folgenden Plan: Wenn er mit Domi kommt und ich ihm den Koffer gebe, dann würde er ihn öffnen und nach dem Geld schauen. Er hätte den Schwindel mit dem Zeitungspapier entdeckt und wäre kurz abgelenkt gewesen und genau in dem Moment wollte ich ihn erschießen. Kein bisschen hätte es mir Leid getan."

Papperin hatte bisher zugehört, ohne sie zu unterbrechen. Jetzt fragte er:

„Mit welcher Waffe?"

„Eine alte Armeepistole, die mein Großvater aus dem Algerienkrieg mitgebracht hat. Die hat er mir kurz vor seinem Tod gegeben. Sie hat die ganze Zeit im Safe gelegen."

Sie schaute Papperin treuherzig an:

„Ich war sicher, dass man mir nichts anhaben kann, wenn ich den Entführer meines Sohnes erschieße."

Trotzig fügte sie noch hinzu:

„Und wenn schon, dann wäre ich halt ins Gefängnis gegangen. Hauptsache Domi war frei und in Sicherheit!"

„Aber es ist alles anders gelaufen, als Sie geplant hatten", stellte Papperin fest.

„Ja. Ich habe gewartet. Plötzlich war ein Mann da. Er muss sich hinter einem Felsblock versteckt haben. Er war riesig und von oben bis unten schwarz gekleidet. Mit einer schwarzen Strumpfmaske über dem Kopf. Aber er war allein, hatte Domi nicht dabei. Ich habe gesagt, dass Geld kriegt er erst, wenn Domi da ist. Umgekehrt, hat er gesagt, wird ein Schuh draus: Ich kriege Domi erst, wenn er das Geld hat. ‚Her mit der Tasche!' hat er gesagt. Ich habe gezögert, weil doch Domi nirgends zu sehen war. Da ist er mit einem Satz zu mir gesprungen, hat mir den Koffer aus der Hand gerissen und ist wieder ein paar Schritte zurück gegangen. Dann hat er den Koffer aufgemacht. Ich habe die Pistole aus meiner Umhängetasche gerissen und wollte schießen, aber sie ging nicht los. Da war er schon bei mir. Geschlagen hat er mich, immer wieder, ins Gesicht, und getreten. Ich bin gestürzt. Die Pistole hatte ich verloren. Er stand über mir: ‚Erst entsichern und dann schießen!', hat er voller Hohn gelacht. Mit einer komischen hohen Stimme. Und dann hat er gesagt: ‚Deinen Sohn siehst du erst wieder, wenn die ganze Summe bezahlt ist – vier Millionen, zwei von dir und zwei von deinem Mann!' Und dann war er weg. Plötzlich, einfach weg. Den Koffer mit den zehntausend hat er mitgenommen. Ich konnte kaum aufstehen, so weh hat mir alles getan. Dann hab ich die Pistole gesehen. Sie lag nicht weit weg auf dem Schotter. Ich hab sie entsichert und bin zum Auto zurück. Und jetzt bin ich hier. Mein Gott, hoffentlich tut er Domi nichts an!"

Papperin war fassungslos über so viel Naivität und bodenlosen Leichtsinn.

„Warum haben Sie uns nichts gesagt? Wir hätten rechtzeitig im Gelände Position bezogen und ihn im entscheidenden Augenblick überwältigt."

„Aber ich konnte doch Domi nicht gefährden. Er hat gesagt, dass das Gelände weiträumig überwacht wird, mit Kameras. Er hätte das gemerkt und dann hätte er Domi etwas angetan."

Sie fing wieder an zu weinen.

*Commissaire* Papperin beriet sich kurz mit Jeannine. Sie sollte die Spurensicherung darauf vorbereiten, dass sie noch heute Abend zu einem Einsatz ausrücken musste. Da es sehr viele Steinbrüche in jener Gegend gab, brauchten sie zu allererst genauere Informationen, um welchen Steinbruch es sich handelte und wo genau er lag. Nicole de Laterre, die inzwischen aufgesprungen war, wanderte jetzt, immer noch leise schluchzend, verstört in der Halle auf und ab. Papperin nahm sie behutsam am Arm und führte sie wieder zum Sessel zurück um sie dort weiter zu befragen. Langsam beruhigte sie sich etwas. Schließlich stimmte sie zu, die Polizisten zum Steinbruch zu begleiten.

\*\*\*

Es war schon halb zehn Uhr, als sie dort ankamen. Früher war in dieser Gegend bauxithaltiges Gestein im Tagebau abgebaut worden. Die Bergbauunternehmen hatten schonungslos riesige klaffende Wunden in die liebliche grüne Hügellandschaft geschlagen. Das grelle Rotbraun der nackten Felsen stach hart vom sanften, hellen Grün der umgebenden Macchie und der Steineichen ab. Selbst jetzt, in der Abenddämmerung war dieser Kontrast noch deutlich sichtbar. Die nachmittägliche Hitze hatte sich in der künstlich angelegten Schlucht gefangen. Hier spürte man noch nichts von der frischeren Abendluft, die das Land langsam überzog. Jeannine hielt ganz vorne, am Eingang des Steinbruchs, wo am Wegrand eine verrostete und verbogene Schranke lag, die früher die Zufahrt blockiert hatte. Sie stiegen aus und gingen unter der Führung von Nicole de Laterre in den Steinbruch hinein. Inmitten des breiten ebenen Talgrunds, der auf drei Seiten von schräg abgeschürften, terrassierten Felswänden umgeben war, blieb die Schauspielerin stehen.

„Hier war es. Da bin ich gestanden und von dort ist er gekommen."

Der Boden bestand teils aus glattem Fels, teils aus grobem und feinerem Schotter, der von den schweren Muldenkippern, die damals das Gestein abtransportiert hatten, fest gewalzt worden war. Aussichtslos, hier Sohlenprofile oder Schuhgrößen finden zu wollen. Trotzdem, die Spurensicherung durfte nichts unversucht lassen. Papperin und Jeannine ließen sich von der Schauspielerin genau erklären, wo sie gestanden, von wo der maskierte Mann gekommen war, und wo das Handgemenge stattgefunden hatte. Sie fanden zwei Zeitungsschnipsel in Geldscheinformat an der Stelle, an der der schwarz gekleidete Mann das Köfferchen geöffnet und den Inhalt überprüft hatte.

Von den auf dem Schotterboden knirschenden Schritten abgesehen herrschte völlige Stille. Selbst die Zikaden, deren Geschrei in der brüllenden Tageshitze alles übertönt haben musste, waren jetzt in der Abenddämmerung verstummt. Zwei Scheinwerfer bohrten sich durch das trübe Dämmerlicht. Dann hörte man einen Dieselmotor brummen.

„Die Spurensicherung", sagte Jeannine und ging dem Fahrzeug entgegen. Sie begann heftig zu winken, um zu verhindern, dass sie zu weit vorfuhren und womöglich vorhandene Spuren zerstörten. Drei Männer stiegen aus dem Kleinlaster.

„Ich bringe Frau de Laterre zurück", sagte Papperin zu Jeannine. „Bleibst du hier und zeigst ihnen alles. Sie kann doch mit Ihnen zurück nach Aix fahren?", fragte Papperin die Leute von der Spurensicherung, die dabei waren, ihre Gerätschaften auszuladen, Halogenleuchten auf hohen Ständern, einen Dieselgenerator, eine Kameraausrüstung sowie einen Klapptisch. Jean-Luc nickte den Technikern und Jeannine zum Abschied zu, fasste die Schauspielerin am Ellenbogen und führte sie zum Polizeifahrzeug am Ausgang der Schlucht.

## Papperin bekommt einen Hinweis und seine Mutter hat eine verrückte Idee

*Freitag, 25. Juli*

Jean-Luc Papperin saß in seinem Büro und starrte auf den Bildschirm seines Computers. Die Kriminaltechniker der Spurensicherung hatten ihm die Ergebnisse ihrer gestrigen Untersuchungen im Steinbruch gemailt. Es gab etliche Hinweise, dass Nicole de Laterre dort gewesen war. So hatten sie winzige dunkelblaue Stofffasern auf dem Schotterboden gefunden, die wahrscheinlich von ihrer Bluse stammten, nachdem der Täter sie niedergeschlagen hatte. Papperin erinnerte sich, dass sie gestern blaue Jeans und eine dunkelblaue Seidenbluse getragen hatte. Das müsse aber noch mit der Bluse abgeglichen werden, schrieben die Laborleute, da man das Kleidungsstück noch nicht zur Gegenprobe vorliegen habe. Die Zeitungsschnipsel, die sie gestern dort entdeckt hatten, wiesen Fingerabdrücke auf, die eindeutig der Schauspielerin zugeordnet werden konnten. Auf einem davon hatten sie auch einen Daumenabdruck der Hausdame, Frau Roux, gefunden. Papperin erinnerte sich, dass alle Hausbewohner sich vor einiger Zeit die Abdrücke ihrer Finger abnehmen lassen mussten. Clémence Roux konnten sie als Täter jedoch ausschließen. Der Entführer war eindeutig ein Mann, das belegten die Aussagen der Schauspielerin, ihres Exmannes und der Hausdame. Selbst wenn es eine Frau wäre, die ihre Stimme verstellt hatte, schied Frau Roux aus. Schließlich war sie neben der Diva gestanden, als der Entführer angerufen hatte. Außerdem war sie mit Papperin und Jeannine im Haus der Schauspielerin, als diese den Entführer im Steinbruch getroffen hatte und von ihm angegriffen und beraubt wurde. Der Täter selbst hatte laut Bericht der Spurensicherung keinen einzigen Hinweis hinterlassen. Man konnte nicht einmal feststellen, ob er mit einem Auto gekommen war, bzw. wo er dieses abgestellt hatte. Die Waffe von Frau de Laterre habe man ballistisch untersucht und Geschoßproben genommen. Es handele sich um einen Pistolentyp, wie er von den französischen Soldaten im Algerienkrieg verwendet wurde. Insofern sei ihre diesbezügliche Aussage glaubwürdig. Die Proben habe man mit denen im ballistischen Archiv abgeglichen und keinerlei Übereinstimmung finden können. Die Waffe war folglich an keinem der aktenkundigen Verbrechen der letzten zehn Jahre beteiligt, bei denen man kriminaltechnisch auswertbare Geschoße habe finden können.

„Na super", murmelte Papperin. „Das hilft uns aber toll weiter!"

Monique Depardieu kam mit einem Tablett in sein Zimmer und stellte eine mit tiefschwarzem Espresso gefüllte kleine Tasse auf seinen Schreibtisch und einen Teller mit einem Croissant.

„Es ist sicher lange her, dass du gefrühstückt hast", meinte sie fürsorglich und ging zurück in ihr Büro.

Papperin widmete sich genießerisch diesem unerwarteten zweiten Frühstück. Dass man in Frankreich keinen so guten Kaffee machen konnte wie in Italien, grübelte er. Er fand den Kaffee der Franzosen zu dünn und zu wenig aromatisch, auch wenn sie ihn in verballhorntem Italienisch Expresso nannten. Zum x-ten Mal dankte er dem Schicksal dafür, dass seine Sekretärin die Kunst des Espressozubereitens von Siena mit nach Aix gebracht hatte.

Plötzlich zerriss der Computerton des Telefons auf seinem Schreibtisch die beschauliche spätvormittägliche Ruhe. Es war die Telefonzentrale. Die Gendarmerie aus Moustiers Sainte Marie wünsche den Herrn Kommissar zu sprechen. Die Telefonistin fragte, ob sie das Gespräch durchstellen dürfe.

„Hm", machte Papperin missmutig wegen der Störung. War aber sofort hellwach und interessiert, als er hörte, was der Gendarm zu berichten hatte. Vier Wanderer hätten sich bei seinem Gendarmerieposten gemeldet. Sie seien von La Palud weit abseits vom GR 4, dem Weitwanderweg durch das Departement 4 – Alpes de haute Provence – nach Moustiers Sainte Marie gewandert und hätten dort oben einen silbermetallicfarbenen Landcruiser gesehen, der auf einem Schotterweg über das Hochplateau unter den Felskuppen der Crêtes de Montdenier gefahren sei. Papperin war wie elektrisiert. Das war genau einer der Wege, die nach seiner und seiner Mitarbeiter Einschätzung der Entführer genommen habe konnte.

Seine Erregung erlitt allerdings sofort einen Dämpfer. Der Gendarm fügte nämlich hinzu, das sei schon ein einige Zeit her. Die Wanderer hätten sich aber erst heute im Gendarmerieposten gemeldet, weil sie erst gestern in einer Bar den Aufruf der Polizei im TV gesehen hätten.

„Wo sind sie jetzt – die Wanderer? Haben Sie sie weiterziehen lassen, oder sind sie noch in Moustiers?"

„Nein, die wollen noch ein paar Tage hier bleiben. Sie zelten auf dem Camping *Belle Vue*."

„Ich muss die unbedingt sprechen. Wir machen uns sofort auf den Weg. In eineinhalb Stunden etwa können wir bei Ihnen sein, oder sagen wir besser zwei. *Cher collègue*, würden Sie bitte dafür sorgen, dass die Wanderer dann bei Ihnen in der Gendarmerie sind?"

„Monique", rief er durch die stets offene Türe in sein Vorzimmer. „Ich muss schnellstmöglich nach Moustiers. Sagen Sie der Fahrbereitschaft, ich brauche ein schnelles Auto, am besten einen Streifenwagen, den man schon von Weitem sieht und hört. Jeannine soll mitkommen und ein Diktafon mitnehmen. Sagen Sie ihr: In fünf Minuten am Auto."

*\*\*\**

Zunächst kamen sie sehr zügig voran. Auf der A 51 herrschte zwar schon der Wochenend- und Ferienanfangsverkehr. Aber dank Blaulicht und Sirene hatten sie relativ freie Fahrt. Die gut 40 Kilometer bis zur Ausfahrt 17 Cadarache, dem von den Grünen heftigst angegriffenen Atomforschungszentrum an der Durance, schafften sie in nur fünfzehn Minuten. Ab da begann die Landstraße, die *route départementale No. 952*. Zunächst ging es noch relativ flott durch die Ebene. Aber ab Gréoux les Bains schlängelte sich die Straße durch die bergige Landschaft. Die Gegend war wunderschön, aber völlig anders als in der Region um Cabanosque. Sie hatten die südliche Provence mit ihren Weinbergen und Olivenhainen hinter sich gelassen. Hier oben im Norden wurde Getreide angebaut. Und Lavendel. Immer wieder führte die Straße an größeren und kleineren Lavendelfeldern vorbei. Dichte violette Blütenkissen säumten den Weg, denn es war die Zeit der Lavendelblüte. Es sieht tatsächlich so aus, dachte Papperin, wie auf den kitschigen Ölbildern, die von Möchte-Gern-Malern an den Touristenorten in Arles, Aix oder Avignon und an den Stränden der Côte d'Azur und des Var feilgeboten wurden. Bis ins Auto hinein drang der schwere süße Duft. Hier und da waren die Felder auch schon abgeerntet und der dicke schwarze Rauch der Lavendeldestillerien stieg senkrecht zum tiefblauen Himmel auf. Allerdings hatten sie kaum Augen für dieses grandioses Naturschauspiel und auch keine Zeit, anzuhalten und es zu genießen. Die Straße wurde immer enger und kurvenreicher. Den Wochenendverkehr behinderten zusätzlich noch zahlreiche Traktoren, die mit ihren Anhängern voll frisch geernteter Lavendelbüsche zur nächsten Destillieranlage zockelten. An ein Überholen war wegen des Gegenverkehrs kaum zu denken – trotz Blaulicht und Sirene. Sie waren auf die spärlichen Ausweichstellen und Straßenkreuzungen angewiesen, bei denen die Autos und Traktoren sie vorbeifahren ließen. Hinter Allemagne en Provence wurde die Straße noch enger und das Vorankommen noch schwieriger. Je näher Moustiers kam, desto dichter wurde der Verkehr. Ab Riez, wo die Straßen mit den Touristenautos aus Digne im Norden und aus Brignoles und Saint Maximin im Süden einmündeten, ging es noch langsamer voran. Schließlich erreichten Sie ihr Ziel – Moustiers Sainte Marie, die Stadt der weltberühmten Fayencen. Hier war es nicht nur der Autoverkehr, der sich durch die enge Durchfahrtsstraße quälte und von Parkplatz suchenden und in zweiter Reihe parkenden Autos behindert wurde. Hinzu kamen tausende Fußgänger, die sich über die malerische Brücke unter dem goldenen Stern zwängten, der an einer langen Kette zwischen den Felswänden der Schlucht über der Stadt hing. Der Sage nach war es der Stern, der die Weisen aus dem Morgenland zur Krippe geleitet hatte.

Blaulicht und Sirene gingen in dem Getümmel nahezu unter. Endlich kam der Gendarmerieposten in Sicht, mitten in der Stadt, etwas oberhalb der überquellenden Straße. Zum Glück hatte das absolute Halteverbot vor der Gendarmerie die Parkplatz Suchenden abgeschreckt. Eher aber wohl das darunter angebrachte Schild, das bei Zuwiderhandeln eine Strafe von 135 Euro androhte. Die beiden Polizisten eilten ins Haus. Man hatte ihr Kommen bereits bemerkt. Ein Hüne von einem Mann in der blauen Uniform der Gendarmen begrüßte sie mit bekümmerter Miene.

„*Désolé!* Ich bin untröstlich, aber die Wanderer sind heute zu einer Rundwanderung aufgebrochen und kommen erst gegen Abend wieder. Obwohl wir sie gebeten haben, sich den ganzen Tag zur Verfügung zu halten. Aber als wir nach unserem Telefonat zum Campingplatz gefahren sind, waren sie schon weg."

Dann blitzten seine schwarzen Augen unter den buschigen Brauen:

„Aber im Camping *Belle Vue* gibt es eine schöne Bar. Mit Ausblick über das ganze Tal und auf Moustiers. Da können wir bequem warten, bis sie zurück sind."

Papperin wollte schon unwirsch antworten, dass sie nicht so viel Zeit hätten. Und er habe doch extra gebeten, dass…

„Kollege, es nützt nichts, sie sind eben weg. Kommen Sie, fahren wir hin. Sie werden sehen, die Bar ist super. Außerdem", fügte er mit verschmitztem Lächeln hinzu: „haben sie dort einen sehr guten offenen Roten. Und es kostet nichts. Die Bar gehört meinem Schwager."

Es blieb ihnen nichts anderes übrig. Sie mussten ohnehin warten, bis die Wanderer von ihrem Tagesausflug wieder zu ihrem Zelt zurückgekehrt waren. Der Ort war so von Touristen überfüllt, dass man es nicht aushalten konnte. Und in der tristen Amtsstube der Gendarmen die Zeit tot zu schlagen, war auch alles andere als erbaulich. Da konnten sie auch direkt am Campingplatz warten. Also quälten sich Papperin und Jeannine wieder mit ihrem Auto durch die verstopfte Straße. Dem Gendarmeriewagen, der mit gellender Sirene vor ihnen her schlich und versuchte, eine Gasse durch das Gedränge zu öffnen, gelang dies auch nicht. So dauerte es fast eine halbe Stunde, bis sie den nur 3 Kilometer entfernten Zeltplatz endlich erreichten. Welch erholsame Oase war das – im Vergleich mit der wimmelnden Stadt. Sie wurden vom Besitzer der Bar begrüßt, als gehörten sie zur Familie, wurden von ihm umarmt und geküsst.

„Manou", rief er nach seiner Frau. „Michel ist hier mit Freunden. Komm, sie begrüßen!"

Die Gerufene eilte aus der Küche herbei. Eine schmuddelige, ehemals weiße Schürze um ihren beträchtlichen Leib geschnürt, stürmte sie auf den Gendarm zu. Auch Jeannine und Papperin konnten sich der heftigen Begrüßung nicht entziehen. Der Kommissar wusste nicht, wie ihm geschah. Ehe er sich versah, hatte sie ihm ein Küsschen rechts, ein Küsschen links und dann noch mal ein Küsschen rechts auf die Wange geschmatzt. Bei allem Befremden, das er ob dieser überfallsartigen Umarmung empfand, nahm er doch den wunderbaren Küchenduft wahr, der aus ihren von einem Kopftuch umschlungenen Haaren in seine Nase wehte. Das war eine höchst anregende Mischung aus Lamm, Knoblauch, Thymian und erhitztem Olivenöl.

„Ihr habt doch sicher noch nicht zu Mittag gegessen?"

Das war mehr eine Feststellung als eine Frage.

„Heute gibt es *Paupiettes avec des légumes provençaux gratinés.*"

Sie fegte ein paar Krümel mit ihrem fleischigen Unterarm von einem Tisch, die frühere Gäste dort hinterlassen hatten, rückte fünf Plastikstühle zurecht und setzte sich mit einem Seufzer und einer einladenden Geste ihrer beiden Arme.

„Kommt, setzt euch! Bobo!" schrie sie nach dem Küchenjungen. „Viermal den *plat du jour*, aber schnell! Und einen Liter vom Roten!"

Es war in der Tat ein sehr angenehmes Warten. Der Gendarm, Michel hieß er, seinen Nachnamen wusste Papperin nicht, hatte wirklich nicht zuviel versprochen. Die Lammrouladen waren vorzüglich, kräftig gewürzt und passten hervorragend zu dem gratinierten Provencegemüse.

„Fährst du", hatte der Blick ausdrücken sollen, den Papperin seiner Mitarbeiterin irgendwann zwischendurch fragend zugeworfen hatte. Als sie wissend nickte, ließ er sich noch einmal von dem süffigen Rotwein nachschenken, während sie sich einen Kaffee bestellte.

„Michel, sag deiner Schwägerin, sie ist die beste Köchin. der Welt!"

Wirklich, man konnte die ganzen feinen Restaurants vergessen. In den volksnahen Bars, sofern sie eine kleine Küche hatten, die mittags nur ein Gericht anboten, den *plat du jour*, aß man meist unvergleichlich gut – und vor allem landestypische Gerichte, die man sonst nur äußerst selten auf den Speisekarten von Restaurants fand.

***

Die Wanderer, zwei junge Männer und zwei Frauen, kamen früher zurück als erwartet. Sie berichteten, dass sie vor gut drei Wochen von der Jugendherberge in La Palud aufgebrochen waren, um die Gegend nördlich des Grand Canyon du Verdon zu erwandern. Sie hatten ganz bewusst den klassischen GR-4 Weitwanderweg gemieden, waren stattdessen weglos durch die Landschaft gelaufen, hatten viele Berge bestiegen und überwältigende Gratwanderungen unternommen. Die meiste Zeit hatten sie wild gezeltet. Ein paar Mal hatten sie bei einigen der wenigen und weit verstreuten Bauernhöfe in Scheunen übernachtet. Auf ihrem höchsten Gipfel, dem Mont Chiran hatten sie in der Schutzhütte geschlafen.

Papperin wurde fast neidisch. Drei Wochen durch die Täler und über die Berge der Alpes de haute Provence wandern. Nur auf sich gestellt und auf den mitgenommenen Proviant angewiesen. Kaum Menschen, vor allem keine Touristen, nur Landschaft und Natur. Traumhaft, dachte er. Aber so etwas ließ sein Job nicht zu. Zumindest zur Zeit.

„Und was war jetzt mit dem Geländeauto, das ihr gesehen habt?", drängte Papperin.

Ganz am Anfang ihrer Wanderung hatten sie einen silbergrauen Geländewagen gesehen. Er sei ihnen aufgefallen, weil er so einen schwarzen Schnorchel hatte, wie die Autos bei der Wüstenrallye Paris-Dakar.

„Jeannine, das ist es! Das ist der schwarze Punkt, den wir in der TV-Aufzeichnung an dem Wagen gesehen haben und wo wir nicht wussten, was das sein soll. Das ist es. Ein Luftansaugrohr. Weil oben die Luft sauberer ist, als die staubige und sandige Luft unten. Mensch, das ist unser Auto. Erzählt! Wie ging es weiter, wo war das? Habt ihr gesehen, wer im Auto gesessen ist?"

„Nee, dazu war es zu weit weg. Wo das war? Kennen Sie Château Neuf Les Moustiers? Das Ruinendorf, Unterschlupf der Résistance, das von den Nazis zerstört worden ist. Das haben wir uns angeschaut. Der Wagen, der war so etwa einen Kilometer weg von uns und ist nach Norden durch die Hochebene Richtung Berge gefahren. Da ist es toll, da oben. Völlig einsam, keine Siedlung weit und breit, kein Bauernhaus. Einfach nichts. Nur Landschaft pur."

„Wann war das?"

„Lassen Sie mich nachdenken. Das war so ziemlich am Anfang unserer Tour."

„Das war am Montag", mischte sich eines der Mädchen ein. „Am Sonntag waren wir noch in La Palud. Am Montag früh sind wir losgewandert."

„Stimmt. Es war aber schon spät. Die Sonne war gerade untergegangen. Erinnert ihr euch noch, wie wir mitten in dem Geisterdorf unsere Zelte aufgebaut haben?"

„An welchem Tag?", insistierte der Kommissar.

„Das sagte ich doch schon, am Montag."

„Das Datum, bitte das Datum!"

„Na der siebte Juli doch. Wir sind ja schon seit über drei Wochen unterwegs."

Dem Kommissar stand die Enttäuschung ins Gesicht geschrieben. Das war zu lange her.

„Drei Wochen – die sind doch inzwischen längst wieder fort. Nein, nein, das nützt uns nichts. Aber trotzdem vielen Dank, dass ihr euch gemeldet habt. Ich wünsche euch einen schönen …"

„Wir sind doch noch gar nicht fertig", unterbrach ihn einer der vier, ein Blondschopf mit wirren Haaren, die er in einem Pferdeschwanz zu bändigen versucht hatte. Offensichtlich war er der Ton angebende in der Gruppe.

„Vor zwei Tagen haben wir den Geländewagen noch mal gesehen. Es ist ein Toyota Landcruiser."

„Wo genau?"

„Er stand mitten in einem kleinen Pinienwäldchen."

„Und? Seid ihr hingegangen und habt nachgeschaut? Was war drin in dem Auto. Habt ihr euch das Kennzeichen gemerkt?"

„Nee, wieso sollten wir. Wir sind an dem Wald vorbeigewandert. So in zwei- oder dreihundert Meter Entfernung."

„Habt ihr eine Karte? Könnt ihr uns genau zeigen, wo ihr das Auto gesehen habt?"

Einer der Jungen ging zum Zelt und kam mit einer Karte zurück. Sie war vom Institut Géographique Nationale, Maßstab 1:25.000, das genaueste an Wanderkarten, was Frankreich zu bieten hatte. Er breitete sie auf dem Tisch aus.

„Hier ist das Ruinendorf Château Neuf Les Moustiers. Ungefähr da haben wir ihn das erste Mal gesehen. " Er deutete mit dem Finger auf die leicht ansteigende Hochebene unterhalb der Roches de Notre Dame. Papperin machte mit seinem Kugelschreiber ein dickes Kreuz an die Stelle.

„Und wo das zweite Mal?", fragte Jeannine mit vor Erregung heiserer Stimme.

Eine genauere Ortsangabe stellte sich als nicht lösbares Problem heraus.

„Mein Gott, wir haben da nicht so aufgepasst. Wir sind halt durch die Gegend gewandert. Haben unsere Ziele nach Lust und Laune ausgesucht, ohne auf die Karte zu schauen. Drei Wochen lang waren wir da oben und wir waren ständig unterwegs. Sind auf Berge gestiegen, weil sie interessant ausgesehen haben. Plan- und ziellos, mal nach Norden, Osten, Westen oder Süden, mal nach rechts, mal links. Wie es uns gerade in den Sinn gekommen ist. Das können wir nicht sagen, wo das genau war."

„Was habt ihr denn von dort aus gesehen, von der Stelle, wo das Auto war? Château Neuf Les Moustiers?"

„Nee, da waren wir vor drei Wochen. Das ist schon viel zu weit weg."

Papperin studierte die Wanderkarte und deutete mit dem Finger auf einen markanten Berg.

„Da, den Chiran, habt ihr den gesehen. Mit fast 2000 Meter Höhe muss der doch das Panorama beherrscht haben."

„Ja, den konnte man sehen, grade noch. Links von der Crête du Montdenier."

„Und diesen hier? Le Grand Mourre? 1900 Meter hoch? Habt ihr den sehen können?"

„Nee, nach rechts zu – Süd-Osten – ist alles von der Crête verdeckt worden. Die ist immerhin fast 1500 Meter hoch."

„Und wie sieht es mit dem hier aus?" Papperin deutete auf einen laut Karte unbewaldeten kegelförmigen Berg.

„Le Pavillon, 1625 Meter. Ja da waren wir droben und haben auf dem Gipfel gezeltet."

„Das interessiert uns nicht. Die Frage ist, ob ihr den sehen konntet, von dem Platz, wo das Auto gestanden ist?"

„Doch, aber er war ziemlich weit weg. Wir haben gedacht, von dort oben muss man eine gigantische Aussicht haben. Deswegen wollten wir ja auf dem Gipfel zelten. Sonnenuntergang und Sonnenaufgang erleben. Das muss toll sein, haben wir gedacht."

„Und das war es auch, einfach super!", warf die kleine Brünette ein.

„Sonst noch etwas?"

„Na ja, ganz im Westen den Lubéron und die Montagne de la Lure. Die kann man da oben aber fast von überall sehen."

Jean-Luc Papperin trug alles auf der Wanderkarte ein. Lubéron und Lure waren natürlich nicht mehr drauf. Dazu war der Maßstab der Karte viel zu groß. Aber er markierte die Richtung, in der diese beiden provenzalischen Gebirgszüge lagen, mit zwei Pfeilen.

„Die Karte brauchen wir, unbedingt. Könnt ihr euch eine neue kaufen? In Moustiers gibt es die sicher."

Er kramte in seiner Sakkotasche:

„Das müsste reichen."

Er legte einen Zwanzig Euroschein auf den Tisch und faltete die Karte zusammen.

„Michel, wir müssen zurück! Jeannine, du fährst."

Und mit einem Blick auf den Barbesitzer:

„Was sind wir schuldig?"

„Nichts, nichts! Erstens seid ihr Freunde von meinem Schwager. Und zweitens: So was Spannendes wie heute habe ich schon lange nicht mehr erlebt. Besser als jeder TV-Krimi. Wenn ihr wieder vorbeikommt, müsst ihr erzählen, wie es weitergegangen ist. Ob ihr sie erwischt habt, und ob es wirklich die Entführer von dem Jungen waren. Ich halte euch die Daumen." Und zur Küche gewandt rief er:

„Manou, komm! Sag Adieu. Sie müssen fort!"

***

Sie waren auf dem Rückweg nach Aix. Während Jeanine fuhr und sich auf die enge und gewundene Landstraße konzentrierte, räkelte sich Jean-Luc Papperin im Beifahrersitz des Streifenwagens und überlegte laut:

„Ich glaube, wir können davon ausgehen, dass das unser SUV mit dem Entführer war. Stellt sich nur die Frage, ob der noch da oben ist."

„Wenn du mich fragst, dann sind die noch da oben, verstecken sich und warten, bis sich die Aufregung gelegt und unsere Aufmerksamkeit nachgelassen hat. Die wissen genau, dass wir nicht wochenlang Straßensperren und Kontrollen durchführen können, jetzt, wo die Ferienzeit beginnt."

Das Gelände war ideal als Unterschlupf geeignet. Abseits von allen Verkehrs- und Touristenströmen. Keine offiziellen Wanderrouten. Keine Siedlung weit und breit, aber zahlreiche mehr oder weniger verfallene Schäferhütten. Kein Mensch würde sich dort hinauf verirren. Es war purer Zufall, dass die vier Studenten dort oben ihrer Lust zu Wandern und zu Campen in einsamer Natur gefrönt hatten.

„Was machen wir jetzt, Jeannine? Die Angaben mit den Gipfeln, die sie gesehen haben, helfen uns zwar ein bisschen weiter. Trotzdem: Das Gelände ist immer noch riesig, auch wenn wir es ein bisschen eingrenzen können. Was wir bräuchten, ist eine große Suchaktion mit hunderten von Beamten. Aber das geht wohl nicht. Das ist zu riskant. Wenn das die Entführer mitkriegen, und das merken die mit Sicherheit, dann wissen sie, dass wir ihnen auf der Spur sind. Weiß der Teufel, was die dann mit dem Jungen anstellen. Und die regelmäßigen Hubschrauberflüge zur Waldbrandprävention. Das haben die höchstwahrscheinlich einkalkuliert und sich und ihr Auto so versteckt, dass vom Heli aus nichts zu sehen ist."

Eine Weile fuhren sie schweigend weiter. Jeder hing seinen Gedanken nach. Beide genossen diese wortlose Zweisamkeit. Das Ortschild von Riez kam in Sicht. Jean-Luc durchbrach die Stille:

„Jeannine, sag mal, würde es dir etwas ausmachen, über Cabanosque zu fahren und mich dort abzusetzen? Dann erspare ich mir den Weg von Aix zurück nachhause."

Sie schaute ihn an und nickte.

„Das ist aber ein Umweg, dann musst du jetzt links abbiegen, über Barjols", warnte er.

Kommentarlos setzte sie an der Abzweigung den Blinker, wartete den Gegenverkehr ab und bog in die D 11 ein. Es war ihr nur zu Recht, einen Umweg zu machen, die Fahrt hinauszuzögern. Wenn es nach ihr ginge, noch Stunden. Sie genoss das Zusammensein mit ihm. Am liebsten würde sie ihren Arm um seine Schultern legen und ihn an sich ziehen. Sie ließ es aber bleiben, aus Furcht, damit die stillschweigende Harmonie zu zerstören. Wortlos fuhren sie weiter. Nach einer Weile – es kam ihr wie Stunden vor – fühlte sie seine Hand, die er auf ihr rechtes Bein legte und die begann, sie zart zu streicheln. Sie bebte innerlich. Trotzdem: Mit einem Lächeln um ihre Lippen blickte sie ihm in die Augen, schüttelte leicht den Kopf, nahm seine Hand und legte sie zurück auf seinen Schoß.

„Es ist auch so schön!" seufzte sie leise, aber hörbar.

Jäh wurden beide aus ihren Träumen gerissen. Ein Bauer mit seinem Traktor kreuzte – ohne nach rechts oder links zu schauen – die Straße. Fluchend und mit quietschenden Reifen konnte sie den fast unvermeidlichen Zusammenprall gerade noch verhindern. Der wohlige Schleier, der sich über ihrer beider Gedanken gelegt hatte, war augenblicklich weg. Der Alltag hatte sie wieder eingefangen. Sie begannen aufs Neue über den Fall zu diskutieren. Cabanosque kam näher.

„Eigentlich will ich noch gar nicht nachhause. Außerdem habe ich Durst. Hast du Lust auf einen Aperitif? In der Bar von Francis?"

Selbstverständlich hatte sie Lust. Denn das hieß, noch etwas länger mit ihm zusammen zu sein. Natürlich sagte sie das nicht laut. Sie nickte nur zustimmend.

Sie parkten im Halteverbot direkt vor der Terrasse der *Bar aux Chasseurs* seines väterlichen Freundes Francis. Der Dorfpolizist, der zu seinem allabendlichen Bierchen in die Bar gekommen und ins Gespräch mit dem Barbesitzer vertieft war, drohte mahnend mit dem Finger und machte eine spielerische Geste, dass er sie aufschreiben werde und abschleppen lasse.

„Ach komm, Maurice! Wir sind im Einsatz. Das siehst du doch!", lachte Papperin und deutete auf den Streifenwagen der *police nationale.* „Oder muss ich Blaulicht und Sirene einschalten?"

Auf der Suche nach einem freien Tisch schaute er sich auf der Terrasse um.

„Jean-Luc! Jeannine! Kommt hierher. Hier ist noch Platz." Die Stimme von Odile Papperin schallte über die vollbesetzte Terrasse. Sie saß an Papperins Lieblingsplatz, am Tisch ganz vorne im Eck an der kniehohen Steinmauer, die die Terrasse vom steil auf den Platz abfallenden Gehsteig abgrenzte.

„Was machst du hier, *maman*?", fragte Papperin, während er für Jeannine einen Stuhl zurechtrückte. Der dritte Stuhl am Tisch war von zwei gewaltigen Bastkörben mit Odiles Einkäufen belegt. Papperin fragte am Nebentisch höflich, ob er sich den dort freien Stuhl nehmen könne, und setze sich, nachdem diese Bitte mit einem freundlichen Kopfnicken gewährt wurde, zwischen Jeannine und seine Mutter.

„Großartig, dass ihr gerade kommt. Dann muss ich meine Einkäufe nicht nachhause tragen. Wo kommt ihr her?"

„Aus Moustiers, wir hatten da dienstlich zu tun", antwortete ihr Sohn wortkarg. Er wusste, was jetzt kam.

„Da ist es schön, da oben. Vor allem jetzt in der Lavendelblüte. Und die Stadt mit dem goldenen Stern über der Schlucht. Ach, da wäre ich gerne dabei gewesen. Warum hast du mich nicht mitgenommen?"

„*Maman*, der Ort ist vollgestopft mit Touristen – zigtausende!", übertrieb Papperin ein wenig. „Das hätte dir keinen Spaß gemacht."

„Ja aber ringsherum, die Landschaft. Da hätte ich einen Spaziergang gemacht, solange ihr gearbeitet hättet. Die alte Römerstraße durch die Felswände hinauf auf das Hochplateau. Da oben ist es menschenleer. Da kann man tagelang gehen und trifft keine Seele. Das weiß ich, da sind wir oft gewandert. Früher, dein Papa und ich. Und dich haben wir zuhause gelassen bei der Oma. Es ist herrlich einsam dort oben."

„Deswegen glauben wir ja, dass die Entführer sich da oben irgendwo versteckt haben", meinte Jeannine und schnappte dann erschrocken nach Luft.

„Jeannine, bitte!"

Papperin warf ihr einen vorwurfsvollen Blick zu, und dann zu seiner Mutter gewandt:

„Das hast du jetzt nicht gehört, *maman*. Vergiss es! Sofort!"

„Aber sicher habe ich das gehört." Mit fast zu einem Flüstern gedämpfter Lautstärke fuhr sie fort:

„Wisst ihr schon, wo genau?"

Beide Polizeibeamten schüttelten verneinend den Kopf. Papperin beugte sich zu seiner Mutter und sagte mit ebenso leiser und besorgter Stimme:

„*Maman*, das ist streng geheim. Das darf außer der Polizei niemand wissen. Also vergiss es! Stell dir vor, das spricht sich rum und da oben kreuzen Neugierige und Schaulustige auf. Das bringt das Kind in höchste Lebensgefahr."

„Dass du immer glaubst, ich kann so was nicht für mich behalten! Eigentlich traurig. Aber mal im Ernst: Jetzt habt ihr ein Problem. Schließlich könnt ihr da oben nicht mit der Kavallerie anrücken und die Gegend durchkämmen. Das fällt sofort auf, wenn da Suchtrupps rumstöbern."

Nach einer kurzen Pause fuhr sie fort, immer noch flüsternd:

„Selbst wenn sie als Wanderer verkleidet sind. Normalerweise ist da überhaupt niemand oben. Wie wollt ihr die Entführer finden, ohne dass die es merken?"

„Das ist unser Problem, du sagst es. Dafür müssen wir eine Lösung finden."

„Was darf es sein?"

Odile, Jean-Luc und Jeannine, die ihre Köpfe bei dieser geflüsterten Unterhaltung zusammengesteckt hatten, fuhren erschreckt hoch. Die Bedienung war an den Tisch gekommen und wollte eine Bestellung aufnehmen.

„Jasmine, hast du mich jetzt erschreckt. *Salut!*", begrüßte Papperin das abwartend vor ihnen stehende Mädchen. In seinen Augen sah sie fürchterlich aus und passte überhaupt nicht in das ländliche Dorf. Grell grün gefärbte kurz geschnittene Haare. Gepiercte Augenbrauen und Zunge. Eine grüne Schlange, die sich zwischen ihren Brüsten zu ihrem Hals hoch wand. Arme, Beine, Bauch und Rücken waren ebenfalls bunt tätowiert. Das knappe T-Shirt und die kurz abgeschnittenen Jeans ließen viel bebilderte Haut frei.

„Neue Haarfarbe heute?", fragte Papperin, der noch nie verstanden hatte, wie man seinen Körper so entstellen konnte. Aber er wusste von Francis, dass sie eine äußerst fleißige und zuverlässige Angestellte war. „Erst habe ich befürchtet, dass sie mir die Kunden vertreibt", hatte er früher einmal zu Papperin gesagt. „Ganz im Gegenteil. Viele Gäste kommen wegen ihr. Nicht nur, weil sie freundlich ist, sondern vor allem, um sie anzuschauen. Quasi als modernes Kunstobjekt im sonst so altmodisch verschlafenen Cabanosque."

Papperin riss sich von dem schrillen Anblick los und bestellte:

„Für mich ein Bier und einen Calva, bitte. Und was nimmst du, Jeannine?"

„*Hm? ... Un kir, s'il vous plaît!*"

In kürzester Zeit stand das Gewünschte vor ihnen. Man prostete sich zu. Papperins Bemühen, das Gespräch in Richtung eines unverbindlichen Allerweltssmalltalk zu lenken, schlug gründlich fehl. Seine Mutter kam sofort auf den Entführungsfall zurück. Sie hatte sehr gut verstanden, dass so wenig Leute wie möglich wissen durften, was sie dort oben vermuteten. Vor allem die Mutter des Jungen, Nicole de Laterre, würde – hysterisch vor Kummer, wie sie zur Zeit war – unberechenbar reagieren und damit ihren Sohn gefährden.

„Die einzigen, die nicht auffallen, sind die Waldbrandpatrouillen in ihren gelben Jeeps", murmelte Odile nachdenklich.

„Ich fürchte, die patrouillieren dort viel zu selten. Vielleicht ein oder zweimal in der Woche ein Auto. Wenn das plötzlich viel mehr sind, dann kriegen die das mit und wir haben ein Problem."

Es entstand eine längere schweigsame Pause. Jeder der drei nippte nachdenklich an seinem Getränk.

„Bei einem Waldbrand wäre das aber ganz normal", meinte Odile. „Legt einen Brand, dann könnt ihr mit Löschzügen und Jeeps durch die Gegend ackern."

„*Maman*, jetzt geht deine Phantasie mit dir durch!"

„Nein, Jean-Luc. Die Idee ist nicht schlecht. Das könnte funktionieren", griff Jeannine den Gedanken von Odile auf.

„Siehst du, Jeannine meint das auch. Komm, das besprechen wir mit einem Fachmann." Bei diesen Worten richtete sich Odile auf, blickte über die Terrasse und rief:

„Francis, hast du mal kurz Zeit und kannst zu uns kommen?"

„*Maman*, lass das! Ich hab dir doch gesagt: Niemand außer der Polizei soll das wissen."

„Aber ihr seid keine *pompiers*. Ihr könnt das nicht alleine machen. Ihr habt keine Feuerwehrautos, keine Geräte. Und mit Polizeifahrzeugen könnt ihr da nun mal nicht aufkreuzen. Und Francis ist der Chef unserer Feuerwehr hier. Wenn einer, dann weiß er, ob und wie das zu machen ist, ob das geht oder nicht."

Der Inhaber der Bar hatte sich inzwischen durch die dicht gedrängte Gästeschar zu ihrem Tisch durchgekämpft. Er blickte die drei fragend an.

„Ach Francis, Odile hat da so eine verrückte Idee, wie du uns möglicherweise helfen könntest. Aber das ist zur Zeit alles noch top secret. Ich muss erst höheren Ortes klären, ob das rechtlich überhaupt geht."

Odile fiel ihm ins Wort:

„Jetzt rede nicht so geschraubt daher. Du kennst Francis, kannst ihm vertrauen. Er ist unser Freund. Außerdem ist er als Feuerwehrkommandant im öffentlichen Dienst, also eine Amtsperson. Sag ihm schon, um was es geht." Mit einem Seitenblick zu Francis fügte sie hinzu:

„Ich darf nämlich nichts sagen. Mein eigener Sohn hat mir einen Maulkorb verpasst."

Francis hatte schon so eine Ahnung, um welchen Fall es ging. Sein Verstand sagte ihm auch, dass es für die Sicherheit des entführten Kindes umso besser war, je weniger von den polizeilichen Plänen und Aktionen wussten. Da er nichts zur Aufklärung des Falles beitragen konnte, rein gar nichts – schließlich hatte das alles in einem anderen Ort stattgefunden und er hatte keinerlei Beziehung zu den betroffenen Personen – konnte er Jean-Luc gut verstehen, wenn ihn dieser nicht in die polizeilichen Interna einweihen wollte. Andererseits war er natürlich neugierig. Wieso kamen sie gerade auf ihn? Wieso sollte er behilflich sein können? Und was hatte die Feuerwehr damit zu tun?

„Kommt, gehen wir hinein, ins Nebenzimmer. Da können wir ungestört reden. Falls es überhaupt etwas mit mir zu besprechen gibt." Er blickte Papperin fragend an.

„Natürlich gibt es was zu besprechen!", preschte Odile Papperin aufs Neue vor. Sie stand auf, nahm ihre beiden Einkaufskörbe und steuerte zielstrebig ins Innere der Bar und auf das Nebenzimmer zu.

## Papperin setzt sich durch
## und erlebt eine Überraschung

*Montag, 28. Juli*

Jean-Luc Papperin hatte ein hartes Wochenende hinter sich. Nach langem Zögern hatte er doch die Idee seiner Mutter aufgegriffen und sie mit Francis und Jeannine diskutiert. Das erste Problem war seine Mutter. Sie war mehr als beleidigt, denn sie durfte nicht an der Besprechung teilnehmen, er hatte sie vorher nach Hause geschickt. Das zweite Problem wog schwerer. Denn eine so weitreichende Entscheidung wollte und durfte er nicht alleine treffen. Das musste von ganz oben abgesegnet werden. Nicht nur der oberste Polizeichef der Region *Provence-Alpes-Côte d'Azur* musste diese Aktion befürworten, sondern auch die Feuerwehr und der Zivilschutz. Und natürlich musste man auch die Politik einbinden. Nicht Unterpräfekten oder Bürgermeister der betroffenen Départements und Gemeinden, aber wenigstens die regionale Regierungsspitze, den Chef des *Conseil Général*. Stunden über Stunden hatte er am Telefon verbracht. Seine Gesprächspartner waren zunächst erbost, dass sie an ihrem geheiligten Wochenende behelligt wurden. Noch dazu von einem einfachen Polizeikommissar.

Und der Plan, den er vorgetragen hatte: Abstrus, verrückt, undurchführbar, unverantwortlich, das waren die ersten Reaktionen, die Papperin schlucken musste. Aber mit der Zeit hatte er sie alle überzeugt. Seiner immer wieder gestellten Frage, was mehr wog, der Schaden durch einen begrenzten und beherrschten Waldbrand oder das Leben des entführten Kindes, konnten sie nicht ausweichen. Ganz bewusst hatte er sie mit dieser Alternative konfrontiert, denn ihm war klar, wie ein Politiker oder ein hoher Funktionär auf eine so gestellte Suggestivfrage antworten musste. Alle hatten sie ihm schließlich grünes Licht gegeben. Ganz wohl war ihm allerdings nicht in seiner Haut. Denn erstens hatte er hoch und heilig versprechen müssen, dass man den Brand völlig im Griff haben werde, und ein unkontrollierbares Ausbrechen der Flammen mit Sicherheit ausschließen könne. Viel mehr bedrückte ihn aber etwas anderes. Konnte er wirklich sicher sein, das Kind dort oben lebend zu finden und unversehrt seinen Entführern entreißen zu können? Was, wenn es schon tot war? Oder wenn es der Entführer während ihres Zugriffs tötete? Diese Gedanken quälten Papperin während des ganzen Wochenendes und raubten ihm nachts den Schlaf. Am Unproblematischsten wäre es, wenn sie das Versteck fänden, es aber bereits verlassen wäre. Und falls sie gar kein Versteck fänden? Gut, dann würde er sich vor seinen Kollegen lächerlich machen. Viel schlimmer, wenn dem Kind etwas passierte. Er hatte noch die Drohung seines obersten Chefs im Ohr: „Ich mache Sie persönlich haftbar, wenn das schief geht. Die Folgen für Ihre Laufbahn dürften Ihnen klar sein!" Seine Karriere war ihm in dieser Situation egal. Aber er litt seelisch, fast körperlich unter der Sorge um den kleinen Domi.

Noch am Sonntag hatten Francis Savonari und *commissaire* Papperin die Feuerwehren der Region instruiert. Am Montag frühmorgens wurde der Polizeieinsatz organisiert. Zwei Hundertschaften Polizisten mussten als Feuerwehrmänner eingekleidet werden. Jeder echte Feuerwehrmann sollte einen verkleideten Polizisten an seiner Seite haben. Die Einsatzpläne wurden erstellt. Um die Verständigung zwischen den Einsatzgruppen sicher zu stellen, bekamen alle Personen Walkie-Talkies der Feuerwehr. In den frühen Morgenstunden des Dienstags, bevor es hell wurde, sollten zwei Brände gelegt werden, jeweils an den gegenüberliegenden Rändern der Hochebene. So wurde es glaubhaft, wenn die Jeeps, Unimogs und Löschfahrzeuge der

Feuerwehr von einem Brand zum anderen das ganze Gelände durchqueren. Zum Glück konnten sie das zu observierende Gebiet anhand der geografischen Anhaltspunkte der Wanderer etwas eingrenzen. Trotzdem war es immer noch unüberschaubar groß. Es hatte die Form eines Parallelogramms mit Seitenlängen von circa sieben mal zehn Kilometern.

***

Bis in den späten Nachmittag hatte Jean-Luc Papperin an der Organisation des Feuerwehr- und Polizeieinsatzes bei den beteiligten Ortskommandos mitgewirkt. Dann erst war er in sein Kommissariat nach Aix zurückgekommen. Solche Einsatzplanungen lagen ihm gar nicht. Er mochte sie nicht. Vor allem bei solch einer großen Aktion, wo er zwar die Verantwortung trug, aber mit Leuten arbeiten musste, die er nicht kannte, die nicht zu seinem engeren Mitarbeiterkreis zählten. Zum Glück hatte er Francis zu Seite, der als gewiefter Feuerwehrkommandant die Koordination der beteiligten Kommandos der *sapeurs pompiers* sehr gut im Griff hatte.

Jetzt saß Papperin endlich in seinem Büro und zog erschöpft an einer *Gitanes maïs*, trotz des in allen öffentlichen Räumen geltenden Rauchverbots. Aber er hatte das jetzt nötig, nach all der Hektik und dem Stress des Vormittags. Monique Dépardieu kam und stellte eine Tasse Espresso vor ihn auf den Schreibtisch.

„Dein Wissenschaftsfreund, der Dr. Berlinotte, versucht seit Stunden, dich telefonisch zu erreichen. Warum wollte er mir nicht sagen. Er hat gemeint, er schaue nach Dienstschluss vorbei. Da treffe er dich am ehesten an, sagte er. So wie er dich kenne, machst du sicher wieder Überstunden."

„Damit hat er wahrscheinlich sogar Recht", murmelte Papperin hinter einer dicken Rauchwolke. Dann stand er auf und holte aus dem Büroschrank neben seinem Schreibtisch eine Flasche Calvados *hors d'âge* und zwei kleine Gläser.

„Das passt jetzt wunderbar zusammen: Gitanes, Café und Calva! Wollen Sie auch einen?"

Nein, sie habe noch zu tun, da würde sie nur lauter Tippfehler machen, bedankte sich seine Sekretärin und meinte dann weiter:

„Aber lass es dir schmecken! Du hast es heute verdient."

Mit diesen Worten verließ sie den Raum und machte hinter sich die Türe zu ihrem Vorzimmer zu, denn sie hasste Zigarettenrauch an ihrem Arbeitsplatz – noch dazu so ein stinkendes dunkles Kraut, wie es ihr Chef mit Vorliebe rauchte. Allerdings musste sie zugeben, dass er diesem Laster äußerst selten frönte, zumindest im Kommissariat.

\*\*\*

Jean-Luc Papperin hatte gerade mit einem Seufzer des Bedauerns den letzten Schluck Calvados getrunken und drehte das leere Glas in Gedanken versunken vor seinen Augen. Sollte er sich noch eines genehmigen? Lust darauf hätte er schon. Andererseits – er war im Dienst. Vielleicht, wenn sein Freund Florian kam. Was der wohl in petto hatte? Dass er sich selbst her bemühen wollte, war äußerst ungewöhnlich. Normalerweise musste man zu ihm ins Labor kommen, wenn man etwas von ihm wollte. Er war mit seiner Wissenschaft verheiratet, mehr noch als mit seiner Ehefrau Émilie. Wie sie das nur aushielt? Nie kam er abends pünktlich zum *dîner*. Meist blieb er bis 22 Uhr oder sogar noch länger bei seinen Computern, Mikroskopen und Reagenzgläsern.

Die Türe zu Papperins Vorzimmer öffnete sich ein wenig und ein wie frisch poliert wirkender Glatzkopf, umgeben von einem dünnen schwarzen Haarkranz, schob sich durch den Spalt.

„So, so! Das nennt man bei euch Überstunden machen."

Dr. Florian Berlinotte betrat den Raum. Mit einer unmissverständlichen Geste deutete er an, Papperin möge ihm doch auch einen Calvados einschenken.

„Oder willst du vielleicht gar nicht wissen, was ich für dich habe?"

Nachdem er ein gut gefülltes Glas bekommen hatte, setzte er sich Papperin gegenüber lässig auf die Schreibtischkante und ließ sein linkes Bein hin und her baumeln. Die goldbraune Flüssigkeit mit einem genießerischen Schmatzen der Lippen im Glas schwenkend, blickte er seinen Kommissarfreund fragend an.

„Und – was meinst Du, habe ich heute Nachmittag für dich herausgefunden? Rate mal!"

Er trank ein kleines Schlückchen und zog mit einem anerkennenden Nicken die Augenbrauen hoch.

„Aber du errätst das ja doch nicht."

Papperin kannte das Spiel nur zu gut, das der Chef der kriminaltechnischen Abteilung immer spielte. Er spannte seine Kunden auf die Folter, versuchte, die Mitteilung seiner Untersuchungsergebnisse durch nebensächliches Wortgeplänkel solange hinauszuzögern, bis diesen der Geduldsfaden riss, und sie ihm erst mit harschen Worten die Information zu entreißen suchten. Dann aber, als Berlinotte sich nicht erweichen ließ, sich auf demütiges Bitten verlegten und – seine wissenschaftlichen Fähigkeiten lobhudelnd hervorhebend – ihn schließlich mit schmeichelnden Worten dazu brachten, die Untersuchungsergebnisse gnädig mitzuteilen.

Papperin wollte diesmal den Spieß umdrehen. Er nahm keine Kenntnis vom versteckten Mitteilungsdrang seines Freundes. Er tat, als gebe es derzeit nichts Wichtigeres für ihn, als sich in die vor ihm liegenden Akten zu vertiefen. Leise vor sich hin murmelnd blätterte er darin, brachte hier und da mit seinem Stift eine Randnotiz oder eine Unterstreichung an.

„Sag mal, willst du nicht wissen, was die Analyse gebracht hat?"

Papperin wedelte mit der linken Hand, er möge ruhig sein und ihn erst fertig lesen lassen.

„Also – Fingerabdrücke Fehlanzeige. Auch den Kleberand des Briefumschlags hat er nicht abgeleckt. Das war ein selbstklebendes Couvert."

Papperin reagierte immer noch nicht.

„Aber die Briefmarke…"

Papperin unterbrach ihn:

„Das wissen wir doch schon. Die hat jemand abgeleckt. Das hast du uns schon vor zwei Tagen gesagt."

„Aber wer das war, das wisst ihr noch nicht!"

Jetzt blickte Papperin doch alarmiert auf.

„Sag bloß, du weißt, wer das war?"

„Nun ja, fast."

„Erzähl schon!" forderte Papperin ihn ungeduldig auf.

„Die DNA – Analyse hat ergeben, dass der, der die Marke abgeleckt hat, mit jemandem verwandt ist, den wir in den Polizeiakten haben. Aber der kann den Brief nicht abgesandt haben, und schon gar nicht in Marseille."

„Warum nicht?"

„Nun, weil er sitzt. Seit drei Jahren, im Knast von Draguignan."

„Luciani, Maurizio Luciani."

„Wieso mache ich mir all die Mühe, wenn du schon alles weißt?" Dr. Berlinotte war sichtlich verschnupft. „Von den Kosten, die so eine DNA-Analyse verursacht, mal gar nicht zu reden."

Es kostete Papperin einige Anstrengungen, seinen Wissenschaftlerfreund zu besänftigen. Ohne seine, Berlinottes Untersuchungen wären sie niemals auf diese Spur gestoßen. Ob er wisse, was das für ihren Fall bedeute. Der einzige lebende Verwandte, den dieser Maurizio Luciani habe, sei Gian-Carlo Luciani.

„Der aktuelle Liebhaber der Filmdiva?", staunte Dr. Berlinotte.

Commissaire Papperin fuhr fort: „Das heißt, der Absender des Lösegeldbriefes ist identisch mit dem Kidnapper und das ist dieser Gian-Carlo. Und der ist auch in den Mord an dem Radrennprofi verwickelt. Zumindest legen das die Recherchen der Gendarmerie aus Perpignan nahe."

„Mann, da habe ich euch ja die komplette Lösung eures Falls geliefert. Das mindeste, was ich mir damit verdient habe, ist noch ein Gläschen von deinem ausgezeichneten

Calva." Mit diesen Worten hielt er dem Kommissar sein leeres Glas zum Nachschenken hin.

Während Papperin seinem Freund die Flasche reichte, dachte er bereits über die Konsequenzen dieser Entdeckung nach. Die Sache musste von langer Hand geplant worden sein. Gian-Carlo Luciani hatte sich folglich schon vor Monaten gezielt an Nicole de Laterre herangemacht, sich in ihr Leben eingeschlichen, sich als Freund des Jungen und Liebhaber der Diva unentbehrlich gemacht. Vor allem letzteres dürfte ihm bei seinem Aussehen und dem allbekannten Männerverschleiß der Schauspielerin nicht schwer gefallen sein. Wann genau das angefangen hatte, wusste Papperin nicht. Er nahm sich vor, das zu recherchieren. Aber das war nachrangig. Als nächstes mussten sie diesen Luciani verhaften.

„Monique!", brüllte er durch die geschlossene Tür zu seinem Vorzimmer

Erschreckt von der für ihren Chef ungewöhnlichen Schroffheit und Lautstärke kam seine Sekretärin hereingestürzt. Er brauche sofort einen Streifenwagen mit Fahrer, bellte er sie an. Außerdem solle sie nachschauen, wer von seinen Leuten noch im Kommissariat sei. Jeder verfügbare Mann solle mitkommen. Sie müssten schnellstens nach Montfort, eine Verhaftung vornehmen. Dann erst nahm er ihre befremdete Miene wahr.

„Entschuldigung, Monique, für den Ton. Aber ich bin etwas aufgeregt. Mit Dr. Berlinottes Hilfe haben wir unseren Fall gelöst. Jetzt müssen wir uns beeilen, damit uns der Hauptverdächtige nicht in letzter Minute entwischt."

Auf ihren fragenden Blick hin ergänzte er:

„Gian-Carlo Luciani"

„Der Gigolo! Der war mir von Anfang an suspekt. Die arme Madame de Laterre! Aber wenn ihr den jetzt festnehmt, was passiert dann mit dem Kind. Entweder hat er es irgendwo versteckt, womöglich gefesselt. Bis ihr es gefunden habt – wenn überhaupt – dann ist es bei der Hitzewelle womöglich verdurstet."

Papperin wollte etwas einwenden, aber sie schnitt ihm das Wort ab.

„Und wenn er einen Komplizen hat, der das Kind bewacht? Der bringt dann das Kind um, wenn er das mit der Verhaftung erfährt. Jean-Luc, ich würde es mir genau überlegen. Hast du bedacht, dass du den Jungen damit in Gefahr bringst?"

Aber Papperin hatte das alles schon erwogen. Der oder die Entführer wüssten längst, erläuterte er Monique, dass die Polizei eingeschaltet war. Entweder hätten sie das Kind schon getötet, dann sei es höchste Zeit, die Verbrecher zu fassen. Wenn der Junge noch am Leben sei, dann würden sie ihm jetzt ganz sicher nichts antun. Schließlich war er, solange sie ihn als Geisel benutzen konnten, der Garant für ihre von der Polizei unbehelligte Flucht. Und falls dieser Gian-Carlo keinen Komplizen hatte, der das Kind bewachte, dann würde man den Jungen längst gefunden haben, bevor er verdurstet sei. Schließlich könne man, dank der Aussage der Wanderer, das Gebiet ziemlich genau eingrenzen, in dem sich das Versteck befände. Nein, aus welchem Blickwinkel man es auch betrachte, die einzig sinnvolle Lösung sei die sofortige Verhaftung dieses Gian-Carlo.

„Zudem wird er", sagte Papperin, der am sich wandelnden Gesichtsausdruck seiner Sekretärin merkte, dass seine Argumente sie zu überzeugen begannen, „wenn wir ihn haben und unter Druck setzen, uns mit hoher Wahrscheinlichkeit weitere Informationen liefern. Allein schon um seine Haut zu retten. Zum Beispiel, ob der Vater, der Detejo, wirklich hinter allem steckt."

\*\*\*

Der mit Polizisten vollbesetzte Streifenwagen raste mit Blaulicht und Sirene über die A8. Guy Malmotte und François Legrand waren trotz der späten Stunde noch im Kommissariat gewesen und fieberten im Fond des Wagens der bevorstehenden Verhaftung entgegen. Papperin saß vorne neben dem Fahrer.

„Sobald wir dort sind, bleiben Sie", er wandte sich an den Fahrer „vor dem Haupteingang des Hauses und lassen niemanden aus dem Haus. Wenn der Luciani rauskommen sollte, dann nehmen Sie ihn fest. Haben Sie Ihre Dienstwaffe?"

Als der Fahrer nickte, wandte sich Papperin seinen Kollegen im Fond zu.

„François, Sie kommen mit mir ins Haus. Wenn er drin ist, dann nehmen wir ihn fest. Und Sie, Guy, gehen hinter dem Haus in Stellung und verhindern, dass er über die Terrasse flüchten kann."

Papperin blickte alle fragend an und erntete zustimmendes Nicken.

„Noch etwas: Schießen Sie nur in Notwehr. Ich will ihn lebend, wir brauchen ihn als Informanten. Wenn es Hintermänner gibt, dann weiß er, wer das ist. Also dann los!"

Mit gellender Sirene und quietschenden Reifen nahm das Polizeifahrzeug die letzten Kurven zur Zufahrt zum Schloss.

„*Merde!* Das Tor ist zu!", brüllte Papperin. In der Tat, das schwere lanzenbewehrte Portal war geschlossen. Sie mussten anhalten. Papperin sprang aus dem Wagen und rannte zum Pförtnerhäuschen.

„Pierrot, schnell, machen Sie auf!"

Durch die offene Türe sah er den Wärter telefonieren. Er stürmte in die Hütte, riss ihm das Telefon aus der Hand und knallte es auf die Gabel.

„Tor auf!", schrie Papperin ihn an. Doch der Pförtner rührte sich nicht. Vor Schreck erstarrt glotzte er den Kommissar an. Der blickte verzweifelt um sich. Dann sah er die Schalttafel mit einem roten und einem grünen Knopf. Er stürzte darauf zu und knallte seinen Handballen auf den grünen Schalter. Er rannte zurück zum Auto und warf sich auf den Beifahrersitz. Auf dem linken Torpfosten begann ein gelbes Licht zu blinken. Dann, langsam, ganz langsam schwenkte der linke Torflügel nach innen.

„Schneller, verdammt, geh schon auf!", fluchte Papperin. Aber es nützt nichts, erst endlose Sekunden später bewegte sich auch der rechte Flügel. Sobald die Öffnung breit genug war, schoss der Wagen durch das Tor und raste die Auffahrt hinauf zum Schloss. Kies spritzte auf und eine Staubwolke hüllte die Männer ein, als sie aus dem Fahrzeug sprangen.

Papperin und Legrand rannten die Steintreppe zum Eingang hinauf. In diesem Moment öffnete sich die Haustüre und Frau de Laterre kam heraus. Sie war sichtlich erregt.

„Luciani, Ihr Gian-Carlo. Wo ist er? Schnell!", rief ihr Papperin im Laufen entgegen. Atemlos stoppte er vor ihr.

„Er weiß, wo Dominic ist. Er hat ihn gekidnapped. Schnell, sagen Sie, wo ist er?"

„Gian-Carlo? Er war doch im Dorf, mit den anderen. Und danach bei mir. Er kann es nicht sein. Unmöglich!"

„Doch, wir haben den hundertprozentigen Beweis. Also: Wo ist er?"

„Wir haben zusammen diniert. Dann haben wir eine Sirene gehört und gleichzeitig hat das Telefon geläutet. Gian-Carlo ist ran gegangen, hat kurz zugehört. Er war sehr erschrocken. ,Das war der Entführer', hat er gestammelt. ,Ich weiß jetzt, wo Domi ist! Schatz, ich bringe ihn dir zurück!', hat er dann zu mir gesagt und ist raus. Gerannt ist er. Jean-Luc, Sie müssen sich täuschen!"

„Wahrscheinlich ist er schon weg. Trotzdem, wir müssen das Haus durchsuchen. Wie viele Ausgänge hat Ihr Haus?"

Es gab drei Ausgänge, das Haupttor mit der Marmortreppe an der Auffahrt, die Terrassentüren in den Park auf der Rückseite des Hauses und den Lieferanteneingang, der auf der Ostseite auf einen schmalen Weg zwischen Schloss und Garagen mündete.

Die Polizisten ließen sich zuerst zur Terrasse führen. Die beiden zweiflügeligen Sprossentüren, die ins Freie führten, waren geschlossen und von innen zugesperrt. Papperin sperrte auf und ging auf die Terrasse.

„Guy, sind Sie da? Haben Sie was gesehen?"

Der Gerufene kam hinter einem Busch hervor.

„Nein Chef. Hier hat sich nichts gerührt. Aber von der anderen Seite des Hauses habe ich gehört, wie eine Türe geknallt hat und ein Motorrad weggefahren ist."

Auf eine auffordernde Geste Papperins hin führte die Schauspielerin die drei Beamten auf einem Kiesweg um das Haus zum Lieferanteneingang.

„Sein Motorrad ist weg. Das steht immer hier."

„Was für ein Motorrad?"

„So ein Geländeding. Enduro hat er immer dazu gesagt, und blau ist es! Es macht ihm Spaß, hat er gesagt, damit durchs Gelände, durch Berg und Tal zu ackern."

Jetzt musste die Fahndungsmaschinerie in Gang gesetzt werden. Papperin beauftragte seine beiden Mitarbeiter, zusammen mit dem Polizeifahrer das Haus zu filzen. Auch wenn die Wahrscheinlichkeit fast Null war, vielleicht befand sich der Gesuchte doch noch im Haus, und das mit dem Motorrad war jemand anderes. Er selbst veranlasste per Handy eine Großfahndung nach Gian-Carlo Luciani und seiner Enduro. Mit Straßensperren und allem Drum und Dran. Allerdings hegte er keine großen Hoffnungen, dass das etwas brachte. Mit seiner Geländemaschine konnte dieser abseits von Straßen und Wegen flüchten. Trotzdem, man durfte nichts unversucht lassen.

## Ein Nest soll ausgeräuchert werden

*Dienstag, 29. Juli*

Der ältere Mann stand auf einem Hügel im Hochplateau über Moustiers-Sainte-Marie. Er war mit seiner Frau noch vor Sonnenaufgang aufgebrochen und auf der alten, steilen Römerstraße zum Plateau emporgestiegen. Er legte den Arm um sie, und sie bewunderten die Sonne, die sich als orangefarbener Ball langsam durch den morgendlichen Nebel arbeitete.

„Herrlich hier, so ganz früh am Morgen und völlig weg von dem Touristentrubel da unten!"

Als die Sonne vollends aus dem Nebel aufgetaucht war und ihre volle gleißende Leuchtkraft erreicht hatte, fassten sie sich an der Hand und setzten ihre Wanderung fort. Nach einer halben Stunde etwa umrundeten sie, auf der Suche nach einem schattigen Picknickplatz, einen neben ein paar Bergpinien stehenden Felsblock.

„Halt! Was machen Sie da? Sie können doch hier kein Feuer machen!"

Er lief auf drei Männer zu, die gerade im Begriff waren, einen Haufen aus Reisig und dürren Ästen anzuzünden. Er wollte die Flammen austreten, doch vier Hände packten ihn und zogen ihn vom Feuer weg. Er wehrte sich heftig, aber die Griffe, die ihn festhielten, ließen nicht locker. Inzwischen loderten die Flammen höher und höher, erreichten die umliegende Macchie und breiteten sich sofort mit erstaunlicher Geschwindigkeit aus.

„Brandstifter", dachte er. „Ganoven! Um Gottes Willen, was machen die jetzt mit uns?"

Seine Häscher zogen ihn von den Flammen weg und schleiften ihn zu einem etwas abseits stehenden Geländewagen.

„Faustine", schrie er, „lauf weg und hol die Polizei. Das sind Verbrecher. Renn so schnell du kannst!" Dabei trat er wild um sich. Hoffentlich schaffte er seiner Frau dadurch genügend Vorsprung. Aber der dritte Mann hatte sie bereits fest im Griff und führte sie ebenfalls zum Auto. Jetzt erst wurde ihm bewusst, dass die Männer Uniformen trugen mit der roten Aufschrift *„Sapeurs Pompiers"* auf dem Rücken. Auch der Jeep entpuppte sich als rotes Feuerwehrauto.

„Warum halten Sie uns fest? Wieso löschen Sie das Feuer nicht? Das gibt doch einen gefährlichen Waldbrand." Dann begann ihm zu dämmern: Das waren gar keine Feuerwehrleute. Es waren doch Kriminelle, verkleidet als Feuerwehrleute. Aber warum? Wieso legten die hier oben ein Feuer? Er konnte sich nicht erklären, welchen Gewinn sie aus dieser Brandstiftung ziehen sollten. Jetzt bekam er richtig Angst. Wenn das Verbrecher waren – und er zweifelte keinen Augenblick mehr daran – was würden die mit ihm und seiner Frau machen?

Während er besorgt zu Faustine blickte, öffnete sich eine Tür des Jeeps. Ein Mann in der blauen Uniform der *gendarmerie nationale* stieg aus und ging auf ihn zu. Er sah täuschend echt aus und schaute die Wanderer wütend und ein bisschen ratlos an.

„Wieso sind Sie hier und was machen Sie hier?", brüllte er. „Das ist Sperrgebiet, Sie haben hier nichts verloren!"

Routinemäßig begann er, den Mann und die Frau nach Waffen abzutasten.

„Nehmen Sie Ihre dreckigen Finger von meiner Frau! Ich weiß, dass Sie kein Polizist sind, sondern ein verkleideter Gangster."

„Doch, ich bin Polizist!", wandte sich der Gendarm wieder dem Mann zu und wies sich aus.

Auf die fragenden Blicke des Ehepaares antwortete er:

„Das ist eine Geheimaktion. Sie dürfen hier nicht bleiben. Ich lasse Sie fortbringen."

Er beauftragte einen der Feuerwehrleute, die beiden Wanderer mit dem Jeep nach Moustiers zu fahren und anschließend sofort zurück zu kommen. Völlig verblüfft und von der Situation überrumpelt kletterten Faustine und ihr Mann auf die Rückbank des Geländewagens.

„Sieh doch, Éric! Die vielen *pompiers* und Feuerwahrautos!", rief Faustine, als sie um einen dicht bewaldeten Hügel in eine Geländemulde fuhren. Feuerwehrleute, mindestens zwei Hundertschaften, standen dort wartend bei ihren Löschfahrzeugen.

„Faustine, das ist eine Feuerwehrübung, ein Manöver."

„Nein, das ist schon Ernst", meinte der Fahrer. „Es hat mit dem Kidnapping zu tun. Sie haben doch sicher den TV-Aufruf gesehen."

„Das ist ja aufregend. Erzählen Sie!"

Der Pompier besann sich, dass ihnen von der Einsatzleitung ein absolutes Redeverbot auferlegt worden war.

„Darf ich nicht. Das ist alles streng geheim."

Ab da reagierte er auf die vielen Fragen, die auf ihn niederprasselten, nur noch mit einem Schulterzucken und einem sich ständig wiederholenden „Kein Kommentar."

\*\*\*

„*France-Bleu-Provence, bon jour.* Was kann ich für Sie tun?"

„Ah, Simone, du bist es. *Bon jour*", begrüßte er die Telefonistin.

„Éric Ballardé hier. Gib mir bitte schnell André! Ich hab was für sein Mittagsjournal."

Nach einigen Takten von „*Sur le pont d'Avignon*" meldete sich eine tiefe Männerstimme.

„*Salut Éric*! Was führt dich zu uns? Wird es dir schon zu langweilig als Rentner? Du hast doch immer gesagt, dir passiert das niemals. Du wolltest mit deiner Faustine Frankreich erwandern. Wie geht es ihr übrigens?"

„Gut, danke. Aber hör zu, ich hab da was ganz Heißes. Damit kannst du alle anderen Sender ausstechen."

Dann erzählte Éric Ballardé, der seit kurzem pensionierte Lokaljournalist des Regionalsenders *France-Bleu-Provence*, was er mit seiner Frau vor einer knappen halben Stunde erlebt hatte, und welche Schlüsse er daraus zog.

„Und du meinst, die wollen die Verbrecher ausräuchern und sie dann festnehmen, wenn die mit dem Kind vor den Flammen fliehen. Gar nicht so dumm, die Idee. Aber woher weiß die Polizei, dass die dort oben sind? … Das weißt du auch nicht? Ist auch nicht so wichtig. Ich bring das gleich in meinem Journal. Das gibt einen Knüller. Danke Éric! Du hast was gut bei mir."

\*\*\*

Feueralarm! Von allen öffentlichen Gebäuden der umliegenden Orte heulten Sirenen die Brandwarnung ins Land. Die vormittägliche dörfliche oder städtische Geschäftigkeit ließ sich dadurch jedoch kaum beeinträchtigen. Zwar hörten die Hausfrauen beim Einkaufen, die Rentner auf den Bouleplätzen und die Touristen in den Geschäften und Bars den gellenden Alarmton. Sie ließen sich aber dadurch nicht stören. Es brannte eben, irgendwo draußen in den Bergen. Außer einem kurzen Einhalten und Lauschen, hielt sie das nicht von ihren morgendlichen Aktivitäten ab.

Am blauen Himmel konnte man verfolgen, wie zwei dicke graue Rauchwolken empor quollen, laufend ihre Form änderten und ständig größer wurden. Der sanfte Ostwind trug sie behutsam davon. Aus der Ferne sah das aus wie ein großes Dampfschiff mit zwei rauchenden Schornsteinen, dachte Papperin, der die Ausbreitung des Feuers von der provisorischen Einsatzzentrale, dem Ruinendorf Château Neuf Les Moustiers, beobachtete. Man konnte von dort zwar nur einen Teil des in Betracht kommenden Areals überblicken. Aber von hier aus konnten sie den regen Funkverkehr am deutlichsten verfolgen, der zwischen den einzelnen Einsatzfahrzeugen stattfand. Inzwischen war es neun Uhr, und die beiden gelegten Brände hatten sich schon ausgebreitet. Der Lösch- und Sucheinsatz lief auf vollen Touren.

*„Monsieur le commissaire,* kommen Sie schnell, hören Sie!", wurde er von einem der Feuerwehrleute erregt aufgefordert. An seinem Smartphone hatte dieser die Radionachrichten verfolgt. Er stellte den Ton so laut wie dies technisch möglich war und hielt das Gerät Papperin hin.

„... nach einem Bericht unseres Korrespondenten Éric Ballardé findet gerade ein Großeinsatz von Gendarmerie und Feuerwehr auf dem Hochplateau über Moustiers Sainte Marie statt. Dort sollen sich die Entführer des kleinen Dominic, des Sohnes der Schauspielerin Nicole de Laterre, mit dem Kind befinden. Mit Hilfe eines bewusst gelegten Waldbrandes sollen diese zur überhasteten Flucht aus den Flammen gezwungen werden. Die Polizei hofft, sie im Chaos des Flammenmeeres festnehmen oder erschießen zu können, ohne dass dem Kind dabei etwas geschieht. Derzeit liegen noch keine weiteren Informationen vor. Radio *France-Bleu-Provence* bleibt aber am Ball und wird Sie aktuell über die Entwicklung dieser Aktion unterrichten. Der Streik der Hafenarbeiter in Marseille ..."

*„Merde!* Woher wissen die das?", schimpfte Papperin. Er reichte das Smartphone dem Feuerwehrmann zurück. Es war genau das passiert, weshalb er bei solchen Großeinsätzen immer ein nagendes Unbehagen verspürte. Auch diesmal kannte er die meisten der Männer nicht, wusste nicht, wie zuverlässig sie waren. Und jetzt hatte offensichtlich einer nicht dicht gehalten. Es genügte ja schon, wenn er seiner Frau davon erzählt hatte. Und sei es nur, um zu rechtfertigen, dass er schon wieder vor Tag und Tau zu einem Einsatz gerufen wurde.

\*\*\*

In der Jugendherberge von La Palud hörte eine Gruppe von Studenten beim gemeinsamen Frühstück die Nachricht im Radio.

„Hey Kumpels, habt ihr gehört? Da oben ist was los. Da gibt's was zu sehen. Los kommt, wir fahren rauf." Fünf Minuten später setzte sich die Autokolonne in Richtung Hochplateau in Bewegung.

Die Radiomeldung von *France-Bleu-Provence* fand nicht nur in der Jugendherberge aufmerksame Hörer. Auf den Campingplätzen der Umgebung, in Häusern, Hotels und Ferienwohnungen der umliegenden Dörfer löste die Nachricht Neugierde und Sensationslust aus. Aus allen Himmelsrichtungen machte sich eine große Zahl von Schaulustigen auf den Weg, überwiegend Urlauber, kaum Einheimische. Mit PKWs, Geländewagen und Motorrädern strömten sie in die Berge, um ja nichts von dem vermuteten Showdown zu verpassen.

\*\*\*

„Liebe Hörerinnen und Hörer. Wir unterbrechen unsere Hausfrauensendung kurz. Es gibt Aktuelles von der Polizeiaktion auf dem Hochplateau über Moustiers. Wir haben einen Interviewpartner: Ich spreche mit dem Chef der Gewerkschaft der Feuerwehren." Er räusperte sich und fuhr dann fort:

„*Monsieur* Portello, haben Sie das Versteck schon gefunden und das Kind retten können?"

„Kein Kommentar".

„Können Sie bestätigen, dass die *pompiers sapeurs* dort oben gezielt Brände gelegt haben, um die Entführer zur überhasteten Flucht vor dem Feuer zu zwingen?"

„Es stimmt, dort oben sind zwei Feuer ausgebrochen, die wir mit vereinten Kräften bekämpfen. Von einem Zusammenhang mit dem Fall von Kindesentführung ist mir nichts bekannt. Es handelt sich wohl um die im Hochsommer bedauerlicherweise immer wieder auftretenden Waldbrände, die entweder von unachtsamen Wanderern oder auch durch Selbstentzündung aufgrund der Sonnenlichtfokussierung in Glasscherben verursacht werden. Aber wir werden das schnellstmöglich in den Griff bekommen. Drei Löschflugzeuge sind bereits alarmiert und werden in Kürze am Brandort eintreffen."

„Aus zuverlässiger Quelle haben wir aber erfahren, dass keine Selbstentzündung vorliegt, sondern dass alles inszeniert wurde. Das soll in Zusammenhang mit dem Entführungsfall stehen. Vor gut einer Stunde, liebe Hörerinnen und Hörer, haben wir ausführlich darüber berichtet."

„Ich wiederhole nochmals: Von einem Zusammenhang mit dem Fall von Kindesentführung ist uns nichts bekannt. Jetzt entschuldigen Sie mich bitte, ich habe Wichtigeres zu tun."

\*\*\*

Es begann langsam heiß zu werden im Peugeot Boxer, dem provisorischen Kommandozentrum. Der Kleinbus hatte keine Klimaanlage. Den großen Mercedesbus, der mit der neuesten Computer-, Funk- und Ortungstechnik ausgestattet und klimatisiert war, hatte man nicht verwenden können. Er war für das steinige Gelände nicht geeignet. So hatten sie auf den kleineren und älteren Peugeot zurückgreifen müssen. *Commissaire* Papperin und Cyril Sarré, ein ranghoher Feuerwehrkommandant, saßen auf engem Raum im Laderaum neben einem Techniker, der die Kommunikation mit und zwischen den zahlreichen Einsatzfahrzeugen koordinierte. Den dreien standen Schweißperlen im Gesicht. Auf ihren Hemden breiteten sich dunkle Schwitzflecken aus.

„Einsatzzentrale bitte kommen!", quäkte es aus dem Lautsprecher.

„Hier Einsatzzentrale, was gibt es?", meldete sich der Techniker am Funkgerät.

„Hier nähert sich ein Pulk von Autos und Motorrädern. Die kommen über die Forststraße von Saint Jur rauf. Sensationsgierige, die stören uns bei der Arbeit. Was sollen wir mit denen machen?"

Papperin nahm das Mikro:

„Anhalten und zurückschicken. Aber schaut in jedes Auto rein. Wenn ein Junge drin ist, etwa fünf Jahre alt, dann nehmt ihr den oder die Fahrer vorläufig fest. Aber Vorsicht! Mit hoher Wahrscheinlichkeit sind die bewaffnet."

Der Feuerwehrkommandant übernahm das Mikro:

„Wie viele und wo genau seid ihr?"

„Drei. Wir stehen da, wo die Forstwege von Saint Jur und Rougon zusammenlaufen", quäkte es zurück.

„Dann stoppt ihr die dort und leitet sie nach Rougon ab. Auf keinen Fall dürft ihr sie weiter ins Einsatzgebiet rein lassen. Verstanden? Wir schicken euch Verstärkung."

„Ok, wird gemacht, Chef!"

Über Funk dirigierte er ein zusätzliches Einsatzfahrzeug an die genannte Weggabelung.

Zäh floss die Zeit dahin. Unentwegt quäkte der Lautsprecher. Die Hitze in dem fensterlosen Laderaum des Peugeot-Boxers, der provisorischen Kommandozentrale, wurde unerträglich. Trotzdem verfolgten die beiden Einsatzleiter, Jean-Luc Papperin von Seiten der Polizei und Cyril Sarré als der für die Löschaktion verantwortliche *pompier*, den Funkverkehr zwischen den Feuerwehrfahrzeugen mit gespannter Aufmerksamkeit. Die Details der Brandbekämpfung interessierten Papperin nicht. Er konzentrierte sich auf die Meldungen der Suchfahrzeuge. Leerstehende Steinhütten, ein paar verrostete Autowracks, hie und da ein Tierskelett. Nichts was sie weiterbrachte. Stunden vergingen, ohne dass sich Entscheidendes tat.

„Einsatzzentrale bitte kommen!"

„Was gibt es, Patrick?" Der Feuerwehrkommandant hatte die Stimme eines seiner Männer erkannt.

„Ich glaube, ich habe etwas für euch. Gib mir den Polizisten!"

Papperin riss seinem Gegenüber das Mikro aus der Hand.

„Hier *commissaire* Papperin, was haben Sie?", meldete er sich.

„Wir sehen weiter vorne einen silbernen Landcruiser", quäkte es aus dem Lautsprecher.

„Wo?", rief Papperin aufgeregt ins Funkgerät.

„Etwa vier-, fünfhundert Meter vor mir. In einem Pinienhain"."

„Wo Sie sind, will ich wissen."

„Das ist schwer zu sagen. Irgendwo im Gestrüpp."

„Geben Sie mir die Koordinaten von Ihrem Navi! Schnell bitte"

Es dauerte eine Weile. Man hörte, wie sich der Feuerwehrmann und der ihn begleitende Polizist berieten, wie man die Koordinaten auf das Display bekommt. Dann endlich schnarrte der Lautsprecher:

„43°51'44"Nord und 6°37'53"Ost"

„Sehen Sie sonst noch was?"

„Eine alte Schäferhütte an einer Felswand, etwa 20 Meter östlich vom Auto."

„Personen?"

„Keine!"

„Ok. Warten Sie bis wir da sind. Aber bleiben Sie in Deckung. Von der Hütte aus darf man Sie auf gar keinen Fall sehen."

\*\*\*

Es dauerte nicht lange, bis die Mitarbeiter von Papperin sich auf die Funkanweisung ihres Chefs in ihren Feuerwehrjeeps an den angegebenen Koordinaten im Pinienhain eingefunden hatten. Eine knappe halbe Stunde später traf endlich auch die Spezialtruppe ein, die Papperin angefordert hatte. Es ging nicht schneller, da sie nicht, wie gewöhnlich bei solchen Einsätzen, mit dem Helikopter einfliegen konnten. All das musste unbemerkt von den in der Bergerie vermuteten Entführern vonstatten gehen. Zehn schwer bewaffnete, durch Helme und kugelsichere Westen geschützte schwarze Gestalten scharten sich um Papperin und seine Mitarbeiter zur Lagebesprechung.

Nur mit Mühe und unter Hervorkehrung seiner Weisungsbefugnis als verantwortlicher Einsatzleiter konnte Papperin den Chef der Kommandotruppe davon abbringen, das Steinhaus sofort im offenen Angriff zu erstürmen.

„Kein Sperrfeuer, keine Blendgranaten, kein Betäubungsgas, nichts kommt zur Anwendung, solange wir nicht genau wissen, was sich in der Steinhütte dort abspielt", bremste er den Tatendrang der Vermummten. Nur widerwillig fügten sich diese dem Kommando des Polizeikommissars. Sie waren es nicht gewohnt, Befehle von einem Zivilisten zu befolgen –auch wenn es sich um einen noch so hohen Polizeibeamten handelte.

Schließlich wurde vereinbart, dass sich zwei der Spezialkräfte in weitem Bogen, unbemerkbar von etwaigen darin befindlichen Personen, um die Bergerie schleichen und von hinten auf den Felsblock klettern sollten, an den die Steinhütte gelehnt war. Von dort oben sollten sie mit ihren hochsensiblen technischen Geräten Informationen über das Innenleben der Hütte sammeln und per Funk durchgeben.

Die beiden ausgewählten Späher waren offensichtlich hervorragend ausgebildet. Man sah nichts, absolut nichts. Trotz genauesten Beobachtens durch ein starkes Fernglas, konnte Papperin nicht erkennen, auf welchem Weg sich die beiden dem Felsblock näherten. Erst der geflüsterte Funkspruch „Jetzt sind wir unmittelbar über dem Dach", zeigte ihm an, dass sie ihr Ziel erreicht hatten.

Nur weil er wusste, wo die beiden waren, konnte er jetzt durch das Glas erkennen, dass sich auf dem Felsen etwas regte. Er ahnte mehr als er es sah, wie ein Draht mit einem Spezialmikrofon langsam auf das mit groben Kalkplatten gedeckte Dach herabgelassen wurde.

„Keine Geräusche im Inneren wahrnehmbar", drang es geflüstert aus seinem Kopfhörer.

„Wir versuchen eine Kamera durch eine Lücke im Dach zu lassen."

Papperin kannte diese Kameras, die am Ende eines dünnen flexiblen Glasfaserrohres saßen und sich durch kleinste Öffnungen schieben ließen. Wie in der Medizin bei minimalinvasiven Eingriffen. Er dachte unwillkürlich an die Angioskopie, die man bei seinem Vater nach dessen Herzinfarkt gemacht hatte. Minutenlang blieb sein Headset stumm. Dann kam wieder die geflüsterte Stimme:

„Noch haben wir kein Bild. Jetzt! Es ist sehr dunkel in dem Raum. Soweit wir sehen können ist er leer. Stopp, dreh noch mal etwas nach links", hörte Papperin.

„Doch, da ist jemand. Er liegt. Scheint zu schlafen."

„Seht ihr das Kind?", fragte Papperin.

„Nein, nicht ausmachbar. Aber es liegt viel herum – wohl Kleider und Decken. Da könnte jemand drunter liegen."

„Irgendeine Bewegung im Raum?", wollte der Chef der Sturmtruppe wissen.

„Nein, bislang nicht."

„Gut, dann starten wir!"

Während Papperin und seine Polizisten in Deckung blieben, bewegten sich die acht Spezialagenten langsam auf die Hütte zu, die Maschinenpistolen im Anschlag. Vorsichtig, ohne ein Geräusch zu verursachen, nahmen sie rechts und links vom Eingang Stellung. Die schwere, aus groben Balken gezimmerte Türe war geschlossen. Die Schäferhütte hatte keine Fenster. Der Anführer verständigte sich mit seinen Leuten durch Handzeichen. Durch sein Glas beobachtete Papperin diese pantomimische Unterhaltung.

Zunächst schienen sie zu rätseln, ob die Türe von innen verriegelt war. Offensichtlich wagten sie nicht, daran zu rütteln. Dann schienen sie sich zu einem Entschluss durchgerungen zu haben. Soweit er verstand, sollte einer der Männer eine Sprengladung außen an der Türe anbringen. Nach erfolgter Explosion sollte ein zweiter Mann etwas durch die dann offene Türe werfen. Vermutlich eine Blend- oder Reizgasgranate. Und schließlich sollten sie paarweise nacheinander das Gebäude erstürmen und sofort nach rechts und links neben dem Eingang Kampfstellung einnehmen. Papperin hatte die stummen Anweisungen richtig verstanden. Die Männer setzten Gasmasken auf. Es folgte ein kurzer trockener Knall, dann waren sie in der Hütte verschwunden.

Schon im Laufen hörte Papperin in seinem Kopfhörer:

„Keine Gefahr! Ihr könnt kommen!"

Außer Atem erreichte er das Gebäude und stolperte fast über die Schwelle. Da noch Reste des Tränengases in der Hütte waberten, begannen seine Augen sofort höllisch zu brennen. Trotzdem zwang er sich, so gut es mit den tränenden und schmerzenden Augen eben ging, den Raum zu inspizieren. Der Berg aus Decken und Kleidern verbarg niemanden. Die Agenten hatten ihn bereits durchwühlt. Links hinten, in einer dunklen Ecke hielten drei der Männer des Sturmkommandos eine liegende Person mit schussbereiten MPs in Schach. Papperin trat näher. Es war ein schwarzhaariger Mann. Er lag auf der Seite, das Gesicht zur Mauer gewandt.

„Umdrehen!", befahl der Kommissar, aber der Mann machte keine Anstalten, diesem Befehl zu folgen. Schließlich stieß ihm einer der Bewaffneten den Schaft seiner Maschinenpistole in die Seite. Die Person bewegte sich und rollte auf den Rücken. Leere weiße Augen starrten ihnen entgegen. Mitten in der Stirne klaffte ein kleines schwarzes Loch.

„Der tut keinem mehr was zu Leide", sagte jemand. Papperin sah sich den Toten genauer an.

„Aber das ist doch … ich kenne den", murmelte er verblüfft. „Das ist unser Hauptverdächtiger. Luciani, Gian-Carlo Luciani."

Frustriert realisierte er, wie sich ihre schöne Theorie in Luft auflöste. Ihr mutmaßlicher Entführer war selbst zum Opfer geworden. Jetzt konnten sie wieder von vorne anfangen. Aber wer hatte ihn umgebracht? Detejo, der Vater des kleinen Domi? Und warum? Lauter neue Fragen türmten sich auf.

„Jean-Luc, was …?" Jeannine hatte bemerkt, wie der Fund des Toten ihren Chef seelisch aus den Gleisen geworfen hatte.

„Ich verständige jetzt die Spurensicherung."

„Ja, gut. Alle raus hier, dass nicht noch mehr Spuren zerstört werden! Zurück zu unseren Einsatzfahrzeugen." Papperin hatte wieder zu sich gefunden und übernahm das Kommando.

\*\*\*

Pascal saß starr vor Schreck vor dem Autoradio. Er hatte *France-Bleu-Provence* eingeschaltet. Wie in Trance hörte er die Meldungen und das Interview mit einem Feuerwehrmann:

„…*Monsieur* Portello, haben Sie das Versteck schon gefunden und das Kind retten können?"

„Kein Kommentar".

„Können Sie bestätigen, dass die *sapeurs pompiers* dort oben gezielt Brände gelegt haben, um die Entführer zur überhasteten Flucht vor dem Feuer zu zwingen?"

Seine Gedanken rasten.

„Verdammt! Woher wissen die, dass wir hier sind? Weg! Wir müssen weg, sofort!"

Er hastete die wenigen Meter vom Auto zur Bergerie, stieß das klobige Holztor auf. Er blickte panisch um sich. All das würde er hierlassen müssen. Was sollte er mit der Leiche machen? Auch zurücklassen! Nur Domi musste mitkommen. Der lag gefesselt auf einem Kleiderhaufen und wimmerte leise vor sich hin. Er riss den jammernden Jungen hoch und schleppte ihn hinaus. Kurz zögerte er. Welches Auto sollte er nehmen? Er entschied sich gegen den Landcruiser und stieß das Kind in den Kofferraum des daneben parkenden schwarzen Megane. Mit aufheulendem Motor und durchdrehenden Reifen schoss der Wagen aus dem Pinienwäldchen. Nach wenigen hundert Metern, über die er das für dieses Gelände ungeeignete Auto gejagt hatte, erreichte er den Schotterweg. In einiger Entfernung sah er rote Löschfahrzeuge der Feuerwehr mit Blaulicht. Er schaute in den Rückspiegel. Zwei Motorräder verfolgten ihn. Sie kamen immer näher. Gendarmen! Dachte er und gab noch mehr Gas. Der Wagen schlingerte über den steinigen Weg. Jetzt setzten die Motorräder zum Überholen an. Sollte er sie rammen? Zu spät! In großem Bogen durch das Gelände hatten sie ihn umfahren. Aber sie fuhren weiter! Das waren keine Gendarmen. Zumindest hatten sie keine Uniformen an und auch die Motorräder waren keine Polizeifahrzeuge. An der Weggabelung in einem Pinienwäldchen näherten sich von rechts noch mehr Motorräder. Und Autos. Zivilfahrzeuge, keine Feuerwehr, keine Polizei. Er reihte sich in den vorbeiholpernden Autopulk ein, zwängte sich zwischen einen VW-Bus des lokalen TV-Senders und zwei Quads, die nebeneinander fuhren und deren Fahrer sich schreiend unterhielten. Jetzt dämmerte es ihm: Das waren die Schaulustigen, die Sensationsgeier, die von den Radiomeldungen angelockt waren und das Schauspiel aus nächster Nähe sehen und filmen wollten. Etwas erleichtert lehnte er sich zurück. Hier würde er nicht auffallen, zumindest vorerst.

Die Fahrzeugkolonne kroch um eine weite Rechtskurve auf eine Weggabelung zu. Ein Feuerwehrjeep mit Blaulicht blockierte den Fahrweg. Drei *pompiers* standen daneben. Einer stoppte mit der roten Kelle das vorderste Fahrzeug in der Kolonne.

„*Merde!*", quetschte Pascal zwischen den zusammengebissenen Zähnen heraus, als sich in der Kurve ein Blick nach vorne öffnete. Er schaute panisch um sich. Keine Chance zu wenden. Rechts dichter Pinienwald und links eine steile, von Macchie überwucherte Böschung. Und selbst wenn ihm das gelänge, der Weg war viel zu schmal, als dass er sich an den Autos, die ihm dann entgegenkämen, vorbeiquetschen könnte. Er fuhr soweit links, wie es nur ging, um an dem TV-Kastenwagen vor ihm vorbeischauen zu können.

„Die kontrollieren jedes Fahrzeug!" Seine Gedanken überschlugen sich. Was konnte er machen? Umkehren ging nicht. Einfach stehenbleiben? Ging auch nicht. Die hinter ihm kämen nicht vorbei. Damit würde er die Aufmerksamkeit der Feuerwehrleute direkt auf sich ziehen. Aber wenn sie ihn kontrollierten, fanden Sie das Kind im Kofferraum. Im Weiterfahren kam er zu dem Entschluss: Aussteigen und weglaufen. Das Kind zurücklassen. Aber das viele Geld!

„Scheiß auf das Geld", dachte er und wollte die Türe öffnen, als die Kolonne wieder einmal stockte. Aber jetzt war es zu spät. Sie waren schon zu nahe am Kontrollposten. Ein *pompier* sprach gerade mit dem Fahrer des TV-Busses unmittelbar vor ihm. Und dann – er traute seinen Augen nicht. Der Bus vor ihm wurde ohne weitere Kontrollen durchgewinkt und bog vor der Wegsperre links auf ein ins Tal führendes Forststräßchen ab. Jetzt war er an der Reihe. Er wollte schon die Pistole aus dem Schulterhalfter ziehen, fest entschlossen, sich den Weg frei zu schießen, als der Beamte ihm mit einer Handbewegung zu verstehen gab, dass er weiterfahren sollte. Mit ungläubigem Staunen folgte er dem Bus.

***

Einige Minuten hinter der Straßensperre steuerte der Fahrer des TV-Kastenwagens eine Ausweichstelle an, um auf seine nachfolgenden Kollegen in den Quads und dem schwarzen Audi zu warten. Er hatte dem Beamten mit der Stoppkelle erklärt, dass sie von der lokalen Fernsehgesellschaft seien, um einen Bericht für die Abendschau aufzuzeichnen.

„Auch wenn Sie vom Fernsehen sind, ich darf Sie nicht durchlassen."

Weder intensives Bitten noch das freizügige Lächeln seiner beiden attraktiven Journalistenkolleginnen konnten den Beamten umstimmen. Selbst das Angebot von fünfhundert Euro lehnte er kategorisch ab.

„Wir haben den strikten Befehl, alle abzuweisen. Es geht wirklich nicht", meinte er bedauernd. „Das ist Sperrgebiet. Bitte fahren Sie hier links ab und verlassen Sie das Areal unverzüglich."

Der Fahrer sagte noch, dass der schwarze PKW und die beiden Quads hinter ihnen auch noch zum TV-Team gehörten. Dann gab er Gas und befolgte den Befehl der *pompiers*.

Kaum standen sie in der Ausweiche, da schoss ein schwarzer Renault Megane an ihnen vorbei, Sand und Staub zu einer undurchsichtigen gelblichen Wand hinter sich aufwirbelnd.

„Der gehört nicht zu uns? Ich hab gar nicht gemerkt, dass sich einer dazwischen gedrängt hat. Muss ein Spinner sein, auf dem engen Weg die Quads und den Audi zu überholen."

Der sanfte Wind blies die Staubwolke von der Forststraße in den Wald. Von ihren Kollegen war weit und breit nichts zu sehen. Kein Fahrzeug kam auf dem Forstweg, soweit sie ihn hinter sich übersehen konnten. Er lag einsam im hellen Sonnenlicht. Endlich, nach fünf oder zehn Minuten näherten sich die Quads und der Audi. Dahinter der Pulk von Autos und Motorrädern der vielen umgeleiteten Schaulustigen.

„Uns haben sie durchgewinkt", sagte einer der Quadfahrer. „Aber Jaques und Céline im Audi hinter uns haben sie gefilzt. Deshalb haben wir Kehrt gemacht und gefragt was los ist."

Sie müssten jedes Auto durchsuchen, hätten die Beamten geantwortet. Die drei Fahrzeuge des Fernsehteams hätten sie ja durchgelassen. Und jetzt käme eben das nächste Auto dran. Man habe ihnen aber schnell klargemacht, dass der Audi zum TV-Team gehöre.

„Und der schwarze Megane, haben Sie gefragt, ob der auch zu uns gehört."

Der habe sich, berichteten sie weiter, etwa einen Kilometer vor der Sperre, seitlich aus der Pampa kommend, einfach dazwischen gedrängt.

„Die zwei haben sich komisch angeschaut und einer hat gesagt, dass sie den dann doch genauer hätten anschauen sollen. ,Sollen wir das der Einsatzleitung melden', hat der eine Beamte gefragt. Aber weil die Autos hinter uns zu hupen angefangen haben, haben die lieber die Autos abgefertigt."

„Und was machen wir jetzt?"

„Wir warten hier noch eine Weile und versuchen es später noch mal. Vielleicht kommen wir dann rein."

***

Papperin und sein Team warteten bei ihren Fahrzeugen, während die Fachleute von der Spurensicherung das Steinhaus mit dem Toten darin und die Umgebung gründlich untersuchten. Der Polizeiarzt – Papperin hatte ihn sofort nach der Entdeckung der Leiche angefordert – war vor kurzem mit dem Hubschrauber gebracht worden und hatte den Toten bereits untersucht.

„Der ist schon länger tot, mindestens einen Tag. Sie haben ja selbst gesehen, die Leichenstarre ist völlig abgeklungen und die Körpertemperatur entspricht der Raumtemperatur. Spätestens gestern Abend. Die Untersuchung des

Mageninhalts sagt uns vielleicht genaueres. Dazu wäre es hilfreich zu wissen, wann er zuletzt was gegessen hat."

Papperin sah den Leiter der Spurensicherung die Hütte verlassen und auf sie zukommen.

„Gestern hat er noch mit seiner Freundin diniert", sagte er zum Arzt und wandte sich dann dem Kriminaltechniker zu. Dessen Bericht brachte sie nicht sehr viel weiter, zumindest lieferte er keine heiße Spur. Gut, er erfuhr Näheres über die Mordwaffe, Kaliber 38 Spezial, vermutlich ein Revolver. Aber es gab zu viele Hersteller und Fabrikate mit diesem Kaliber. Diese Information war wertlos, zumindest, solange sie nicht eine Waffe fanden, die anhand von Geschoßvergleichen als Mordwaffe identifiziert werden konnte. Der Techniker zählte auf, was sie alles in der Hütte gefunden hatten.

„Da sind jede Menge Lebensmittelvorräte drin. Zwölf Flaschen Perrier, sieben davon leer. Zwei volle und zwei leere Rotweinflaschen. Kleidungsstücke eines Kindes, Decken, zwei Isomatten, zwei Campingstühle..."

Papperin unterbrach die Aufzählung: Ob sie Gläser oder Becher gefunden hätten? Nein, dann mussten die aus den Flaschen getrunken haben. Da sollten sich doch DNA-Spuren finden lassen. Er befahl, die geleerten Flaschen schnellstmöglich ins Labor zu Dr. Berlinotte zu bringen.

„Jeannine, du nimmst die Kleidungsstücke und fährst damit zu der Schauspielerin, wenn wir hier fertig sind. Sie soll sagen, ob die ihrem Sohn gehören. Ich bin zwar überzeugt, dass die von ihm sind. Trotzdem: Sicher ist sicher!"

Neben dem vor der Hütte parkenden Landcruiser, berichtete der Techniker weiter, hatten sie zwei verschiedene Arten von Reifenspuren entdeckt. Die breiteren gehörten zu dem Geländewagen. Bei den anderen, schmäleren, handelte es sich um Pneus des Typs Pirelli P6000. Nach Auskunft der Spurensicherer wurden solche Reifen vor allem von französischen Herstellern für Autos der gehobenen Mittelklasse verwendet. Details wie Beschädigungen oder Abnutzungsgrad der Reifen waren nicht erkennbar. Das ließ die Beschaffenheit des knochentrockenen, meist steinigen Bodens nicht zu.

***

Brigadier Dalmasso rief dem Kommissar aus einem der als Feuerwehrautos getarnten Polizeifahrzeuge zu:

„Jean-Luc, komm bitte mal. Hier kommt gerade ein interessanter Funkspruch."

Als Papperin am Auto angelangt war, sprach sie in das Mikro:

„Jetzt ist der Kommissar da. Bitte wiederholen Sie das noch einmal."

Papperin nahm den Hörer und lauschte dem Bericht des Einsatzleiters der Feuerwehr aus der mobilen Kommandozentrale. Feuerwehrkollegen von einer der Straßensperren hätten gemeldet, dass ihnen vor einigen Stunden möglicherweise ein Fehler unterlaufen sei. Sie hätten versehentlich einen PKW ungeprüft wegfahren lassen, weil sie geglaubt hatten, es sei ein Fahrzeug des Fernsehteams. Aber das sei nicht der Fall gewesen, wie sich später herausgestellt habe.

„Aber vermutlich ist das nicht weiter tragisch", fuhr der Feuerwehrkommandant fort. „Das waren sicher nur wieder welche von diesen sensationsgeilen Neugierigen, die von überall herkommen und uns bei der Arbeit behindern. Es soll auch nur ein Mann dringesessen sein, aber kein Kind. Ich sage Ihnen das nur der Vollständigkeit wegen."

„Können Ihre Leute den Mann beschreiben?", fragte Papperin.

„Ich glaube nicht. Sie haben gesagt, sie hätten ihn einfach durchgewinkt."

„Weiß man Genaueres über das Auto? Marke und Farbe zum Beispiel."

Papperins Gesprächspartner konnte dazu nichts sagen. Er wolle aber bei seinen Kollegen über Funk nachfragen. Nach einer kurzen Pause meldete er sich wieder.

„Ja, das wussten sie. Es war ein schwarzer Renault Megane, eine Limousine mit 4 Türen. Meine Leute meinen, es sei aber nicht das allerneuste Modell gewesen."

286

„Und über den Fahrer können sie wirklich nichts Genaueres sagen?"

Wieder knackte und rauschte es in der Leitung. Papperin hörte leise und undeutliche Gesprächsfetzen, konnte aber nichts verstehen. Endlich klang die Stimme des *pompiers* wieder laut aus dem Hörer.

„Den Mann haben sie nicht weiter beachtet, weil sie geglaubt haben, er gehört zum TV-Team. Meine Kollegen sagen, es war ein Weißer. Er hatte ein dunkelblaues Hemd oder T-Shirt an. Die Haarfarbe wissen sie nicht, denn er hat eine dunkle Baseballkappe aufgehabt."

„Das hilft uns jetzt nicht wirklich weiter. Trotzdem: Danke!"

Papperin breitete eine Karte des Gebietes auf der Motorhaube des Jeeps aus und dozierte zu seinen um ihn gescharten Mitarbeitern:

„Es kann sein, dass das tatsächlich nur ein Schaulustiger war. Es könnte sich aber auch um den Entführer gehandelt haben. Das Kind war zwar nicht im Auto. Er kann es aber in den Kofferraum gesperrt haben. Unterstellen wir das alles einmal. Dann ist er in Richtung Rougon, Point Sublime gefahren. Ab dort gibt es viele Möglichkeiten. Er kann zurück durch den Grand Canyon du Verdon nach Moustiers gefahren sein, oder in Richtung Trigance, vielleicht hat er auch die Nationalstraße nach Castellane genommen. Wie lange ist das her?" Papperin blickte seine Mitarbeiter fragend an.

„Über eine Stunde? Dann hat es keinen Sinn mehr, einen Hubschrauber anzufordern um die in Frage kommenden Straßen zu überwachen. Der ist längst über alle Berge."

Papperin überlegte eine Weile. Schließlich meinte er:

„Es kann nicht schaden, wenn wir an alle Polizei- und Gendarmerieposten eine Anfrage mit der Bitte schicken, uns alle Vorfälle zu melden, bei denen irgendein Zusammenhang mit einem schwarzen Mégane besteht. Verkehrsunfälle, Geschwindigkeitsüberschreitungen, Falschparken und so. Guy-deux, machen Sie das bitte sobald wir im Kommissariat zurück sind!"

Die Suchaktion war abgeblasen. Die als Feuerwehrleute verkleideten Polizisten und Gendarmen waren in ihre Dienststellen und Kasernen zurückgekehrt. Nur die echten Feuerwehrleute blieben weiter im Einsatz, um die Brandherde zu bekämpfen, bis auch das letzte Glutnest gelöscht war.

In seinem Kommissariat in Aix hatten sich Papperin und seine Leute zur Lagebesprechung versammelt. Der Plan, mit den gelegten Waldbränden das Versteck der Entführer zu entdecken, war zwar aufgegangen. Sein eigentliches Ziel aber, das Kind dabei ausfindig zu machen und zu retten, wurde verfehlt. Gut – sie wussten jetzt, dass Gian-Carlo Luciani in den Fall verwickelt war. Nur brachte sie das nicht weiter, denn er konnte nicht mehr verhört werden. Aber wer hatte ein Interesse, ihn zu erschießen. Die Schauspielerin kam dafür nicht in Frage. Sie war die ganze Zeit in ihrem Schloss, beschützt von zwei Gendarmen – falls Luciani doch zurückkommen sollte. War es vielleicht doch möglich, dass Luciani gar nicht zu den Kidnappern gehört hatte. Dass er auf der anderen Seite gestanden und auf eigene Faust versucht hatte, Domi den Entführern zu entreißen. Schließlich war er der Lebensgefährte der Mutter. Durfte man ausschließen, dass er ihr helfen wollte und dabei selbst Opfer der Verbrecher wurde. Aber wie kam dann seine DNA auf die Briefmarke? Und immer wieder die Frage: Wer hatte Luciani erschossen? Steckte Dominics Vater dahinter? Hatte er den Mord selbst verübt und war dann mit dem Kind geflohen? Oder hatte er Helfershelfer? Etwa diesen Pascal. Der war ein Mörder, das stand fest. Er hatte den Radrennfahrer erschossen.

In diesem Augenblick wurde die Türe aufgestoßen und krachte mit lautem Knall gegen das Bücherregal. *Brigadier* Jeannine Dalmasso kam hereingestürmt. Sie blickte kurz um sich und ließ sich dann in den nächsten freien Stuhl fallen.

„Mann, bin ich fertig", seufzte sie. „Ich komme direkt von der de Laterre."

Wie Papperin erwartet hatte, gehörten die Kleider dem Sohn der Schauspielerin. Das hatte sie noch relativ gefasst aufgenommen. Erst als die Polizistin ihr vom Mord an ihrem Lebensgefährten Gian-Carlo Luciani berichtet hatte, war sie zusammengebrochen. Völlig in Tränen aufgelöst hatte sie sich an Jeannine geklammert und immer wieder gefragt, wie es jetzt weitergehen solle? Er sei der einzige, der voll zu ihr gestanden habe. Er wollte Domi retten, die Entführer zur Strecke bringen, eigenhändig erschießen wollte er sie.

„Die ist voll überzeugt, dass er nichts mit der Entführung zu tun hat. Sie wollten heiraten und mit Domi nach Sizilien, in die Heimat von diesem Luciani ziehen. Ihre Karriere gibt sie auf, hat sie gesagt. Sie will nur noch Mutter und Ehefrau sein, da drunten, in ihrer neuen Heimat." Jeannine schaute Papperin an.

„Jean-Luc, wir müssen Domi finden. Nicht nur wegen dem Kind, auch wegen der Mutter. Die tut sich was an, wenn sie auch noch ihren Sohn verliert. Mein Gott, tut mir die Frau leid!"

Auch Papperin empfand großes Mitleid mit Nicole de Laterre, der Frau, die er bislang ausschließlich als Filmstar bewundert und, wenn er ehrlich zu sich war, auch wegen ihrer strahlenden Schönheit und wegen des dezenten erotischen Flairs, das sie ausstrahlte, verehrt hatte. Diese Gefühle waren seit der Entführung von dem grenzenlosen Kummer und Schmerz verdrängt worden, die sie jetzt ertragen musste. Das schlimmste, was einer Mutter geschehen konnte, war, ihr Kind zu verlieren – noch dazu das einzige Kind. So irrational und affektiert sie sich teilweise verhalten hatte, so etwas musste man ihr nachsehen, dachte er.

Schließlich war sie Schauspielerin – solche Menschen konnte man wohl nicht mit normalem Maß messen. Aber wie konnte er ihr helfen? Er blickte seine Mitarbeiter an:

„Aus dem Luciani können wir nichts mehr rausbekommen. Trotzdem müssen wir an ihm dranbleiben. Ob er nun zu den Bösen oder zu den Guten gehört – in jedem Fall hat er gewusst oder herausgefunden, wo das Kind versteckt gehalten wurde. Also müssen wir uns intensiv mit seinem Umfeld befassen. François und Guy, ihr beide kümmert euch darum. Was er in der letzten Zeit gemacht hat, wen er getroffen hat usw. *Brigadier* Malmotte meine ich", wandte er sich an Guy-deux, als er sah, wie sich die beiden Guys seines Teams ratlos anschauten.

„Die zweite Spur, die wir verfolgen müssen, ist der Vater – dieser aufbrausende Spanier. Den werden Jeannine und ich uns vornehmen – gleich morgen früh fahren wir zu ihm ins Hotel."

Mit einem Blick auf die Uhr – es war inzwischen fast zehn Uhr abends – meinte er:

„Jetzt sollten wir für heute Schluss machen. Morgen früh geht es weiter. Mittags – sagen wir um halb eins – Lagebesprechung im Kommissariat. Gute Nacht!"

# Schnitzeljagd

*Mittwoch, 30. Juli*

Der Tag begann frustrierend für *commissaire* Papperin. Er hatte sich mit Jeannine sofort am Morgen aufgemacht, um Domis Vater in seinem Marseiller Hotel zu vernehmen. Auf den Anruf aus der Rezeption hatte der nicht reagiert. Er müsse aber in seiner Suite sein, denn der Concièrge hätte gesehen, wenn er das Hotel verlassen hätte. So standen sie jetzt vor seiner verschlossenen Zimmertüre. Papperin schlug mehrmals mit der Faust dagegen. Längere Zeit tat sich nichts. Schließlich öffnete sich ein Spalt, und ein Kopf mit zerzausten Haaren reckte sich heraus. Geistesabwesend schaute der Rennfahrer die beiden Polizisten an. Sein linkes Auge war dick zugeschwollen und von tiefblauer Farbe. Heftpflaster auf Stirne und Kinn ließen Papperin vermuten, dass er in eine Schlägerei verwickelt war. Der Kommissar drückte die Türe mit der Schulter auf und drängte den Spanier ins Zimmer. Jeannine folgte nach und schloss die Türe. Sie hatten ihn ganz offensichtlich im Schlaf gestört. Noch etwas benommen nahm er Oropax-Stöpsel aus seinen Ohren. Langsam schien er zu erkennen, wer ihn so früh am Morgen geweckt hatte. Er stemmte beide Hände gegen die Wände des schmalen Ganges und verwehrte ihnen so den weiteren Zutritt zu seiner Suite.

„Scheren Sie sich zum Teufel!", fuhr er die Polizisten an. „Ich habe Ihnen doch gesagt, dass die Polizei nicht mehr dabei ist. Oder wollen Sie meinen Domi in Gefahr bringen?"

Papperin schob ihn trotz aller Proteste vor sich her in das Zimmer und eröffnete das Verhör:

„Wo waren Sie in der Zeit zwischen Montag, dem 28. Juli 20 Uhr und gestern, Di. 29. Juli 13 Uhr?"

„Ich wüsste nicht, was Sie das angeht! Verlassen Sie sofort meine Suite! Oder haben Sie einen Durchsuchungsbeschluss?"

Er bemerkte Papperins Zögern.

„Nein? Dann ist das Hausfriedensbruch, also hauen Sie ab!" Jetzt wurde er richtig aggressiv.

„Ich werde mich beschweren!", schrie er und versuchte Papperin und Jeannine mit Gewalt wieder in die schmale Eingangsdiele und aus seinem Apartment hinaus zu drängen.

„Sooo ein Disziplinarverfahren hänge ich Ihnen an", dabei machte er mit beiden Armen eine große kreisförmige Bewegung, die andeuten sollte, wie gigantisch das Verfahren sein würde.

„Und halten Sie sich aus der Sache mit meinem Sohn heraus! Ich will keine Einmischung von der Polizei oder der Gendarmerie. Das regle ich ganz alleine. Und zwar so, dass Domi kein Haar gekrümmt wird."

Jetzt wurde es Papperin zu bunt. Er gab dem Spanier einen Stoß, so dass dieser in den Raum zurück stolperte und auf das ungemachte Bett plumpste.

„Jetzt hören Sie mal genau zu: Wir ermitteln hier in einem Mordfall. Vorgestern Nacht oder gestern Vormittag wurde der mutmaßliche Entführer Ihres Sohnes erschossen. Dominic ist nach wie vor verschwunden. Ihnen ist wohl klar, dass Sie der Hauptverdächtige sind – bei Ihrer Vorgeschichte! Also antworten Sie gefälligst. Wo waren Sie in dieser Zeit? Wenn Sie sich weiter weigern, muss ich Sie in Beugehaft nehmen."

„Und deswegen denken Sie, ich hätte den Mord begangen und meinen Sohn befreit? Glauben Sie wirklich, ich wäre dann hier, im Hotel in Marseille? Nein", höhnte er. „Dann wären wir längst über alle Berge. Domi und ich.

Dort, wo weder Sie und Ihre *police* noch meine Exfrau uns etwas anhaben können."

Er hatte sich wieder etwas beruhigt, schlenderte stumm zum riesigen Fenster seines Apartments und blieb regungslos davor stehen – ein skurriler Anblick: In seinem zerknitterten Seidenpyjama und mit wirrer schwarzer Haarpracht stand er leicht nach vorne gebeugt vor der Glasfront und schien die großartige Aussicht auf den Hafen und das Meer zu betrachten. Ohne den Blick von diesem Panorama abzuwenden, begann er mit monotoner Stimme zu schildern, was er in der fraglichen Zeit unternommen hatte.

„Ich bin überzeugt, dass Domi irgendwo hier in Marseille gefangen gehalten wird. Ich habe ihn gesucht, mich nächtelang in Kneipen und düsteren Spelunken umgehört. Irgendjemand aus der Unterwelt musste doch etwas bemerkt, gehört oder gesehen haben. Mit Hunderten zwielichtiger Gestalten habe ich gesprochen, ihnen Geld angeboten. Geld für Hinweise gezahlt, die alle zu nichts geführt haben. Rausgekommen ist überhaupt nichts. Schließlich wurde ich überfallen und ausgeraubt."

Trotz intensivstem Nachbohren war er nicht in der Lage, Personen zu benennen, die seine Geschichte bezeugen konnten. Lediglich der Nachtportier, so meinte Detejo, habe ihn heute früh gesehen, wie er nachhause gekommen sei.

Auf einen Wink ihres Chefs rief Jeannine bei der Rezeption an. Zum Glück war die Nachtschicht gerade erst zu Ende gegangen und der Angestellte noch im Hause. Papperin schickte seine Kollegin hinunter, um sich diese Aussage bestätigen zu lassen. Er selbst blieb bei dem Spanier. Aber alle seine Versuche, diesem Genaueres über seine Aktivitäten in den vergangenen beiden Nächten zu entlocken, blieben erfolglos. Jeannine kam zurück. Der Nachtportier hatte Detejos Aussage insoweit bestätigt:

„Um vier Uhr heute früh ist er ins Hotelfoyer gewankt gekommen. Furchtbar muss er ausgesehen haben. Blutüberströmt. Der Portier hat ihm erst mal verarztet, das Blut abgewaschen und Heftpflaster auf die Schnitte oder Risse am Kopf geklebt."

Papperin blickte den lädierten Rennfahrer nachdenklich an. Vielleicht stimmte ja, was dieser ausgesagt hatte. Andererseits konnte es genauso gut sein, dass er für die Entführung verantwortlich war und Gian-Carlo Luciani, seinen Handlanger, ausschalten wollte. Dabei konnte es zu der tätlichen Auseinandersetzung gekommen sein, bei der Detejo verletzt wurde, ehe er seinen Komplizen erschießen konnte. Aber das waren alles nur Vermutungen. Es gab keinerlei Anhaltspunkte, welche der beiden Theorien die richtige war. Geschweige denn Beweise, die für einen Haftbefehl ausgereicht hätten. Mit der Ermahnung, die Stadt nicht zu verlassen, wandte sich Papperin dem Ausgang zu.

\*\*\*

In seinem Büro in Aix fand Papperin einen gelben Notizzettel, der auf den Hörer seines Telefons geklebt war.

„Bitte Dr. Berlinotte anrufen!", stand dort in der gestochen sauberen Handschrift seiner Sekretärin.

Das ergebnislose Verhör des Spaniers hatte Papperin entmutigt. Er kam ins Grübeln. Sie hatten die Leiche, wussten, dass sich das Kind in der Bergerie aufgehalten hatte. Aber es gab keinerlei belastbare Hinweise auf den Täter. Alles was sie hatten, waren bloße Vermutungen. Den Vater als Entführer, der seinen Komplizen ausgeschaltet hatte? Aber warum war er dann nicht mit seinem Sohn verschwunden. Vielleicht hatte der Rennfahrer mit seiner Behauptung doch Recht und er hatte nichts mit dem Kidnapping zu tun. Genauso gut konnte er aber der Drahtzieher sein, das Kind in die Obhut eines weiteren Handlangers gegeben haben und jetzt den besorgten Vater spielen, der sich auf der Suche nach seinem Sohn aufreibt und in Gefahr begibt. Wer war dann aber dieser Dritte? Papperin dachte an Pascal, den one-night-lover der Diva. Gegen den gab es zwei handfeste Beweise: Er hatte den Radsportler bei der *Tour de France* erschossen. Außerdem waren gentechnische Spuren von ihm auf dem Handy des Kindes festgestellt worden. Allerdings konnte Papperins Freund Berlinotte nicht sagen, ob diese Schweiß- und Hautpartikel vor oder nach der Entführung auf das Gerät gekommen waren. Und selbst wenn er für beide Morde und für die Entführung verantwortlich sein sollte: Wo war dieser Pascal? Sie hatten keine Ahnung, wo er sich aufhielt.

Lauter Irrwege und sich im Nichts verlierende Spuren. Frustriert zündete sich Papperin eine seiner geliebten *Gitanes maïs* an. Er stellte die Lehne seines Bürosessels etwas flacher, schloss die Augen und ließ die blauen Rauchschwaden an seiner Nase vorbeiziehen. So richtig konnte er jedoch den würzigen Geschmack der Zigarette nicht genießen. Dazu war er zu genervt. Die Sackgasse, in der ihre Untersuchungen steckten, ließ ihn nicht zur Ruhe kommen. Das Läuten des Telefons riss ihn aus seinen Überlegungen.

„Papperin, ich höre!", sprach er müde in den Hörer.

„Sag mal, kannst du nicht zurückrufen, wenn ich darum bitte. Oder hat dir das deine Sekretärin nicht ausgerichtet?"

Es war der Leiter des kriminaltechnischen Labors.

„Entschuldige, Florian! Aber wir stecken gerade fest, haben keinen Schimmer, wo das Kind ist, und die Zeit läuft uns davon. Hast du was für uns?"

„Vielleicht, ja. Dass das Kind in der Hütte war, das wisst ihr wahrscheinlich schon anhand der Kleider. Gentechnisch können wir das bestätigen. Speichelspuren an den geleerten Perrierflaschen beweisen das – unwiderlegbar. Jetzt kommt es aber: Andere Speichelreste an den Rotweinflaschen stammen von derselben Person, die auch den Tour-de-France-Fahrer erschossen hat. Damit habt ihr doch den Täter. Löst du jetzt dein Versprechen ein und lädst Emilie und mich zu einem deiner großartigen selbstgekochten *dîners* ein?"

„Später, später. Beim Kochen muss ich den Kopf frei haben. Dazu muss der Fall erst geklärt sein. Dank dir können wir jetzt aber beweisen, dass dieser Pascal – so nennt ihn die Schauspielerin – in die Entführung verwickelt ist. Aber ob er den Mord in der Bergerie begangen hat und wo er und das Kind sind, bleibt nach wie vor unklar."

\*\*\*

Um halb eins trafen Papperins Mitarbeiter zur vereinbarten Lagebesprechung ein.

„Wir wissen jetzt, dass dieser Pascal mit dem Kind in
der Hütte war", eröffnete Papperin die Beratungen.

„Offen ist allerdings, wer den Luciani erschossen hat. Es
kann der Detejo gewesen sein, der herausgefunden hat, wo
das Versteck liegt. Dabei wurde er von diesem Pascal gestört und k.o. geschlagen. Der ist dann mit dem Kind abge-
hauen."

„Damit wären Pascal und Gian-Carlo die Entführer und
der Detejo zwar ein Mörder, aber am Kidnapping nicht beteiligt", fasste *brigadier* Legrand zusammen.

„Oder Detejo und Pascal sind die Kidnapper und wurden von Gian-Carlo Luciani aufgespürt. Es hat ein Handgemenge gegeben, daher stammen die Verletzungen des
Vaters. Schließlich hat einer von den beiden Gangstern den
Luciani erschossen."

Blieb noch die letzte Möglichkeit, dass der Rennfahrer
die Wahrheit gesagt hatte. Damit hätte Pascal zwei Menschen erschossen, den Radsportler bei der Tour de France
und den Lebensgefährten der Diva.

„Jean-Luc, das ist gerade gekommen."

Papperins Sekretärin legte ein Fax vor Papperin auf den
Besprechungstisch. Ein Zahnarzt hatte bei der Gendarmerie
in Aups einen Autodiebstahl angezeigt. Seine schwarze Limousine der Marke Renault Mégane war am Montagabend
gestohlen worden. Auf dem Gehsteig, direkt neben der Stelle, wo der Mégane gestanden hatte, lag ein Motorrad, eine
blaue Enduro mit defektem Vorderreifen.

Diese Nachricht elektrisierte alle Anwesenden. Wussten
sie doch, dass Gian-Carlo Luciani mit einer Enduro aus dem
Schloss der Schauspielerin geflohen war. Die sofortige tele-
fonische Rückfrage bei den Gendarmen in Aups brachte einige brauchbare Informationen. Tatsächlich war die Enduro
auf Gian-Carlo Luciani zugelassen. Der Besitzer des Mégane
hatte das Auto spät abends vor seinem Haus abgestellt, mit
laufendem Motor, da er nur kurz aus einer Wohnung einige
Dinge holen und dann wieder wegfahren wollte. Er hatte

einen lauten Knall gehört und unmittelbar darauf den aufheulenden Motor seines Autos. Er sei sofort aus dem Haus gerannt, habe aber nur noch die roten Schlusslichter gesehen, die sich mit hoher Geschwindigkeit entfernten. Die sofort herbeigerufene Gendarmerie habe das Motorrad sichergestellt und eine Fahndung nach dem flüchtigen Fahrzeug eingeleitet. Wie der Gendarm am anderen Ende der Leitung vermutete, war der Motorradfahrer wohl zu schnell gefahren. Deshalb konnte er die enge Kurve nicht richtig nehmen und war mit dem Bordstein kollidiert.

„Und dann hat er den Mégane mit laufendem Motor wie ein Geschenk des Himmels da stehen sehen, ist eingestiegen und davon gebraust. Wohin – das wissen wir leider nicht. Unsere Fahndung war erfolglos", schloss der Gendarm seinen Bericht.

„Aber wir wissen es", meinte Papperin. „Das hängt mit dem Fall de Laterre zusammen. Jetzt geben Sie mir bitte die Daten von dem Auto. Noch etwas – welchen Reifentyp hatte der Mégane?"

Papperin notierte sich die Antworten. Zu den Reifen konnte der Gendarm allerdings nichts sagen. Er musste erst telefonisch beim Besitzer rückfragen.

"Chef, schauen Sie mal her!"

Guy-deux, der Informatikfreak des Teams, hatte während der ganzen Beratungen nebenher mit seinem Notebook gearbeitet. Hoch erregt winkte er seinen Chef zu sich.

„Sie haben doch neulich gesagt, ich soll sehen, ob ich irgendwie an die Handyverbindungen von diesem Detejo rankomme. Der hat gerade eben eine SMS bekommen. Da lesen Sie:"

Er drehte seinen Laptop zu Papperin hin.

„AN DER REZEPTION LIEGT EIN CUVERT FÜR SIE MIT EINER PREPAID-SIM-KARTE (PIN = 0000). LEGEN SIE DIE IN IHR HANDY EIN UND WARTEN SIE AUF WEITERE INSTRUKTIONEN! KEINE POLIZEI! SONST SEHEN SIE IHREN SOHN NICHT WIEDER."

Plötzlich läutete das Telefon auf Papperins Schreibtisch. Unwirsch wegen der Störung nahm er den Hörer.

„Was sagen Sie? Pirelli P 6000 195/65 R 15 H. Dann ist das unser Auto. Danke, Kollege. *Au revoir!*"

Wieder am Besprechungstisch wandte er sich zu seinen Mitarbeitern:

„Das war die *gendarmerie* in Aups. Der gestohlene Mégane hat dieselben Reifen wie das Auto, das vor der *bergerie* gestanden ist. Ich glaube, wir können davon ausgehen, dass es sich in allen drei Fällen um dasselbe Fahrzeug handelt: Das mit den Reifenspuren Pirelli P 6000 vor der *bergerie*, der Mégane, den die *pompiers* aus Versehen passieren ließen und der gestohlene Mégane in Aups. Er muss sofort landesweit zur Fahndung ausgeschrieben werden. Wir haben alle Details, Kennzeichen usw. Monique, kümmern Sie sich bitte darum!"

Er reichte seiner Sekretärin den Zettel mit den Notizen, die er sich zu dem Auto gemacht hatte.

„Jetzt zu Ihnen, Guy-deux. Können Sie feststellen von wem die SMS kommt?"

„Habe ich schon versucht, allerdings erfolglos. Die Nummer stammt vermutlich von einer prepaid-Karte, die inzwischen vernichtet worden sein dürfte. So blöd sind die Entführer nicht, dass sie sich über ihre Handynummer identifizieren lassen."

„Wenn das keine Finte ist, dann gehört der Vater nicht zu den Entführern, sondern wird tatsächlich erpresst. Jeannine, versuch den Detejo telefonisch zu erreichen und bestell ihn ins Kommissariat ein. Er soll sofort kommen. Und hindere ihn daran, zur Rezeption zu gehen und den Brief zu holen. François, Sie rufen an der Hotelrezeption an. Das Couvert darf dem Detejo auf keinen Fall ausgehändigt werden. Wir müssen den Chip untersuchen bevor er ihn verwendet. Guy, Sie setzen sich mit der Gendarmerie in Marseille in Verbindung. Sie sollen sofort eine Streife ins Hotel schicken und den Brief sicherstellen. Und jetzt: schnell an die Telefone. Es kommt auf jede Minute an."

Als erster kam François wieder zurück. Er hob resigniert die Schultern.

„Das Couvert ist weg. Der Mann an der Rezeption sagt, der Detejo habe es vor etwa fünf Minuten geholt und dann das Hotel verlassen."

„Konnte er wenigstens beschreiben, wie die Person aussieht, die den Brief abgegeben hat?"

Das wusste er nicht. Das Couvert war irgendwann im Fach entdeckt worden. Aber keiner der Hotelangestellten hatte gesehen, wie es dort hineingekommen war. Papperin schaute seine Mitarbeiter etwas ratlos an. Laut resümierte er das Wenige, was sie hatten.

„Wir haben nichts Konkretes, alles nur Vermutungen. Aber gehen wir als Arbeitshypothese mal davon aus, dass der Vater nicht zu den Verbrechern gehört und seinen Sohn retten will. Das heißt, er wird das Lösegeld bezahlen. Es gibt eigentlich nur zwei Möglichkeiten. Entweder arbeitet er mit uns zusammen, dann wird er sich sehr bald bei uns melden. So, wie ich ihn kenne, halte ich das aber für ausgeschlossen. Oder er lässt uns außen vor und macht alles auf eigene Faust. Dann müssten wir ihn ununterbrochen überwachen, damit er uns zu den Kidnappern führt. Aber wie finden wir ihn?"

Fragend blickte Papperin in die Runde, aber er sah nur leere Gesichter.

Papperins Ratlosigkeit konnte man deutlich an seiner Körperhaltung ablesen. Wie immer, wenn er vor schwierigen Fragen stand und intensiv nachdachte, blickte er mit starren Augen vor sich ins Ungewisse. Seinen linken Ellenbogen auf die Tischplatte gestützt und das Kinn zwischen Daumen und Mittelfinger liegend, schob er mit dem Zeigefinger seine Nasenspitze nach oben, bis sie unförmig gequetscht und von dem Druck blassweiß wurde. So verharrte er sekundenlang, unfähig, eine Lösung zu finden.

„Ich fahre auf alle Fälle ins Radisson nach Marseille", unterbrach Jeannine die ratlose Stille „und passe ihn ab, falls er dort noch mal auftaucht."

Papperin gab sich einen Ruck.

„Unwahrscheinlich, aber sicher ist sicher!" Dankbar, dass sie die Untätigkeit durch einen konkreten Vorschlag beendet hatte, lächelte er seine Mitarbeiterin an.

„Wie finden wir ihn?", wiederholte er seine Frage.

„Handyortung? Guy-deux, Sie haben doch Zugriff auf seine Mobilfunkverbindung."

„Das versuche ich schon die ganze Zeit", murmelte der so Angesprochene. „Aber seine alte Nummer funktioniert nicht mehr. Wahrscheinlich hat er die Anweisung aus der letzten SMS befolgt und die neue Sim-Karte schon eingelegt. Da kann ich nichts machen!"

„Das heißt, die können ihn über die neue Handyverbindung anrufen oder ihm SMS schicken und wir haben keine Chance, das mitzubekommen?"

„So ist es." Der Informatiker nickte und zuckte frustriert mit den Schultern.

„Verdammt!"

Die Lagebesprechung nahm einen trostlosen Verlauf. Allen war klar: Jetzt konnten die Entführer den Vater per Handy anweisen, was er zu tun hatte. Und die Polizei erfuhr nichts davon. Sie konnten ihn zum Ort der Lösegeldübergabe dirigieren, ihm – falls sie das überhaupt vorhatten – das Versteck mitteilen, wo er seinen Sohn finden würde. Papperin war hier äußerst pessimistisch. Nach aller Erfahrung, die man mit Kidnappern gemacht hatte, war es mehr als zweifelhaft, dass sie das Kind am Leben ließen. Schließlich war der Junge alt genug, um der Polizei hinterher brauchbare Hinweise zu den Verbrechern zu liefern. Solange er lebte, schwebten diese ständig in Gefahr, gefasst zu werden. Es war zum Verzweifeln. Sie hatten keinerlei Anhaltspunkte, nichts, was sie auf die Spur der Entführer wies. Gut, dieser Pascal war mit Sicherheit in das Verbrechen involviert. Von ihm hatten sie sogar die DNA und eine vage Personenbeschreibung durch die Schauspielerin, aber das half ihnen jetzt nicht weiter. Von möglichen Hintermännern hatten sie keinen Schimmer. Nun war ihnen auch noch der Vater von Dominic entkommen. Auch wenn er nicht mit der Polizei zusammenarbeiten wollte, sie hätten ihn überwachen, sich an seine Fersen heften und so mit etwas Glück bei der Lösegeldübergabe zugreifen können. Aber diese Chance hatten sie vertan.

„Jetzt gibt es erst mal einen starken Espresso." Die Sekretärin drückte die Türe zum Besprechungsraum mit dem Ellenbogen auf. Sie balancierte auf der linken Hand ein Tablett mit kleinen Espressotassen, einer Zuckerdose und einem Teller mit knusprigen Cantuccini, während sie in der Rechten eine große mattsilbern glänzende *cafétière* voll dampfendem pechschwarzem Kaffee trug.

„Ein oder zwei Tassen Kimbo, ihr werdet sehen, das verleiht euren Gedanken Flügel! Wo klemmt es denn?", fragte sie, als sie die bedrückten Gesichter sah.

„*Merde!*", war ihr einziger Kommentar, nachdem Papperin ihr die festgefahrene Situation erläutert hatte.

Die nachfolgende Stille wurde nur vom Knurpsen des Mandelgebäcks und von leisem Geschirrklappern unterbrochen. Geräusche, die entstanden, wenn in ein Cantuccino gebissen oder wenn eine Tasse auf die Untertasse zurück gestellt wurde. Schließlich brach Monique Dépardieu das Schweigen.

„Und ihr glaubt, der hat soviel Geld bei sich?"

Auf die fragenden Blicke, die ihr zugeworfen wurden, wurde sie deutlicher:

„Zwei Millionen, soviel trägt man doch nicht mit sich rum. Die zahlen doch alles per Unterschrift, die Reichen, mit Kreditkarte. Lösegeldzahlung mit American Express oder Mastercard, undenkbar! Und in seinem Hotelsafe wird er auch nicht soviel Geld deponiert haben."

Papperin schaute die Kommissariatssekretärin verblüfft an. Natürlich, der Vater musste sich das Lösegeld besorgen. Zwei Millionen, vermutlich in nicht zu großen Scheinen. Das geht nicht so ohne Weiteres. Wenn Sie Glück hatten, konnten sie ihn an der Bank abfangen. Aber an welcher Bank?

„Und wie bekommen wir auf die Schnelle raus, bei welchen Banken der Detejo seine Konten hat?"

Die Frage Papperins löste nachdenkliches Schweigen aus. In der Stille hörte man nur das Klappern der Tastatur des Notebooks von *brigadier* Guy Debordeau.

„Hier Chef, das habe ich vor einiger Zeit schon mal recherchiert. Erinnern Sie sich?"

Der IT-Spezialist drehte das Display seines Rechners zum Kommissar hin. Darauf war eine Liste von Banken mit zugehörigen Kontonummern und Guthaben zu sehen. In Frankreich unterhielt der Spanier nur Konten bei einer Bank, und zwar bei der französischen Tochter der spanischen Banco Santander. Wo sich in Südfrankreich Niederlassungen dieser Bank befanden war schnell gegoogelt. Es gab nur eine in Marseille.

„Da müssen wir sofort hin, das Gebäude unauffällig überwachen."

„Chef, wir sollten Jeannine hinschicken. Die ist schon auf dem Weg zu seinem Hotel in Marseille. Sie soll lieber zur Bank fahren. Sie ist schneller dort, als wir es sein können."

„Gut, François, rufen Sie sie an. Monique", wandte er sich an seine Sekretärin. „Sie organisieren von hier aus die Beschattung. Wir brauchen mindestens zwei Teams. Mit allem Drum du Dran – neutrale Fahrzeuge mit abhörsicherem Funk, Richtmikros, GPS usw. Sie wissen schon. Wir starten auch sofort. François und Guy, ihr nehmt einen Wagen und haltet euch im Hintergrund. Ich fahre mit meinem Peugeot und nehme Kontakt mit Jeannine auf, sobald ich dort bin. Alles weitere per Funk.

Uhrenvergleich: Jetzt ist es 15 Uhr 21."

***

„Vor zwanzig Minuten ist er reingegangen. Da steht sein Ferrari!"

Jeannine deutete mit einer Kopfbewegung auf den knallroten Sportwagen, der im Halteverbot direkt vor dem Eingang zur Bank parkte. Sie saß neben ihrem Chef am Steuer eines unauffälligen VW-Golf in der Allerweltsfarbe Silbergrau. Papperin hatte Glück gehabt und eine Parklücke für seinen alten Peugeot gefunden, nur ein paar Meter weiter auf der anderen Straßenseite in der Gegenrichtung. Auf Jeannines Wink hin hatte er die Straße überquert und war zu ihr in den Golf gestiegen. Jetzt parkten sie schon geraume Zeit hier und hofften auf das Erscheinen des Spaniers. Offensichtlich hatte dieser Probleme, an soviel Bargeld zu kommen, denn die Minuten vergingen und nichts tat sich. Langsam wurden die beiden ungeduldig. Zweifel begannen an Papperin zu nagen. War Detejo wirklich noch in der Bank? Oder hatte er sie durch einen anderen Ausgang bereits verlassen und war schon unterwegs zur Übergabe des Lösegelds?

„Jeannine, wir müssen reingehen", drängte er seine Kollegin. Sie schüttelte nur den Kopf und meinte, es sei normal, dass es solange dauere. Und außerdem…

„Falls er schon weg ist, dann bringt uns das auch nichts. Und wenn er noch drinnen ist, dann merkt er, dass wir ihn verfolgen und wird alles andere tun, sich aber nicht mit den Kidnappern treffen. Wer weiß, was die dann mit dem Kind machen", dozierte sie. Sie blickte ihren Chef an, spürte förmlich seine aufgeregte Anspannung.

„Jean-Luc, nimmt dich der Fall so mit, dass du nicht mehr klar denken kannst? Du bist doch sonst so logisch und rational" – Zumindest was seinen Beruf betrifft, dachte sie im Stillen bei sich und erinnerte sich voll Sehnsucht an die Stunden, in denen er in ihren Armen gelegen hatte. Damals war er alles andere als rational, sonst wäre es niemals so weit gekommen.

Papperin musste sich eingestehen, der Fall berührte ihn tief. Noch nie hatte er mit einer Entführung zu tun gehabt, bei der er die Mutter des Kindes persönlich kannte. Sie tat ihm unendlich leid, und er hoffte inständig, dass sie ihr den Jungen gesund wiederbringen konnten. Das Herz zog sich ihm zusammen, wenn er an das Schicksal dachte, das dem kleinen Domi drohte. Aber das durfte seine Urteilsfähigkeit nicht beeinflussen. Natürlich hatte Jeannine Recht. Er schüttelte sich, um den Gefühlsnebel aus seinem Kopf zu vertreiben und sah sie an:

„Wenn ich dich nicht hätte, dann wäre mir jetzt ein unverzeihlicher Fehler unterlaufen."

\*\*\*

In dem geräumigen, durch Wände aus Milchglas von der Schalterhalle abgetrennten Raum ging Juan Manuel Detejo nervös auf und ab. Sechs Schritte nach links, Kehrtwendung, sechs Schritte nach rechts. Dann wieder Kehrtwendung und sechs Schritte nach links, Kehrtwendung …

„Verdammt, verdammt! Wieso dauert das so lange?" Schließlich verlor er die Geduld. Er riss die Glastüre auf und schrie den nächsten Angestellten, der gerade durch die Halle kam, an:

„He Sie da! Wo ist der Typ, mit dem ich gesprochen habe. Bringen Sie ihn sofort her! Ich habe keine Zeit."

Der Mann blickte ihn freundlich an, zuckte bedauernd mit den Schultern und ging wortlos weiter.

Wutentbrannt rannte der Spanier zu dem nächstgelegenen Schalter. Er stieß den davor stehenden Kunden grob zur Seite, packte den Bankberater an der Krawatte und zischte:

„Wenn ich jetzt nicht sofort mein Geld kriege, dann werdet ihr hier was erleben."

Zu den zahlreichen wartenden Menschen gewandt brüllte er laut:

„Eine Scheiß Provinzklitsche ist das hier. Wollen mir mein Geld nicht auszahlen. Alle Konten löse ich auf und bringe mein Geld zu einer seriösen Bank. Was glaubt ihr denn, wer ich bin? Morgen steht es in allen Zeitungen, was für eine Scheißbank das ist!"

Der Filialleiter schoss aufgeregt aus dem mit Panzerglas gesicherten Kassenbereich auf den randalierenden Spanier zu. Er fasste ihn an der Schulter und versuchte ihn in den nächstgelegenen Beratungsraum zu lotsen.

„Aber selbstverständlich bekommen Sie das Geld. Wir stehen voll zu Ihren Diensten. Bitte kommen Sie mit in mein Büro. Dort können wir alles besprechen." Damit schob er ihn in Richtung seines Chefzimmers.

„Ich habe schon genug besprochen. Zwei Millionen brauche ich. Aber sofort! Sonst mache ich Sie für die Folgen haftbar!" Der Spanier tobte vor Wut.

Nur widerwillig ließ sich Detejo aus der Halle abdrängen. Er bedaure es außerordentlich, entschuldigte sich der Filialleiter. Aber so hohe Beträge hätten Sie nicht in der Tageskasse. Und der Tresorraum sei durch ein automatisches Zeitschloss gesichert, das man nicht manuell öffnen könne. Man müsse warten bis der Computer die Tresortüre entriegele. Aber es sei sicher gleich soweit, dann würde der Betrag sofort ausgehändigt. Natürlich dauere es noch etwas, bis man die gewünschte Stückelung, vierzigtausend gebrauchte Banknoten à fünfzig Euro zusammengestellt und wie gewünscht in zwei neutralen Taschen verpackt habe. Nach einer weiteren, für den Vater qualvollen halben Stunde und etlichen Formalitäten, war es endlich soweit und der Rennfahrer konnte mit zwei rund zehn Kilogramm schweren schwarzen Ledertaschen die Bank verlassen.

\*\*\*

„Da kommt er!" Papperin stieß seine Kollegin mit dem Ellenbogen in die Seite. Sie beobachteten, wie der Spanier zwei schwarze, offensichtlich schwere Taschen auf den Beifahrersitz seines Ferrari wuchtete und sich dann hinter das Lenkrad klemmte. Er fuhr los. Gleich darauf leuchteten die Bremslichter auf und der Wagen hielt wieder. Der Fahrer hob seine rechte Hand ans Ohr. Offensichtlich telefonierte er. Während Jeannine den Motor anließ, bereit, dem roten Ferrari zu folgen, unterrichtete Papperin per Funk die in Bereitschaft stehenden Beschattungsteams.

\*\*\*

Zweihundert Meter entfernt, auf der Bank an einer Bushaltestelle saß ein ganz in grau gekleideter Mann und beobachtete die vor dem Geldinstitut parkenden Autos.

„Wenn das in dem Golf nicht *flics* sind! Hat er doch die Bullen informiert? Oder er hält sich an das, was ich befohlen habe. Dann haben sie ihn hier abgepasst. Ich muss ihn warnen!"

305

Endlich kam der Spanier aus der Bank. Zufrieden erblickte der Graue die beiden schweren Taschen, die er zum Auto trug. Er nahm sein i-phone und wählte die Nummer der Prepaid-Sim-Karte, die er ihm hatte zukommen lassen. Er sah, wie der rote Ferrari stoppte und der Fahrer ein Handy ans Ohr hielt. Er machte ihn auf den Polizei-Golf aufmerksam und befahl ihm, sich schnellstmöglich von dem auffälligen Sportwagen zu trennen. Ausführlich instruierte er ihn über die Schritte, die er als nächstes zu befolgen habe. Dann unterbrach er die Verbindung, stand auf und schlenderte gemächlich wie ein Tourist die Straße hinunter – weg von der spanischen Bankfiliale.

Papperin und Jeannine in dem silbergrauen VW-Golf hatten die grau gekleidete Person nicht bemerkt. Sie sahen nur, wie der Ferrari wieder anfuhr und machten sich an die Verfolgung.

*** 

„Wieso machen die es so kompliziert", dachte Detejo, während er sein Auto durch den beginnenden Feierabendverkehr lenkte. Zum Hauptbahnhof Saint Charles sollte er fahren. Die hätten doch einfach fordern können „Schmeiß die Taschen an der und der Stelle aus dem Wagen!" Dann hätten sie das Geld nachzählen und ihm den Ort per Handy mitteilen können, wo er seinen Domi holen könnte. Aber nein, das musste umständlicher sein. Das Auto sollte er am Bahnhof stehen lassen und mit dem Geld in die Metrolinie 2 steigen. Weitere Instruktionen würde er per Handy erhalten.

Aber natürlich befolgte er die Anweisung. Schließlich wollte er das Leben seines Sohnes nicht gefährden.

***

Der Mann im grauen Gewand schlenderte weiter die leicht abfallende Straße hinunter. Es eilte ihm absolut nicht.

„Den hetze ich jetzt solange durch Marseille, bis ich sicher sein kann, dass er die Bullen abgeschüttelt hat."

Selbstverständlich würde er sich persönlich vom Erfolg dieser Taktik überzeugen, indem er den Vater an Stellen beorderte, wo etwaige Verfolger leicht auszumachen wären. Siegessicher lächelnd nahm er das Handy und wählte die anonyme Nummer der Prepaid-Sim-Karte.

\*\*\*

„Achtung, an alle!" Während Papperin mit den Augen den vor ihnen fahrenden Ferrari fixierte, instruierte er per Funk die Beschattungsteams. Zugeschaltet waren alle Streifenwagen der *police nationale* und der *gendarmerie nationale* in Marseille.

„Wir sind vier Wagen hinter ihm auf dem Cours Lieutaud. Er scheint zur Station SNCF Saint Charles zu fahren. Bei dem Stop-and-go-Berufsverkehr dürfte er in ca. zehn Minuten am Bahnhof sein. Begeben Sie sich sofort dorthin und verteilen Sie sich unauffällig auf dem Areal. Sollte er seine Route ändern, geben wir Bescheid. An alle Streifenwagen in der näheren Umgebung: Falls wir ihn verlieren ist erhöhte Wachsamkeit geboten. Sofortige Meldung, wenn er gesichtet wird! Ende."

\*\*\*

„An die Einsatzzentrale. Zielperson hat den Wagen direkt vor dem Haupteingang abgestellt und begibt sich in die Schalterhalle. Er blickt sich um. Jetzt geht er zu den Ticketautomaten. Ich stehe in der Schlange drei Personen hinter ihm. Er kauft ein Metrobillett. ... Fährt die Rolltreppe hinunter. Kollege Charles folgt ihm. ... Ich kaufe zwei Tickets. *Merde!* Der Automat nimmt meinen Zehner nicht. Doch, jetzt geht es. ... Er passiert die Sperre zur Linie 2 Richtung Sainte Marguerite Dromel. ... Wir warten auf den Zug. Charles zehn Meter links und ich zehn Meter rechts von der Zielperson. ... Jetzt kommt der Zug. Wir steigen zu, bleiben an der Türe. Starkes Gedränge. Zum Glück ist die Zielperson sehr groß. Sein Kopf ist deutlich sichtbar."

Es folgte ein längeres Schweigen. Dann meldete sich der Beschatter wieder

„Station Vieux Port. Zielperson steigt aus. Charles auch. Ich bleibe im Zug, mit Fuß in der Türe."

Papperin und Jeannine hörten durch den Lautsprecher in ihrem Auto den langgezogenen Signalton, der das Schließen der Zugtüren ankündigte. Die Stimme des Beschatters meldete sich wieder:

„Er steigt wieder ein. Im letzten Moment. Eine seiner Taschen klemmt in der Türe. Jetzt hat er sie reinzerren können. Kollege Charles hat es nicht mehr geschafft. Ich fahre ohne ihn weiter."

Papperin brüllte ins Mikrofon: „Sofort an alle folgenden Stationen einen Mann schicken – wenn es möglich ist. Oder eine Frau", fügte er hinzu. Zu Jeannine gewandt: „Wieviele Stationen kommen da noch?"

„Préfécture, Castellane, Perier, Prado und die Endstation. Fünf also. Hoffentlich schaffen die das!"

Der Kollege im Zug berichtete laufend weiter. Papperin nahm an, dass er so tat, als telefoniere er, während seine geflüsterten Kommentare durch das Spezialmikrofon unter seinem Hemdkragen übertragen wurden. Plötzlich klang es laut:

„Jetzt ist er ausgestiegen. Station Prado. Ich folge ihm. Er fährt die Rolltreppe hoch auf die Avenue du Prado. Ist da jemand zur Ablösung? Ich glaube, er hat mich bemerkt. Ich bin jetzt ja auch schon zu lange in seiner Nähe."

Eine neue Stimme meldete sich.

„Ja, ich sehe ihn. *Brigadier* Lamartine vom Gendarmerieposten im Achten Arrondissement. Aber ich bin in Uniform und deswegen sehr auffällig. Kann nur kurz an ihm dran bleiben."

„Ich stehe vor der Armenischen Kirche und warte bis er an mir vorbeigeht. Dann übernehme ich." Das war die Stimme von Guy Malmotte aus Papperins Kommissariat. Dieser war froh, einen seiner bewährten Mitarbeiter direkt vor Ort zu haben.

„Jetzt sehe ich ihn. Verdammt, er hält ein Taxi an und steigt ein! Kein anderes Taxi in Sicht. Schätze, jetzt ist er weg."

Im selben Moment schoss ein schwarzer Volvo quer über den Boulevard und reihte sich in die Mittelspur ein.

„Wir haben es gesehen und sind sechs Wagen hinter ihm. *Lieutenant* Demirel und *brigadier* Multus, *police nationale* Marseille. Sie fahren Richtung Strand."

Eine, zwei Minuten Sendepause. Dann aufgeregt:

„Jetzt wechselt er brutal die Spur."

Papperin und Jeannine hörten genauso wie alle anderen beteiligten Polizisten aus ihren Autolautsprechern oder ihren Ohrstöpseln lautes Reifenquietschen und ein ohrenbetäubendes Hupkonzert.

„Das war knapp", kam wieder die Stimme des Kollegen im Volvo.

„Jetzt biegt das Taxi in die Avenue du Parc Borély und hält am Parkeingang. Da können wir nicht rein ohne einen Unfall zu verursachen, wir sind in der falschen Spur. Aber da vorne staut es sich an der Ampel. Kollege Multus steigt aus und versucht, ihn zu Fuß zu verfolgen."

„*D'accord!*", stimmte Papperin zu. „Ist noch jemand von uns in der Nähe?"

Keiner! Alle waren wenigstens fünf bis zehn Minuten weit entfernt.

\*\*\*

Juan-Manuel Detejo schaute sich um. Kein Verfolger mehr in Sicht. Ein paar hundert Meter zurück rauschte der dichte Verkehr auf der Avenue du Prado vorbei.

„Lauter Rennfahrer", dachte er, als er die dicht an dicht und mit hohem Tempo dahin rasenden Autos sah. Er war überzeugt, durch das überraschende Abbiegemanöver die Verfolger ausmanövriert zu haben, auf die ihn der Kidnapper am Handy hingewiesen hatte. Mit einhundert Euro hatte er den Wagemut des Taxifahrers belohnt – mehr als das Dreifache des Fahrpreises. Er nahm die Geldtaschen auf und eilte, so schnell es mit dem schweren Gewicht ging, die Hauptallee im Parc Borély entlang. Er sollte bis zu dem großen Wasserbassin vor dem Schloss am Südende des Parks gehen und dort, direkt gegenüber der Statue, weitere Anweisungen der Entführer abwarten. Obwohl er regelmäßig im Fitnessstudio trainierte, kam er langsam etwas außer

Atem – schnelles Gehen mit großen Gewichten an beiden Armen war er nicht gewöhnt. Er setzte die Geldtaschen ab. Während er sich auf seinen schnellen Puls und die richtige Atmung konzentrierte, musterte er seine Umgebung aufmerksam. Hoffte er doch, einen der Entführer zu entdecken. Er wusste zwar nicht, wie er reagieren würde. Trotzdem – dann hätte er wenigstens eine Ahnung, mit wem er es zu tun hatte. Bislang tappte er völlig im Dunkeln. Am Bassin war niemand. Aber von der Schnellstraße her kam ein Mann. Er rannte fast. Als er merkte, dass der Spanier ihn beobachtete, wurde er plötzlich langsamer und fing an, sich wie ein Spaziergänger oder Tourist zu benehmen, der durch den berühmten Park flanierte.

„Ein Polyp! Die Bullen erkennt man doch überall sofort. Auch wenn sie sich noch so viel Mühe geben."

Er fragte sich, wieso der Polizist so schnell hier sein konnte. War der schwarze Volvo doch ein Polizeifahrzeug gewesen. Aber der fuhr doch in einer anderen Fahrspur und konnte unmöglich in dem rasenden Autostrom halten, geschweige denn jemanden aussteigen lassen. Egal! Den *flic* musste er loswerden.

***

Der grau gekleidete Mann wartete schon seit geraumer Zeit auf einer etwas abseits gelegenen Parkbank. Von dort hatte man trotz der Entfernung einen ungestörten Blick auf den Zielpunkt am *Bassin*. Jetzt kam der Spanier in sein Blickfeld.

„Wieso bleibt er jetzt stehen?", murmelte er leise vor sich hin.

„Er stellt die Taschen ab und geht zurück, ohne die Geldtaschen. So ein Wahnsinn – zwei Millionen dort liegen zu lassen!"

Er sah, wie der Spanier nach etwa zwanzig Metern vor einem Spaziergänger stoppte. Er verstellt ihm den Weg.

„Was macht er nur? Er spricht ihn an. Jetzt schlägt er ihn zu Boden. Ein gewaltiger Kinnhaken!"

Nicht ohne Bewunderung hatte er den k.o.-Schlag beobachtet. Dann sah er, wie der Spanier zu den beiden Taschen zurück rannte, sie an sich riss und am halbrunden, riesigen Brunnenbecken entlang in Richtung Château Borély eilte. Der Spaziergänger – wohl ein Bulle in Zivil – lag immer noch am Boden.

***

Juan-Manuel Detejo war zwiegespalten. Einerseits freute er sich, ja richtig stolz war er über den Niederschlag. Andererseits wusste er nicht, ob er wirklich klug gehandelt hatte. Wie so oft, war auch hier sein Temperament mit ihm durchgegangen. Jetzt hatte er die Polizei angegriffen, beleidigt! Die gesamte Polizeimaschinerie gegen sich aufgehetzt. Aber egal, die waren ja sowieso hinter ihm her. Er warf sich in das nächstbeste Taxi, dass auf dem Platz hinter dem Schloss wartete.

„Schnell, fahren Sie los!"

Als der Fahrer umständlich fragte, wohin es denn gehen solle, brüllte Ihn der Spanier an:

„Geben Sie endlich Gas, verdammt noch mal! Scheißegal wohin, nur weg von hier!"

Endlich hatte der Mann hinter dem Lenkrad begriffen und startete mit durchdrehenden Reifen.

Konnte der Bulle gesehen haben, dass er in ein Taxi gestiegen war? Eher unwahrscheinlich, denn das Schloss stand ja zwischen dem Wasserbecken und dem Taxistand. Trotzdem beobachtete er die Straße durch das Heckfenster. Kein Polizist weit und breit.

Aufatmend lehnte er sich im Polster des Mietwagens zurück.

„Wohin?", fragte der Fahrer aufs Neue.

„Egal, irgendwohin!" Dann besann er sich und nannte ein Ziel, das erstbeste das ihm einfiel:

„Zum Flughafen!"

Er war überzeugt, die Verfolger abgehängt zu haben. Etwas entspannter blickte er aus dem Fenster, sah die Passanten am Straßenrand. Viele Araber, teils ganz normal gekleidet, teils im Kaftan. Frauen mit und ohne Schleier. Zahllose kleine Läden mit malerisch bunten Auslagen und Verkaufsständen auf den Gehsteigen boten ihre Waren feil. Offensichtlich ging die Fahrt durch einen arabisch geprägten Stadtteil. Es sah alles so normal aus. Er begann, die Fahrt zu genießen. Plötzlich stieß ihn der schrille Ton seines Handys zurück in die brutale Realität.

„*Oui?*"

„Ihr k.o.–Schlag, großartig haben Sie das gemacht. Respekt!"

Es war der Kidnapper. Auch jetzt war es Detejo nicht klar, ob die Stimme einem Mann oder einer Frau gehörte. Es blieb ihm auch keine Zeit, darüber nachzudenken, denn die Stimme fuhr in dem ihr eigenen geschlechtslosen hohlen Klang fort:

„Wo sind sie jetzt?"

„Irgendwo im Taxi."

Die Stimme forderte ihn auf, schnellstmöglich auszusteigen und einen beliebigen Linienbus zu nehmen. Er müsse mindestens zwei- bis dreimal den Bus wechseln, ehe er zu dem Übergabeort kommen könne. Genaueres zum Zielort würde ihm in etwa zwanzig Minuten per Handy mitgeteilt.

***

In Höchstspannung hatten Papperin und Jeannine den Bericht verfolgt, den der *brigadier* lieferte, nachdem er den Verfolger-Volvo verlassen hatte. Zuerst sprach er keuchend und abgehackt, wohl weil er rannte, um den Spanier einzuholen. Dann redete er langsamer und viel leiser. Sie konnten durch den Äther verfolgen, wie Detejo seine Taschen am Rand des *Bassin* abstellte und auf den *brigadier* zuging. Kurz darauf rauschte und knackte es im Lautsprecher. Dann herrschte Stille. Voll Ungeduld schrie Papperin ins Mikro:

„*Brigadier* Multus, was ist los? Melden Sie sich!"

Nichts, nur Stille. Gut eine halbe Minute. Endlich kam wieder die Stimme des *brigadier* aus dem Lautsprecher. Er klang etwas undeutlich, wie benommen. Beschämt gestand der Polizist seine Schmach ein. Er habe sich k.o. schlagen lassen. Er wisse nicht einmal, wie lange er ohne Bewusstsein dagelegen habe.

„Ist er noch in der Nähe?", fragte Papperin. „Schauen Sie sich um! Suchen Sie ihn!"

Aber ihm war völlig klar, dass das alles vergebens sein würde. Der Spanier war ihnen entkommen und mit dem Lösegeld sicher längst auf dem Weg zur Übergabe. Und sie hatten versagt. Trotz Einsatz der gesamten hoch technisierten Polizeimaschinerie.

Inzwischen hatten Jeannine und er neben mehreren anderen Polizeifahrzeugen den Parc Borély erreicht. Einige Dutzend Polizisten durchstreiften die Parkanlage und befragten jeden, den sie antrafen. Der weitere Verlauf des Weges, den Detejo genommen hatte, war schnell recherchiert. Ein auf Kundschaft wartender Taxilenker vor dem Schloss hatte den Spanier in das Auto eines Kollegen steigen sehen. Dieser war nach wenigen Minuten ausfindig gemacht. Jetzt funktionierte der Polizeiapparat reibungslos. Aber eben zu spät! Wie der Taxifahrer, verärgert über den abrupten Abbruch der lukrativen Fahrt zum Flughafen, berichtete, war Detejo angerufen worden und habe darauf sofort das Taxi verlassen.

Hier endete die Spur.

„Wir stecken in einer Sackgasse", fasste Papperin das Ergebnis der polizeilichen Beschattungsaktion zusammen. „Das einzige, was wir jetzt tun können, ist, nochmals einen dringenden Aufruf an alle Polizeiorganisationen im Umkreis von – sagen wir fünfzig Kilometern – zu richten. Sie sollen verstärkt Ausschau halten nach dem Vater. Ein Foto von ihm wurde verschickt?", fragte er in die Runde.

„Ja, Monique hat das schon heute Nachmittag gemacht."

„Gut. Außerdem will ich über alle Vorfälle informiert werden, die in den nächsten Stunden im Bereich Marseille – Aix der Polizei bekannt werden. Schreiben Sie das zu dem Aufruf dazu!"

Dann begannen das Warten und die quälende Untätigkeit, zu der Papperin und sein Team verdammt waren.

Der grau gekleidete Mann unterbrach das Telefongespräch. Er überlegte, ob sich der Spanier an die Weisung
gehalten und die Polizei außen vor gelassen hatte. Aber sicher – sonst hätte er doch den *flic* nicht k.o. geschlagen. Andererseits: Es könnte genauso gut eine Finte gewesen sein,
ein Ablenkungsmanöver.

„Und wenn er mich damit nur täuschen wollte, mich in
Sicherheit wiegen? Und in Wirklichkeit informiert er die Polizei laufend über das Handy. Nicht unwahrscheinlich!
*Merde*! Man darf doch niemandem trauen!", murmelte er
leise vor sich hin.

Das Risiko durfte er nicht eingehen. Zum Glück hatte er
auch an diese Möglichkeit in seinem Plan gedacht. Wieder
schaltete er das Handy ein und wählte die anonyme Nummer der Prepaid-Sim-Karte.

\*\*\*

Juan-Manuel Detejo stand am Fuß der Canebière, dort,
wo sie vom Vieux Port aus eine breite Schneise durch die
Stadthäuser und palastähnlichen Gebäude den Berg hinauf
schlug. Er wartete an der Bushaltestelle. Wie von dem unbekannten Entführer per Handy befohlen, hatte er eine ziel-
lose Fahrt mit Stadtbussen kreuz und quer durch Marseille
hinter sich. Durch verwahrloste Gewerbegebiete war er gekommen. Die vornehmen Vororte mit ihren Villen und
prachtvollen Häusern der High Society hatte er ebenso kennengelernt wie die engen und winkeligen Gassen rund um
den Vieux Port. Aber er hatte keinen Blick für die Stadt gehabt. Selbst das großartig neu gestaltete Hafenviertel, mit
dem sich die Stadt für die Ehre, zur europäischen Kultur-
hauptstadt erhoben worden zu sein, bedankt hatte, war an
ihm vorbeigezogen, ohne dass er es bewusst zur Kenntnis
genommen hatte. Es war ihm einzig darauf angekommen,
etwaige polizeiliche Verfolger abzuhängen. Und das war
ihm, wie er felsenfest glaubte, gelungen.

Jetzt reichte es ihm. Ungeduldig wartete auf den Anruf,
der ihn endlich zu seinem Sohn führen sollte. Keine Träne

würde er den zwei Millionen nachweinen – wenn er nur Domi sicher in die Arme nehmen könnte. Mit Nicole würde er schon irgendwie fertig werden. Hauptsache, dem Kind passierte nichts. Ein Bus hielt vor ihm. Er drängte hinein, die beiden Taschen mit dem Lösegeld fest umklammernd. Kritisch musterte er die anderen Fahrgäste. Eine Katastrophe, wenn ihm ein Straßenganove bei der nächsten Haltestelle eine Tasche entreißen und damit abhauen würde. Plötzlich klingelte das Handy. Er stellte eine der Taschen auf den Boden, quetschte sie fest zwischen seine Beine, zog das Telefon aus der Hosentasche und drückte es an sein Ohr.

„Hören Sie genau zu", sagte die Stimme des Entführers. Wieder klang sie undefinierbar neutral, etwas hohl.

„Wo sind Sie?"

Er sei gerade in der Canebière in einen Bus eingestiegen.

„Gut. Wechseln Sie den Bus und steigen Sie am Boulevard Vauban im 6. Arrondissement aus."

Ein Hustenanfall unterbrach die Stimme, lautstark, hart, trocken und – tief.

„Ein Mann", dachte Detejo. „Der Entführer ist ein Mann!"

„In zehn Minuten sollten Sie dort sein", fuhr die Stimme im gewohnten Tonfall fort. „Sie erhalten dann neue Anweisungen."

An der nächsten Station verließ der Spanier den Bus, fand nach einigem Suchen die Haltestelle einer Linie, die zum angegebenen Boulevard fuhr und wartete. Schließlich kam ein Bus. Er war fast leer, nur zwei Frauen mit prall gefüllten Einkaufstaschen saßen in der letzten Reihe. Nach wenigen Halten musste er bereits wieder aussteigen. Er blickte um sich, sah die Straße hinauf und hinab. Zu viele Menschen bevölkerten den Boulevard. Unmöglich, darunter den Entführer auszumachen. Wieder läutete das Handy.

„Gehen Sie zu dem kleinen Casino Supermarché, 61 boulevard Vauban! Zehn Meter südlich vom Eingang ist ein Abfallkorb aus Blech. Dort werfen Sie das Handy hinein. Dann gehen Sie in den Supermarché. Neben dem Eingang ist eine PIN-Wand mit Flohmarktangeboten. Suchen Sie dort einen Zettel, auf dem ein gebrauchter Kinderwagen für Drillinge angeboten wird. Gehen Sie dann zu Fuß zu der Adresse, die auf diesem Zettel steht."

***

„Jetzt nimmt er das Handy vom Ohr. Schaut um sich. Aber mich kann er nicht sehen." Zufrieden verfolgte der Graue den Spanier mit den Augen, sah, wie dieser das Handy in den Abfallkorb warf und dann in den Petit Casino ging. Kaum eine Minute später erschien er wieder, einen kleinen Zettel in der Hand, und blickte suchend um sich. Dann machte er sich auf den Weg, den Boulevard entlang, Richtung Zentrum.

„Ein perfekter Plan", dachte der Graue, denn jetzt hatte der Spanier kein Handy mehr, konnte also auch nicht die Polizei von seinem nächsten Ziel informieren. Er machte sich unauffällig an die Verfolgung des Vaters, durfte ihn nicht aus den Augen verlieren. Nur so konnte er sicher sein, dass dieser keinen Kontakt mit der Polizei aufnahm. In gebührendem Abstand, aber stets in Sichtweite, ging er hinter dem Spanier mit den beiden schweren Geldtaschen her. Im Vorbeigehen nahm er das Handy aus dem Abfallkorb. Er konnte nicht riskieren, dass es der Polizei in die Hände fiel, und diese über die Anruferliste die Spur bis zu ihm zurückverfolgte.

Es waren nur knapp siebenhundert Meter bis zum Ziel.

***

„Er schickt mich wieder zu einem Supermarkt. Wieder soll ich einen Zettel an der Pinwand suchen, auf dem ein Drillingskinderwagen angeboten wird." Juan-Manuel Detejo folgte der Wegbeschreibung auf dem Zettel:

Boulevard Vauban nach Nordosten, zweihundert Meter, dann links in die Rue Docteur François Morucci gehen. Nach weiteren 200 Metern in die Rue Dragon rechts abbiegen und dann noch zweihundertfünfzig Meter bis in die Rue Paradis. Da, keine zwanzig Meter rechts von der Kreuzung, war der kleine Supermarché. Der Spanier ging hinein, wieder suchte er an der Pinwand den Zettel mit dem Verkaufsangebot des Drillingskinderwagens, las die dort angegebene Anweisung und machte sich auf den Weg. Er war überzeugt, das endlich war der Treffpunkt. Der Ort, wo er seinen Domi wieder bekommen würde.

***

Der grau gekleidete Mann beobachtete, wie der Spanier aus dem *Petit Casino* kam, suchend um sich blickte und dann, zunächst zögernd, das angegebene Ziel ansteuerte.

„Gleich kommt er um die Ecke und dann müsstest du ihn sehen", murmelte er in sein Handy. „Jetzt ist er im Innenhof. Hast du ihn?"

„Ja! Ich übernehme ihn und du kommst über die hintere Stiege herauf und gehst zum Kind. Okay?"

„*D'accord!*"

„Du verschwindest dann mit dem Kind. Wir treffen uns später, wie besprochen."

„Ja, nächste Woche, am Montag."

„Und du bringst das Geld mit. Und – Pascal - hau bloß nicht damit ab, sonst häng ich dich hin, bei den Bullen!"

***

*Commissaire* Papperin, sein Team, die leitenden Polizei- und Gendarmeriebeamten von Marseille und ein Vertreter des Bürgermeisters hatten sich in der provisorischen Einsatzzentrale, der Bezirkskommandantur der *police nationale* am Square Narvik versammelt. Hier ging es zwar etwas eng zu, dafür war die Station sehr zentral gelegen. Am oberen Ende der Canebière, nicht weit vom Bahnhof St. Charles, von der Métrostation Noailles und von der breiten Magistrale Cours Belsunce und Boulevard Michelet, die Marseille von Westen nach Osten durchquerte. Von hier aus konnte man sehr schnell alle denkbaren Tatorte erreichen.

Man wartete und versuchte sich auf den Lautsprecher zu konzentrieren, der die Positionsmeldungen der zahllosen Streifen herauskrächzte, die im gesamten Stadtgebiet im Einsatz waren. Ihr einziger Auftrag war, nach dem Spanier mit den beiden schwarzen Geldtaschen Ausschau zu halten.

Bislang kamen nur Fehlmeldungen. Zwischendurch gab es auch Anderes: Verkehrsunfälle, ein Raubüberfall auf einen Touristen am alten Hafen, eine Schlägerei an der Môle de la Madrague im Handelshafen. Und immer wieder längere Pausen. Nichts, was auch nur im Entferntesten mit dem Entführungsfall in Zusammenhang zu bringen war. Das Warten war äußerst ermüdend. Entsprechend ließ die Konzentration nach. Der bittere Kaffee aus dem veralteten Automaten konnte auch nicht wirklich dazu beitragen, die Wachsamkeit zu steigern.

„Es ist wohl aussichtslos. Vermutlich müssen wir die Suche nach dem Spanier abblasen." Der zögerliche Vorschlag kam vom Ortskommandanten der Marseiller Gendarmerie.

„Aber was können Sie sonst unternehmen. Sie können doch nicht einfach nichts tun und warten, bis die Leiche des Kindes gefunden wird. Das führt zu Unruhen in der Bevölkerung. Wie vor Kurzem." Der Vertreter des Bürgermeisters dachte an die letztjährigen Massenkrawalle, die ebenfalls durch ein Versagen der Polizei ausgelöst worden waren. Ganze Straßenzüge waren damals vom aufgepeitschten Mob verwüstet, zahllose Autos in Brand gesteckt, und Geschäfte geplündert worden.

„Das darf nicht wieder passieren. Meine Herren, unternehmen Sie etwas!" Er dachte an die anstehenden Bürgermeisterwahlen und an sein daran gekoppeltes berufliches Schicksal.

„Ich muss Sie wohl nicht daran erinnern, dass ein Scheitern erhebliche personelle Konsequenzen nach sich ziehen wird, auch im Bereich der Polizei."

Nun, so schnell würde das nicht gehen, dachte Papperin, denn weder die *police nationale* noch die *gendarmerie nationale* unterstanden den städtischen Behörden, sondern dem nationalen Innen- bzw. Verteidigungsministerium. Trotzdem, auf lange Sicht konnte das unangenehme Folgen haben. Aber das war ihm jetzt egal. Sie mussten das Kind retten!

Unter Missachtung des Vertreters der Stadtpolitik wandte er sich an seine Polizeikollegen:

„Es stimmt. Wir beenden den Einsatz hier und konzentrieren uns auf die Mutter. Sie hat zwar nicht soviel Geld – und ich glaube, die Entführer wissen das auch. Trotzdem könnten die sich wieder an sie ..." Heftiges Rauschen des Funkgeräts unterbrach seine Worte.

„Bewohner haben zwei Schüsse in einem Häuserblock in der rue Saint Suffren gemeldet. Wir schicken eine Streife hin", krächzte es aus dem Lautsprecher.

Elektrisiert sprang Papperin auf und griff sich das Mikrofon.

„Wo genau?", rief er. „Das könnte uns betreffen!"

„Rue Suffren, gleich da, wo die Suffren in die Paradis mündet. Da steht ein sechsstöckiger Wohnblock. Da drinnen irgendwo soll geschossen worden sein."

„Kollege, bitte wartet auf uns. Wir sind in ...", er blickte sich fragend um. Ein Polizist zeigte drei Finger. „ In drei Minuten sind wir da."

Es dauerte nur wenig länger, bis sie, unter Anleitung eines Beamten der Polizeistation, an dem besagten Häuserblock eintrafen. Es war ein etwas älteres Gebäude. Aus den achtziger Jahren des letzten Jahrhunderts, schätzte Papperin, und entsprechend heruntergekommen. Fast gleichzeitig hielt ein Streifenwagen der Gendarmerie neben den Polizeifahrzeugen. Zwei Uniformierte und eine ältere Frau entstiegen dem Auto.

„Frau Parrère", stellte einer der Gendarmen sie vor. „Sie wohnt in der vierten Etage und sagt, sie hat zwei Schüsse gehört."

„Ja, zweimal hat es geschossen über uns. Da bin ich ganz sicher. Das müssen wir melden hab ich zu meinem Mann gesagt lass die Finger davon hat er gesagt das geht uns nichts an aber das muss man doch melden hab ich gesagt und er hat mir verboten zu telefonieren drum bin ich zu Fuß zu den *flics* gegangen das war doch richtig oder?" Ohne Punkt und Komma sprudelte alles aus ihr heraus.

„Wo genau wohnen Sie?", unterbrach sie Papperin.

„Stiege drei, vierte Etage, Wohnung 347", antwortete der Gendarm an ihrer Stelle. „Das haben wir alles schon aufgenommen."

„Dann los! In die fünfte Etage!"

„Sollten wir nicht besser ein Spezialkommando anfordern?", wandte der örtliche Kommandant der Gendarmerie ein.

„Damit alle ausgeflogen sind, bis das eintrifft. Natürlich fordern wir es an. Aber wir gehen inzwischen rauf. Unbemerkt und geräuschlos. Wo ist die Stiege drei?"

Die Frau führte sie um zwei Hausecken und deutete auf einen Eingang. Papperin ließ sie mit einem Gendarmen zurück. Die anderen gingen hinein. Es gab keinen Aufzug, deshalb stiegen sie leise die Treppe hinauf. Trotz aller Bemühungen hallten ihre Schritte etwas in dem kahlen, von nackten Betonwänden umgebenen Treppenaufgang. In jedem Stockwerk ging je ein dunkler Korridor rechts und links von dem Stiegenhaus ab. Im fünften Stock teilte sich die Gruppe. Eine Hälfte nahm sich den linken, die andere, unter der Führung von *commissaire* Papperin, den rechten Korridor vor. In dem etwa fünfzig Meter langen Gang roch es muffig und schlecht. Nach kalten Zigarettenrauch, nach abgestandenem Alkohol, nach Essen und Urin. Rechts und links, jeweils gegenüber, waren die Türen zu den einzelnen Wohnungen. Die Wohnungsnummern waren mit schwarzer Farbe neben den Türen auf den Beton gemalt.

„Wie im Gefängnis", dachte Papperin. „Wie man hier nur wohnen mag!" Er ging in den düsteren Gang hinein.

352 rechts, 354 links, 356 rechts, 358 links, … in ihrem Korridor befanden sich offensichtlich die Wohnungen mit gerader Nummer. Im Zickzack-Muster einander gegenüber gelegen. Aber welches war die Richtige? Durch jede Wohnungstür drangen andere Geräusche nach außen. Meist Musik von unterschiedlicher, aber durchwegs heftiger Lautstärke. Westliche Popmusik und orientalische Klänge schienen sich gegenseitig überbieten zu wollen. Papperin deutete seiner Gruppe an, man solle zunächst die Wohnungen von außen inspizieren. Sie bewegten sich langsam von Türe zu

Türe und horchten. In der 352 wetteiferten Musik und laut streitende Stimmen. Aus Wohnung 354 drang das Plärren irgendeiner TV-Show, aus 356 Musik aus Afrika. Maghreb, schätzte Papperin. 358 mit klassischer Musik. Das klang irgendwie fremd, fast abartig, in dieser Umgebung, dachte er. In Wohnung 360 sangen sie. Es klang wie ein Kinderchor, aber sicher nichts Professionelles aus Radio oder Fernsehen. Dazu enthielt es zu viele Misstöne und Rhythmusfehler. Vor der 362 stoppten sie. Dort drinnen herrschte Stille. Nichts, kein Laut war von dort zu hören. Zudem war die Türe nur angelehnt. Die Beamten schauten sich schweigend an. Einer zog seine Pistole und entsicherte sie. Auf ein fast unmerkliches Nicken Papperins hin folgten die anderen diesem Beispiel. Sie postierten sich rechts und links, einer hinter dem anderen, neben der Türe. Mit der Schuhspitze drückte Papperin die Türe langsam weiter auf. Bei dem Geräuschpotpourri, das auf dem Korridor herrschte, war nicht auszumachen, ob sie quietschte oder knarzte. Da sich in der Wohnung nichts rührte, drückte er sich, mit dem Rücken an die Wand gepresst, behutsam in den Vorraum – eine Diele, von der vier Türen abgingen. Sie war leer. Das einzig Auffällige war ein gigantisch großer ovaler Spiegel, dessen goldglänzender Rahmen aus lauter ineinander verschlungenen Eidechsen bestand. Alle Türen waren zu. Auf seinen Wink rückten die anderen Beamten nach. Schweigend wies er mit Fingerzeigen die Leute den einzelnen Türen zu und deutete mit Gesten an, dass auf sein Kommando alle vier Türen gleichzeitig aufgestoßen werden sollten, durch einen Fußtritt, wie er pantomimisch vormachte. Dann zählte er mit seinen Fingern – Daumen eins, Zeigefinger zwei und schließlich mit heftigem Vorstoßen der Hand: Ringfinger drei. Es klang wie ein einziger Knall als alle vier Türen gleichzeitig aufsprangen. Die Polizisten stürmten mit schussbereiter Waffe in jeden Raum. Leer, leer und leer. Nur in einem, offensichtlich dem Schlafzimmer, lag ein Mensch auf dem Doppelbett, das Gesicht abgewandt. Das Laken unter ihm war vollgesogen von Blut. Auch die hellgraue Jacke war blutrot, am Rücken mit zwei Einschusslöchern, eines am linken Schulterblatt, das zweite mitten im Rücken. Einer der Beamten ging um das Bett herum, um das Gesicht des Mannes sehen zu können.

„Es ist der Spanier. Tot!"

„Hätte er doch nur mit uns zusammengearbeitet!", seufzte Papperin. „Jetzt kann er seinem Sohn nicht mehr helfen."

„Hier sind die beiden Geldtaschen, aber leer." Alle blickten zum *brigadier* Malmotte. Er deutete auf zwei in einer Zimmerecke liegende schwarze Taschen.

„Kunstleder", murmelte Papperin. „Und ich habe es für echtes Leder gehalten." Wie so oft im Angesicht des Todes klammerten sich seine Gedanken an völlig Nebensächliches. Dann schaute er seine Kollegen an.

„Holen Sie die anderen aus dem linken Korridor. Sie sollen sofort anfangen, die Nachbarn zu befragen. Spurensicherung und Gerichtsarzt", nickte er Jeannine zu, die ihr Handy bereits am Ohr hatte. „Es reicht wenn zwei hier bleiben, der Rest bitte auch raus und die Nachbarn befragen."

Er wandte sich dem Toten zu, beugte sich über ihn und betrachtete ihn lange.

„He, der lebt noch. Einen Notarzt! Ruft die Rettung, die *sapeur-pompiers*! Schnell, schnell!"

Tote bluten nicht, doch der Spanier blutete noch, kaum merklich, aber der Blutfleck auf seiner Jacke wurde größer. Papperin kniete neben dem Bett und drückte seine beiden Taschentücher auf die Wunden. Er war sich klar, dass das nicht viel nützte. Innere Blutungen konnte er damit nicht stoppen. Aber trotzdem, vielleicht half es doch etwas. Über seine rechte Schulter rief er:

„Zwei Mann runter, die müssen dem Notarzt und den Sanitätern den Weg zeigen. Tempo, Tempo, es geht um Minuten!"

## Eine Spur, endlich eine Spur!

*Donnerstag, 31. Juli*

Etwas übernächtigt und immer noch sehr müde traf Papperin am nächsten Morgen in seinem Kommissariat ein. Es war sehr spät geworden gestern Abend in Marseille. Nachdem der Notarzt den schwerverletzten Detejo provisorisch verarztet hatte, und die Sanitäter mit ihm unter gellendem Sirenengeheul zum Klinikum der Universität abgefahren waren, hatten Papperin und sein Team noch auf die Spurensicherung gewartet, diese eingewiesen und dann den ersten technischen Resultaten entgegen gefiebert. Sie wurden auf eine lange Geduldsprobe gestellt. Das Ergebnis schließlich war enttäuschend gewesen. Zahllose Fingerabdrücke, aber zu keinem einzigen hatte sich in der digitalen Datenbank der Polizei ein passendes Gegenstück gefunden, wie die sofort durchgeführte Überprüfung ergab. Die Fachleute hatten auch nichts entdeckt, das man für eine DNA-Analyse hätte brauchen können. Keine Flaschen, Gläser oder Tassen, an denen man Speichelspuren hätte auswerten können. Keine Papiertaschentücher, keine Zigarettenkippen, nichts, absolut nichts. Die Wohnung war ganz offensichtlich nur vorgehalten worden, um sie bei Bedarf für die verbrecherischen Zwecke der Entführer benutzen zu können. In ihr hatte niemand gewohnt, seit Längerem schon. Der Kühlschrank war leer, in den Schränken und Regalen fand sich nichts, keine Kleider, keine Bücher, keine Zeitschriften. Der Vermieter, eine Immobiliengesellschaft in Paris – das stand in einem Anschlag am schwarzen Brett im Erdgeschoss des Treppenhauses – war um diese späte Zeit nicht erreichbar gewesen. Natürlich hatten sie sofort dort angerufen, um den Namen des Mieters zu erfahren, aber ohne Erfolg. Nur die monotone Computerstimme des Anrufbeantworters hatte sich gemeldet mit dem Hinweis auf die Bürozeiten. Schließlich, weit nach Mitternacht, war Papperin nach Hause gefahren.

Jetzt saß er an seinem Schreibtisch, vor sich eine Tasse voll tiefschwarzem Espresso. Seine Sekretärin steckte ihren Kopf durch die Verbindungstüre.

„François hat schon in Paris angerufen." Sie trat vollends in Papperins Zimmer. „Die Wohnung wurde vor einem Vierteljahr für sechs Monate vermietet. Der Mieter, ein Gaston Ballardé aus Paris-Bobigny, soll die Miete für das halbe Jahr im Voraus bar bezahlt und zwölfhundert Euro Kaution hinterlegt haben. Deswegen haben die gar nicht nach Einkommensnachweis, Banksicherheiten, nicht einmal nach seinem Personalausweis gefragt."

„Und? Habt Ihr den Mieter erreicht?"

„Das versucht François gerade." In diesem Moment kam der Genannte ins Zimmer.

„Seid Ihr auch mit dem Gaston Ballardé beschäftigt?", fragte er, weil er die letzten Sätze gehört hatte.

„Fehlanzeige, den gibt es nicht, zumindest nicht unter der Adresse in Bobigny, die er dem Vermieter, dieser Gesellschaft in Paris, angegeben hat. Die Kollegen dort nehmen sich alle Gaston Ballardés vor, die in Paris gemeldet sind. Aber ich vermute, das ist ein Deckname. Da wird nichts rauskommen."

Papperin deutete mit einer Handbewegung an, *brigadier* Legrand solle doch Platz nehmen. Monique brachte auch ihm eine Tasse Espresso. Dann überlegten sie zu dritt, weshalb die Entführer den Spanier erschießen wollten. Sie hatten doch alles bekommen, was sie gefordert hatten. Andererseits, ihn zur Geldübergabe in eine Wohnung zu locken, das war äußerst ungewöhnlich. Sollte er die Geldtaschen in der Wohnung abstellen und dann sofort verschwinden? Aber warum hatte er das dann nicht gemacht?

„Eigentlich gibt es nur zwei Möglichkeiten", überlegte Papperin laut. „Entweder war von vornherein geplant, ihn auszuschalten, d.h. ihn dort in der Wohnung zu töten. Oder er hat etwas falsch gemacht, zum Beispiel den Entführern aufgelauert, als die kamen, um die Taschen zu holen, und sie dann angegriffen."

„Aber das wäre doch dumm! Damit zerstört er doch die Chance, seinen Sohn wieder zu bekommen", warf Monique ein. „So blöd wird er doch sicher nicht gewesen sein!"

Papperin wedelte verneinend mit der Hand:

„Wenn sein Temperament mit ihm durchgeht, dann kennt der keine Vernunft und keine Grenzen. Wir haben das selbst schon ein paar Mal erlebt. Das kann durchaus so gewesen sein. Wir brauchen dringend seine Aussage."

Er wandte er sich an seine Sekretärin:

„Monique, rufen Sie bitte in der Klinik an und fragen Sie, ob er schon vernehmungsfähig ist, beziehungsweise wann das voraussichtlich sein wird."

Während *brigadier* Legrand und der Kommissar auf das Ergebnis des Telefonats warteten, tranken sie schweigend ihren Espresso. Papperin löffelte gerade den Zuckersatz aus seiner Tasse, als die Sekretärin zurückkam.

„Also, die sagen, er ist bei Bewusstsein, aber er darf keinerlei Besuch empfangen. Eine Vernehmung kommt nicht in Frage, sagen sie."

„Mit wem haben Sie gesprochen?"

„Mit einem Arzt, einem Dr. Bompard. Ich habe den zuständigen Arzt verlangt, da hat man mich mit dem verbunden."

„Seine Aussage ist zu wichtig, als dass wir uns so einfach abspeisen lassen können. Kommen Sie, François, wir fahren hin!"

*\*\*\**

„Ganz ausgeschlossen! Sie können nicht mit ihm sprechen." Der Oberarzt der zweiten chirurgischen Abteilung verwehrte den beiden Polizeibeamten den Zutritt zum Zimmer, in dem der Spanier lag.

„Sie beeinträchtigen den Heilungsprozess. Das geht absolut nicht! Nicht wahr, Schwester Mathilde?"

„Beinträchtigen, beeinträchtigen!", bellte Papperin.

„Wissen Sie, was Sie tun? Sie gefährden das Leben eines kleinen Jungen."

„Trotzdem, die Anweisung kommt von ganz oben, vom Chefarzt persönlich. Wir können Sie beim besten Willen nicht zu dem Patienten lassen."

Papperin blickte dem Arzt prüfend in die Augen.

„Dr. Bompart, haben Sie Kinder?"

„Was tut das zur Sache? Ja, einen Sohn."

„Wie alt ist der?"

„Ich wüsste nicht, was Sie das angeht!" Nach einer kurzen Pause: „Sieben".

„Der Junge in der Gewalt der Entführer ist fünf. Die Kidnapper sind grausam. Obwohl sie das Lösegeld bereits hatten, haben sie den Vater, Ihren Patienten, skrupellos erschossen, von hinten! Nur ein Zufall, dass er nicht tot ist. Die wollen keine Zeugen. Sie können sich vorstellen, was die mit dem Kind machen. Wenn wir den Jungen nicht schnell finden, dann gebe ich keinen Cent für sein Leben. Ihr Patient ist unsere einzige Verbindung zu den Verbrechern. Was würden Sie als Vater mir sagen, wenn es Ihr Sohn wäre, und ich dem Arzt nachgeben und auf die Befragung des Patienten verzichten würde?"

Der Arzt zauderte etwas, blieb aber trotzdem mit ausgebreiteten Armen gegen die Türe gelehnt und versperrte so den Zugang zum Krankenzimmer. In seinem Inneren sah er ein, dass der Kommissar Recht hatte. „Egal", dachte er, „auch wenn mir das einen Rüffel vom Chef einbringt, das will ich nicht. Ich will nicht Schuld sein, dass dem Jungen was geschieht."

„Also?", kam es mit Schärfe von Papperin.

Zögernd nahm der Mediziner die Arme herunter und trat zur Seite. Der Kommissar und der *brigadier* betraten das Zimmer.

„Gut gemacht, Dr. Bompard!", hörten sie hinter sich die Stimme der Stationsschwester, während sie auf das Krankenbett zugingen. Durch ein Gewirr von Kabeln und Schläuchen blickte ihnen ein leichenblasses Gesicht entgegen. Es schien Papperin zu erkennen, denn der Patient versuchte sich etwas aufzurichten. Durch das Piepsen und Rauschen des Überwachungscomputers drang schwach die Stimme des Spaniers:

„Herr Kommissar! Bitte, retten Sie meinen Sohn! Ich hab ihn gesehen. Er lebt. Retten Sie ihn!" Sein Kopf fiel kraftlos in das Kissen zurück. Die wenigen Worte hatten ihn sichtlich angestrengt.

„Haben Sie einen von den Entführern gesehen?" fragte Papperin.

Leichtes Nicken als Antwort.

„Kennen Sie ihn?"

„Nein!", antwortete eine schwache Stimme.

„Schaffen Sie es, mir zu erzählen, was passiert ist?"

Der Patient versuchte wieder sich aufzurichten. Mit kraftloser Geste winkte er die Schwester herbei. Sie stellte den Kopfteil des Bettes etwas steiler. Dann berichtete er, sehr leise und kaum verständlich. Er habe die Taschen in der Diele abgestellt und wie befohlen die Wohnung verlassen, habe dann aber kehrtgemacht. Weil ihn die Wut gepackt habe, dass sie ihm Domi nicht gegeben haben.

„Ich bin zurück. Die Taschen waren weg. Dann habe ich die Türen aufgemacht." Der Spanier wurde immer schwächer, er verfiel sichtlich, sprach leiser und leiser, stockend: „Die dritte, ... Schlafzimmer ... ein Bett ... in der Ecke ein Mann ... graue Kleidung, neben Domi ... gefesselt ... Schmerz ... dunkel ... „

Dem Patienten fielen die Augen zu. Er war ohnmächtig geworden. Sekundenlang herrschte regloses Schweigen im Raum. Nur das Rauschen und Piepsen der medizinischen Geräte war zu hören. Dr. Bompart wollte gerade den Kommissar am Arm hinausleiten. „Jetzt müssen Sie aber gehen!" Da öffnete der Spanier wieder die Augen. Er wirkte etwas erholt.

„Das ist das letzte, woran ich mich erinnere." Eine längere Pause mit wieder geschlossenen Augen.

„Dann das Gesicht einer Schwester ... Krankenhaus ... Aber was ist mit Domi? Retten Sie Ihn! Ich gebe Ihnen alles, was ich habe!"

Völlig ermattet sank er in sich zusammen. Selbst Papperin als medizinischer Laie sah, dass der Spanier in eine tiefe Bewusstlosigkeit gefallen war. Langsam wandte er sich ab und verließ das Krankenzimmer.

„Danke", murmelte er zum Arzt und verließ, gefolgt von seinem *brigadier*, den Raum.

Draußen im Gang, sie gingen gerade am Schwesternzimmer vorbei, zerbrach die Melodie seines Handys mit großer Lautstärke die Stille. Den strafenden Blick einer herbeigeeilten Schwester mit entschuldigendem Achselzucken beantwortend, nahm Papperin sein Handy ans Ohr.

„*Oui!* Monique, was gibt es?"

„Guy-deux ist gerade gekommen. Ich gib ihn Dir!"

„Hallo Chef! Die de Laterre hat vorhin einen Anruf erhalten. Wir überwachen doch ihre Gespräche. Das waren die Entführer. Sie wollen das Geld. Ich habe das Gespräch auf meiner Festplatte. Das müssen Sie sich anhören. Wann können Sie hier sein?"

„In einer guten halben Stunde! Holen Sie Guy und Jeannine dazu. Vier Paar Ohren hören mehr als nur unsere beiden."

Im Laufschritt verließen Sie das Krankenhaus und brausten mit gellender Sirene und Blaulicht zurück nach Aix.

*\*\*\**

Das gesamte Team Papperins scharte sich um den Lautsprecher, den Guy-deux an seinen Laptop angeschlossen hatte. Mit einem fragenden Blick in die Runde versicherte sich dieser, dass alle voll konzentriert waren. Dann klickte er auf das Startsymbol.

„*Oui?*" Das war die Stimme der Schauspielerin.

„Spreche ich mit Nicole de Laterre?", fragte eine geschlechtslos und etwas hohl klingende Stimme.

„Ja"

„Hören Sie! Wir bekommen noch zwei Millionen Euro von Ihnen. Oder Sie sehen Ihren Sohn nicht wieder. Aber diesmal korrekt und ohne Faxen wie beim letzten Mal!" Es entstand eine kurze Gesprächspause. Im Hintergrund hörte man diffuse Geräusche – ein Brummen und Klirren. Dann wieder die Stimme:

„Haben Sie verstanden: Mit dem ganzen Geld. Nur Hunderteuroscheine. Und keine Polizei!"

Zögernd und ängstlich antwortete die Stimme der Schauspielerin:

„Ja, ich habe verstanden. Zwei Millionen in Hundertern. Aber ich weiß nicht, ob mir meine Bank so viel Geld gibt. Ich muss mit ihr verhandeln. Ich brauche Zeit. Bitte geben Sie mir Zeit! Bitte! Bitte!" Schluchzen erstickte die Stimme.

„Einen Tag, nicht mehr! Alles Weitere später."

Neben den letzten Worten des Entführers hörte man ein dumpfes Pochen und dann, ganz schwach, eine weinerliche Kinderstimme:

„Ich will hier raus! Lasst mich raus. Ich will zu meiner *maman!"*

Ein Knacken kam aus dem Lautsprecher. Der Kidnapper hatte die Verbindung unterbrochen.

„Das war der Kleine. Er hat von dort telefoniert, wo sie den Jungen gefangen halten." Jeannine war entsetzt. „Das arme Kind! Sie haben es eingesperrt. Es klopft an die Türe und will raus."

„Haben Sie schon recherchieren können, von wo das Telefonat kam?", fragte Papperin seinen IT-Freak.

„Noch nicht. Vermutlich wieder von einem prepaid-Handy mit Nummernunterdrückung. Ich muss France-Télécom fragen. Nur die können verfolgen, von welchem Anbieter und über welche Sendemasten das Gespräch gelaufen ist. Aber das kann dauern."

„Hmm. Und was können wir in der Zwischenzeit tun?"

Sie kamen überein, dass Guy-deux sich um die technische Seite des Telefonats und um die Telefongesellschaft kümmern sollte. Papperin wollte mit der Schauspielerin sprechen und der Rest sollte sich das Telefonat vornehmen, noch mal ganz genau hinhören.

Der Anruf bei Nicole de Laterre brachte Papperin nicht weiter. Zuerst beschimpfte sie den Kommissar. Ihr Telefon einfach abzuhören, das gehe nicht, das sei eine Verletzung ihrer Grundrechte als französische Staatsbürgerin. Sie werde sich beschweren.

„Sie haben doch selbst zugestimmt, dass wir Ihr Telefon überwachen. Wir haben das schriftlich von Ihnen", hatte er erwidert.

„Aber Sie wissen doch: Keine Polizei haben die gesagt. Das muss ich befolgen, sonst tun die meinem Domi etwas an. Ich muss die Polizei außen vor lassen. Bitte verstehen Sie mich doch."

Papperin versprach, er werde sich darum kümmern und das abstellen. Dann legte er auf. Natürlich würden sie das nicht tun, dachte er. Sie würden doch nicht die einzige Verbindung zu den Kidnappern abschneiden, die sie zur Zeit hatten. Selbstverständlich sagte er das nicht der Schauspielerin.

Im Büro von Guy-deux fand er seine Mitarbeiter um den Laptop und den Lautsprecher geschart.

„Chef, hören Sie das mal an. Was meinen Sie, ist das?"

Das Telefonat wurde abgespielt, diesmal langsamer, in Zeitlupe sozusagen. In der kurzen Gesprächspause vernahm man jetzt das Brummen deutlicher. Auch das nachfolgende Klirren. Dazwischen ein kurzes Quietschen.

Das tiefe sonore Brummen klang, als führe ein Traktor im Hintergrund vorbei. Aber was bedeutete das Klirren?

„Das klingt wie bei Fahnenstangen, wenn die Stahlseile zum Hissen der Flaggen an die Alumasten schlagen. Vor öffentlichen Gebäuden oder so", versuchte Jeannine eine Deutung.

„Nur ein Traktor und Fahnenstangen? Da müsste noch mehr zu hören sein, z.B. vor der *préfécture* oder vor der *capitainerie* im Hafen. Mehr Autos, Hupen und so. Nee, das sind keine Fahnenmasten", wandte Guy ein.

Elektrisiert schaute Papperin seinen *brigadier* an:

„Hafen! Das ist es! Lassen Sie es noch mal laufen!"

Noch zweimal lauschten sie den seltsamen Klängen.

„Wenn Ihr mich fragt, dann ist das Folgendes: Ein Segelschiff. Dann fährt ein Motorboot vorbei, das ist das Brummen. Die Bugwelle bringt das Schiff zum Schaukeln. Die Drahtseile in der Takelage bewegen sich und klirren an die Metallmasten. Der Entführer hat von einem Segelschiff aus telefoniert, oder?" Papperin blickte fragend um sich und sah nur zustimmendes Nicken.

„Und das Quietschen, das ist eine Möwe", fiel Monique ein.

„Aber das Boot fuhr nicht, es lag vor Anker, mit eingeholten Segeln."

„Wie kommst du darauf, François?"

„Nun, wenn es unter Segeln fährt, dann sind alle Wanten und Falls straff gespannt. Die schlagen nicht, wenn es etwas schaukelt. Außerdem herrschte Windstille, sonst hätten die Falls andauernd geklirrt."

„Sind Sie Segelfachmann?", fragte Papperin anerkennend.

„Nein, aber ich habe ein kleines Boot im Hafen von Hyères liegen."

Jetzt waren alle überzeugt: Das Telefonat kam aus einem *port de plaisance*, einem Sportboothafen. Und der Anrufer hatte von einem Schiff aus telefoniert, das in dem Hafen lag. Aber welcher Hafen? Es gab Hunderte an den Küsten der Provence und der Côte d'Azur.

„Guy-deux, machen Sie denen bei der *télécom* Beine. Wir müssen ganz schnell wissen, von wo aus telefoniert wurde. Der Name der Stadt genügt uns schon."

„Ja, dann wissen wir, welcher Hafen es ist, durchsuchen alle Boote, finden das Kind und befreien es", jubilierte François Legrand. Papperin dämpfte diesen Optimismus.

„Nein, keine Razzia! Das muss völlig geheim ablaufen. Sobald die merken, dass die Polizei dort erscheint, sehe ich schwarz für das Kind."

Papperin spürte die Spannung und die Ungeduld, die alle erfasst hatte. Trotzdem, sie konnten jetzt nichts tun, nur warten. Warten bis sie von der Telefongesellschaft die erforderlichen Ortsdaten bekamen. Und natürlich die Schauspielerin, deren Telefon musste weiter angezapft bleiben, auch wenn er ihr zugesagt hatte, die Telefonüberwachung abzubrechen.

„Guy-deux, Sie bleiben bitte dran an der de Laterre. An ihrem Telefonanschluss meine ich. Geben Sie mir sofort Bescheid, wenn sich die Entführer bei ihr wieder melden. Und wir", wandte er sich an die anderen, „wir können nur warten und hoffen, dass die Télécom uns bald die Stadt mit dem Hafen nennen kann." Er wollte die Mitarbeiter schon aus seinem Büro entlassen, als Jeannine sie mit einem „Moment noch!" zurück hielt.

„Spiel noch mal das Telefonat ab, Guy-deux!", bat sie. Mir ist da noch was aufgefallen. Wieder hörten Sie die hohle Stimme des Entführers:

„… Einen Tag, nicht mehr! Alles Weitere später." Dann das Pochen und die Kinderstimme. Jeannine stoppte den Ton.

„Jetzt passt auf!"

„Ich will hier raus! Lasst mich raus. Ich will zu meiner *maman*!"

„Habt Ihr es gemerkt?", fragte Jeannine aufgeregt. „Das sind mehrere. Lasst mich raus, hat er gesagt. Lasst! Plural! Es sind mehrere Personen an Bord des Schiffs."

***

„*Non, madame*, ich bedaure außerordentlich, aber das ist absolut unmöglich. Wir können Ihnen den Betrag nicht zur Verfügung stellen." Der Direktor ihrer Hausbank blieb hart.

„Seien Sie doch nicht so unmenschlich", flehte Nicole de Laterre. „Sie wissen doch, es geht um das Leben meines Sohnes. Die Kidnapper bringen ihn um, wenn sie das Geld nicht bekommen."

„Das mag ja sein, aber ein so hoher Betrag, das geht nicht. Unsere Bank ist an die Richtlinien gebunden, die die *Direction Générale* allen Filialen unseres Hauses vorgegeben hat. Die lassen eine so exorbitante Überziehung ohne Sicherheiten nicht zu. Wenden Sie sich doch an die Polizei. Nur die kann Ihnen helfen."

Nicole legte den Hörer auf. Polizei, das kam nicht in Frage. Es blieb ihr nur ein Ausweg. Juan-Manuel! Sie wusste, er liebte seinen Sohn, wollte ihn nach der Scheidung für sich haben, hatte schon zweimal versucht, ihn zu entführen und ihr zu entreißen. Nur er konnte ihr helfen, sie musste zu ihm.

Trotz des starken Verkehrs erreichte sie die Klinik relativ schnell. An der Pforte erfuhr sie seine Zimmernummer. Ohne Rücksicht auf den Protest der Stationsschwester platzte sie in das Krankenzimmer.

„Juan, Domi ist in Lebensgefahr! Du musst mir helfen!", schluchzte sie und kniete sich neben ihm hin, seine linke Hand ganz fest drückend.

„Ich weiß, ich habe alles getan, um dich von ihm fern zu halten. Dass du mir böse bist. Aber du liebst ihn doch! Wir müssen unseren Streit begraben und alles tun, um Domi zu retten."

Der bleiche Kranke schaute angewidert auf sie herab.

„Du hast mich bekämpft, vor Gericht gezerrt, mich erniedrigt. Und jetzt kommst du, weil du Geld brauchst. Wenn ich könnte, würde ich dich jetzt verprügeln, dass du im Rollstuhl sitzen musst, für den Rest deines Lebens." Es entstand eine längere Pause. Nur das leise Weinen der verzweifelten Mutter war zu hören.

„Dann würde *ich* das Geld zu den Entführern bringen. Aber ich kann nicht!" Zornig schaute er auf die Verbände und die Kabel und Schläuche, die ihn ans Bett fesselten.

„Ich tu es nicht für dich, wirklich nicht. Ausschließlich für Domi. Wieviel?"

„Zwei Millionen, in Hundertern!"

Es bedurfte nur eines kurzen Anrufes bei seiner Bank. Man sagte zu, dass ein Geldbote den Betrag in der geforderten Stückelung am nächsten Vormittag um zehn Uhr ins Château Merveille bei Montfort bringen und ihn der Schauspielerin persönlich aushändigen werde – ordnungsgemäß gegen Empfangsquittung. Allerdings müsse er, Detejo, vorher einen entsprechenden Auszahlungsauftrag schriftlich bestätigen. Ein Angestellter der Bank werde mit den erforderlichen Papieren sofort zu ihm in die Klinik kommen.

## Auch ein Fahrradunfall kann zu etwas Gutem führen

*Freitag, 1. August*

Noch sehr früh am Morgen, die Standuhr hatte gerade sechsmal geschlagen, tappte Papperin noch schlaftrunken die Steintreppe hinunter in den geräumigen *séjour* der Ölmühle. Er setzte sich an den riesigen Tisch aus altem Kastanienholz und beobachtete seine Mutter beim Zubereiten des Kaffees. Wie in den meisten der uralten *mas provenceaux*, der großen Landhäuser, stellte dieser Raum eine harmonische Kombination aus Küche, Esszimmer und allgemeinem Aufenthaltsraum dar. Das noch zarte Licht der Morgensonne flutete durch die beiden ausladenden Fenstertüren, breitflügelige Sprossenfenster, deren Rundbögen stilvoll den altmodisch rustikalen Charakter des Raumes betonten. Papperin liebte diese morgendliche Stimmung. Den herben Duft des frisch gebrühten Kaffees, den Geruch der röschen, noch warmen Croissants, und Odile, die zwischen dem großen Holz- und Gasherd, dem Küchenbüffet und dem Esstisch hin und her wieselte. Kindheitserinnerungen wurden in ihm wach. Er sah seinen Vater, die unvermeidliche Gauloises zwischen den Lippen, in den *Var-Matin* vertieft am Tisch sitzen, seiner Frau ab und zu die wichtigsten Neuigkeiten vorlesend, während er, der kleine Jean-Luc, ungeduldig zappelnd daneben saß, Milch und Croissant nicht anrührte vor freudig-ängstlicher Erwartung des bevorstehenden Schultags. Freudig, wenn er an seine Kumpels dachte und den gemeinsamen Schulweg, auf dem sie nicht selten abenteuerliche Streiche ausheckten, und ängstlich, weil ihr Lehrer ein strenges Regime in der Klasse führte und nicht selten zum Rohrstock griff.

„Träume nicht, sondern frühstücke! Du hast sicher wieder einen anstrengenden Tag vor dir", riss ihn Odile aus seinen nostalgisch-wehmütigen Gedanken. Gerade als er sein Croissant in die Schale mit dem *café au lait* getaucht hatte und genussvoll hinein beißen wollte, kribbelte es in seiner rechten Hosentasche. Dann erklang mit anschwellender Lautstärke der vertraute Klingelton. Ein Blick auf das Display verriet ihm: Es war Nia. „Mein Gott!", dachte er. Sie hatten seit zwei Wochen nicht mehr miteinander telefoniert. Der Fall nahm ihn so in Anspruch, dass er überhaupt nicht mehr an Nia gedacht hatte. Mit etwas gemischten Gefühlen drückte er die Annahme-Taste.

„*Bon jour Nia, mon amour!*" Er war sich nicht sicher, ob sie ihm noch zürnte. Das letzte Telefonat war nicht sehr liebevoll verlaufen.

„Jean-Luc, du lässt ja gar nichts mehr von dir hören! Hast du so viel zu tun? In der Zeitung steht, ihr steckt in einer Sackgasse mit euren Ermittlungen."

„Ist das bis nach Paris durchgedrungen, dass uns die Entführer so auf der Nase rumtanzen?"

„Ja, die Zeitungen sind voll davon. Schließlich gibt es sonst nicht viel Aufregendes zu berichten. Sommerferien, Sauregurkenzeit für die Presse."

Nach kurzem Schweigen fuhr sie fort:

„Du, ich könnte mich nächste Woche freimachen. Wir haben gerade eine größere Sache abgeschlossen. Ich komme zu dir runter, in deine Provence."

Wieder eine Pause, in der sie offensichtlich auf eine freudige Reaktion Papperins wartete. Doch die blieb aus.

„Freust du dich nicht?

„Doch, sehr sogar."

„Wirklich? Du klingst aber nicht so."

„Ach Nia, natürlich freu ich mich. Ich weiß nur nicht, ob ich viel Zeit haben werde. Irgendwie scheint der Fall auf einen Höhepunkt zuzusteuern. Aber niemand weiß, wohin das führt. Es könnte furchtbar ausgehen. Wir glauben einen der Entführer zu kennen, aber er ist nicht greifbar. Wir haben zwar seine DNA, aber keinen Namen, kein Foto, nur eine sehr ungenaue Beschreibung. Wir arbeiten fast rund um die Uhr, kommen aber nicht weiter."

„Heißt das, ich störe, wenn ich komme?

„Nein, überhaupt nicht!" antwortete Papperin. Er wollte eigentlich noch viel mehr sagen, aber irgendwie kam es nicht über seine Lippen. Dass er sich freue, wenn sie endlich wieder zusammen wären, wenn auch nur für kurze Zeit. Dass er sie liebe und gemeinsam mit ihr die wunderschöne sommerliche Provence erleben wolle, die teils wilde, teils liebliche Landschaft, die Weinberge mit den fast schon reifen, sonnenverwöhnten und schwer an den Weinstöcken hängenden Trauben, die Silberpappeln, die sich hell glitzernd im Mistral bogen, die Bars auf den Dorfplätzen unter dem schattenspendenden Blätterwerk uralter Platanen, die vielen Flohmärkte und *vide greniers*, die in den Sommermonaten fast täglich in irgend einem Dorf stattfanden, die unzähligen rustikalen Brasserien und Gourmetrestaurants. All das wollte er ihr sagen, aber er brachte nur ein trockenes „Aber ich bin viel unterwegs und komme abends meistens sehr spät nach Hause" heraus.

Er hörte, wie Nia tief einatmete. Sie hielt kurz die Luft an, dann legte sie los:

„Damit du mehr Zeit mit deiner scharfen Assistentin verbringen kannst. Schläfst du eigentlich immer noch mit ihr?"

„Nein! Nia, Liebling, das habe ich dir doch versprochen."

„Versprochen, versprochen. Versprechen kann man viel!"

Verzweifelt, weil sie ihm offensichtlich nicht glaubte bekräftigte Papperin:

„Das ist vorbei. Ich habe mein Versprechen gehalten. Wir sind uns einig, dass wir gut und kollegial zusammenarbeiten, rein dienstlich. Das war schwer genug, aber es funktioniert."

„Das soll ich glauben?"

„Wirklich, mein Schatz, so ist es."

„Du bist ein Lügner!" Dann, nach einer kurzen Pause: „Wenn du mich wirklich lieben würdest, wie du immer sagst, dann hättest du dich längst nach Paris zurück beworben."

Da war sie wieder, die Wendung, die in letzter Zeit fast jedes Gespräch mit Nia genommen hatte. Sie hatte genau die wunde Stelle getroffen, die ihn innerlich so belastete. Das Hin- und Hergerissensein zwischen ihr, Nia, der Frau die er heiraten wollte, und seiner Heimat, der Provence seiner Kindheit. Wie glücklich war er gewesen, als er, aus Paris kommend, zum Leiter der Mordkommission in Aix ernannt worden war.

„Du solltest dich endlich entscheiden, ob du zurück nach Paris kommen willst oder lieber dort drunten mit deiner Landpomeranze vögelst."

Jetzt reichte es Papperin.

„Wenn du so denkst, dann brauchen wir nicht weiter reden." Zornig beendete er das Gespräch und stopfte wütend das kaffeedurchweichte Croissant in sich hinein. Schon im Aufstehen schlürfte er noch schnell seinen Milchkaffe hinunter, knallte die Kaffeeschale zurück auf den Tisch und quetschte ein missgelauntes *„Maman*, ich muss gehen!" heraus. Odile Papperin fragte sich – nicht zum ersten Mal – was er nur an seiner hochgestochenen Pariser Verlobten so toll fand. Sicher, sie war schön, wunderschön sogar, schlank, stets elegant gekleidet. Und sie verkehrte in den höheren Kreisen der Pariser High Society. Als Miteigentümerin von irgend so einer Vermögensverwaltungsgesellschaft, den korrekten englischen Namen konnten sich Odile nicht merken, hatte sie beruflich nur mit den Reichen und Allerreichsten zu tun. Papperins Mutter konnte nicht glauben, dass sie zu ihrem Jean-Luc passte, so kühl und herablassend wie sie wirkte.

„Aber wo die Liebe so hinfällt", resignierte sie. „Ich darf mich da wohl nicht einmischen", dachte sie.

***

Papperin, immer noch schwer frustriert von dem Telefonat mit Nia, fuhr nachdenklich auf der Autoroute A8 Richtung Aix en Provence. Heute hatte er keinen Blick übrig für den sich majestätisch aus der Ebene auftürmenden Gebirgsstock der Montagne de Sainte Victoire, sah nicht den hell in der Morgensonne erstrahlenden Fels. Nahm keine Notiz von den Weingütern rechts und links der Autobahn, die er so oft und gerne zu einer *dégustation* besuchte. Nur langsam gelang es ihm, sich wieder auf den Entführungsfall zu konzentrieren. Ob die Telefongesellschaft schon herausgefunden hatte, über welche Sendemasten und Relaisstationen der Mobilfunkanruf gekommen ist? Heute musste ihnen der Durchbruch gelingen. Er versuchte sich den Verlauf der Küste vorzustellen und die Städte mit Häfen für Motor- und Segelyachten. Marseille, Cassis, La Ciotat, Bandol, Sanary, La Seyne, Toulon, Giens, Hyères, Le Lavandou, Cavalière, Cavalaire, La Croix Valmer, Saint Tropez, Sainte Maxime, Saint Raphaël, Agay, La Trayas, Théoule, La Napoule, Cannes, Juan les Pins, Antibes, Cagne, Nice. Und das waren nur die größeren Orte. Dann waren da noch die kleinen ehemaligen Fischerdörfer, von denen es noch viel mehr gab. Die meisten davon kannte er nicht. Er wusste nur, dass sie inzwischen fast alle dem Tourismus und der Geltungssucht und der Bauwut der Bürgermeister zum Opfer gefallen waren. Ohne Hilfe von *Orange*, der Mobilfunktochter der *Télécom*, war es aussichtslos, den Hafen und das Boot zu finden. Was, wenn der Kidnapper einen anderen Netzanbieter verwendete? Bouygues, SFR, Free-mobile? Oder einen der vielen lokalen Provider, oder eine prepaid Karte von einer der großen Handelsketten? Wenn sie Pech hatten, führte auch diese Spur in eine Sackgasse.

Es begann in seiner Hosentasche zu vibrieren, gleich darauf kam die Anrufmelodie. Es war Jeannine.

„Chef, wo bist du?" Ihre Stimme klang ganz hektisch, fast hysterisch. Irgendetwas musste sie in äußerste Aufregung versetzt haben. Nie redete sie ihn mit Chef an, immer mit seinem Vornamen. Diese Vertrautheit hatten sie sich bewahrt, nachdem sie sich nach langen und schwermütigen

Gesprächen dazu durchgerungen hatten, zu einem kollegialen und neutralen Arbeitsverhältnis zurückzukehren.

„*Brigadier* Dalmasso", frotzelte er, „seit wann haben Sie vergessen wie ich heiße?"

„Jean-Luc, mach keinen Scheiß! Wir haben ihn!"

„Wen? Den Entführer?"

„Nein, den Hafen!"

„Wo?"

„Cassis! Guy-deux hat das von ich weiß nicht welcher Telefongesellschaft rausgekriegt. Der Sendemast steht in Cassis, Avenue Notre Dame, auf der langen Landzunge zwischen dem alten Hafen im Zentrum und dem *Port Miou* in den *Calanques* auf der anderen Seite der Halbinsel. Also: Wo bist du und wann kannst du hier sein?"

„In zehn Minuten."

Papperin ärgerte sich, dass er mit seinem alten Peugeot 405 unterwegs war und nicht mit einem Streifenwagen der *police nationale*. Da bräuchte er nur auf einen Knopf zu drücken und Blaulicht und Sirene würden ihm freie Durchfahrt bereiten. Er hatte zwar auch eine blaue Leuchtkuppel mit Haftmagnet im Handschuhfach. Aber bis er die rausgeholt hätte! Er war nicht einmal sicher, ob das Stromkabel angeschlossen war. Damit wollte er sich jetzt nicht aufhalten. Mit Vollgas und lautem Hupen preschte er über die gottlob nicht allzu dicht befahrene Autobahn. An der Mautstelle vor Aix konnte er ohne Anhalten durchfahren, da er das System der *télépéage*, der Videomaut, gebucht hatte. Im Kommissariat nahm er mit großen Schritten die Treppe, immer zwei oder drei Stufen auf einmal. Auf den Aufzug zu warten hatte er jetzt keine Nerven. In seiner Abteilung im fünften Stock fand er Jeannine und Monique über eine Wanderkarte der Region Marseille – Cassis gebeugt. Ein dickes rotes Kreuz war auf der Halbinsel eingezeichnet. Es sollte wohl die Position des Sendemasts anzeigen.

„Salut, Jean-Luc!", klang es ihm zweistimmig und fast gleichzeitig entgegen.

„Da steht der Funkmast, von dem das Gespräch kam", bestärkte Jeannine seine Vermutung. Er befand sich fast genau in der Mitte zwischen den beiden in Frage kommenden Häfen. Aber in welchem lag das Boot, von dem das Erpressertelefonat gekommen war?

„Hol mal Google Earth her!", bat er Jeannine. „Damit wir eine Ahnung bekommen, wie viele Schiffe dort liegen."

Langsam baute sich das Bild am PC auf, bis es schließlich gestochen scharf war. Man sah jedes Haus, jeden Baum, die am Kai flanierenden Personen. Und Schiffe, unzählige Schiffe.

Der Hafen im Zentrum von Cassis war relativ klein. Früher, in Papperins Kindheit, waren dort fast ausschließlich Fischerboote an den Kais und der massigen Mole gelegen, die den Hafen gegen das offene Meer abschirmte. In den letzen beiden Jahrzehnten hatte sich das geändert. Die Fischkutter der Einheimischen mussten den *plaisanciers,* den Sportbooten und Freizeityachten der Besserverdienenden weichen. Es gab nur noch sehr wenige von den altmodischen und bunt bemalten Fischerbooten. Dafür an die hundertfünfzig meist weiß leuchtende Motor und Segelyachten. Papperin hatte ihre Zahl überschlägig anhand der Google-Aufnahme geschätzt. Der andere Hafen war eigentlich gar kein Hafen, sondern eine natürliche Bucht, ein enger Fjord, der auf der anderen Seite der schmalen Landzunge, mehr als einen Kilometer in die Felsen einschnitt. Die Klippen fielen meist direkt und steil ins Wasser. An den wenigen Stellen, wo der Küstenstreifen etwas flacher verlief, hatte man dem Steilufer einen schmalen Weg abgetrotzt. Meist war kein Platz für Kaimauern. Ein schwimmender Pontonsteg führte am Ufer entlang. Senkrecht dazu lagen die Boote. Die Segelboote meist mit dem Bug, die Motorboote mit dem Heck zum Steg. Mindestens fünfhundert an der Zahl, schätzte Papperin, säumten die weißen Yachten den Küstenverlauf.

„Super, die Bilder von Google Earth!", schwärmte *brigadier* Legrand, der in diesem Augenblick ins Zimmer kam. „Und wenn jetzt dort noch eine live-cam installiert wäre, dann könnten wir direkt von hier beobachten, wer auf welche Boote geht und den Fall vielleicht von Schreibtisch aus lösen."

Papperin lenkte die Diskussion wieder auf den harten Boden der Realität zurück.

„Auf einem dieser Schiffe hält er das Kind vermutlich versteckt. Aber welches ist das Richtige von den hunderten Booten? Und vor allem: In welchem der beiden Häfen liegt es? Der Funkmast der Telefongesellschaft liegt genau dazwischen und deckt beide Gebiete ab. Wie sollen wir vorgehen?"

Es war klar, sie konnten nicht jedes Schiff einzeln durchsuchen, das wäre viel zu auffällig. Wenn sie nicht zufällig beim ersten Boot gleich einen Volltreffer landen würden, dann fiele das den Entführern auf. Die Folgen wären unabsehbar. Den Jungen auf einem Schiff gefangen zu halten war aus der Sicht der Kidnapper eine geniale Idee. Es bestand keine Gefahr, dass Fremde auf das Schiff kamen. Der Skipper und seine Begleiter konnten sich, als Urlauber getarnt, frei bewegen. Zur Not konnten sie, wenn es brenzlig wurde und sie ein ausreichend schnelles Boot hatten, in internationale Gewässer flüchten und sich so dem Zugriff der nationalen Polizei entziehen.

„Als erstes sollten wir mit dem *Capitaine du Port* sprechen. Als Hafenmeister muss er Unterlagen zu allen dort liegenden Schiffen und ihren Besitzern haben. Wer kann mich begleiten?", fragte Papperin in die Runde.

„Sie François? Gut! Monique, melden Sie uns bitte bei der *capitainerie* an. Wir werden in … Wie lange fährt man nach Cassis?"

„Das hängt vom Verkehr ab und ob ihr mit Blaulicht und Sirene fahrt. Dann eine knappe halbe Stunde. Sonst etwa doppelt so lang", meinte die Sekretärin.

„Wir nehmen ein ziviles Auto und fahren ohne Radau", entschied Papperin. „Dann melden Sie uns für zehn Uhr an!"

***

„Was wollen Sie? Die Namen und Adressen von allen, die gerade einen Liegeplatz gemietet haben? Hier im alten Fischerhafen und drüben in der *Calanque de Port Miou*? Das sind an die Tausend! Muss das sein?" Der dicke Hafenmeister in seinem verschwitzten weißen Uniformhemd blickte die beiden Polizisten entsetzt an. Er fühlte sich sichtlich gestört in seiner vormittäglichen Ruhe. Auf dem Schreibtisch vor ihm stand ein Glas mit einer gelben, milchigtrüben Flüssigkeit – Pastis vermutete Papperin. Von einer Zigarette, die sorgfältig in die Kerbe des Aschenbechers geklemmt war, kräuselte sich ein dünner Rauchfaden empor. Sie waren ganz offensichtlich in seine Mußestunde hineingeplatzt. Der Chef der *capitainerie* schaute aus dem großen, leicht nach außen geneigten Panoramafenster, das einen vollen Blick auf den kleinen Hafen und die dahinter liegende Altstadt gewährte, und meinte, das mache eine Menge Arbeit. Geduldig erklärte ihm Papperin, weshalb sie das bräuchten. Schließlich sah sein Gegenüber die Notwendigkeit ein. Denn das Schicksal des kleinen Domi ging auch ihm nahe. Auch er hatte die Berichte in *La Provence* und im *Var Matin* gelesen.

„Wenn das so ist, dann schauen wir uns das mal an", seufzte der Herr über den Hafen, steckte sich die angerauchte Zigarette zwischen die Lippen und rollte mit seinem Bürostuhl quer durch den Raum zu einem Tisch, auf dem mehrere Bildschirme standen. Papperin und *brigadier* Legrand folgten ihm und stellten sich, da man ihnen keine Stühle angeboten hatte, rechts und links neben den Hafenmeister.

„Dann sehen wir uns erst mal den Hafen hier an", meinte dieser und tippte eine Weile auf der Tastatur eines Computers. Schließlich erschien auf dem Bildschirm eine lange Liste.

„Eigentlich brauche ich das gar nicht anzuschauen. Hier im alten Hafen liegen nur Schiffe von alteingesessenen provenzalischen Familien. Die kenne ich alle persönlich. Die haben mit Ihrem Fall garantiert nichts zu tun. Dafür lege ich meine Hand ins Feuer. Gut, dann sind da noch ein paar

Großindustrielle, die ihre Yachten hier liegen haben. Und natürlich die paar Fischerboote. Aber da hat sich seit Jahren, ach was sag ich, seit Jahrzehnten nichts geändert."

„Keine Neuvermietungen an Leute, die Sie nicht kennen? An Urlauber, Geschäftsleute, Hochzeitspaare?", fragte Papperin.

„*Non, absolument pas!* Hier ist kein Liegeplatz mehr frei – seit Jahren schon. Natürlich kommen Tagesgäste. Die legen am Kai an, gehen zum Einkaufen oder zum Mittag- oder Abendessen in eines der Restaurants, aber dann fahren sie wieder. Nichts, was für Sie interessant wäre."

„Und in dem anderen Hafen, in der Calanque?"

„Das wird schwierig", seufzte der Hafenmeister. Er kratzte sich mit beiden Händen unter den Achseln, dort wo zwei große Schweißflecken von der brütenden Hitze in dem nicht klimatisierten Raum zeugten. Er schaute die beiden Polizeibeamten müde an.

„Das dauert aber eine ganze Weile." Dann meinte er: „Wieso stehen Sie hier, setzen Sie sich doch!" Auf die fragend-suchende Geste Papperins merkte er, dass keine Sitzgelegenheiten im Raum waren.

„Haben die wieder alle Stühle rausgeholt. Die stehen auf der Terrasse, auf der Schattenseite des Hauses", erklärte er Papperin. Und dann mit einem lauten Schrei: „He! Bring mal einer schnell zwei Stühle rein!"

Einen Moment später ging die Türe auf und ein Mann, der Kleidung nach offensichtlich ein Hafenarbeiter, brachte zwei Bürostühle.

„*Je m'excuse, mais …*"

„Ich weiß, draußen im Schatten ist es angenehmer als hier drinnen, ohne Klimaanlage. Aber ich muss leider hier sitzen. Schließlich bin ich für den ganzen Saftladen da unten verantwortlich." Bei diesen Worten machte er eine weitausholende Geste, die den ganzen Hafen umfasste. Er wandte sich wieder dem Computer zu und bearbeitete die Tastatur, bis eine neue Liste auf dem Bildschirm erschien.

„Das sind die gemeldeten Boote von der *Calanque de Port Miou*." Er scrollte zum Ende der Liste. „Sechshundertsiebenundfünfzig Schiffe. Und dann gibt es sicher noch etliche, die sich nicht angemeldet und einfach an einem freien Platz festgemacht haben."

Entmutigt starrte Papperin auf den Bildschirm mit der nicht enden wollenden Namensliste. Aussichtslos, darunter das gesuchte Boot zu entdecken. Da brauchten sie gar nicht erst anzufangen. Trotzdem – das war ihre einzige Spur. Irgendwie mussten sie weiterkommen.

„Ich sagte ja, das ist viel Arbeit", meinte der Hafenmeister, als er die frustrierten Mienen der beiden Polizisten sah. „Ich drucke das mal aus und dann sehen wir weiter."

Er verließ den Raum und kam nach einigen Minuten mit einem kleinen Stoß Papier zurück.

„Fast siebzig Seiten. Schauen wir mal!"

Sie beugten sich über die Liste

„Ich streich jetzt mal alle die durch, die ich schon länger kenne, die meines Erachtens nicht in Frage kommen. Schätze, da fällt dann schon mal die Hälfte weg. OK?"

Papperin war einverstanden. Er war überzeugt, dass die Entführung zwar von langer Hand geplant war. Aber da die Schauspielerin erst vor einem knappen halben Jahr in die Provence gezogen war, war der Liegeplatz für das Schiff höchstwahrscheinlich nicht früher gemietet worden. Deshalb sagte er:

„Außerdem können Sie alle Mietverträge streichen, die älter als sechs Monate sind."

Die Mieterliste war nicht chronologisch aufgebaut, sondern nach aufsteigenden Platznummern. Deshalb mussten sie jeden Eintrag vollständig lesen. Das war zwar etwas umständlich, denn die Liste enthielt sehr ausführliche Angaben, mehrere Zeilen je Mieter. Trotzdem kamen sie zügig voran. Da sie den Papierstapel gleichmäßig aufgeteilt hatten, musste jeder nur rund fünfundzwanzig Seiten durcharbeiten. Schließlich blieben vierunddreißig Mieter übrig, die als Entführer in Frage kamen.

„Dazu kommen noch die, die hier wild anlegen. Das dürfte noch mal ein gutes Dutzend sein", überlegte der Hafenmeister. Auf einem großen Lageplan, der an der Rücksei-

te des Raumes an die Wand gepinnt war, waren die Liegeplätze mit der jeweils zugehörigen Nummer eingezeichnet.
Die besten Plätze gehörten den langjährigen Mietern. Sie lagen direkt unter den Villen auf der Ostseite des Fjords, mit
Treppen oder Leitern, die zu den Anwesen führten. Oder
sie waren direkt bei oder in der Nähe der Parkplätze gelegen. Die Boote mit den jungen Mietverträgen konzentrierten
sich sämtlich am Westufer der *Calanque*, direkt unter den
steilen Felsabstürzen. Dorthin gelangte man deutlich umständlicher, denn es gab keinen unmittelbaren Zugang vom
weit oben vorbeiführenden Fahrweg. Papperin sah das
zwiespältig. Einerseits waren die in Frage kommenden
Schiffe nicht über die gesamte Bucht verteilt, sondern lagen
in einer mehr oder weniger kompakten Gruppe auf einer
überschaubaren Strecke von cirka hundertfünfzig Metern.
Das bedeutete, man konnte sie einfacher im Auge behalten,
zum Beispiel vom nahen gegenüber liegenden Ufer aus.
Andererseits hatte man keinen direkten Zugang von der
Straße, sondern musste sich im Falle des Zugriffs umständlich vom Wasser aus oder zu Fuß über hunderte Meter des
Pontonstegs dem Kidnapperschiff nähern. Das dürfte den
Kidnappern, die ihre Umgebung sicherlich penibel überwachten, nicht verborgen bleiben. Eine Befreiungsaktion
mit Überraschungseffekt war somit unmöglich. Die Identifizierung des Entführerschiffes nur anhand der Liste und
des Lageplans war nicht möglich. Auch die Namen der Mieter oder Eigentümer der Liegeplätze brachten sie nicht weiter. Hatte Papperin gehofft, bekannte Namen wie Gian-
Carlo Luciani oder Gaston Ballardé auf der Liste zu entdecken, so wurde er enttäuscht. Auch Juan-Manuel Detejo, der
Vater des Kindes, befand sich nicht unter Skippern. Aber
nach dem Mordanschlag hatte ihn Papperin ohnehin schon
aus der Liste der Verdächtigen gestrichen. Weiter gab es
vier Mieter mit dem Vornamen Pascal. Konnte einer von
ihnen der gesuchte Pascal sein, der Tour-de-France-Mörder
und nachweislich einer der Domi-Entführer? Diese Hoffnung wurde sofort vom Hafenmeister zunichte gemacht.
Alle vier Pascals waren ältere Herren, einheimische Rent-

ner, die in keinem Punkt der zwar nur oberflächlichen Beschreibung ihres Pascals entsprach, des one-nigt-lovers von Nicole de Laterre. Der *capitaine du port* kannte alle vier von den wöchentlichen Pétanquewettbewerben, die jeden Samstag auf dem öffentlichen Bouleplatz der Gemeinde stattfanden.

„Könnten Sie uns die Liste der Skipper und einen Ausdruck des Lageplans mitgeben?" Auf diese Bitte Papperins nickte der Hafenmeister zustimmend und meinte: „Ich kann den Plan aber nur im A-4- Format ausdrucken. Ist es nicht besser, ich schicke Ihnen das per e-mail? Dann können Sie es auf Ihrem Computer beliebig vergrößern?"

Papperin gab ihm seine dienstliche Visitenkarte mit den Adressdaten seines Kommissariats. Dann verabschiedeten sie sich.

***

Wieder im Kommissariat rief Papperin seine Mitarbeiter zur Lagebesprechung in sein Büro. Auf dem großen Flatscreen an der Wand leuchtete der Lageplan der *Calanque de Port Miou* mit den Nummern der Liegeplätze. Der Hafenmeister hatte die für das Verbrecherversteck in Frage kommenden Schiffe rot markiert, ehe er die Karte an Papperins Dienstadresse gemailt hatte.

„Nach unserem Gespräch heute mit dem Hafenmeister kommen nur die auf dem Plan rot markierten Liegeplätze für das Versteck in Betracht. Dürfen wir wirklich davon ausgehen, dass der Junge auf einem Schiff in einem der beiden Häfen von Cassis gefangen gehalten wird? Oder kann die Auskunft der Telefongesellschaft auch falsch gewesen sein?" Papperin hatte sich diese Frage schon mehrfach selbst gestellt. Jetzt schaute er fragend auf Guy-deux, den IT-Spezialisten in seinem Team.

„Mit an Sicherheit grenzender Wahrscheinlichkeit stimmt das", meinte dieser. „Ich habe mir das detailliert erläutern lassen. Technisch gibt es keine andere Möglichkeit. Das Telefonat ist über den Funkmast von Cassis gelaufen. Was natürlich nicht ausschließt, dass der Junge woanders gefangen gehalten wird und der Kidnapper zum Telefonieren nach Cassis gefahren ist und vom dortigen Hafen aus angerufen hat."

„Wie wahrscheinlich ist das?"

„Keine Ahnung! Aber möglich ist es."

„Jetzt versetzt euch doch mal in die Lage des Entführers!" Die Sekretärin versuchte das Problem auf psychologischem Weg zu lösen. „Wie wahrscheinlich ist es, dass der Anrufer das Kind entweder allein oder unter Bewachung eines Komplizen irgendwo zurücklässt und dann wegfährt, um seine Lösegeldforderung durchzugeben. Er benutzt eine Prepaid-Telefonkarte und telefoniert mit Rufnummernunterdrückung. Wenn er kein Mobilfunkspezialist ist, dann dürfte er sich damit in Sicherheit geglaubt haben. Also ich hätte da keine Bedenken. Glaubt ihr, der ist so gescheit, dass er das alles durchblickt? Ich denke, das ist ein ganz normaler Verbrecher und kein hoch ausgebildeter Techniker. Er wird sich doch nicht unnötig lange und weit von dem Versteck entfernt haben. Das ist viel zu riskant für ihn."

Jeannine beendete diese Diskussion: „er war doch beim Kind, als er telefoniert hat. Wir haben es doch rufen gehört – auf dem Telefonmitschnitt."

„Stimmt", gab Papperin ihr Recht. Dann überlegte er einen langen Moment.

„Aber wie sollen wir vorgehen?"

Man war sich schnell einig. Eine direkte polizeiliche Untersuchung der Boote war unmöglich. Die Kidnapper wären rechtzeitig gewarnt, konnten unerkannt fliehen oder, noch schlimmer, mit dem Jungen als Geisel sich freien Abzug erzwingen. Also musste die Observierung der Schiffe insgeheim, von den Bootsinsassen unbemerkt, erfolgen.

„Wie wäre Folgendes: Eine Hand voll Polizisten, verkleidet als harmlose Männerclique auf Sauftour. Die könnten dann mit ihrem Boot dort anlegen, vermeintlich besoffen den Steg unsicher machen, Leute belästigen, andere Schiffe besteigen und so rausbekommen, wo das Versteck ist." Guy Malmotte schaute Zustimmung heischend um sich.

„Typisch Mann", regte sich Monique auf. „Denken nur ans Saufen."

„Aber so dumm ist der Vorschlag nicht", sprang Jeannine ihrem Kollegen bei. „Nur das mit der Männerrunde ist zu auffällig. Vor allem, wenn die immer betrunken spielen. Es müsste eine Urlauberfamilie sein. Am besten mit Kindern. Völlig normal, wenn die beim Spielen auf andere Boote klettern und sich neugierig überall umschauen."

„Du bist verrückt! Wir können doch keine Kinder in Gefahr bringen. Stell dir vor, die werden dabei erwischt, wie sie das Versteck mit dem Jungen entdecken. Auf so eine Schnapsidee kann nur jemand kommen, der selbst keine Kinder hat."

„*Désolé*! Ja du hast Recht, das war kein guter Vorschlag."

„Aber ein harmloses Urlauberehepaar, das müsste doch gehen?", überlegte Papperin.

„Urlauber bleiben doch nicht dauernd auf ihrem Boot oder flanieren nur am Hafen entlang, noch dazu auf dem Pontonsteg, wo es nichts gibt außer Schiffe", dämpfte Monique seinen Vorschlag. „Die machen Ausflüge, gehen shoppen, suchen Restaurants auf. Die meiste Zeit sollten sie unterwegs sein. Wenn die aber dauernd dort rumlungern und die Boote beobachten, dann fallen sie genauso auf wie deine Saufkumpane", meinte sie zu *brigadier* Malmotte gewandt.

Sie berieten weiter. Es sollte jemand sein, der sich nicht viel wegbewegen konnte oder wollte und deshalb immer in der Nähe seines Schiffes oder auf dem Schliff blieb.

„Ein Maler, ein Landschaftsmaler!" Jeannine strahlte die anderen an. „Der stellt seine Staffelei auf den Pontonsteg und malt die bizarre Landschaft der *calanque*. Das ist ein super Motiv! Blaues Meer, grellweiße Schiffe im Sonnenlicht vor den steilen Felsklippen, dazwischen vereinzelte Pinien. Glaubwürdiger geht es nicht!"

„Und er kann tagelang dort sitzen und jeder findet das ganz normal! Geniale Idee, Jeannine."

„Und wer soll das sein? Wer von euch ist ein Künstler und kann so gut malen." Wieder war es Monique, die ein

Haar in der Suppe fand. „Menschenskind, die Leute schauen sich das Bild doch an, jeden Tag. Und die wollen sehen, wie es sich entwickelt. Wenn das eine stümperhafte Arbeit ist, dann schlucken das vielleicht normale Urlauber. Aber die Gangster, die werden misstrauisch, die durchschauen das. *Non, non*! Maler taugt nichts. Oder haben wir einen verkappten Cezanne im Kommissariat?"

Wieder nichts! Die Diskussion ging weiter. Alle Vorschläge hatten einen Haken. Überwachung der Boote per Hubschrauber wurde als zu auffällig verworfen. Routinekontrollen der vorgeschriebenen Rettungsausrüstung auf allen Schiffen durch Zoll oder *gendarmerie maritime* hielten alle für zu gefährlich. Die Verbrecher würden sich nicht widerstandslos ergeben. Was, wenn sie ausrasteten und dem Kind etwas antaten?

Papperin stand auf.

„Schon ein Uhr. Wir drehen uns im Kreis und kommen nicht weiter. Gehen wir etwas Essen. Vielleicht bringt uns das auf klügere Gedanken. Ich lade alle in die kleine Crêperie um die Ecke ein."

Natürlich war das kein vollwertiges Mittagessen. Eine *galette* als salzige Hauptspeise und eine süße *crêpe* als Dessert mussten genügen. Mehr Zeit hatten sie nicht. Der Einfachheit halber bestellten alle dasselbe: Zuerst eine *galette complète* mit Schinken, Käse und Ei, dann eine *crêpe avec pommes flambée au calvados*.

Den Espresso wollten sie wieder im Kommissariat trinken. Der von Monique schmeckte tausendmal besser als jeder Restaurantkaffee. Auf dem Rückweg gerieten sie in einen kleinen Aufruhr. Ein gutes Dutzend Passanten stand herum und debattierte lautstark. Die Leute schimpften wütend auf einen Radfahrer ein. Im Rinnstein lag ein älterer Mann. Eine Frau kniete neben ihm. Sie redete beruhigend auf ihn ein und strich ihm über die Stirne. Zwei Krücken lagen auf der Straße neben dem Fahrrad. Der Radfahrer musste den offensichtlich gehbehinderten Mann angefahren haben. Dieser war gestürzt und hatte dabei seine Gehhilfen verloren. Gerade als Papperin eingreifen wollte, um die beginnenden Handgreiflichkeiten zu unterbinden, kam ein Wagen der *gendarmerie nationale* mit Blaulicht um die Ecke, hielt, und zwei Uniformierte, eine Frau und ein Mann, stiegen aus. Sofort beruhigten sich die Gemüter und einige der Passanten verdrückten sich unauffällig. Da er den Vorfall in guten Händen wusste, ging auch Papperin mit seinen Leuten weiter.

„Chef, Mensch, das ist die Lösung!" Guy-deux fasste Papperin am Arm. Die beiden bildeten ein kontrastreiches Paar. *Commissaire* Papperin, ordentlich gekleidet, mit elegantem hellbeigem Sommeranzug aus einem leichten, modisch knitterigen Leinen-Seidengewebe und schwarzem Seidenhemd mit offenem Kragen. Und neben ihm Guy-deux, in ausgeleierten und löchrigen Jeans, einem viel zu großen knallrotem T-Shirt mit aufgedrucktem schwarzem Che-Guevara Portrait auf der Brust, die unvermeidliche rote Baseballkappe auf den wirren, in einem Pferdeschwanz gebändigten schwarzen Haaren.

„Chef, ein Behinderter mit Krücken! Das ist es. Ein Urlauberehepaar, der Mann gehbehindert, frisch nach einem Unfall. Der kann keine weiten Ausflüge machen. Er sitzt immer auf Deck und seine Frau bedient und umsorgt ihn. Ab und zu führt sie ihn spazieren, aber nicht weit, nur ein paar dutzend Meter auf dem Steg hin und her. So könnten wir die fraglichen Schiffe gefahrlos observieren. Was meinen Sie?" Guy-deux war sichtlich stolz auf seinen Einfall. Alle fanden die Idee gut. Auf dem kurzen Rückweg ins Kommissariat diskutierten sie, wer das machen sollte. Jeannine oder die viel ältere Monique als Ehefrau und ein männlicher Polizeibeamter als ihr gehbehinderter Mann.

„Mit mir dürft ihr nicht rechnen, leider!", bremste Monique die stürmische Diskussion. Das geht rechtlich nicht. Ich bin nur eine Verwaltungsangestellte und darf nicht für so etwas eingesetzt werden. Das gibt Probleme über Probleme, mit der Bürokratie, mit der Personalvertretung, der Polizeichef wird das niemals bewilligen."

„Jeannine, dann bist eben du die werte Gattin!", meinte François Legrand.

„Wer von euch ist mein Mann? Und was für ein Schiff bekomme ich?"

Inzwischen waren sie im Kommissariat angelangt. Während die Sekretärin sich um den Espresso kümmerte, ging die Debatte in Papperins Dienstzimmer weiter. Alle männlichen *brigadiers* waren von der Idee begeistert. Doch keiner wollte die Verantwortung auf sich nehmen.

„Chef, das Risiko ist mir zu hoch", begann Guy Malmotte zögernd. „Stellen Sie sich vor: Ich glaube, das richtige Schiff gefunden zu haben. Die Entscheidung, das Boot zu betreten um das Kind rauszuholen ... Wenn ich einen Fehler mache und der Junge dabei umkommt ... Auch wenn Sie juristisch die Verantwortung tragen. Ich, ich kann das nicht. Wenn nur die Verbrecher an Bord wären, kein Problem! Aber das Kind ... die Entscheidung traue ich mir nicht zu. Ich würde mir ewig Vorwürfe machen."

Es entstand eine lange Pause in der Papperin klar wurde, diese Entscheidung konnte er keinem seiner Mitarbeiter aufbürden. Diese Rolle musste er selbst übernehmen. Jeannine und er allein auf einem Schiff, womöglich mehrere Tage und Nächte lang – verlockend. Aber sollte er das wirklich wollen?

„Chef, das können nur Sie machen, das Kommando müssen Sie selbst übernehmen." François Legrand hatte ihm die Entscheidung aus der Hand genommen. Nur Papperin sah das kurze freudige Aufblitzen in Jeannines Augen. Monique Départieu war gerade mit der Espressokanne ins Zimmer gekommen und hatte die letzten Worte gehört. Skeptisch schaute Sie Papperin an. „Hat er das jetzt provoziert?", fragte sie sich. „Hoffentlich hat er sich im Griff." Laut sagte sie: „Espresso, extra stark und schwarz wie die Nacht. Wer mag eine Tasse?"

Nachdem jeder mit Kaffee versorgt war, wendeten sich alle wieder dem Flatscreen an der Wand zu. Mitten zwischen den rot markierten Liegeplätzen gab es eine etwas breitere Lücke. Dort lag offenbar kein Schiff.

„Das wäre ein idealer Platz für unser Boot. Monique, verbinden Sie mich bitte mit dem Hafenmeister von Cassis."

Das Gespräch, das Papperin dann führte, dauerte nur ein paar Minuten. Nein, der Platz sei derzeit nicht belegt. Natürlich könne er ihn für den Herrn Kommissar reservieren. Über das Wochenende. Nein, ein Schiff könne er nicht bieten. Aber es gebe ja genug Bootsverleiher in der Gegend. Nach einer kurzen telefonischen Rücksprache hatte auch Papperins Vorgesetzter, der *Contrôleur Général,* grünes Licht für das Vorhaben gegeben. Auf Papperins Versicherung hin, er könne mit solch einem Schiff umgehen, denn er habe einen Bootsführerschein, war auch diese Frage geklärt. Der Polizeichef wollte sich persönlich darum kümmern, dass ein geeignetes Boot aus den Beständen der Polizei oder des Zolls bereitgestellt werde.

„Es darf aber auf keinen Fall als Polizeiboot erkennbar sein", mahnte Papperin.

„*Monsieur le commissaire,* halten Sie mich bitte nicht für blöde!"

***

Später am Nachmittag, die Sonne begann gerade, hinter den zerklüfteten gelben Felskämmen der *Montagne de la Canaille* zu versinken, holten Papperin und Jeannine ihr Schiff im Hafen von La Ciotat ab. Sie hatten sich standesgemäß gekleidet und führten alles an Gepäck mit, was landläufig für erforderlich galt, wenn man als Urlauber mit einer gecharterten Motoryacht die Côte d'Azur entlang schipperte. Papperins linkes Bein steckte in einer harten grauen Kunststoffschale. Er war auf hoher See bei heftigem Schlingern des Bootes gestürzt und hatte sich das Bein zweifach gebrochen. Aber sie wollten ihren Schiffsurlaub deswegen nicht abbrechen, nachdem die Ärzte das Bein im Klinikum von Toulon eingerichtet und mit der Orthese fixiert hatten. Sie hatten sich so auf ihren ersten Urlaub nach harten Jahren der Arbeit gefreut. Mit Krücken konnte er sogar ein bisschen gehen. Diese Geschichte hatten sie sich ausgedacht, falls jemand Fragen stellte. Nach anfänglichen Schwierigkeiten – das letzte Mal hatte Papperin vor fast zehn Jahren ein Boot geführt – gelang es ihm, das Schiff durch die engen

Fahrtrinnen des Hafens hinaus aufs Meer zu steuern. Zwiespältige Gefühle tobten in ihm. Er genoss die Fahrt auf der nur sanft bewegten See, kam sich in dem offenen Führerstand unendlich winzig vor, wie er dort unter den gigantischen Felsabstürzen entlang mit Kurs auf Cassis tuckerte. Vor ihm, auf weißen Kunstlederpolstern im Bug, sonnte sich Jeannine. Ihre schwarzen langen Haare wehten flatternd im warmen Fahrtwind. Sie hatte fast nichts an, nur einen schwarzen Bikini. Sie sah traumhaft aus im Gegenlicht vor der bald im Meer versinkenden Sonne. Wie gerne wäre er aus dem Cockpit gesprungen und hätte sich zu ihr gelegt.

Er riss sich von dem atemberaubenden Anblick los und ärgerte sich über seine unbequeme, heiße und hinderliche Verkleidung – Bäche von Schweiß rannen unter der starren Schale sein linkes Bein hinab. Außerdem juckte es unerträglich. Er kontrollierte Kurs und Instrumente. Dann dachte er an ihren bevorstehenden Einsatz. Plötzlich kamen ihm Zweifel, ob es ihnen wirklich gelingen konnte, das Kidnapperschiff ausfindig zu machen und ob sie das Kind aus den Fängen der Entführer befreien konnten. Das war nicht planbar, da mussten sie improvisieren. Hoffentlich ging alles gut. Im Stillen ging er nochmals ihre Ausrüstung durch: Topmoderne digitale Funkgeräte mit drahtlosen Ohrstöpseln und Knopfmikrofonen, Pistolen, die sie hoffentlich nicht benutzen mussten, Blend- und Tränengasgranaten, zwei schusssichere Westen. Über all diesem Grübeln merkte er nicht, dass Jeannine zu ihm ins Cockpit gekommen war und sein steif verpacktes Bein mitleidig betrachtete.

\*\*\*

Die Sonne war gerade hinter dem Horizont versunken, und die *Calanque de Port Miou* lag voll im Schatten der Felswände, als sie den freien Liegeplatz in dem engen fjordähnlichen Naturhafen ansteuerten. Sie benahmen sich wie ein langjähriges Ehepaar. Papperin stand im Cockpit am Ruder und rief Jeannine ungeduldige Befehle zu. Er schimpfte, weil sie das Schiff angeblich falsch vertäut hatte.

„Wenn ich könnte, würde ich ja alles selbst machen", rief er zornig und schlug mit der Faust auf sein geschientes Bein.

„Beruhige dich, Jean-Luc. Ich hab es gleich. Dann mache ich dir dein Abendessen. Ist das richtig so?" Mit einem fragenden Blick deutete sie auf den Knoten, mit dem sie das Tau an dem eisernen Ring auf dem Pontonsteg festgemacht hatte.

Eine halbe Stunde später saßen sie an dem kleinen Tisch im Heck des Schiffes. Jeannine hatte einen *salade Niçoise* gemacht. Papperin, der sein Bein demonstrativ hochgelegt hatte, schenkte sich ein Glas Rotwein ein.

„*Chérie*, trink nicht so viel", ermahnte ihn seine Frau mit lauter und besorgter Stimme.

„Du weißt doch, das verträgt sich nicht mit deinen Schmerzmitteln, hat der Arzt gesagt. Tut es noch sehr weh?", ergänzte sie mit gespieltem Mitleid.

„Hmm, es geht", brummte er zurück.

Sie räumte den Tisch ab und ging in die Kajüte um abzuspülen. Nach einer Weile kam sie zurück auf das Deck und rief:

„*Chérie*, du musst dich bewegen, hat der Arzt gesagt. Sonst verkümmern deine Muskeln. Komm, wir gehen ein paar Schritte auf dem Pontonsteg." Sie half ihrem Mann auf, reichte ihm die Krücken und führte ihn langsam zu der breiten Planke, über die man vom Heck des Schiffes auf die Anlegerbrücke gelangte. Etwa eine halbe Stunde gingen sie auf dem Steg auf und ab. Er den mürrischen und kränkelnden Ehemann spielend, der mit seinem Schicksal haderte, und sie, die ihn liebevoll umsorgende Gattin. Tatsächlich aber beobachteten sie alle Schiffe mit kritischen Augen. Auf vielen Booten wurde zu Abend gegessen, meist im Freien im Heck. Fast überall standen Windlichter auf den Tischen, die die fröhlichen Urlauber in magisches Licht tauchten. Viele Kinder spielten auf den Booten und auf dem Steg. Ab und zu kam ein Hund und schnupperte an Papperins geschientem Bein. Etliche Schiffe waren unbeleuchtet, niemand auf Deck zu sehen.

„Entweder sitzen da unsere Kidnapper drinnen im Dunkeln und bewachen das Kind. Oder die Insassen sind von ihrem Tagesausflug noch nicht zurück", murmelte Jeannine. Flüsternd gab Papperin die Boots- und die Liegeplatznummern über sein verborgenes Mikrofon an die in der *capitainérie* bereitstehenden Einsatzkräfte durch. „Morgen früh schauen wir, wer dann auf diesen Schiffen ist."

Gelegentlich war niemand auf Deck, aber man sah an den hellen Fenstern, dass jemand in der Kajüte war. Leider waren meistens die Vorhänge zugezogen, so dass die beiden Polizeibeamten nicht hineinsehen konnten. Langsam humpelte Papperin, gestützt auf seine Krücken, seine Frau im Schlepptau, auf ihre Motoryacht zurück. Der Ausflug war durchaus erfolgreich gewesen. Die Zahl der in Frage kommenden Schiffe hatte sich doch deutlich verringert.

## Brigadier Dalmasso geht Baden

*Samstag, 2. August*

„Clémence!" Laut gellte die Stimme von Nicole de Laterre durch die Halle mit den beiden geschwungenen Stein-
treppen, die ins Obergeschoß des Château Merveille führten. Oben lehnte sich die Schauspielerin über die Marmor-
brüstung, nackt bis auf ein weißes Badetuch, das sie um sich
gewickelt hatte und mit nassen, zerzausten Haaren. Erneut
rief sie: „Clémence! So antworten Sie doch!" Erst nach einigen weiteren, immer ungehalteneren Rufen, erschien die
Gesuchte.

„*Madame*, was kann ich für Sie tun?", fragte die Haus-
damen wie stets in leicht unterwürfigem Tonfall. Innerlich
aber rebellierte sie. „Die glaubt, sie braucht nur zu rufen,
und ich komme sofort angesprungen", dachte sie.

„Na endlich! Wo haben Sie sich schon wieder herumge-
trieben. Bringen Sie mir meinen Jogginganzug, den blauen.
Aber machen Sie schnell. Und dann helfen Sie mir bei meiner Frisur!"

Die Morgentoilette des Filmstars dauerte eine geraume
Weile. Schließlich erschien Frau de Laterre. Ganz in Hell-
blau, die Laufschuhe von Nike, den Stretch-Anzug von
Adidas mit dunkelblauen Streifen, die vom Kragen aus
rechts und links den Körper hinab flossen und ihre makel-
lose Figur noch schlanker erscheinen ließen. Ihr langes
schwarzes Haar war zu einem dicken Zopf geflochten,
durchwirkt mit einem hellblauen Samtband. Dazu ihre
strahlend blauen Augen.

„Eine Symphonie in Himmelblau", dachte Clémence Roux nicht ohne Neid, als sie das Eingangstor hinter ihrer Chefin schloss.

Es war halb neun Uhr vormittags. Die Augustsonne brannte bereits unbarmherzig auf die ausgedorrte Erde. Nicole fiel in den leichten Trab, mit dem sie ihr morgendliches Lauftraining immer begann. Sie freute sich schon auf die ausgiebige lauwarme Dusche, die sie nach ihrem anstrengendem Lauf sich und ihrem verschwitzen Körper gönnen würde.

*** 

Im Schloss war Clémence Roux damit beschäftigt, das Bad in Ordnung zu bringen. Nachdem alles wieder an seinem Platz lag, der Marmorboden trocken gerieben und kein Wassertropfen mehr an den beiden Glastüren der Duschkabine hing, trug sie die Duschtücher in den Wäscheraum. Das Haustelefon meldete sich. Der Anruf kam vom Pförtnerhäuschen an der Toreinfahrt, wie sie am Display erkannte.

„Was gibt es, Pierrot?", fragte sie.

„Da ist ein Brief für die Chefin, lag im Briefkasten. Ich bring ihn dir rauf." Sie erwartete den Wärter an der Eingangstüre. Er gab ihr ein weißes, längliches Couvert.

MADAME NICOLE DE LATERRE
CHATEAU MERVEILLE

war in Großbuchstaben mitten auf den Umschlag gedruckt. Keine Marke, kein Poststempel, kein Absender, bemerkte sie. Sie wollte Pierrot fragen, wer den Brief gebracht hatte, aber er war schon wieder gegangen. „Was da wohl drinsteht?" Sie hatte keine Skrupel, das Couvert zu öffnen, vor allem, weil es nicht zugeklebt war. Sie machte die Haustüre zu, fischte den Inhalt aus dem Umschlag, entfaltete den Briefbogen und las:

ZWEI MILLIONEN!
HEUTE, SAMSTAG, 2. AUGUST UM 20.00 UHR AN DER MOLE IM ALTEN HAFEN VON CASSIS. STELLEN SIE DEN KOFFER MIT DEM GELD GANZ VORNE AN DER BAUSTELLE BEIM **X** HIN. DIREKT AM WASSER.

GEHEN SIE SOFORT WIEDER WEG. KEINE POLIZEI,
SONST SEHEN SIE IHR KIND NIE WIEDER.

Auf die Rückseite des Zettels war eine grobe Skizze gezeichnet. Sie sollte wohl den alten Hafen darstellen. Eine breite Mole ragte wie ein Finger ins Hafenbecken. Ganz vorne an der Spitze war das X dick eingezeichnet.

Clémence Roux erschrak zuerst. Das ging sie nichts an, damit wollte sie nichts zu tun haben. Vorsichtig faltete sie den Brief wieder und schob ihn zurück ins Couvert, wollte ihn auf den Beistelltisch neben der Treppe legen, wo sie immer die Post deponierte.

Andererseits, wenn sie den Brief unterschlug? Dann konnte ihre Chefin nicht zur Geldübergabe gehen. Sicher würden die Verbrecher dann die Summe erhöhen. Das geschähe ihr Recht und würde sie hart treffen. Dieser Gedanke gefiel der Hausdame. Damit konnte sie sich an der hochmütigen Madame rächen und ihr schaden. Aber wenn die Gangster dann dem Kind etwas antaten? Domi konnte doch nichts dafür.

„Lieber doch nicht!", seufzte sie. Das wollte sie wirklich nicht. Andererseits – würden die ihn wirklich freilassen wenn sie das Geld hatten? Domi war doch alt genug, er konnte seine Entführer sicher genau beschreiben. Sie wiedererkennen, wenn er ihnen irgendwann einmal zufällig begegnete. Die durften Domi gar nicht am Leben lassen. Was sollte sie machen? Die Polizei! Die hatten Erfahrung mit so etwas, würden wissen, was zu tun war.

„Aber so wie ich sie kenne, wird sie alles tun, um die Polizei rauszuhalten. Trotzdem, ich muss versuchen, sie davon überzeugen, die Polizei einzuschalten."

Im selben Augenblick hörte sie das Zuschlagen der Haustüre, unmittelbar darauf das keuchende Schnaufen der Schauspielerin, die durch die Halle auf die Freitreppe zu ging.

„Clémence, was stehen Sie hier herum? Haben Sie nichts zu tun?"

„*Ma … madame*", stotterte die Hausdame, „die Kidnapper, hier sehen Sie … der Brief! Er ist gekommen, als Sie laufen waren."

Sie reichte ihr den Umschlag. Nicole de Laterre nahm den Brief heraus, entfaltete ihn, las. Mehrere Sekunden stand sie wie erstarrt, den Blick auf das Papier in ihren zitternden Händen gerichtet. Dann brach sie zusammen, taumelte, konnte sich gerade noch am Treppengeländer festhalten.

„Domi", schluchzte sie „mein armes Kind. Was musst du leiden. Diese Verbrecher, diese feigen gemeinen Schweine! Sich an einem unschuldigen Kind zu vergreifen!"

Ein Weinkrampf schüttelte ihren Körper. Plötzlich riss sie sich zusammen, richtete sich auf und fixierte sie ihre Angestellte.

„Haben Sie das gelesen? Sagen Sie, dass sie es nicht gelesen haben!"

„D … do … doch!"

„Dann vergessen Sie es, auf der Stelle! Und sagen Sie zu niemandem etwas! Kein Wort, haben Sie verstanden?"

„Ja … nein… *madame*, wir müssen etwas tun. Die Polizei, nur die kann jetzt weiterhelfen."

„Quatsch! Sie haben es doch selbst gelesen: Keine Polizei, sonst sehe ich Domi nie wieder."

„Aber die werden ihn nicht am Leben lassen."

„Aber selbstverständlich. Die wollen nur das Geld. Ich werde alles tun um Domi heil wieder zu bekommen. Nein keine Polizei! Ich mache genau das, was auf dem Zettel steht. Und Sie, Sie halten Ihren Mund. Bleiben heute den ganzen Tag im Haus, sprechen mit niemandem. Verstanden? Mit niemandem, und schon gar nicht mit der Polizei."

Nach diesem Befehl wandte sie sich um und ging die Treppe hinauf. Auf halber Strecke hielt sie an.

„Um zehn Uhr kommt ein Bote mit einem Paket. Er soll es nicht im Pförtnerhaus abgeben. Sagen Sie Pierrot, er soll den Mann durchlassen und ihn zum Haus rauf schicken. Ich will es eigenhändig entgegen nehmen. Ist das klar?"

„Ja, *madame*!"

„Und jetzt gehen Sie wieder an Ihre Arbeit! Räumen Sie in meinem Studio auf, solange ich im Bad bin."

\*\*\*

Clémence Roux versuchte, Ordnung in das Chaos auf dem Schreibtisch der Diva zu bringen. Sie steckte die Mont-Blanc-Schreibgeräte, Füllfederhalter, Kugelschreiber und Druckbleistift, alle in Sterlingsilber, in das Lederetui, das sie nach kurzem Suchen in der Schublade fand. Dort lag auch das Adressbuch ihrer Chefin.

„Darin hat Sie sicher die Nummer des netten Kommissars notiert", überlegte sie. Den würde sie anrufen. Der wusste sicher, was zu tun ist. Verstohlen schlug sie das Büchlein auf und blätterte darin. Da war sie, seine Handynummer. Hastig speicherte sie die zehnstellige Zahl auf ihrem eigenen Handy. Jetzt musste sie nur einen Ort finden, an dem sie ungestört anrufen konnte. Die Toilette!

Sorgfältig verriegelte sie die Türe und schloss das kleine vergitterte Fenster. Dann setzte sie sich auf den heruntergeklappten WC-Deckel und wählte. Es dauerte schier endlos. Sie hatte nicht mitgezählt, wie oft der Rufton erklungen war. Endlich knackte es und sie hörte die Stimme des Kommissars.

\*\*\*

Eine elegante weiße Yacht fuhr, noch mit gerefften Segeln, durch die frühmorgendliche *Calanque de Port Miou*. Das tiefe Brummen ließ erahnen, welche Kraft in dem Motor steckte, der den riesigen Zweimaster langsam, wie mit angezogener Bremse, voran schob. Das Schiff glitt durch das ruhige tiefblaue Wasser des Fjords. Seine Bugwelle rollte stetig über die spiegelglatte Wasserfläche und brachte die Boote an beiden Ufern sanft zum Schaukeln.

Das leise Motorengeräusch hatte Papperin geweckt. Er ließ die Augen geschlossen und wartete auf die vertrauten morgendlichen Geräusche – das Klappern von Geschirr, das Odile beim Decken des Frühstückstisches verursachte, das Kreischen der Zikaden, das durch sein stets offenes Schlafzimmerfenster drang. Stattdessen dieses leise Brummen und ein ungewohntes Klirren. Auch der Geruch stimmte nicht, kein würziger Duft nach Thymian und Rosmarin, nicht der süßliche Hauch, den der Oleander verströmte. Nur dieser leicht beißende Geruch nach Kunststoff oder Farbe. Sein Bett schwankte doch sonst nicht. Verwirrt schlug er die Augen auf.

„Schade, jetzt hat dich der Schiffsmotor aufgeweckt, Jean-Luc. Du hast so selig geschlafen."

Verblüfft setzte er sich auf, schaute um sich. Schlagartig wurde ihm alles klar. Das Schiff, die Kajüte, Jeannine, der Zweck ihres Hierseins. Sie hatten vereinbart, dass sie die ganze Nacht über die fraglichen Boote beobachten wollten. Abwechselnd im Drei-Stunden-Rhythmus.

„Bis jetzt hat sich nichts getan. Alles ist noch ruhig. Niemand ist auf Deck erschienen."

„Wie spät ist es?", fragte er, inzwischen hellwach.

„Fünf"

„Viel zu zeitig, um auf Deck zu frühstücken. Das wäre zu auffallend. Was machen wir?"

Er nahm Jeannines Hand und schaute ihr lange in die Augen.

„Ach, Jean-Luc! Jetzt haben wir es die ganze Nacht geschafft. Lassen wir es dabei!"

„Du bist so vernünftig!", sagte er, zog sie an sich. Es war ein wunderbarer Kuss. Nur ganz kurz, aber beide genossen ihn. Wie auf ein geheimes Kommando schob jeder den anderen von sich.

„An die Arbeit!", mahnte sie.

„Aye, aye captain!" Lachend salutierte Papperin.

Während er Nescafépulver in zwei Becher füllte und wartete, bis das Wasser im Kochtopf auf dem kleinen Gasherd kochte, nahm Jeannine wieder ihren Beobachtungsposten ein. Eine Stunde verging, ohne dass sich etwas Wesentliches ereignete. Die beiden Kinder von der Motoryacht drei Boote weiter, ein Junge und ein Mädchen, waren kurz nach sechs auf Deck erschienen. Sie hatten ihre Roller geholt und sausten damit auf der Anliegerbrücke hin und her. Das war ein ständiges Klappern, da die Planken des Steges nicht bündig, sondern mit daumenbreiten Abständen verlegt waren. Es dürfte nicht lange dauern bis dieser Lärm die Schläfer in den anderen Schiffen geweckt hatte.

Nach Kurzem schon kamen die ersten. Meist räkelten sie sich, rieben sich die Augen und sahen nach dem Wetter. Der strahlend blaue Himmel und die schon ziemlich hoch stehende Sonne kündigten wieder einen schönen und heißen Sommertag an. Langsam begann das allgemeine Frühstücken auf den Decks.

Auch die beiden Kriminalbeamten hatten den Tisch im Freien vor ihrer Kajüte gedeckt und verzehrten die mitgebrachten und im Gasherd aufgewärmten Croissants. Sie mimten eine angeregte Unterhaltung, während sie unauffällig die umliegenden Schiffe beobachteten. Sie brauchten jetzt lange nicht mehr so viele im Auge behalten wie gestern zu Beginn ihres Einsatzes. Um die Boote, auf denen Familien mit Kindern wohnten, mussten sie sich nicht mehr kümmern. Das gleiche galt nach Papperins Meinung für die Schiffe, die ganz offensichtlich seit längerem nicht benutzt wurden und noch auf ihre Besitzer warteten. Man erkannte sie an festgezurrten Persenningabdeckungen, an hochgezogenen oder eingefahrenen Zugangsplanken, an verbarrikadierten Kajütfenstern. Nicht zuletzt wiesen auch die vielen Möwen, die ständig auf solchen Schiffen saßen und die von ihrem Kot verkrusteten Oberflächen darauf hin, dass sie längere Zeit von niemandem betreten worden waren. Dann gab es ein paar schnittige Sportsegler mit größeren Crews von meist lärmenden jungen Männern. Auch die glaubten Papperin und Jeannine ausschließen zu können.

Was übrig blieb, war ein gutes Dutzend Yachten, auf denen immer nur ein oder zwei Personen zu sehen waren. Manche angelten, oder sie saßen, wenn sie überhaupt nach oben kamen, lesend, rauchend oder trinkend auf Deck. Auf diese Leute richtete sich Papperins ganzes Augenmerk.

Von einem dieser Schiffe trug ein braun gebrannter Mann ein Fahrrad auf den Pontonsteg, stieg auf und fuhr weg. Offensichtlich ein Afrikaner, aus dem Maghreb, schätzte Papperin, als er an ihrem Schiff vorbei fuhr.

„Den sollten wir näher im Auge behalten", meinte Jeannine.

Lange Zeit ereignete sich nichts Auffälliges. Schließlich kam der Radfahrer zurück. Zwei bunte Plastiktaschen eines Casino-Supermarktes hingen an seinem Lenker. Er rief irgendetwas zu seinem Schiff hin. Daraufhin tauchte eine junge Frau aus der Kajüte auf und nahm ihm die Tüten ab, während er das Rad im Bug an der Reling festzurrte. Dann verschwanden beide im Bootsinneren. Nach einiger Zeit kamen sie wieder auf Deck, beide nackt, und legten sich in die pralle Sonne.

„Nudisten!", murmelte Papperin.

Drei Boote weiter, auf einer größeren weißen Motoryacht hantierte ein athletisch gebauter Mann am Beiboot, einem Schlauchboot der Marke Zodiac mit einem mächtigen Evinrude Außenbordmotor. Er ließ es zu Wasser, dann schloss er die Schiebetüre ab, die in das Innere der Yacht führte. Er blickte um sich und kletterte schließlich die Chromleiter hinunter in den Zodiac. Kurz darauf brauste er mit hoher Geschwindigkeit davon.

Papperin machte es sich auf der weißen Kunstlederbank auf dem Vordeck bequem, in der Hand einen Roman und neben sich eine Flasche Perrier. Er tat so, als lese er. In Wirklichkeit spähte er über den Rand des Buches und sah sich das immer lebhafter werdende Treiben auf den Booten an. Nach und nach verließ ein Schiff nach dem anderen seinen Anlegeplatz.

„Die werden sich eine stille Bucht mit kleinem Sandstrand suchen und dort den Tag verbringen", vermutete Papperin. Das erleichterte den beiden Polizisten das Beobachten. Trotzdem blieben noch genügend Schiffe zurück, die sie observieren mussten. Leise erklang die Melodie von Aux Champs Elysées aus dem Bootsinneren.

„Jean-Luc, dein Handy!", rief Jeannine aus der Kajüte. „Bleib draußen, ich bring es dir."

Er kannte die Nummer nicht, die auf dem Display angezeigt war.

„Commissaire Papperin", meldete er sich.

„Hier spricht Clémence Roux. Ich bin die Hausdame von Frau de Laterre", flüsterte eine Frauenstimme.

„*Monsieur le commissaire*, hier ist gerade ein Brief abgegeben worden. Von den Kidnappern. Sie wollen zwei Millionen, heute Abend an der Mole im Hafen von Cassis."

„Wann genau?"

„Irgendwann heute früh."

„Wann sie das Geld hinbringen soll, meine ich."

„Um 20 Uhr."

„Was hat Frau de Laterre dazu gesagt? Warum ruft nicht sie mich an?"

„Sie will die Polizei nicht dabei haben. Aber wenn die Domi was antun! *Monsieur le commissaire*, sie müssen helfen!"

„Können Sie nicht lauter sprechen?"

„Nein, sonst hört mich Madame. Bitte sagen Sie ihr nicht, dass ich Sie angerufen habe!"

„Einverstanden! Als erstes brauchen wir den Brief!"

„Das geht nicht. Den hat meine Chefin."

„Verdammt! War das alles, oder steht noch mehr drin?"

Die Hausdame gab den Inhalt nahezu wortwörtlich wieder. Papperin konnte nur schlecht verstehen, was sie sagte, denn ein Motorboot rauschte in diesem Moment mit lautem Außenborder und spritzender Bugwelle vorbei. Deshalb wiederholte er das Gehörte.

„War das die ganze Nachricht? Gut! Bitte rufen Sie mich sofort an, wenn sich etwas Neues ergibt. Ich bin jederzeit unter dieser Nummer erreichbar. Und: Vielen Dank, Frau Roux. Sie haben richtig gehandelt."

Während er das Handy in die Brusttasche seines Lacoste-T-Shirts steckte, erstarb der laute Motor und Papperin sah den Zodiac geräuschlos auf die weiße Motoryacht zu gleiten. Der Mann machte ihn am großen Schiff fest, ließ ihn aber im Wasser, kletterte dann die Bordleiter empor und verschwand im Inneren Schiffes.

Immer mehr Skipper legten nun ab und machten sich mit ihren Begleitern auf, um den herrlichen Tag in den zahlreichen, vom Land aus unzugänglichen Buchten zwischen

Cassis und Marseille zu verbringen. Weiße, steil ins Wasser abfallende Kalkfelsen, enge Fjorde mit tiefblauem klaren Wasser und kleinen Sand- oder Kiesstränden am Ende. Wenn er jetzt Urlaub hätte, träumte Papperin, würden sie es genauso machen, Jeannine und er. Eine Decke auf dem Sand, Champagner und Austern in der Kühlbox, das Schiff ein paar Meter weiter einsam in der Bucht vor Anker dümpelnd. Ein Traum! Die Wirklichkeit sah leider anders aus.

„Jetzt wird es ernst!", meinte er zu Jeannine, die neben ihm stand und das Gespräch mit verfolgt hatte.

Papperin wiederholte noch einmal genau, was die Hausdame gesagt hatte.

„Wir machen folgendes: Du bleibst hier auf Deck, spielst weiter Urlauberin. Ich geh rein und organisiere alles per Telefon. Behalte vor allem die beiden Schiffe im Auge, das mit dem Fahrrad und das mit dem Zodiac."

Er schaute bewusst nicht hin, sondern deutete in die Gegenrichtung. Aber Jeannine hatte genau verstanden, was er meinte. Dann verschwand er unter Deck. Dort führte er ein langes Gespräch mit seinen in der *capitainerie* postierten Mitarbeitern. Sie diskutierten verschiedene Möglichkeiten, wie die Übergabe des Lösegeldes von statten gehen könnte. Die meisten verwarfen sie wieder. Schließlich fasste Papperin das Ergebnis ihrer Beratung zusammen: Einer der Entführer würde mit einem schnellen Motorboot kurz nach 20 Uhr zum besagten Punkt an der Mole fahren, den Koffer mit dem Geld an Bord ziehen und dann mit Höchstgeschwindigkeit den Hafen wieder verlassen.

„Ihr müsst alles vorbereiten, damit wir verfolgen können, wohin er dann fährt. Schaltet die Küstenwache ein. Die sollen weit draußen auf dem Meer ein Schnellboot postieren. Mit Radar und mit – weiß der Teufel, was die noch für Ortungstechnik an Bord haben – müssen sie ihm auf der Spur bleiben. Allerdings immer außer Sichtweite. Sonst ruft er seinen Komplizen an, dass etwas schief gegangen ist. Das bringt das Kind in höchste Gefahr. Ich gehe davon aus, dass er auf seinem Boot kein Radar hat und deshalb nicht merkt, dass wir hinter ihm her sind. Und die Hubschrauber, die hier andauernd herum fliegen um mögliche Waldbrandherde zu entdecken, müssen auch informiert werden und wachsam sein. Nochmal: Ganz wichtig! Solange wir das Kind nicht haben, darf er auf keinen Fall merken, dass er verfolgt wird."

„Chef, warum gehen Sie nicht sofort auf das verdächtige Schiff und holen das Kind raus?"

„Das haben wir doch schon besprochen. Wir wissen noch nicht mit Bestimmtheit, welches Schiff. Und außerdem, wir können das erst beginnen, wenn der Täter bei euch auftaucht, um die Geldtasche abzuholen. Selbst wenn wir wüssten, welches Boot es ist und sofort loslegten … wenn vielleicht noch beide Gangster an Bord sind, wird es viel schwieriger das Leben des Kindes zu schützen. Nein, wir warten, bis ein Entführer bei euch auftaucht. Erst dann schlagen wir zu. Das wird verdammt heikel. Wir müssen schnell sein, denn wenn der andere das Geld hat, wird er es seinem Komplizen durchgeben, und der bringt das Kind mit Sicherheit um. Und wenn wir zu früh loslegen, wird der Bewacher vom Schiff eine Meldung absetzen können, bevor wir ihn überwältigt haben. Dann ist der Geldabholer gewarnt und bläst alles ab. Wir haben dann, wenn alles klappt, zwar das Kind, aber der Haupttäter geht uns durch die Lappen."

„Und wenn keiner auf dem Schiff zurückbleibt? Dann könnten Sie doch gleich rein!"

„Aber das wissen wir nicht. In dem Fall ist es egal, ob wir früher oder später dran sind. Ist Guy-deux, da? Ja? Guy-deux, Sie haben doch den Anruf damals abhören können, als der Kidnapper mit der de Laterre gesprochen hat. Haben Sie seine Verbindungsdaten, so dass Sie Gespräche mithören, die er von seinem Handy führt?"

„Nein Chef, das war eine Prepaidcard mit Nummernunterdrückung. Das geht nicht. Aber das hatte ich Ihnen doch schon gesagt."

„Dann wissen wir also nicht, ob er mit einem etwaigen Komplizen telefoniert." Papperin schwieg eine Weile und überlegte.

„Vermutlich wird er das in jedem Fall tun, auch wenn er glaubt, dass alles gut gelaufen ist. Der andere, der auf dem Boot beim Kind, wird sich dann höchstwahrscheinlich von Bord machen und sich, als Wanderer getarnt, unter die vielen Urlauber mischen, auf den Wanderwegen oben in den Klippen. Wenn er soweit kommt, kriegen wir ihn nie. Und vorher wird er – nach aller Erfahrung – das Kind umbringen. Fazit: Wir müssen ihn ausschalten, solange er noch auf dem Schiff ist. Aber wir wissen immer noch nicht, auf welchem Schiff. Jeannine und ich werden mit Hochdruck weiter versuchen, das richtige Schiff auszumachen. Noch etwas: Auch die Schauspielerin muss unauffällig beschattet werden. Falls er den Plan ändert, bekommen wir das nur durch ihr Verhalten mit – oder durch ihre Telefonate. Guy-deux, Sie überwachen weiter ihr Telefon, falls er noch mal anruft."

„Klar Chef! Fast hätte ich es vergessen: Die Bank von dem Detejo hat auf seinen Auftrag hin mitgeteilt, dass ein Bote der Bank heute Vormittag zwei Millionen zu der Frau de Laterre bringt."

„Dann hat sie ihn doch weich gekriegt. Ihre Bank gibt ihr nämlich nichts. Also, dann machen wir es wie besprochen. Sobald alles in die Wege geleitet ist, ruft uns wieder an. Ich hab mein Handy ständig am Ohr."

Papperin ging wieder auf Deck und setzte sich neben Jeannine. Er zog sein Smartphone aus der Hemdtasche und steckte das dünne Kabel mit den Ohrstöpseln an. Dann tat er so, als ob er nach geeigneter Musik suchte. Schließlich lehnte er sich scheinbar entspannt zurück, nahm sein Buch und begann zu lesen, wobei sich sein Oberkörper sanft im Rhythmus der vermeintlichen Melodien bewegte. Jeannine spielte die eifrige Ehefrau, die ihren behinderten Mann laufend mit Getränken versorgte, ihm das Mittagessen zubereitete und ihn zu kleineren Spaziergängen auf dem Anlegesteg motivierte. Sie schauten sich die dort liegenden Schiffe an und unterhielten sich dabei laut.

„Liebling, das nächste Mal mietest du auch so ein großes Boot. Kuck mal, die haben eine Espressomaschine und einen Kühlschrank auf Deck. Die müssen nicht jedes Mal in die

Kombüse runtersteigen, wenn sie sich Champagner nachschenken oder einen Kaffee wollen."

„So etwas ist doch viel zu teuer. Das können wir uns
nicht leisten. Sei doch zufrieden mit unserem Schiff."

„Ja, schon, aber du hättest es viel bequemer mit deinem
Bein."

„Aber Schatz, bis zu unserem nächsten Urlaub ist das
doch wieder geheilt."

„Trotzdem – schau mal da, die große Yacht mit dem
Beiboot. Toll, was?"

Sie versuchten durch die großen Fenster zu schauen,
konnten aber nichts Auffälliges sehen. „Wenn der Junge auf
dem Schiff ist, dann halten die ihn sicher unten im Boots-
rumpf gefangen", dachte Papperin und winkte dem Mann,
der mit einer Angel im Bug saß fröhlich zu. Aber der reagierte nicht.

Ein Schiff nach dem anderen hechelten sie auf diese
Weise durch, unterhielten sich gelegentlich mit den Bootsinsassen. Sie wirkten dabei wie ein neugieriges und etwas
geschwätziges Urlauberpaar, das sich die Zeit wegen des
verletzten Beines durch kurze und langsame Spaziergänge
und durch Boote ankucken vertreiben musste, statt auf Ba-
de- oder Sightseeingtour zu gehen. Zurück auf ihrem Son-
nendeck brachten sie die observierten Schiffe in eine Rang-
folge. Das am meisten verdächtige zuerst und dann abstei-
gend bis zu den harmlosen Familienschaluppen. Sie waren
sich einig: Wenn es schnell gehen musste, dann würde Papperin die Yacht mit dem Angler und dem Beiboot stürmen,
Jeannine die von den Nudisten. Die restlichen, weniger verdächtigen Schiffe wollten sie sich dann mit den an Land in
Bereitschaft stehenden Polizisten teilen. Diese würden allerdings nicht so schnell an Bord sein können, weil sie erst
den Pontonsteg entlang laufen mussten. Papperin gab die
Liste dieser Boote per Handy an seine Kollegen weiter.

Langsam quälte sich der Tag auf den Abend zu. Schiffe
kamen von ihren Tagesausflügen zurück, das Lärmen der
Kinder wurde lauter. Papperin erhielt laufend Nachricht.
Die Küstenwache war informiert und hatte das Schnellboot

wie geplant außer Sichtweite in Stellung gebracht. Detektive der *police nationale* observierten das Schloss der Schauspielerin, und rund um die beiden Häfen waren gut getarnte Kollegen postiert.

„Die Schauspielerin hat ihr Haus verlassen und fährt mit einem hellblauen Mini weg!", drang es aus Papperins Ohrstöpseln. So wie er hörten alle Einsatzkräfte diese Nachricht.

„Unauffällig dranbleiben!", sprach er ins Mikro, das fast unsichtbar in die Schnur integriert war, die vom Smartphone zu den Ohrhörern führte.

Eine Stunde verstrich nahezu ereignislos.

Es kamen nicht nur Schiffe herein. Von einigen Yachten lösten sich Beiboote, meist mit einer oder zwei Personen besetzt, die, man erkannte es an den mitgeführten Gerätschaften – Angelruten, Kescher, Handlampen, Plastikboxen – von der abendlichen Beißfreude der Fische profitieren wollten.

„Schau, auch unser Angler fährt raus!" kommentierte Jeannine das Geschehen.

Zwei sportlich wirkende junge Männer in schwarzem Joggingdress sprangen auf den Pontonsteg und begannen zu laufen. Der Maghreb-Afrikaner schwang sich – diesmal angezogen und zwar mit einer eng anliegenden Radfahrerkluft – auf sein Rennrad. Mit dem Ruf „Ich komm dann irgendwann wieder. Warte nicht auf mich mit dem zu Bett Gehen!", verabschiedete er sich von seiner immer noch nackt in der Abendsonne liegenden Gefährtin.

***

„Die Schauspielerin nähert sich der Mole. Sie trägt einen größeren Handkoffer", klang *brigadier* Malmottes Stimme aus Papperins Ohrstöpseln.

„Jetzt hat sie das Ende der Mole erreicht. Sie stellt den Koffer an den Rand, ganz nah ans Wasser, etwa zwanzig Zentimeter von der Kante entfernt." Eine kurze Sendepause, dann wieder die Stimme:

„Sie dreht sich um und geht die Mole zurück. Steigt in ihren blauen Mini, fährt weg. Der Koffer steht da, niemand

370

ist in der Nähe zu sehen. Melde mich wieder, wenn sich was tut."

In der Kajüte ihres Schiffes machten sich die beiden Beamten für ihren Einsatz bereit. Papperin schnallte die hinderlichen Kunststoffschienen von seinem Bein. Sie legten die Schulterholster an, überprüften die Pistolen, hakten die Blend- und Tränengasgranaten an ihre Gürtel. In äußerster Anspannung konzentrierten sie sich auf die Lautsprecher in ihren Ohren.

„Da kommt ein Zodiac mit Wahnsinnstempo durch die Hafeneinfahrt ... steuert direkt auf die Mole zu ... geht längsseits ... zieht den Koffer an Bord ... Verdammt was machen die da? Chef, da läuft was schief!"

Papperin und Jeannine hörten durch ihre Ohrlautsprecher leise eine blecherne Stimme:

„Hier spricht die *gendarmerie maritime*! Sie haben die zulässige Höchstgeschwindigkeit im Küstenbereich überschritten. Gehen Sie längsseits!"

„Chef!", schrie es aus Papperins Ohrhörern: „Eine Barkasse der *gendarmerie maritime* kommt in den Hafen und fährt auf den Zodiac zu. Die wollen auf sein Boot, ihm ein Bußgeld aufbrummen, wegen zu schnellem Fahren. Verflucht! Wieso haben die Landgendarmen ihre Seekollegen nicht informiert?"

„Bordel! Bordel! Bordel!" Papperin verlor die Fassung. „Merde! Wenn man nicht alles selber macht! Scheiß Gendarmerie. Die machen doch immer alles falsch. Könnt ihr die nicht anfunken, die sollen abhauen. Schnell, schnell!"

„Der Zodiac hat gewendet und rast auf die Stadt zu. Das Boot schießt über die Rampe auf die Hafenpromenade. Ein Mann springt aus dem Boot. Die Kollegen haben jetzt seine Fluchtwege nach rechts und links versperrt. Er rennt in die Bar vor ihm."

Papperin und Jeannine konnten durch ihre Ohrhörer alles mithören, was sich auf der Hafenpromenade abspielte. Zwei Schüsse, lautes Schreien, vermutlich von erschrockenen Passanten. Plötzlich herrschte Ruhe, fast Totenstille.

Dann wieder die sich fast überschlagende Stimme von *brigadier* Legrand:

„Chef! Er hat sich eine Kellnerin gegriffen. Als Geisel. Bedroht sie mit einem Revolver, drückt ihr den Lauf an die Schläfe."

\*\*\*

Lähmendes Entsetzen herrschte auf der Promenade. Zu Tode erschrockene Gäste des Cafés, die sich, so weit es in der Schnelle möglich war, vor dem Verbrecher zurückgezogen hatten und jetzt starr vor Schreck verharrten. In der Mitte, zwischen verrutschten Bartischen und umgestürzten Stühlen der Gangster. In der rechten Hand der Revolver und den linken Arm um die Taille der jungen Kellnerin geschlungen. Etwa zehn Meter vor ihm eine Phalanx von bewaffneten Polizeieinheiten. Niemand bewegte sich. Nur die Augen des Verbrechers irrten nach links, nach rechts, immer wieder. Er musterte die geballte Polizeimacht. Schließlich rief er:

„Eine falsche Bewegung und das Mädchen hier … könnt ihr … ins Leichenschauhaus bringen."

\*\*\*

Papperin blickte Jeannine entsetzt an. „Jetzt müssen wir loslegen. Moment! Warte noch eine Sekunde. François!", rief er ins Mikrofon. Als sich niemand meldete wiederholte er: „*Brigadier* Legrand, hören Sie?"

„Ja Chef?"

„Ruhe bewahren. Nichts Voreiliges unternehmen. Lasst den Polizeipsychologen mit ihm reden. Damit er sich beruhigt. Sagen Sie, hat der ein Handy? Oder einen Ohrklemmer mit Mikrofon dran oder gehen Schnüre von seinen Ohren weg?"

„Nein, man sieht nichts davon."

„Sicher?"

„Jjjjaaa!"

„Dann weiß sein Komplize auf dem Schiff noch nichts. Jeannine", wandte er sich an seine Kollegin „dann warten wir noch etwas."

Immer noch herrschte regloses Entsetzen bei der Bar an der Uferpromenade. Eine Frau in beigen Jeans und grünem T-Shirt schob sich langsam durch die Reihe der Polizisten – die Psychologin. Neben den Männern wirkte sie klein, fast schmächtig.

„Stopp! Bleib stehen!"

„Ich tu Ihnen nichts. Bin unbewaffnet. Will nur mit Ihnen reden." Die Frau trat einen Schritt nach vorne.

„Stopp habe ich gesagt!" Demonstrativ drückte der Verbrecher den Revolver noch fester gegen den Kopf der Kellnerin.

„Wenn Sie jetzt aufgeben verspreche ich Ihnen ein faires Verfahren. Lassen Sie das Mädchen laufen. Bitte!"

„Wenn hier jemand was zu fordern hat, dann bin ich das. Also: Sag deinen Polizeikollegen, dass ich ein schnelles Auto brauche. Vollgetankt. Sie sollen den Koffer aus meinem Boot in das Auto legen."

„Denken Sie doch mal klar: Damit werden Sie nicht weit kommen. Also, lassen sie die Kellnerin gehen."

„Ihr glaubt, ich hab bloß die Kleine hier als Geisel. Da täuscht ihr euch." Er nahm den Arm von dem Mädchen, griff in die Hosentasche. Zog ein Handy heraus und drückte auf ein paar Tasten. Hektisch wechselten seine Blicke vom Handy zu den Polizisten und zurück. Immer wieder. Der Revolver blieb dabei unverrückt an der Schläfe seiner Geisel.

„Ich hab das Kind. Hab es auf einem Boot versteckt, zusammen mit einer riesigen Ladung Sprengstoff. Mit einem Zünder. Der ist mit dem hier verbunden." Er hob sein Handy etwas an. „Wenn ich auf die Taste hier drücke – er wackelte mit seinem Zeigefinger – dann fliegt das Boot mit dem Kind in die Luft."

„Chef! Hören Sie mich?"

Papperin und Jeannine, die von der längeren Funkpause ganz entnervt waren, gab es einen Riss.

„Ja!"

„Chef, der Junge ist allein auf dem Boot, aber das ist vermint, sagt er. Mit einer Sprengladung. Er hat das Handy in der Hand, mit dem er die Explosion auslöst, wenn wir nicht machen was er fordert."

„Beruhigt ihn, redet auf ihn ein, aber unternehmt nichts. Wir sind schon unterwegs. Kollegen oben am Ufer, habt ihr mitgehört. Jeder weiß, welches Schiff er durchsuchen soll. Und jetzt los."

Papperin sprang auf den Steg, rannte zu der Yacht mit dem Beiboot. Er hielt sich nicht lange mit der gläsernen Schiebetüre auf, sondern riss einen Feuerlöscher aus der Halterung an Deck und schlug sie ein. Der Salon: Leer. Beide Kabinen: Leer. Der Nassraum: Leer. Er hob die Falltüre zum Motorraum: Nichts. Schließlich schraubte er den Deckel ab, der in die Bilge führte und leuchtete mit seiner Lampe hinein. Nichts, außer etwas Wasser, das im Kielraum leicht schwappte. „Hier ist nichts", rief er in sein Mikro. „Habt ihr etwas?" Während er nur Fehlmeldungen hörte, hastete er zum nächsten Schiff.

Noch einmal dasselbe: Türe einschlagen, Salon, Kabinen, Pantry, Nassraum, Motorraum und Bilge: Wieder nichts. Zum nächsten Schiff.

*\*\**

Die Polizisten auf der Uferpromenade machten eine Gasse frei, damit das bereitgestellte Fluchtauto vorfahren konnte.

„Wenden!", schrie der Geiselnehmer. „Ihr sollt das Auto wenden, Schnauze in Richtung Hauptstraße." Der Befehl wurde ausgeführt.

„Motor laufen lassen und raus aus dem Wagen. Den Geldkoffer auf die Rücksitze!"

Ein Polizist holte den Koffer aus dem Zodiac, der mitten auf der Uferpromenade schräg auf einem umgeknickten Laternenmast lehnte. Er brachte ihn langsam zum Auto, öffnete die linke hintere Türe und stellte ihn auf den Rücksitz.

„Türe zu und weiter zurück! Alle!" Als sich niemand rührte: „Verdammt, Ihr sollt weiter weggehen. Oder muss ich erst die Tussi hier abknallen?"

Langsam wichen die Polizisten Schritt für Schritt zurück.

„Wir gehen jetzt zum Auto. Auf die rechte Seite. Du rutscht durch und setzt dich ans Steuer. Ich steige dann nach dir ein. Wenn du irgendeinen Blödsinn machst, drück ich auf den Knopf und der Kleine fliegt mit dem Schiff in die Luft!" Ohne den Revolverlauf von ihrem Kopf zu nehmen wandte er sich den Polizisten zu: „Ist das allen klar?" Wenn einer auf die Idee kommt, zu schießen, soll er das ruhig tun. Aber dann ist der Kleine auch im Arsch. Ich hab super Reflexe." Wieder hob er das Handy leicht an. Jeder konnte seinen Daumen sehen, der auf der Anrufen-Taste lag.

*\*\**

Jeannine hatte schon drei Schiffe erfolglos durchsucht. Auch Papperin hatte noch nichts gefunden, genauso wie die Kollegen, die die Boote von der Straße her durchsuchten.

Als nächstes kam ein etwas abseits gelegener Kajütenkreuzer an die Reihe. Ein Segelboot. Sie sprang ins Cockpit, trat die Türe ins Bootsinnere ein.

Der Lautsprecher in ihrem Ohr quäkte:

„Was macht sie nur. Die will die Heldin spielen. Die Kellnerin. Oh Scheiße!"

Jeannine erfasste die Lage mit einem Blick. Der Junge lag gefesselt in der einzigen großen Kajüte. Obwohl die Fenster verdunkelt waren, konnte sie die Dynamitstangen erkennen, die mit Klebeband um den Mast gebunden waren. Daneben einen Kasten mit einer grün blinkenden LED.

Sie wollte das Kind hochreißen. Das ging nicht. Es war mit beiden Armen an zwei Tischbeinen festgebunden. Und der Tisch war am Boden verschraubt.

„*Merde*!" Sie nestelte das Messer aus der Halterung an ihrem Gürtel. Gleichzeitig schrie sie „Ich hab ihn!"

Der erste Strick: Durchgeschnitten. Der zweite: Ratsch – auch durch. Sie packte den Jungen, stolperte aus der Kajüte.

Nur nebenbei nahm sie das Lämpchen war, das jetzt rot blinkte. Sie stürzte auf die Reling zu, setzte, das Kind fest umklammernd, mit aller Kraft zum Sprung von der hohen Bordkante an. Mit einem lauten Platsch versank sie im Meer.

Plötzlich wurde sie wie von Urkräften hin und her geschleudert. Ein höllischer Druck presste gegen ihre Ohren. Dann war es ruhig. Ihre Augen brannten. Sie machte sie trotzdem auf, sah dass sie sanken, immer tiefer. Die Ausrüstung, dachte sie. Die Pistole, die schusssichere Weste. Die zogen sie nach unten. Sie riss die schwere Waffe aus dem Halfter. Dann machte sie Schwimmbewegungen. Es half nicht viel. Aber das Sinken wurde langsamer. Mit kräftigen Beinstößen gelang es ihr, langsam aufzusteigen. Die Luft wurde ihr knapp, ihre Lungen schmerzten. Immer noch hielt sie den Jungen fest. Hoffentlich atmet er kein Wasser ein, flehte sie. Plötzlich entglitt ihr der Kleine. Sie wollte schreien, schluckte aber nur salziges Wasser. Dann packte sie jemand an den Armen. Es wurde heller um sie herum. Und auf einmal: Grellweißes Licht stach in ihre Augen. Es tat teuflisch weh. Doch langsam konnte sie wieder sehen. Zwei Männer zogen sie hinter sich her zum Bootssteg.

„Das Kind! Domi! Er muss noch da unten sein!", stammelte sie voll Entsetzen.

„Nein, Jeannine, wir haben auch ihn", sprach eine vertraute Stimme auf sie ein.

„Jean-Luc! Gott sei Dank! Ist er ok?"

„Ich glaube schon. Hörst Du, wie er schreit. Das ist ein gutes Zeichen."

Helfende Hände hoben sie auf den Bootssteg, den die Explosion aus seinen Verankerungen gerissen hatte und zogen ihr die beklemmende Weste aus.

„Toll gemacht, *brigadier* Dalmasso!", hörte sie eine ihr unbekannte Stimme. Sie schaute auf und sah in das Gesicht eines uniformierten Gendarmen, der ihren von den nassen Klamotten kaum verhüllten Körper unverhohlen bewunderte.

„Das war die sprichwörtliche Rettung in letzter Sekunde", sagte Papperin, während er ihr die Hände reichte und sie auf die Beine zog. *Dieu merci*, dass du rechtzeitig abspringen konntest."

Er legte fürsorglich den Arm um ihre Schultern. Dann wandte er sich an die ihn und Jeannine umringenden Kollegen:

„Weiß jemand, was da los war, in Cassis? Wieso hat er die Sprengung ausgelöst? Hat jemand Verbindung mit den Kollegen dort?"

Ein Detektiv in Zivil reichte ihm ein Handy.

„François, was war bei euch los?"

„Wir haben schon gehört, wie Jeannine den Kleinen gerettet hat. Sag ihr, wir sind alle stolz auf sie."

„Aber wie kam es, dass er das Dynamit gezündet hat. Ihr solltet ihn doch hinhalten bis wir den Jungen gefunden haben."

„Chef, wir können nichts dafür. Die Kellnerin hat den Mann plötzlich attackiert, hat seine Hand mit dem Revolver weggeschlagen und ihn in den Arm gebissen. Uns war klar, dass er auf den Knopf drücken wird. Zwei Scharfschützen haben auch gleich geschossen. In den Kopf. Er war sofort tot. Aber leider ein paar Sekundenbruchteile zu spät."

„Die Kellnerin?"

„Hat einen Schock, aber sonst fehlt ihr nichts."

## Trügerische Familienidylle

*Sonntag, 10. August*

Die Tage nach dem Aufsehen erregenden Ende des Entführungsdramas waren für *commissaire* Papperin und sein Team fast noch hektischer und aufreibender als die Suche nach den Kidnappern. Kein Tag verging ohne Pressetermin. Die gesamte Republik wurde auf alle nur denkbaren Weisen mit Informationen zum Fall überschüttet – Zeitungen, Radio, Fernsehen, Blogs. Die sozialen Netzwerke quollen über von Beiträgen und Kommentaren.

Papperins gesamte Abteilung wurde zum Präsidenten der Regionalregierung Provence-Alpes-Côte d'Azur nach Marseille geladen. In einem feierlichen Akt hatte der Regierungspräsident die Leistung der Beamten in höchsten Tönen gewürdigt. Jeannine erhielt für ihren ‚mutigen und selbstaufopfernden Einsatz zur Rettung eines unschuldigen Kindes', so der Wortlaut der Rede des Präsidenten, das silberne Kreuz fünfter Klasse des *Ordre national du Mérite*.

Der Bekanntheitsgrad von Nicole de Laterre wuchs nahezu ins Unermessliche. Sie war jetzt fast berühmter als zu den Zeiten ihrer größten Filmerfolge. Neben zahllosen Interviews, die im Fernsehen ausgestrahlt, im Radio gesendet oder in Zeitschriften abgedruckt wurden, bekam sie neue Filmangebote. Ein Produzent wollte sogar einen Film über den „Fall Dominic" mit ihr als Hauptdarstellerin drehen.

\*\*\*

Nachdem die kriminalistische Ermittlungsarbeit so erfolgreich abgeschlossen war, waren die Tage jetzt für *commissaire* Papperin und sein Team voll gefüllt mit juristischer und bürokratischer Aufarbeitung und Routinearbeit. Berichte mussten geschrieben werden. Die Staatsanwaltschaft hatte – wie immer, wenn ein Polizeibeamter tödliche Schüsse abgegeben hatte – eine Untersuchung eingeleitet, die klären sollte, ob es unabwendbar gewesen war, den Entführer gezielt zu töten. Schließlich hätten die beiden Scharfschützen den Täter nicht daran hindern können, die Explosion dennoch auszulösen. Dass das Kind trotzdem rechtzeitig vor der Explosion in Sicherheit gebracht werden konnte, sei nicht auf die beiden finalen Schüsse zurück zu führen, sondern auf die effiziente Organisation der Schiffsobservation durch das Kommissariat Papperin und das beherzte und mutige Handeln einer Kriminalbeamtin. Insofern wäre der Fall auch ohne die Todesschüsse zum selben erfolgreichen Abschluss gelangt. Der Einsatz der Scharfschützen sei deshalb, a posteriori betrachtet, nicht gerechtfertigt gewesen. Das Verfahren wurde allerdings schnell wieder eingestellt, nachdem objektive Augenzeugen der Kommission klar gemacht hatten, dass das Leben der Kellnerin, die der Verbrecher als Geisel genommen hatte, sonst nicht zu retten gewesen wäre.

Die Identifizierung des Täters war anhand von Dokumenten erfolgt, die er bei sich hatte. Laut Führerschein und Personalausweis handelte es sich um einen gewissen Loucas Ponchon, 27 Jahre alt, französischer Staatsbürger. Papperin hätte der Schauspielerin den grausigen Anblick des Toten gerne erspart. Er hatte noch die blutigen Polizeifotos im Kopf, die der Fotograf unmittelbar nach Beendigung des Geiseldramas gemacht hatte – der Hinterkopf des Täters war beim Austritt der Projektile weggerissen worden. Es ließ sich aber nicht vermeiden. Schließlich musste geklärt werden, ob und wann sie den Täter früher schon einmal gesehen hatte.

***

Drei Tage nach den Ereignissen im Hafen von Cassis war er mit ihr in die *morgue* des gerichtsmedizinischen Instituts in Marseille gefahren. Eigentlich hätte für ihn so etwas Routine sein müssen. Als er aber mit der Schauspielerin und einem städtischen Angestellten vor der großen matt glänzenden Kühlwand aus Edelstahl mit den vielen Schubfächern gestanden hatte, wurde ihm leicht flau im Magen. Hinzu kam der Geruch. Nicht etwa nach Leichen oder Aas. Nein es war dieser scharfe, leicht ätzende Duft, den die Reinigungs- und Desinfektionsmittel verströmten, die in solchen Institutionen naturgemäß besonders häufig und intensiv verwendet werden. Gelangweilt zog der Angestellte am Griff des Schubfaches 3/17. Nackt und bleich kam der Tote nach und nach zum Vorschein. Zuerst die Füße.

„Aber das ist doch ... Pascal!", murmelte die Diva, als der Körper etwa zur Hälfte erschienen war.

„Sind Sie sicher?", fragte Papperin.

„Ja, das ist Pascal", bekräftigte sie, als sie auch sein Gesicht gesehen hatte. Papperin war erstaunt, wie relativ unversehrt es war. Zwar sah man an der Stirn und an der linken Schläfe zwei kleine runde Verletzungen – die Einschusslöcher, wo die Geschoße den Kopf getroffen hatten. Was man nicht sah, weil der Kopf auf einer offensichtlich weicheren Plastikunterlage ruhte, war der zerschmetterte Hinterkopf. Papperin war froh, dass Frau de Laterre dieser Anblick wenigstens erspart blieb. Sie war sehr gefasst gewesen, hatte ihn aber gebeten, sie schnell aus diesen grässlichen Mauern hinaus zu führen.

Draußen in der glühenden Hitze auf dem heißen Asphaltgehsteig vor dem Institut hatte sie ihr Gesicht der strahlenden Sonne zugewandt und für Papperin kaum hörbar geflüstert:

„Gott, bin ich froh, dass das alles vorbei ist, dass alles gut gegangen ist."

Papperin hatte ihr angeboten, sie nach Hause bringen zu lassen. Sie hatte aber dankend abgelehnt und gesagt, sie habe noch einen Termin bei einer Zeitung.

Am Tag darauf war ein Interview in der „*Provence*" erschienen.

„Madame de Laterre, können Sie unseren Lesern den Verlauf dieser für Sie und Ihren Sohn so entsetzlichen Entführung schildern, die Gott-sei-Dank für Sie beide doch noch ein glückliches Ende gefunden hat."

„Ich mache mir solche Vorwürfe. Ich hätte besser auf meinen Domi aufpassen müssen, ihn nicht alleine zur Tour de France lassen dürfen."

„Aber er war doch nicht alleine. Ihr Lebensgefährte, Ihr Bodyguard und ein Au-Pair-Mädchen haben ihn doch begleitet."

„Schon, aber wenn ich dabei gewesen wäre, dann wäre das alles nicht passiert. Ich hätte ihn keine Sekunde aus den Augen gelassen. Als Mutter passt man eben doch besser auf sein Kind auf, als Angestellte dies tun."

„Aber es waren doch nicht nur Fremde bei ihm. Ihr Lebensgefährte, Herr Luciani, war doch …"

„Das ist besonders tragisch und schmerzlich für mich. Er wollte seinen Fehler doch wieder gutmachen und mir helfen, Domi zu befreien. Und er hat ja auch das Versteck des Entführers entdeckt."

„Dort oben in den Bergen über Moustiers."

„Ja. Aber der hat ihn erschossen. Als guter Mensch, der er war, hatte er keine Chance gegen diesen skrupellosen, brutalen Verbrecher. Wir hatten so große Pläne für die Zukunft – Domi, Gian-Carlo und ich. Jetzt bin ich alleine mit meinem kleinen Domi."

„Und Ihr Ex-Mann, der berühmte Rennfahrer. Er wird sich doch um Sie und Ihren Sohn kümmern. Nach allem was Sie erleiden mussten."

„Juan-Manuel? Der hat kein Interesse an uns. Viel schlimmer: Er fordert Geld von mir. Die zwei Millionen, die er als Lösegeld für Domi bezahlt hat."

Als Papperin das Interview bis zu dieser Stelle gelesen hatte, musste er an das Gespräch mit dem Direktor von Frau de Laterres Bank denken und an den Gerichtsvollzieher, den er abends in ihrem Haus angetroffen hatte. Sie hatte nicht so viel Geld. Sie schien sogar pleite zu sein. Aber sicher, so tröstete er sich, würde der gewaltige Hype, den ihr Fall in der Öffentlichkeit ausgelöst hatte, ihr wieder zu stattlichen Einkünften verhelfen.

***

Endlich, als der Medienrummel nach einigen Tagen verebbt war, als Zeitungen, Rundfunk und Fernsehen nach neuen Sensationen gierten und den Fall Domi aus den Schlagzeilen verdrängt hatten, kehrte wieder ruhigeres Leben ins Château Merveille bei Montfort ein.

Nicole de Laterre hatte ihre Hausdame gebeten, den Tisch auf der Terrasse zu decken und für Domi und sie einen nachmittäglichen Snack vorzubereiten. Jetzt saß sie mit ihrem kleinen Sohn in den bequemen Gartenstühlen. Sie mit einem Glas Champagner in der Hand, während Domi am Strohhalm nuckelte, der in einer Oranginaflasche steckte. Vor ihnen, auf dem weißen runden Tisch standen zwei silberne Schalen, eine gefüllt mit Süßigkeiten, die andere mit salzigen, bunt gewürzten Gebäckteilchen aus Blätterteig.

Diese Idylle wurde von der Hausdame zerstört, die mit zwei Besuchern auf die Terrasse kam.

„Madame, die beiden Polizisten sind gekommen. Sie brauchen noch irgendetwas von Ihnen."

„Madame de Laterre, ich hoffe, wir stören nicht allzu sehr. Um den Fall endgültig abschließen zu können, benötigen wir noch eine Unterschrift von Ihnen", rechtfertigte Papperin ihr Eindringen. „Es geht um die Identität des Loucas Ponchon mit Ihrem Pascal. Sie hatten dies in der Pathologie zwar mündlich bestätigt. Für die Akten brauchen wir das auch schriftlich."

Papperin legte ein Schriftstück auf den Tisch und deutete auf die Stelle, wo Frau de Laterre unterschreiben sollte.

„Jetzt setzen Sie sich doch erst zu uns! Clémence, bringen Sie noch zwei Gläser!"

Nachdem man einige Minuten lang Smalltalk betrieben hatte, kam Papperin wieder auf das Hauptthema zu sprechen, das alle vier in den letzten Wochen in Atem gehalten hatte. Er habe gerade heute aus Spanien die erfreuliche Nachricht erhalten, dass sein Kollege, *lieutenant* Lavalle es geschafft habe und sich auf dem Wege der Besserung befinde. In den nächsten Tagen werde er per Hubschrauber aus Spanien ausgeflogen und ins Universitätsklinikum von Marseille verlegt werden.

Das freue sie aber sehr, meinte die Schauspielerin.

Jeannine, die dicht neben Domi saß, strich ihm sanft über die Haare und sagte:

„Was du alles mitmachen musstest, armer Junge."

Zu Frau de Laterre gewandt meinte sie:

„Hoffentlich übersteht er das alles gut, und es verfolgt ihn nicht für den Rest seines Lebens."

„Das schafft er, er ist ein starker Junge!"

Dominic schmiegte sich liebevoll an seine Mutter.

„*Maman*, ich verstehe immer noch nicht, wieso du mich nicht mit nachhause genommen hast, als ich in diesem gruseligen Versteck war."

Die beiden Polizeibeamten bemerkten, wie ein kurzes Erschrecken über Nicoles Gesicht zuckte – nur einen Wimpernschlag lang.

„Aber mein kleiner Liebling, ich habe dir doch schon oft gesagt, dass du das geträumt hast." Sie streichelte Domi über die Haare und meinte zu Papperin gewandt:

„Es hat ihn, scheint es, so sehr mitgenommen, dass er Alpträume hat und alles durcheinanderbringt. Er sagt immer, dass er mich in der Wohnung dort gesehen hat."

Wieder zu Dominic gewandt: „Mein Liebling, das war ein böser Traum. Ich war doch hier im Château. Du kannst mich gar nicht gesehen haben. Wir haben doch beschlossen, nicht mehr darüber zu reden. Gott sei Dank ist dieser Alptraum vorüber!"

„Doch, *maman*, durch die offene Türe im Spiegel, dem komischen Spiegel mit den Eidechsen. Wie du mit dem bösen Pascal geredet hast. Aber ich konnte dich nicht rufen. Ich hatte so ein ekliges Tuch im Mund und konnte es nicht ausspucken."

Betroffenes Schweigen!

„Jetzt hör schon auf mit dem Quatsch. Du täuscht dich, das hast du geträumt!"

„Nein! Das glaube ich nicht", dachte Papperin. Niemals würde eine Mutter ihrem Kind so etwas antun. Laut sagte er:

„Nein, erzähle weiter, das interessiert mich."

Was für ein Spiegel mit Eidechsen? Jetzt dämmerte es ihm wieder. In der Diele mit den vier Türen, dort hing ein großer ovaler Spiegel, dessen vergoldeter Rahmen aus lauter verschlungenen Eidechsen bestand.

Papperin wurde nachdenklich.

Wenn das Kind sich daran so genau erinnerte, dann war es doch wahrscheinlich, dass es auch …

Die Schauspielerin musste ihm diese Gedanken an seinen veränderten Gesichtszügen angemerkt haben. Man sah, wie sie trotz ihres aufwändigen Makeups erblasste.

„So ein Unfug! Das glauben Sie ihm doch nicht. Er fantasiert, bringt alles durcheinander. Kein Wunder nach dem, was er erlebt hat. Das ist vor Gericht doch überhaupt nicht verwendbar, was ein Kleinkind sich so zusammenreimt", redete die Mutter auf den Kommissar ein.

Diese Worte der Schauspielerin entsetzten Papperin.

Reagiert so eine um ihr Kind besorgte Mutter? Wieso denkt sie als erstes daran, ob das gerichtsfest ist?

Immer noch unschlüssig, ob er das wirklich glauben sollte, schaute er Jeannine an. Er las in ihren Augen, dass sie genauso dachte wie er. Er fühlte ihre Zustimmung. Sie machte keine Bewegung, nicht das kleinste Nicken des Kopfes, nur ein kurzes Zucken ihrer Lider, zeigte ihm an, was sie dachte, und gab ihm den innerlichen Halt, das zu tun, was jetzt unausweichlich war.

Aber das Kind! Papperin war erschüttert, entsetzt, über das, was er hier tun musste. Er nahm dem Kind seine Mutter weg! Aber er musste das, das Gesetz zwang ihn dazu. Es blieb ihm gar keine andere Wahl.

Unvermittelt fiel ihm sein Ausbildner auf der Polizeischule in Paris ein.

„Wenn eine Situation Sie emotional zu überfordern droht", hatte dieser ihnen eingebläut, „dann ziehen Sie sich auf das Amtliche, das Dienstliche zurück. Handeln Sie wie ein Roboter, nur das Gesetz im Blick!"

„Madame de Laterre", Papperin hatte sich aus dem bequemen Sessel erhoben, könnten Sie bitte Ihre Hausdame rufen. Sie soll mit dem Kleinen etwas spielen."

Als die Gerufene erschienen war, sagte er, zu dem Jungen gewandt:

„Dominic, wir müssen mit deiner *maman* etwas Wichtiges besprechen. Dazu müssen wir reingehen. Spiel du solange mit Madame Roux. Es dauert nicht lange."

Dann nahm er Domis Mutter am Arm und führte sie ins Haus. Jeannine folgte den beiden. Nachdem er die breiten Flügeltüren, die auf die Terrasse führten, sorgfältig geschlossen hatte, wandte er sich an die Schauspielerin:

„Madame de Laterre, Sie wissen, was jetzt folgt?"

Sie nickte erschüttert.

„Ich verhafte Sie wegen des dringenden Tatverdachtes der Kindesentführung, des Mordversuches oder der Anstiftung zum Mordversuch an Juan Manuel Detejo, Ihrem geschiedenen Ehemann. Zusätzliche Anklagepunkte können sich im Zuge der weiteren Ermittlungen ergeben."

Ganz bewusst in amtlichem Tonfall befahl er Jeannine:

„*Brigadier* Dalmasso, informieren Sie den Untersuchungsrichter, er soll einen Haftbefehl für Frau de Laterre und einen Durchsuchungsbeschluss für dieses Anwesen ausstellen, und fordern Sie ein Spurensicherungsteam und zwei Kollegen an, die Frau de Laterre ins Untersuchungsgefängnis nach Aix bringen sollen."

Hilflos schaute er Jeannine an und sagte leise:

„Und schau, dass so schnell wie möglich eine Psychologin kommt. In der Zwischenzeit kümmre du dich um den Kleinen. Schrecklich, ganz schrecklich, was wir hier tun müssen!"

Wieder an die Schauspielerin gewandt, schlug er vor:

„Wir gehen jetzt wieder zu Ihrem Sohn auf die Terrasse. Sie sagen ihm, dass Sie mit mir schnell nach Aix fahren müssen, aber bald wiederkommen werden."

## Der Nebel lichtet sich

## *Montag, 11. August*

### Vernehmungsprotokoll

**Ort:** Police Judiciaire in Aix en Provence, Raum Nr. 227

**Vernehmungsbeamte:** Commissaire Jean-Luc Papperin (CP) und brigadier Jeannine Dalmasso (BD)

**Beschuldigte:** Nicole de Laterre (NdL)

**Rechtsanwalt:** Dr. Marcel Pellegrin (MP)

**Beginn der Vernehmung:** Mi. 11. August 20.., 10.15 Uhr

**CP:** (Schaltet das Aufnahmegerät ein)

**MP:** Ehe Sie hier mit dem Theater beginnen, möchte ich im Namen meiner Mandantin auf das Heftigste protestieren. Sie verhaften meine Mandantin ohne glaubwürdige Rechtsgrundlage und ohne stichhaltige Beweise, nur aufgrund zweifelhafter Äußerungen eines minderjährigen Kindes. Wie der oberste Gerichtshof der Republik in mehreren gleichlautenden Urteilen festgestellt hat, können Äußerungen von Minderjährigen, hier insbesondere eines Kleinkindes von nur fünf Jahren, gerichtlich nicht bzw. nur in sehr begrenztem Ausmaß verwendet werden.

**CP:** Monsieur l'avocat, wie Sie wissen, liegt ein Haftbefehl des Untersuchungsrichters vor. Über die Rechtmäßigkeit dieser Vernehmung besteht folglich nicht der geringste Zweifel.

**MP:** Dennoch: Wir halten unseren Protest gegen dieses Verhör in vollem Umfang aufrecht.

**CP:** Madame de Laterre, Sie wissen, welcher Verbrechen Sie beschuldigt werden?

**NdL:** (schweigt)

**CP:** Dann werde ich es Ihnen sagen:

Es bestehen folgende dringende Tatverdachte:

1. Die Planung und gemeinsame Durchführung der Entführung Ihres Sohnes Dominic de Laterre mit Ihren Helfern Gian-Carlo Luciani und Loucas Ponchon alias Pascal.

2. Die Beihilfe zur Ermordung des spanischen Radrennfahrers José Miquelas, zumindest aber die Billigung dieses Mordes, zum Zweck der Ablenkung von der Kindesentführung.

3. Die Planung des Mordes an Herrn Gian-Carlo Luciani.

4. Der versuchte Mord an Ihrem geschiedenen Ehemann Juan-Manuel Detejo bzw. die Beteiligung an diesem Mordversuch.

5. Die Billigung des Mordversuchs an Ihrem Sohn Dominic de Laterre.

**NdL:** (schreit auf) Nein, das ist nicht wahr. Niemals wollte ich Domi etwas zuleide tun!

**CP:** Hinzu kommt als weiterer Punkt die Gefährdung der öffentlichen Sicherheit durch Planung und Billigung der Sprengung eines Schiffes im Hafen Calanque de Port Miou.
Wollen Sie sich dazu äußern?

**MP:** Meine Mandantin enthält sich einer Aussage.

**CP:** Wollen Sie wirklich nichts dazu sagen?

**NdL:** (schweigt)

**MP:** Im Namen meiner Mandantin fordere ich Sie auf, das Verhör zu beenden. Gleichzeitig beantrage ich, sie auf freien Fuß zu setzen, da Sie offensichtlich außer der nicht verwertbaren Äußerung des Kindes keinerlei Beweise für die Anschuldigungen vorweisen können, die sie ihr zur Last legen.

**CP:** Madame de Laterre, wie erklären Sie sich, dass wir in Ihrem Haus folgendes gefunden haben: Erstens zwei schwarze Taschen mit je einer Million Euro, in Fünfzig-Euro-Scheinen. Die Seriennummern der Scheine sind identisch mit denen, die die Bank von Herrn Detejo diesem am 30. Juli ausbezahlt hat, und die er im Haus in der rue Suffren an die Entführer übergeben hat. Die beiden schwarzen Taschen sind nach Aussage der Bankangestellten identisch mit denen, in die das Lösegeld von ihnen verpackt worden ist. Außerdem haben wir in Ihrem Haus einen gebrauchten Krokokoffer entdeckt, darin waren zehntausend Euro in Scheinen und eine große Menge Schnipseln aus Zeitungspapier, alle im Format eines Hunderteuroscheines.

**NdL:** (schlägt die Hände vor ihr Gesicht, schluchzt, lässt ihren Kopf auf die verschränkten Arme auf dem Tisch fallen)

**MP:** Nochmals: Ich fordere Sie auf, das Verhör zu beenden. Sie sehen doch, wie Sie meine Mandantin mit ihren Anschuldigungen verstören. Das grenzt an Psychoterror. Madame de Laterre wird nichts mehr sagen, solange die von Ihnen behaupteten Beweise nicht einem ordentlichen Gericht vorgelegt werden.

**NdL:** (schreit den Anwalt mit tränenüberströmten Gesicht an)
Jetzt halten Sie endlich Ihren Mund. Sie haben ja keine Ahnung, wie man sich fühlt, wenn man seinen kleinen Sohn, meinen Liebling …(ein Weinkrampf schüttelt die Beschuldigte)

Ich will nicht, dass er in ein Heim kommt.

**CP:** Das kann ich verstehen.

**NdL:** Muss ich wirklich ins Gefängnis, obwohl ich ein kleines Kind habe?

**CP:** Ja was glauben Sie denn? Da könnte sonst jede Mutter mit Kindern ungestraft Verbrechen begehen.

**NdL:** Und wenn ich mich zu einem Geständnis bereit erkläre, versprechen Sie mir, dass man sich gut um Domi kümmern wird?

**CP:** (nickt zustimmend)

**NdL:** Also (kurze Pause) Das war so: Ich brauchte dringend Geld. Ich bin pleite.

**CP:** Das wissen wir.

**NdL:** Das Schloss kaufen, die Hausangestellten, den Anschein wahren, dass man ein wohlhabender gefeierter Filmstar ist. Das war zuviel, es hat mich ruiniert. Deshalb sind wir auf die Idee gekommen …

**CP:** Wir?

**NdL:** Gian-Carlo und ich.

**MP:** Madame de Laterre, so schweigen Sie doch! Sie reden sich ins Unglück. Alles was Sie hier sagen, wird bei Gericht gegen Sie verwandt.

**CP:** Im Gegenteil. Ein volles Geständnis wird Ihnen bei Gericht sicher eher nützlich sein.

**NdL:** (nimmt keine Notiz von ihrem Anwalt) Wir haben gedacht, der Juan-Manuel hat soviel Geld, und freiwillig gibt er nichts her. Aber er liebt Domi. Wir wollten ihn erpressen, mit Domi. Gian-Carlo hat Pascal aufgetrieben.

**CP:** Diesen Loucas Ponchon?

**NdL:** Ja, aber damals wusste ich nicht, dass er gar nicht Pascal heißt. (wieder Schluchzen)

**CP:** Und weiter?

**NdL:** Gian-Carlo sollte Domi bei einer passenden Gelegenheit dem Pascal übergeben. Der wollte sich mit Domi solange irgendwo verstecken, bis wir das Lösegeld bekommen.

**CP**: In der Bergerie auf dem Plateau über Moustiers Sainte Marie. Ich weiß. Wer hat Gian-Carlo erschossen?

**NdL**: Das war Pascal. Er hat gesagt, dass er die Hälfte des Geldes will, nicht nur die vereinbarten 20.000 Euro. Dann haben die beiden gestritten und Pascal hat Gian-Carlo erschossen. Als ich das erfahren hatte, wollte ich alles abbrechen. Aber er hat mich gezwungen, mitzumachen. Sonst würde er es alleine durchziehen, hat er gesagt. Dann wäre Domi ihm ganz ausgeliefert gewesen, und ich hätte keinerlei Einfluss nehmen können. Da musste ich doch mitmachen. Außerdem … jetzt hatte ich ja Gian-Carlo nicht mehr.

**CP**: Loucas alias Pascal war also nicht nur ihr Komplize, sondern auch Ihr neuer Liebhaber.

**NdL**: Jjjjaaa.

**MP**: Madame de Laterre, schweigen Sie! Sie reden sich um Kopf und Kragen!

**CP**: Warum wollten Sie Ihren geschiedenen Mann erschießen?

**NdL**: Das war nicht ich. Das war Pascal. Er darf nicht am Leben bleiben, hat er gesagt.

**CP**: Und da hat er auf ihn in der Wohnung in der rue Suffren geschossen, wollte ihn erschießen, und Sie haben zugesehen.

**NdL**: Nein, da war ich noch gar nicht in der Wohnung. Ich bin erst später dazu gekommen.

**CP**: Warum haben Sie dann noch weiter gemacht. Sie hatten ja die zwei Millionen Lösegeld von Ihrem geschiedenen Mann.

**NdL**: Aber wir wollten doch mehr!

**CP**: Deshalb haben Sie das mit der Lösegeldübergabe am Hafen inszeniert.

**NdL:** Das war doch intelligent geplant (die Beschuldigte lächelt). Sie sind schuld, dass das
schief gegangen ist.

**CP:** Was ich nicht verstehe: Wie konnten Sie Ihr
Kind so in Gefahr bringen. Mit dem Dynamit im
Schiff.

**NdL:** Aber das war doch gar nicht so geplant.
Pascal sollte das nur sagen, falls man ihn erwischt. Damit die Polizei ihn gehen lässt.

**CP:** Sie behaupten, nichts von dem Dynamit gewusst zu haben.

**NdL:** Nein, nichts, überhaupt nichts. (Die Beschuldigte springt erregt auf. Brigadier Dalmasso drückt sie auf den Stuhl zurück) Das hat
Pascal, dieser Scheißkerl gemacht.

**CP:** Er wird eben befürchtet haben, dass ihn das
Kind erkannt hat und deswegen eine permanente
Gefahr für ihn sein würde.

**NdL:** Gott sei Dank habt ihr ihn erschossen.
Wenn ihr es nicht gemacht hätten, dann hätte
ich ihn selbst umgebracht. Meinen Domi, meinen
kleinen Liebling in die Luft sprengen.
(Die Beschuldigte bricht weinend zusammen)

**CP:** Ich glaube, wir sollten die Vernehmung
jetzt beenden. Herr Anwalt, haben Sie einen
Einwand dagegen?

**MP:** (schüttelt verneinend den Kopf)

**CP:** Ende der Vernehmung von Frau de Laterre.
Jetzt ist es 11.17 Uhr.

## Urbanización Rivera de Trayamar / Andalusien

*Mitte Oktober*

„*Nana*, wann kommt mein Papa heim? Ich muss ihm etwas zeigen"

Der kleine Junge lief zu seiner Oma in die Küche.

„Aber ich bin doch schon hier. Gerade eben bin ich zurück gekommen. Was willst du mir zeigen, mein lieber Domi?", rief Juan-Manuel Detejo durch die Eingangshalle des Hauses seinem Sohn zu.

„Papa, ich bau mir ein Haus. Komm mit in den Garten. Hast du mir aus dem Dorf was mitgebracht? Ein *Turrón*?", sprudelte es aus dem Kleinen heraus.

„Na klar! Aber das gibt es erst nach dem Mittagessen." Zu seiner Mutter gewandt: „Mama, was gibt es zum Essen?"

„Paella, aber das dauert noch ein Weilchen. Geht ruhig noch in den Garten und baut an Domis Haus weiter. Ich rufe euch, wenn es soweit ist."

Dominic de Laterre nahm seinen Vater ungeduldig an der Hand und zerrte ihn durch die Glasschiebetüre und über die Terrasse zu einer kleinen Baumgruppe im hintersten Winkel des weitläufigen Gartens.

„Schau, Papa, das wird mein Haus!" Stolz deutete er auf ein zeltförmiges Gebilde. Er hatte eine Reihe von Brettern so aneinander gelehnt, dass sie die Form eines Spitzzeltes bildeten.

„Komm, Papa, krabbeln wir hinein."

„Das müssen wir erst noch etwas stabiler machen. Pass auf, ich hole schnell Hammer und Nägel aus der Werkstatt, dann kannst du die Bretter oben zusammennageln."

„Papa, ich hab dich so lieb! Und hier ist es so schön, bei dir und *nana*."

## Danksagung

Die Geschichten mit commissaire Papperin wären mir nie aus der Feder geflossen – eigentlich muss es heißen: wären nie ins Notebook getippt worden, hätte es nicht die zahllosen angeregten Diskussionen – meist unter dem Sternenhimmel der Provence bei eisgekühltem Rosé – mit Verwandten und Freunden gegeben, die den richtigen Pep in mein ursprüngliches Handlungsgerüst gebracht haben. Dafür möchte ich all diesen Helfern herzlich danken.

Besonderer Dank gilt meiner Frau und meinen Kindern, die durch Verbesserungsvorschläge und geduldiges Korrekturlesen immer wieder geänderter Manuskriptteile zum Gelingen des Buches entscheidend beigetragen haben.

# Epilog

Sollten Sie, geneigter Leser, angeregt durch diesen Roman, in die Provence reisen und, den Spuren commissaire Papperins folgend, die Schauplätze und Orte dieser Geschichte aufsuchen wollen, dann werden Sie fast alles so vorfinden, wie es im Roman beschrieben wurde - Dörfer und Städte, Landschaften, Straßen und Wege. Nur das idyllische Städtchen Cabanosque werden Sie vergebens suchen. Dies und auch das Château Merveille entspringen ausschließlich meiner Fantasie. Auch habe ich für diejenigen Unternehmen, Banken, Restaurants etc., die im Roman nicht so gut wegkommen, fiktive Namen gewählt.

Selbstverständlich sind die Handlung und alle Personen frei erfunden. Ähnlichkeiten meiner Charaktere mit lebenden oder toten Personen sind nicht beabsichtigt und wären rein zufällig.

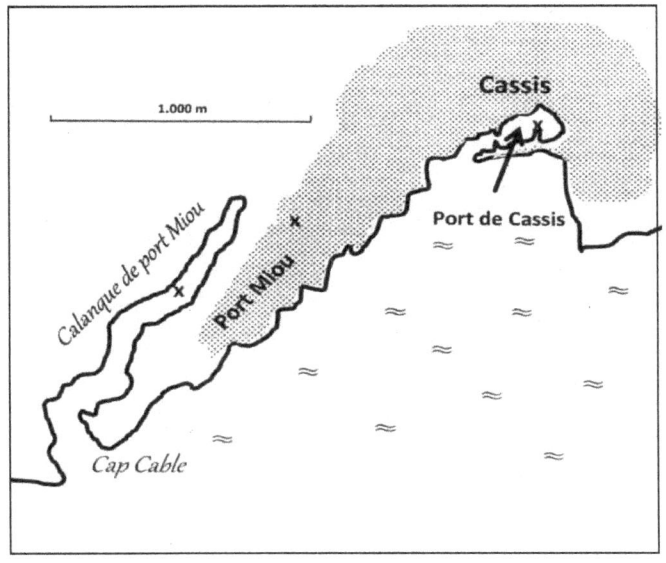

**Commissaire Papperins bisher erschienen Fälle:**

Band 1 der Commissaire-Papperin-Reihe:

# „Mistralmorde"

## Commissaire Papperins erster Fall

von Ignaz Hold

Der Wald rund um Commissaire Papperins Heimatdorf Cabanosque brennt. Erhitzt sind auch die Gemüter, denn: Im Löschwassertank schwimmt die Leiche des örtlichen Umweltaktivisten. Wer soll jetzt den Baulöwen und den Bürgermeister in die Schranken weisen, die das idyllische Dorf in ein Wellness-Resort für die High Society verwandeln wollen?

Paperback 12 x 19 cm, 393 Seiten
Taschenbuch 9,90 €, ISBN 978-3-9815613-1-9
e-book 6,99 €, ISBN 978-3-9815613-0-2

Band 2 der Commissaire-Papperin-Reihe:

# „Mordtour"
## Commissaire Papperins zweiter Fall

### von Ignaz Hold

Auf der Provence-Etappe der Tour de France kippt ein Fahrer tot vom Rad. Die Polizei vermutet einen Racheakt aus der Dopingszene. *Commissaire* Papperin kämpft gegen die Doping-Mafia, muss aber zu seiner Bestürzung feststellen, dass alles nur inszeniert wurde - zur Ablenkung von einem erschütternden Kidnapping. Der kleine Dominic de Laterre, Sohn der von Papperin verehrten Schauspielerin Nicole de Laterre wurde entführt – mitten aus der Menge der Schaulustigen bei der Tour de France.

Paperback 12 x 19 cm   408 Seiten
Taschenbuch 9,90 €,   ISBN 978-3-9815613-3-3
e-book 6,99 €,   ISBN 978-3-9815613-2-6

Band 3 der Commissaire-Papperin-Reihe:

# „Todeseiland"
## Commissaire Papperins dritter Fall

von Ignaz Hold

Im Gourmetrestaurant auf der provenzalischen Urlaubsinsel Porquerolles stinkt's. Commissaire Papperin kennt diesen Geruch nur zu gut: das Odeur des Verbrechens hängt über dem Paradies. Papperin trifft auf ein Geflecht von dunklen kriminellen Verwicklungen, bei deren Entwirrung seine langjährige Freundin unter Mordverdacht gerät, und seine engste Mitarbeiterin in Todesgefahr. Der Kommissar und seine Lebensgefährtin müssen erkennen:

Sie machen Ferien auf einem Todeseiland.

Paperback 12 x 19 cm, 328 Seiten
Taschenbuch 9,90 €, ISBN 978-3-9815613-5-7
e-book 6,99 €, ISBN 978-3-9815613-4-0

Band 4 der Commissaire-Papperin-Reihe:

# „Ein Hauch von Tod und Thymian"
## Commissaire Papperins vierter Fall

von Ignaz Hold

Was ist mehr wert: Ein voller Geld-transporter oder ein echter Cézanne? Für keines von beidem lohnt es sich zu sterben. Trotzdem gibt es Tote. *Commissaire* Papperin und sein Team müssen sich mit den verschrobe-nen Weltanschauun-gen des verarmten französischen Land-adels auseinander-setzen. Gleichzeitig führen sie ihre Er-mittlungen in das Milieu des Prekari-ats, der frustrierten, arbeits- und hoff-nungslosen Welt der Kleinkriminellen in den Vororten der Arbeiterstädte des Midi.

Paperback 12 x 19 cm, 319 Seiten
Taschenbuch, 9,90 € (ISBN 978-3-945503-10-2)
e-book, 6,99 € (ISBN 978-3-945503-11-9)

Band 5 der Commissaire-Papperin-Reihe:

# „Trüffel mit Schuss"
## Commissaire papperins fünfter Fall

von Ignaz Hold

Ein Mord auf dem Wochenmarkt von Cabanosque – direkt unter den Augen von Commissaire Jean-Luc Papperin. Warum wurde der *truffier* erschossen? Droht die lokale Mafia ins Trüffelgeschäft einzusteigen? Oder haben Neid und Missgunst zwischen Trüffelbauern zu dieser brutalen Tat geführt? Die Ermittlungen führen Commissaire Papperin in die einsamen Eichenwälder der nördlichen Provence und in die No-Go-Zonen von Marseilles Vorstädten.

Paperback 12 x 19 cm,  263 Seiten
Taschenbuch  9,90 €,  ISBN 978-3-945503-18-8
e-book  6,99 €, ISBN 978-3-945503-19-5

Vorschau: demnächst erscheint
Band 6 der Commissaire-Papperin-Reihe:

# „Der Tod des Père Noël"

### Commissaire Papperins sechster Fall

von Ihnaz Hold

Über dem Cours Mirabeau in Aix glitzert Weihnachtsbeleuchtung. Besinnlichkeit stellt sich dennoch nicht ein, denn Mord kennt keine Feiertage. Die Passanten in der weihnachtlich geschmückten Altstadt von Aix en Provence erstarren vor Entsetzen:Ein Nikolaus, der stadtbekannte Père Noël, liegt tot im Schaufenster eines großen Ladengeschäfts – erschossen. Die Stadt ist in Aufruhr und die Polizei ratlos.

Paperback 12 x 19 cm

Taschenbuch, 9,90 €, ISBN 978-3-945503-12-6
e-book, 6,99 €, ISBN 978-3-945503-13-3

Sanni Aran

# Der bretonische Wolf

## Commissaire Julie Roches zweiter Fall

Im Eurostar von London nach Paris wird ein Mann ermordet. Zufällig sitzt *commissaire* Julie Roche im selben Wagen. Zurück in der Bretagne erhält sie einen Anruf: Die Kollegen aus Paris bitten sie um einen Gefallen. Da der Tote wie sie aus St. Maló stammt, soll Julie vor Ort die Ermittlungen durchführen. Als wenige Tage später eine weitere Männerleiche von der Flut an den Strand gespült wird, glaubt Julie nicht an einen Zufall. Schnell wird klar: Die beiden Morde hängen zusammen. Julie und ihr Team heften sich an die Fersen des Mörders, der eine blutige Spur durch das Land zieht.

Paperback 12 x 19 cm   210 Seiten
Taschenbuch, 9,90 €  (ISBN   978-3-945503-16-4)
e-book, 6,99 €  (ISBN   978-3-945503-17-1)

Spannende und atmosphärische Reisen durch beliebte
Urlaubsregionen in Kurzgeschichten.

Der erste Band:

**„Der Tod trägt Lavendel"**

Eine Rundreise
durch die Provence in zehn Kurzkrimis.

Von Gérard Mejer

Taschenbuch  9,90 €,
ISBN 978-3-9815613-7-1

e-book  6,99 €,
ISBN 978-3-9815613-6-4

Der zweite Band:

**„Der Tod schlürft Austern"**

Eine Rundreise
durch die Bretagne in zehn Kurzkrimis.

Von Gérard Mejer

Taschenbuch   9,90 €
ISBN 978-3-9815613-9-5

e-book  6, 99 €,
ISBN 978-3-9815613-8-8